LE FILS NATUREL
LE PÈRE DE FAMILLE
EST-IL BON ?
EST-IL MÉCHANT ?

Présentation, notes, annexes,
chronologie et bibliographie

par

Jean GOLDZINK

Du même auteur
dans la même collection

© Éditions Flammarion, 2005.
ISBN : 978-2-0807-1177-9

PRÉSENTATION

On commencera par une banalité, qui est hélas une constatation. Les trois pièces achevées de Diderot qu'on propose ici, pour la première fois en édition de poche, n'ont pas la réputation de ses écrits théoriques sur le théâtre. Eux-mêmes inégalement partagés entre le *Paradoxe sur le comédien*, inlassablement édité et commenté, et la poétique du drame sérieux à l'auréole moins rayonnante. Qu'il ne faille pas compter sur les acteurs, les metteurs en scène et les directeurs de salles pour sortir de Marivaux et Beaumarchais, on le sait. Routines et contraintes marchandes suffisent à l'expliquer. Au mieux, on nous proposera des adaptations de récits (*Jacques le Fataliste*, *Candide*) ou de dialogues (*Le Neveu de Rameau*), à l'occasion savoureuses et toujours bonnes à prendre. À cet égard, le théâtre du XVIIe siècle n'est guère mieux loti, y compris à la Comédie-Française, dont les finances ne crient pourtant pas misère, et maintenant dotée de trois salles. Ce qu'on comprend un peu moins, c'est la visible réticence des universitaires devant le théâtre diderotien [1].

1. Il a fallu un programme de l'agrégation de lettres garantissant un lectorat aussi captif qu'angoissé pour que paraissent deux recueils collectifs consacrés au *Fils naturel* et aux *Entretiens* qui l'accompagnent. L'un consacre quatre articles sur treize à la pièce, dont un seul amorce une approche dramaturgique (*Études sur Le Fils naturel et les Entretiens sur Le Fils naturel de Diderot*, sous la dir. de N. Cronk, Oxford, Voltaire

Notre propos n'est pas d'exalter le théâtre de Diderot, encore moins d'y projeter les sombres lueurs « psychanalytiques » qu'il semble attirer (est-ce pour le faire briller en dépit de lui-même, en désespoir de cause ?). Ou bien la psychanalyse est une discipline sérieuse, qui suppose une pratique, et les critiques littéraires n'ont rien à y voir ; ou bien c'est un bavardage prétentieux sur les textes, et les critiques littéraires devraient avoir mieux à faire. À chacun son métier.

Le nôtre est de donner à lire, sous une forme commode et accessible, un théâtre qui a au moins l'extrême et rare intérêt de s'articuler à une des théorisations les plus marquantes de l'art dramatique. Il met donc en rapport, et en question, l'idée et l'écriture, la théorie et la pratique. Sa valeur expérimentale ne s'évanouirait pas si le lecteur concluait à l'échec, absolu ou relatif. Cocteau avait bien raison de dire qu'on en apprend plus sur l'art d'écrire dans les romans médiocres que dans les chefs-d'œuvre. L'histoire de l'art n'est aucunement un podium olympique, un panthéon où n'accéderaient que quelques dizaines d'œuvres sublimissimes, universellement consacrées, éternellement rejouées et glosées. Entre les quelques pics étincelants qui percent les nuages et les bas-fonds où s'entassent des milliers de cadavres décomposés, fouillés par les chacals laborieux de l'érudition, il y a place, j'en suis persuadé, pour bien plus d'êtres dramatiques fréquentables que le théâtre joué ou édité ne nous en donne à voir et même à lire.

Le Fils naturel (1757) et *Le Père de famille* (1758) furent publiés, avant d'être représentés, en compagnie de textes théoriques qu'on trouvera rassemblés dans un autre volume de la même collection [1]. *Est-il bon ?*

Foundation, « Vif », 2001) ; l'autre, quatre sur dix, dont deux proprement d'ordre théâtral (*Diderot, l'invention du drame*, sous la dir. de M. Buffat, Klincksieck, 2000).
1. On se permet d'y renvoyer le lecteur, ainsi qu'à la Présentation qui esquisse les grandes lignes de la poétique diderotienne ; voir *Entretiens sur Le Fils naturel. De la poésie dramatique. Paradoxe sur le comédien*, éd. J. Goldzink, GF-Flammarion, 2005.

Est-il méchant ? resta quant à lui à l'état de manuscrit orphelin dans les papiers de Diderot, avec d'autres œuvres plus fameuses, avant d'accéder au XIXᵉ siècle à la scène de la Comédie-Française. Cette comédie très plaisante appartient-elle encore au genre sérieux, ou bien son auteur, comme Beaumarchais, a-t-il lui aussi fini par déserter le drame pour la « comédie gaie » traditionnelle ? Cette interrogation inévitable nous conduit à envisager tour à tour chacune de ces trois pièces, et à rappeler succinctement la définition du genre sérieux qui nous servira de fil rouge dans notre itinéraire. Sans pour autant céder à la tentation de concevoir les pièces comme de pures illustrations mécaniques de la théorie. Il s'agit d'essayer de comprendre comment une idée neuve du théâtre cherche à s'incarner dans des œuvres spécifiques, qui résistent, et forment peut-être un parcours à première vue paradoxal.

Le genre sérieux

L'invention du drame, née du dégoût d'un théâtre confit dans ses recettes immuables, vise à régénérer l'impact des textes et des représentations scéniques. Cette régénération repose sur un axiome philosophique, la solidarité du vrai, du beau et du bien. Pour frapper le spectateur, il faut que les hommes de théâtre (auteurs, acteurs, décorateurs) se rapprochent au plus près possible de la vérité, c'est-à-dire de la « nature », dans le choix des sujets, des décors, des costumes, de la diction, de la gestuelle. Cela passe par des drames contemporains, en prose, qui rompraient avec la définition des deux genres traditionnels, la « comédie gaie » et la « tragédie publique ». Le véritable champ du théâtre, qu'on a donc jusqu'ici confiné sur ses deux bordures, est constitué par le « genre sérieux », espace central et vierge, dynamique et gradué, travaillé par une double polarisation, celle du comique et du tragique « sérieux ». Les pièces sérieuses seront par conséquent plus ou moins tragiques, plus ou moins comiques. Mais elles doivent repousser toute tentation baroque et shakespearienne de mélanger grotesque et sublime (pour parler comme Hugo), car l'unité de ton est aussi indispensable à l'art du théâtre, à son essence, que l'unification de lieu, de temps et d'action. Alors que la « comédie gaie » et la « tragédie publique » instituent une distance définitoire entre scène et salle (par la supériorité du spectateur sur les personnages vicieux et ridicules, par la grandeur historique, sociale et passionnelle des héros de tragédie), le genre sérieux vise à un rapport de sympathie et d'égalité. Le nouveau théâtre se veut miroir de ce que nous sommes, à hauteur d'homme, à travers la mise en scène de « la vertu et des devoirs de l'homme [1] ». Qu'est-ce à dire ? Qu'on posera comme sujets non plus les vices et ridicules des citoyens ordinaires défigurés par la grimace comique, non plus les passions surhumaines des Grands, mais les conflits nés du heurt des devoirs et des passions, en rapportant ces devoirs et ces passions à des « conditions » plutôt qu'aux trop fameux « caractères » classiques, dont le petit nombre a été définitivement épuisé. Par « conditions », on entendra des fonctions sociales – le père, le fils, le juge, le financier, le soldat –, dont la modification incessante des mœurs autorise et appelle des peintures renouvelées.

Allant au-devant de nous pour mieux nous remuer, traitant de front des questions morales qui nous concernent au premier chef, le théâtre peut enfin remplir sa finalité indissolublement esthétique et morale, en nous obligeant à faire retour sur nous-mêmes à l'exacte mesure de sa vérité, de sa beauté et de sa bonté (ou rectitude éthique). Du plateau à la salle, le chemin devient direct, et non plus oblique et médiat ; l'obscure question de la catharsis s'évanouit, faute de se poser. Plus on me touche, plus je me reconnais, et mieux – au moins l'espace d'un spectacle – je me

---

1. *De la poésie dramatique*, II.

retouche, en retrouvant au fond de moi ma nature perdue dans le brouillard des conventions sociales, le chaos des codes civils, moraux, religieux. C'est pourquoi, à talent égal, le pathétique l'emporte à cet égard sur le comique car les larmes purifient mieux le cœur que le rire.

Techniquement, ce programme esthético-philosophique passe selon Diderot par l'autonomisation de la scène (les acteurs doivent oublier la salle, s'absorber dans leur jeu interrelationnel, restituer le sentiment d'une action réelle au détriment du simulacre) ; par le fait de retrouver toute l'énergie expressive du geste et du corps, de se réapproprier le texte au lieu de le réciter comme un tout compact et inamovible, de le trouer avec des murmures, des répétitions, des exclamations, des silences, des pantomimes, muettes, des tableaux, toujours plus forts, plus suggestifs que l'inlassable débit des mots, surtout versifiés, cadencés et rimés. Il va de soi que le dramaturge va au-devant de ces exigences par l'emploi de la prose, la prose brisée du drame « bourgeois » (c'est-à-dire « domestique », privé). La réforme, dans son impeccable et impressionnante cohérence, implique donc la séparation, invisible mais rigoureuse, de la scène et de la salle (pour mieux atteindre le spectateur), la rénovation du jeu et de l'écriture, la promotion civique et artistique de l'acteur, la redéfinition des genres. Elle retentit même sur la construction des salles, et débouche sur des considérations politiques, en évoquant comme modèle nostalgique le théâtre civique des Anciens. La scène a vocation à remplacer la chaire, dans l'unisson retrouvé des corps, de la parole et de l'idée, au service de la société. Dès 1758, entre la publication des deux volumes diderotiens, Rousseau démolit consciencieusement ce programme dans sa *Lettre à d'Alembert sur les spectacles*. Admettons qu'on a parfois les contradicteurs qu'on mérite, quand l'Histoire l'autorise. Diderot trouvera aussitôt en Allemagne un écho plus fraternel, en la personne du grand Lessing, qui ne cache pas son enthousiasme.

De la poétique dramatique

La plupart de ces recommandations aux acteurs nous sont devenues si naturelles que nous ne les remarquons plus, qu'elles nous paraissent aller de soi. Elles ont pourtant une histoire, qu'on peut ici saisir sur le vif. Il n'est pas inutile de noter au passage qu'elles émanent d'un spectateur déçu et même exaspéré, bien décidé à bouder les théâtres si ardemment fréquentés en sa jeunesse. N'éprouvons-nous pas ce même sentiment devant un certain type de cinéma industriellement (et adroitement) fabriqué, à coups de péripéties minutées et d'explosions en chaîne ? Il paraît assez inutile de pointer dans le texte du *Fils naturel* les tableaux, les silences, les objets usuels, les gestes, les didascalies multipliées. Si par impossible un lecteur déplorait qu'on ne lui tienne pas la main de bout en bout, on lui conseillerait non pas peut-être de jeter ce volume, mais de se plonger d'abord dans les *Entretiens sur Le Fils naturel*, qui commentent magistralement la pièce, tout autrement que Corneille l'avait fait après coup pour son propre théâtre. À un siècle de distance, on peut alors mesurer la différence des goûts, des tempéraments, des options esthétiques et philosophiques. Si forte que soit l'imprégnation classique d'un Diderot, et sans que les cadres de l'Ancien Régime aient fondamentalement basculé, on a bien changé de monde.

Mais si Diderot maintient inflexiblement les trois unités, et l'unité de ton, où est la nouveauté du *Fils naturel*, en dehors de ce qu'on vient d'évoquer, et qui saute aux yeux ? La première tient évidemment à la définition générique de la pièce, située au point exactement médian du champ sérieux, c'est-à-dire, selon Diderot lui-même, là où les gravitations opposées du comique et du tragique se neutralisent pour faire place au sérieux pur, au sérieux intégral. La première pièce se veut d'abord ni comique ni tragique. Je ne sais pas du tout ce que Diderot y investit comme fantasmes inconscients, et j'abandonne ces mystères qui me dépassent à plus habiles et mieux informés, sans feindre de les organiser. Mais il est certain, puisqu'il le dit, qu'il vise d'abord un effet générique, un effet expérimental de poéticien extraordinairement conscient, en occupant d'entrée de jeu cette position stratégique à la fois cruciale et inédite. Cela ne veut pas dire qu'il n'y a pas des potentialités comiques ou tragiques, mais qu'elles sont retenues, tamisées, fermement contrôlées pour rester dans la bande tonale choisie, exactement médiane. *Le Fils naturel* a donc mission originelle d'indiquer le ton fondamental du genre sérieux, à partir duquel pourront se décliner les variations vers plus de comique (*Le Père de famille*) ou plus de tragique (autre scénario du *Fils naturel* exposé dans les *Entretiens*, le scénario franchement comique de Clairville étant malheureusement… perdu, au grand soulagement du mélancolique Dorval, peu disposé à supporter le travestissement gamin de ces épreuves familiales !).

C'est bien entendu une autre question que de savoir si cette intention explicite de Diderot pourrait être reconduite sur scène de nos jours. Elle n'appartient pas aux lecteurs, mais aux praticiens, chargés de se battre avec le corps des textes. Une chose, sur scène, est ce qu'on veut, une autre ce qu'on peut. La difficulté majeure est que la perception de cette tonalité inédite suppose l'accoutumance de l'oreille à une suprématie des deux autres genres, aujourd'hui disparue à jamais. Il n'en demeure pas moins qu'un tel projet esthétique n'a pas de précédent, à ma connaissance du moins. On pourrait secondairement se demander aussi pourquoi ce point n'est jamais mentionné, toujours à ma connaissance, dans les commentaires critiques et les histoires du théâtre. Quel que soit le jugement qu'on porte sur *Le Fils naturel* en tant qu'œuvre d'art, il devrait suffire à marquer cette date de 1757 d'une pierre blanche dans l'histoire de l'esthétique théâtrale. Naît alors une pièce qui ne se veut pas seulement hors du champ de la comédie et de la tragédie traditionnelles (cela, c'est la définition du genre sérieux), mais hors des attractions comique et tragique (cela, c'est la définition spécifique du *Fils naturel*).

Le théoricien et le dramaturge

La seconde grande nouveauté a trait au sujet, et Fréron, coriace adversaire des philosophes et de Diderot en particulier, l'avait immédiatement raillée. On la retrouve de nos jours chez plusieurs commentateurs savants. Il s'agit assez curieusement de savoir en quoi le titre répond à l'action, et donc si la « condition » de Dorval remplit une fonction centrale, voire une quelconque fonction. Que Dorval soit un bâtard a-t-il une influence déterminante sur l'histoire ? Diderot tient-il ce qu'il annonce ? Donnons la parole à une expression toute récente de ce point de vue fort ancien, énoncé dès… 1758 : « À quelles causes convient-il d'imputer le malheur obsédant qui poursuit Dorval […] ? Aucune explication, aucune justification à cette malédiction n'est apportée dans la fable du *Fils naturel* dont le titre programmatique ne tient en fait aucune de ses promesses [1]. » Aussi Nathalie Rizzoni conclut-elle dans le sens de son hypothèse générale : « La fable du *Fils naturel* est à sa manière une résurgence du récit de la chute d'Adam et Ève et du paradis perdu » ; le texte est parcouru par « un tentaculaire réseau de représentations judéo-chrétiennes », qui organisent autant de *failles* et de *lacunes* irrésolues ; la pièce s'échappe, selon la commentatrice, par tous les bouts des mains inexpertes ou tremblantes d'un dramaturge si sûr de lui en apparence dans ses idées, si peu dans sa pratique.

Ces vues expliquent-elles quoi que ce soit, sinon le désir des critiques d'en savoir infiniment plus que les artistes sur l'art et la manière d'écrire ? Or s'agit-il vraiment de comprendre comment et pourquoi Diderot

---

1. N. Rizzoni, « Du *Fils naturel* au fils dramaturge », in *Études sur Le Fils naturel et les Entretiens sur Le Fils naturel de Diderot*, *op. cit.*

pourrait choisir un titre fallacieux en tête de sa première pièce, d'une pièce éminemment programmatique, et, plus grave encore, exhiber d'emblée l'incon-
sistance de cette théorie des « conditions » qui lui tient
tant à cœur ?

Dans la pièce de Goldoni *L'Ami véritable* (*Il vero
Amico*) dont part Diderot, la fable met en scène un
conflit entre l'amour et l'amitié, conclu au profit de
celle-ci. Diderot *choisit d'introduire une nouvelle donnée,
un fils naturel.* Si Clairville risque la dérogeance, la
perte de ses privilèges nobiliaires en envisageant de se
faire commerçant pour compenser la ruine annoncée
de Rosalie, Dorval subit depuis sa naissance les conséquences psychologiques de son statut illégitime. Le
conflit goldonien des deux passions (amour/amitié)
est donc conservé, mais il se trouve pris dans une problématique des « conditions », en conformité au fond
assez logique avec la théorie du genre sérieux exposée
dans les *Entretiens.* Qu'est-ce qu'un bâtard ? Citons
l'*Encyclopédie* : « Les bâtards en général ne sont d'aucune famille, et n'ont aucun parent ; ils ne succèdent
dans la plus grande partie du royaume ni à leur père ni
à leur mère […] personne non plus ne leur succède, si
n'ayant point d'enfants, ils décèdent sans avoir disposé de leurs biens par donation ou par testament ; en
ce cas leur succession appartient aux seigneurs haut-
justiciers [… ou] au roi. Du reste ils sont capables de
toutes sortes de contrats, et entre autres de mariage ;
ils peuvent disposer librement de leurs biens, soit
entre vifs, soit par testament ; ils ne sont incapables ni
d'offices ni de dignités : mais ils ne peuvent avoir des
bénéfices [religieux] sans dispenses, à moins qu'ils ne
soient légitimés » (article « Bâtard, ou enfant naturel »).

La lecture des divers articles concernés de l'*Encyclopédie*, et de la thèse de R. Barbarin [1], permet de
conclure qu'effectivement Diderot ne se croit pas tenu
de donner beaucoup de détails, contrairement sans
doute à un roman sur le même sujet. L'impossibilité

---

1. R. Barbarin, *La Condition juridique du bâtard*, 1960.

du mariage de Lysimond, le père de Dorval et de Rosalie, fut-elle de rang, de fortune, d'arbitraire parental ? Pourquoi la mère de Rosalie s'est-elle opposée au mariage avec Clairville ? Quel est le statut social de Rosalie ? Par qui Dorval, doué d'une bonne éducation, fut-il élevé ? Fait-il du commerce parce qu'il est bâtard, ou est-il bâtard d'une famille de négociants ? Lysimond a-t-il affaire avec l'esclavage, voire avec la traite des Noirs ? Encore une fois, Diderot n'estime manifestement pas qu'une pièce de théâtre, ni même la théorie des conditions, exigent impérieusement de répondre à de telles curiosités, apparemment inadéquates au genre théâtral, dont l'essence est de simplifier et de concentrer, alors que le roman prodigue les « détails », les lieux, les temps, les personnages et les actions (voir les *Entretiens*). Il demeure que la fable du *Fils naturel,* dans ce qu'elle ajoute de décisif à Goldoni, peut être définie comme un procès de socialisation, *le passage de l'exclusion familiale à la fondation d'une famille. Le Fils naturel* nous raconte comment une espèce de paria, juridique et surtout social, échappe à son destin solitaire et se régénère en sacrifiant sur l'autel de la morale, et sa passion amoureuse (involontairement incestueuse sur le modèle œdipien ou iphigénien), et son inclination compulsive au malheur – traduction psychologique d'une malédiction sociale et en tout cas familiale (Oreste, modèle atridien ?). La société a donc remplacé clairement l'antique fatalité tragique. Le fils naturel est happé, dans la pièce, par la solitude, la mélancolie, le sentiment d'une fatalité malheureuse, qui pèse sur lui de naissance et qu'il répand sur ses relations en dépit de ses désirs. Je dis *dans la pièce*, parce que les *Entretiens* rattacheront aussi cette mélancolie, selon un modèle fort ancien, au tempérament caractéristique de l'artiste, du penseur (voir Dürer, *Melancolia*).

Il est clair que de fait une telle figure peut logiquement mener à une conclusion tragique, *pourvu qu'on le décide*. Décision nullement inconsciente, purement poéticienne, comme le prouvent de manière éclatante les *Entretiens*. Deux lignes dramatiques découlent du

choix initial de la condition de bâtard, inscrite très rai-
sonnablement, comme on voit, au fronton de la pièce.
L'une, de salut et de régénération par le mariage, de
réintégration dans l'ordre social, aboutit à faire du
bâtard un citoyen à part entière, c'est-à-dire un père
de famille. C'est la voie incarnée par Constance, et elle
restera au cœur des conceptions juridiques, sociales et
politiques de la Révolution française, pour qui le
citoyen est naturellement un père de famille. Sous
l'Ancien Régime, la famille, constamment renforcée
par la monarchie sous la forme du pouvoir paternel,
est selon une formule célèbre « le séminaire de l'État ».
En choisissant cette solution, Diderot réunit l'option
dramaturgique (le sérieux pur, sans adjonction comique
ou tragique) et l'option philosophique des Lumières.
Elle est conforme au droit d'Ancien Régime qui, on l'a
vu, exclut le bâtard de la famille, mais le reconnaît
apte à en fonder une.

   L'autre possibilité (en dehors du traitement comique
mis sur la touche, mais évoqué comme troisième option
formelle) conduit à la « tragédie domestique » traitée
dans les *Entretiens* sous forme de scénario. En se tuant
avec son épée, Dorval prouverait que l'enfant naturel
désocialisé ne peut échapper à la malédiction qui pèse
sur lui et a forgé son caractère en raison de sa
« condition », qui est une relation, et non pas une biographie sociale de type balzacien ou naturaliste. La
courbe de son destin l'empêcherait alors de se soustraire à la solitude malheureuse inscrite dans son statut
de sans-famille. Fils selon la nature mais pas selon le
droit et les mœurs, apte cependant au mariage et à la
paternité légitimes, l'enfant naturel, dans cette issue,
aurait trop irrémédiablement intériorisé son malheur
familial et social pour parvenir à une fin heureuse,
c'est-à-dire à sa réintégration pleine et entière dans le
concert des hommes. Le *desperado*, le désenchanté
social serait devenu un authentique paria à vocation
tragique, un révolté en passe d'accuser la société par
son suicide spectaculaire devant les spectateurs. Seul
le méchant est solitaire, lui dit Constance dans la

pièce, à l'indignation de Rousseau, qui prend le mot
pour lui. Ne pouvant assumer ni la solitude retrouvée
de son destin antérieur, ni la méchanceté cynique qui
le guette tout au long du *Fils naturel* et que Rosalie lui
suppose, Dorval n'a effectivement d'autre issue, dans
cette version tragique, que le suicide. N'oublions pas
que pour Diderot et les philosophes, la méchanceté
équivaut à une négation pratique du lien social.

Il s'agit d'un suicide philosophique, du sacrifice
vertueux poussé à son terme, ancré dans la conviction
intime des Lumières que la sociabilité est conforme à
la vocation naturelle de l'être humain (autre conflit
fondamental avec Rousseau). Le suicide réalise à n'en
pas douter une tentation inscrite dans la pièce même,
liée tout aussi fermement à la « condition », elle-même
emblématisée dans le titre. En renonçant en effet,
dans la version non tragique retenue, à sa fortune au
profit de Rosalie qu'on croit ruinée et de Clairville,
Dorval s'interdit du même coup tout accès au mariage
et à la paternité. Même dans cette option optimiste, il
décide de se suicider en tant que père et époux, il se
coupe de la nature qui veut d'abord la conservation
des espèces, il se voue à l'inexistence sociale, comme
le lui reproche Constance dans une scène centrale. Ce
qui est en jeu dans ce dialogue hautement philosophique entre le bâtard malheureux et la femme philosophe – mais nullement plaqué de l'extérieur, tout au
contraire organiquement lié au sujet –, c'est donc la
question de la fatalité, la question du destin. Dorval
développe une idéologie typiquement tragique du
malheur, de la culpabilité, de la faute. Il y a en lui
comme un péché originel non théologique, source de
mélancolie, de renoncement à la lutte et à l'espérance,
de sombre délectation solitaire du malheur. Sa « vertu »
est donc ambivalente, fragile, menacée, comme sa
personnalité. Mais j'y insiste, la fable et le titre enraci-
nent cette caractérologie mélancolique dans une
« condition », la coupent donc de toute référence au
Ciel, à toute forme de transcendance, religieuse ou

tragique. Tout ce qu'on pourra repérer comme traces de discours chrétien est déplacé, laïcisé, transmué.

Les chemins du salut

Comment s'opère alors la régénération du bâtard mélancolique, de l'homme sans famille tenté par un sacrifice mi-sublime, mi-suspect ? Comment l'ordre peut-il se restaurer ? Par l'amitié virile d'abord (entre Dorval et Clairville), premier sentiment naturel qui arrache Dorval, nous dit-il, à sa solitude misanthropique antérieure. Par la femme ensuite. Je dis la femme (Constance), et non pas l'amour (Rosalie), car la passion risque bien de conduire au désastre, au désordre de l'inceste. N'y aurait-il pas d'inceste (permis par le rejet du bâtard hors de la famille), pas de risque d'une répétition œdipienne, la passion n'en serait pas moins un facteur possible de désordre, une source de conflit moral, puisqu'elle irait contre l'amitié et la parole donnée. C'est très exactement ce que Diderot définit comme l'essence spécifique du genre sérieux, la source de ses nouveaux conflits : « la vertu et les devoirs de l'homme » confrontés aux passions. Car on sait que le respect du serment (que Rosalie veut rompre), du contrat, était alors considéré, philosophiquement, comme la base de l'ordre social. On va donc aboutir à un mariage fondé sur l'estime et la confiance (la confiance est une passion !), et même à un double mariage raisonnable, puisque rien ne garantit que Rosalie retrouve en Clairville un objet d'amour parfaitement intact. Diderot rejoindrait alors sans le savoir *La Nouvelle Héloïse* en gestation : le mariage est une chose trop sérieuse, trop essentielle à l'ordre social et à la moralité, pour être confié aveuglément à la passion, par nature changeante.

Contrairement à Rousseau, Diderot estime donc que le théâtre peut prendre le relais de la religion, pathétiser et incarner la morale, c'est-à-dire la « philosophie ». Le geste décisif (juridique, dramaturgique,

philosophique, c'est tout un) revient bien à poser le
fils naturel, qui est une « condition », en figure théâtrale assez représentative pour mériter le redoutable
baptême du nouveau genre. Faut-il subodorer un sens
allégorique caché, qui mettrait en miroir le personnage illégitime et le dramaturge en quête d'un genre
illicite ? Tous deux cherchent une place pour l'enfant
de trop, l'enfant de la nature brimé par les conventions, le bâtard et le drame.

Des femmes en drame bourgeois

Dans la dédicace du *Père de famille*, Diderot prête à
une mère et Altesse Sérénissime ce propos sur l'éducation, concept clé des Lumières : « C'est à moi à lui
inspirer le libre exercice de sa raison, si je veux que
son âme [celle de l'enfant] ne se remplisse pas d'erreurs
et de terreurs » (p. 110). C'est aussi la fonction de
Constance dans *Le Fils naturel*. Et encore : « Il y a
dans la nature de l'homme deux principes opposés :
l'amour-propre, qui nous rappelle à nous, et la bienveillance, qui nous répand » (p. 111) ; si l'un se brise,
on est méchant jusqu'à la fureur, ou généreux jusqu'à
la folie, alors qu'il convient de chercher un juste équi-
libre. Ce qui éclaire Dorval bien mieux que de vagues
commentaires sur Rousseau-Dorval ou l'inconscient
ou le judéo-christianisme. Il faut donc se tourner vers
les femmes du premier drame bourgeois.

Le genre sérieux entreprend de réduire, voire d'éli-
miner le poids dramaturgique des domestiques, machinateurs d'intrigues et de gaieté en comédie, confidents
dans les deux genres traditionnels. *Le Fils naturel*
conserve une suivante-confidente, Justine. Elle a deux
fonctions canoniques : interroger (c'est pourquoi Diderot, dans les *Entretiens*, peut considérer la scène II de
l'acte I comme un équivalent de monologue) ; exprimer le sens commun (sorte d'héritage du chœur
antique), comme le fait Justine à l'annonce de la ruine
de Rosalie. Bien entendu, il appartient à la représen-

tation d'enrichir, de nuancer, de transformer ces deux
fonctions obligées. Justine peut être jeune ou âgée,
amicale ou sévère, populaire ou élégante, etc. Affaire
de physique de l'actrice, de costume, de jeu.

Autre rôle, l'ingénue. Diderot prétend qu'il a trans-
formé le caractère de la Rosaura de Goldoni, dans
L'Ami véritable, en faisant de sa Rosalie « une fille
ingénue [1] ». C'est ce que fera aussi Goldoni de sa
jeune fille dans *Le Bourru bienfaisant*, quand il écrira
en français pour des Français. Mais l'ingénue qu'il
campe pour la Comédie-Française n'est pas celle de
Diderot. Elle est effarouchée, terriblement timide (à
cause précisément du Bourru qui la terrorise), alors
que Rosalie est mise en rapport avec Dorval et Constance, qui l'a élevée selon de tout autres principes. Elle
sera donc nouée, douloureuse, presque farouche, en
tout cas dure et presque mutique. Elle tient de Constance, sa seconde mère, par la franchise, et de Dorval
par sa crispation, sa raideur. On voit ici très bien en
quoi consiste l'adaptation d'un type au contexte singulier d'une pièce, où les personnages, comme dans un
opéra, doivent entretenir des rapports harmoniques,
participer de cette unité des passions et de leurs accents
qu'évoque superbement Diderot dans ses commentaires
sur le théâtre, si peu médités encore par les critiques
malgré leur fécondité toujours actuelle. Se contenter de
décrire Rosalie comme une ingénue, en s'appuyant sur
le propos littéral de Diderot, revient au fond à le trahir.
Autant de pièces, autant d'actrices, autant de jeunes
filles, médiocres, réussies, exceptionnelles.

Reste Constance, que l'auteur définit dans *De la
poésie dramatique* comme une femme à l'âme et aux
sentiments élevés, pour l'opposer à la Beatrix de Goldoni. Il faut évidemment préciser. Elle est veuve, sans
être pour autant nécessairement beaucoup plus âgée
que Rosalie. Mais peu importe. Ce qui la marque,
c'est l'expérience du malheur (conjugal), que Rosalie
va à son tour éprouver. On la définira donc comme

---

1. *De la poésie dramatique*, X.

une femme (par différence avec la jeune fille), une
veuve, une sœur aînée, une sorte de mère adoptive, de
mère d'élection à vocation éducatrice déliée de toute
autorité juridique. Rien de tel chez Goldoni, et toute
la pièce s'en trouve modifiée. Constance devient une
figure tutélaire qui, elle aussi, entre en rapport avec les
autres personnages : la jeune fille découvrant avec
effroi la dureté du monde dont elle était protégée, par
Constance justement (qui se le reproche) ; le jeune
homme impulsif et violent, Clairville, dont la sœur
aînée veut compenser les impulsivités par le choix
d'une épouse idoine éduquée à cet effet ; l'homme
malheureux, Dorval, « sombre et farouche », qu'il faut
initier au bonheur. Puisqu'il pose trois personnages
déchirés par des conflits passionnels, Diderot prend
une décision esthétique hardie : non pas de constituer
un quatuor passionnel à l'unisson, mais de monter
une opposition entre les trois autres et Constance. Ce
n'est pas, bien entendu, que Constance n'éprouve pas
de sentiments, d'émotions (c'est-à-dire des passions
au sens classique) – amour pour Dorval, tendresse
pour Rosalie, affection pour son frère, et surtout
confiance dans la vie, sa passion fondamentale et définitoire. Mais quand les trois autres souffrent, cherchent, se débattent, se tourmentent, errent dans
l'erreur et la frayeur, Constance apaise et rayonne, de
toute la lumière de sa confiance, de sa constance. Elle
est donc tout autre chose qu'une sœur, qu'une
amante, qu'une mère élective, ou plutôt, elle est tout
cela à la fois : un rêve diderotien de la Femme. Si elle
était le personnage principal de la pièce, celle-ci
devrait s'intituler *La Femme naturelle*. Qu'une femme
soit aussi sœur, amie, mère, il va sans dire qu'un tel
rêve est éminemment masculin ! Mais les femmes, en
littérature, ont-elles jusqu'ici beaucoup rêvé sur les
hommes ?

Le théâtre est d'abord représentation d'actions,
Aristote l'a dit et on ne peut guère le contester. Que
fait Justine ? Il faut partir d'une distinction générique.
En tragédie, le confident ne fait généralement rien, il a

charge d'écouter et de conseiller (Œnone, Narcisse).
Dans la comédie, au contraire, il revient très souvent
au domestique d'agir en lieu et place du maître, quand
celui-ci ne se déguise pas pour agir en domestique à
son propre service. Comme Diderot s'en prend violemment à cette tradition immémoriale, il n'est pas
étonnant que Justine n'ait rien à faire, sinon faire
parler et dire son point de vue. Sa fonction est donc de
s'opposer par deux fois à Rosalie (en dépit de l'invrai-
semblance constitutive de ce type de scènes, dénoncée
par Diderot), sur la question de l'inconstance amoureuse, et sur celle de la fortune. Ce qu'on retiendra,
c'est que Diderot prend grand soin – genre sérieux
oblige – de ne jamais en profiter pour s'approcher trop
près du style comique attendu d'un domestique théâtral en ce genre de scènes. Il s'agit bien de démontrer
qu'on peut et doit casser une tradition stéréotypée
jugée insupportable. Ces scènes ont donc valeur de
démarcation générique, en raison même de leur caractère canonique. Il suffira de comparer avec la première scène du *Jeu de l'amour et du hasard*. Diderot
tire au contraire Justine vers le discours non pas
cynique, mais moral, vers le ton propre du sérieux
(« je n'entends rien à votre âme », p. 56). Justine est
par conséquent l'enjeu de problèmes dramaturgiques
importants, mais qui nous échappent maintenant tout
à fait, sauf à repasser par les commentaires théoriques
de Diderot et la mémoire du théâtre.

La fonction de Rosalie dans l'action est d'être aimée
de Clairville et à la veille de l'épouser, de ne plus
l'aimer au profit de Dorval, de soupçonner celui-ci de
tartufferie, de voir se briser un à un tous ses liens – avec
Clairville, avec Dorval, avec Constance –, de se détes-
ter elle-même, bref, de faire la même expérience
fondamentale que Dorval : la tentation de la misanthropie, de la désespérance. Cela revient à dire qu'elle
est conduite à éprouver l'exact contraire de ce que lui
a enseigné Constance, de ce pourquoi elle vient d'être
éduquée. Elle incarne la forme juvénile et féminine de
la crise passionnelle, morale et philosophique qui

frappe aussi les deux personnages masculins, sous la double poussée de l'inconstance et de la trahison. Ou plutôt d'une double trahison : son cœur la trahit, et Dorval l'a trahie, croit-elle. Voire d'une triple, quand la fortune s'évanouit dans un naufrage annoncé. Mais l'ingénue n'a pas fini son parcours éprouvant.

Après la tentation de remplacer tous ses liens antérieurs par le seul statut filial (une Antigone bourgeoise ?), elle doit accomplir l'épreuve de la vertu inscrite dans le schéma goldonien, c'est-à-dire assumer son devoir : donner Dorval à Constance, se donner à Clairville. Contrairement à Rosaura, le retour du père, s'il ne rend pas la passion perdue pour Clairville, ne laisse à Rosalie aucun regret, ni aucune rancune à l'égard de Constance. Reste l'épreuve indécidable de la commémoration annuelle voulue par Lysimond, mais elle n'est pas inscrite dans la pièce ! C'est à l'encadrement narratif qu'il revient d'évoquer cette espèce de rituel d'exorcisme et de purification des menaces sur la famille, qui retourne à la première fonction du théâtre athénien, mais sans finalité religieuse ni politique.

Ce parcours accéléré est riche, et pourrait suggérer une espèce de récit d'apprentissage de la Jeune Fille. Si selon Hegel le roman est l'école de la prose du monde, il y a dans l'expérience de Rosalie une initiation précoce au sacrifice et à la désillusion. Pourquoi un tel chemin peut-il se dessiner chez Diderot et pas chez Goldoni ? Pour deux raisons essentielles. D'une part à cause du lien entre Constance et Rosalie, absent chez le dramaturge italien, et qui suppose la transformation de Beatrix en Constance. D'autre part à cause du parallèle Dorval-Rosalie, qui suppose la transformation de Lelio en Dorval, c'est-à-dire l'expérience intériorisée de la solitude, du malheur d'être parmi les hommes, expérience qui trouve sa source dans la « condition » de fils naturel, de créature sans liens. Tout se tient, tout tient aux rapports, comme ne cesse de le dire Diderot. Vérité philosophique, vérité poétique.

Le ralentissement du drame

Pourquoi fallait-il commencer par Rosalie plutôt que par Constance ? Parce que le propre de ce personnage très neuf et très hardi est de rester égale à elle-même, installée comme à demeure dans cette singulière passion qu'on appelle la « confiance ». Ce trait fondamental vient de Goldoni : c'est en effet grâce à sa foi amoureuse inébranlable que Beatrix finit par toucher Florindo. À force de croire au succès de sa flamme, elle gagne le cœur d'abord indifférent du jeune homme. Mais Diderot, tout en conservant cette foi (I, IV), exerce une inflexion majeure, d'ordre philosophique. La confiance de Constance la bien nommée dans la force de son amour n'est qu'une conséquence, une manifestation, une facette de sa confiance dans l'ordre et la vertu. Beatrix est toute à son amour, et ne connaît rien d'autre, sinon la vanité et la mesquinerie à l'égard de Rosaura (logique comique). C'est à force de vouloir cet homme improbable qu'elle l'obtient, de manière très goldonienne, à la fois sympathique et comique. Comique, parce que sa foi en l'amour est d'abord une foi narcissique en elle-même, autrement dit de la vanité un peu (ou très) ridicule ! La confiance de Constance, genre sérieux oblige, est une philosophie, une morale, une manière d'être au monde et de lui faire confiance.

Se pose alors le problème dramaturgique d'un tel personnage dans son rapport à l'action. Impossible, sans la dégrader, de faire courir Constance derrière Dorval et de le conquérir de haute lutte, sa faiblesse aidant, comme Beatrix. Pour lui conserver son rayonnement, il convient de ménager sa présence (essentiellement trois scènes, une avec Rosalie, deux avec Dorval), et de lui interdire toute agitation. Autrement dit, il faut la *dépassionner*. Par deux fois, elle affirme donc sa capacité de guérir la blessure amoureuse (I, IV ; II, IX). Que rencontre-t-on ici ? Un vieux problème de la critique du théâtre, transporté de l'Antiquité dans les vitupérations dévotes contre les spectacles, et repris par Rous-

seau dans sa *Lettre à d'Alembert* de 1758. La preuve
que le théâtre est constitutivement immoral, c'est
entre autres raisons qu'il ne peut représenter le sage
stoïcien, ni le vrai chrétien (voir Bossuet, *Maximes et
réflexions sur la comédie*, 1694), ni l'homme vertueux
(voir Rousseau). Pourquoi ne le peut-il pas ? Parce
que de tels héros ennuient, contredisent la véritable
fonction du théâtre, son principe de plaisir, qui est de
représenter les passions et de les exciter. Le héros
calme et moralement pur est une aporie dramaturgique, la pierre de touche de la nature du théâtre et
des attentes payantes du public.

Tel est le problème, indissolublement poétique et
éthique, dont Diderot s'approche, et que beaucoup de
commentateurs semblent ignorer. Tel par exemple
Aimé Guedj, l'un des très rares critiques pourtant à se
confronter en toute probité littéraire au texte même
du *Fils naturel*[1]. Il déclare d'entrée de jeu, dans son
analyse de l'acte I, scène IV, qu'il est impossible
d'adhérer au personnage de Constance. Sur le mode
de l'évidence spontanée, il exprime alors l'aporie qu'on
vient d'évoquer, et que Rousseau porte à l'incandes-
cence, en 1758, dans sa célèbre analyse du *Misanthrope*[2]. Bien entendu, Diderot n'affronte pas la difficulté à plein et de face, puisque Constance n'est pas
l'héroïne éponyme. Mais la définition même du genre
sérieux (« la vertu et les devoirs de l'homme ») l'oblige
pourtant à la rencontrer : par le biais des « épreuves de
la vertu », sous-titre de la pièce et programme générique
du drame sérieux ; par le personnage de Constance.

Son parcours dramatique tient en trois actions. 1. Je
vous aime (I, IV) ; 2. Il m'aime (II, IX ; III, II) ; 3. Vous
manquez de confiance (III, II, à Dorval) ; ayez
confiance, ne choisissez pas le désespoir (IV, II, à
Rosalie ; IV, III, à Dorval). Et l'on comprend alors
comment et pourquoi le théâtre régénéré pourrait

---

1. A. Guedj, « Les drames de Diderot », *Diderot Studies*, n° 14,
1971, p. 15-95.
2. Voir la *Lettre à d'Alembert sur les spectacles*.

devenir la chaire moderne, en laïcisant la vertu chrétienne d'espérance, la foi en Dieu devenant confiance dans l'ici-bas, dans l'ordre jailli des cœurs et des âmes, dans la force entraînante de la vertu, autrement dit dans l'Homme. Il va de soi qu'une représentation moderne pourrait désidéaliser Constance. Ce serait d'ailleurs aller dans le sens de ce que suggère Diderot dans les *Entretiens* : « La vérité des caractères » a souffert, prétend Dorval, des adoucissements apportés après coup par les personnages à leur propre rôle, la catastrophe une fois évitée ; sans ces corrections, Rosalie aurait été plus « coupable », Clairville moins « passionné », Constance moins « tendre » (Premier Entretien). Autrement dit, sans ces pseudo-retouches des rôles par les pseudo-personnes, on serait plus proche du modèle… goldonien, plus éloigné du genre sérieux pur ! En fait, on comprend bien que l'idéalisation n'est pas un leurre, elle répond à une logique poétique, et nullement à l'explication psychologique qu'on feint de vouloir nous faire croire, sous la caution d'une fiction autobiographique et d'une genèse « vraie » de la pièce.

Mais Constance ne nous conduit pas seulement à l'idéalisation propre au projet « dramique [1] » de moralisation du théâtre, par inscription des conflits moraux au cœur même des pièces et souci de nous présenter des êtres à notre semblance, ni héroïsés ni ridiculisés, tout simplement sérieux. Enfin sérieux, après « trois mille ans » de théâtre fondé sur le « protocole » grec [2]. Il se joue aussi à travers elle une idée dramaturgique d'ensemble, très clairement exprimée dès les *Entretiens*. De quoi s'agit-il ? De *ralentir* le théâtre ! Pas seulement par tout ce qu'on a déjà dit, le silence des gestes, mouvements, pantomimes, tableaux, les phrases interrompues, les mots disloqués en cris, murmures, exclamations. Le désir est encore plus pressant, plus

---

1. Cet adjectif, que nous employons également plus loin, signifiait au XVIIIe siècle : « ce qui a trait au drame ».
2. *Paradoxe sur le comédien*, éd. J. Goldzink, *op. cit.*

crucial, il touche au cœur du théâtre, à l'action. Aussi stupéfiant, presque aussi incompréhensible que cela nous paraisse aujourd'hui, la dramaturgie classique française souffre aux yeux de Diderot d'un excès ruineux de complications, de surprises manigancées, de trépidation factice, bref, de péripéties et coups de théâtre ! Quand on songe aux mises en scène actuelles des pièces classiques, on croit évidemment rêver... Mais pour Diderot, qui s'oppose ici violemment au travail français sur la tragédie et rejoint certains défenseurs héroïques de la dramaturgie grecque, la construction retorse des pièces modernes, obsédées par l'action et ses rebondissements incessants, nuit gravement à l'art. Trop de saccades, trop de mots pour les mots, quand il faudrait sortir du théâtre avec de profondes « impressions », des images capables de nous remuer longtemps et de nous remettre en cause. Le nœud dramaturgique du *Fils naturel* tient sans doute à la conjonction délicate de l'action, qui tend au mouvement, et de la cérémonie, qui tend au ralentissement, à la production de ces « impressions » graves et profondes que Diderot attend avant tout du théâtre – entendons des images presque ineffables inscrites dans le cœur et la mémoire, au-delà des mots. L'encadrement narratif du *Fils naturel* ne tend pas vers le roman, il veut dire quelque chose d'un théâtre qui renouerait avec la cérémonie.

Pour comprendre ce qui est ici en cause, on ne voit pas meilleur exemple que le cinéma. Lui aussi, sous nos yeux et sur les affiches, se partage entre une esthétique (essentiellement marchande en son essence) de l'effet maximal et passager, à coups d'actions précipitées, échevelées, aussi efficaces que superficielles et vite oubliées jusqu'au prochain choc lancé à grand fracas publicitaire, et des œuvres qui acceptent encore de miser sur la durée et la lenteur, au bénéfice, comme le dit si bien Diderot, des *impressions*. Il est clair que ce pari est redoutable, hier comme aujourd'hui, même s'il ne coûtait pas alors aussi cher. Rien ne dit que Diderot le gagne facilement dans *Le Fils naturel*. On

laisse évidemment au lecteur le soin de méditer ses
voies et moyens, et leur réussite. C'est incontestable-
ment du côté allemand qu'il faudrait en suivre les
traces, car le théâtre romantique français ne me paraît
guère aller dans ce sens. Shakespeare le marque bien
plus que les Grecs, et l'on peut soupçonner que son
rejet des classiques français aille moins profond que le
rêve de Diderot. Celui-ci aurait-il échoué du tout au
tout, que 1757 n'en resterait pas moins, par cette visée
de la lenteur ample et grave, une date digne de
mémoire et de réflexion – juste avant que Beaumarchais, disciple génial, n'invente magnifiquement, dans
l'ordre de la comédie gaie, une dramaturgie de l'accé-
lération typiquement française. Mais le problème se
repose pour lui dès que *La Mère coupable*, dernière
pièce de la trilogie, revient au ton sérieux. En revanche
et très logiquement, Diderot s'éloigne de cette redoutable difficulté en s'enfonçant de plus en plus à l'inté-
rieur du territoire comique. C'est pourquoi les deux
autres pièces, techniquement plus efficaces, appellent
moins de commentaires.

Cap sur le comique

Installé au point zéro du nouveau genre, et malgré
le penchant insistant de Dorval pour le tragique (qu'il
partage avec lui), Diderot annonce dès 1757 une
pièce sérieuse plus comique, *Le Père de famille*. Tandis
que *De la poésie dramatique* fait place, à son tour, à un
scénario tragique, une mort de Socrate que… Voltaire,
aussi attentif que caustique, s'empresse de réaliser à sa
manière (*Socrate*, 1759). Qu'on se rassure, nous ne
prétendons pas infliger aux deux dernières pièces de
Diderot des commentaires aussi longs que le précédent, au risque de noyer le désir de lire dans le déluge
critique. Mais il convenait de saluer le premier drame
bourgeois français, la plus riche et la plus complexe
des trois œuvres achevées. Il est aisé de constater dans
le nouveau drame la permanence et la cohérence des

idées directrices, d'ailleurs réaffirmées sous une forme systématique dans le discours théorique d'accompagnement. Les « devoirs de l'homme » sont ici ceux du père de famille – on retrouve le thème de l'éducation ; de son fils révolté au nom de sa passion pour une jeune ouvrière plongée dans la misère, elle-même confrontée, du coup, à des conflits éthiques, à l'instar de tous les autres personnages. Sauf un, l'oncle militaire à la retraite qui régente la famille en vertu d'une promesse d'héritage, et au nom d'une conception rigide, absolue, et en vérité tyrannique de l'autorité paternelle. Que ce sujet puisse renvoyer au conflit violent de Diderot avec son propre père au sujet de son mariage avec Antoinette Champion, lingère, on peut l'admettre sans peine. Mais qu'en tirera-t-on, sinon une constatation valable pour bien des œuvres de Diderot, dans tous les genres ? Il faut donc en revenir à des considérations théâtrales, que la biographie n'a aucune chance d'éclairer.

Le Fils naturel nous raconte comment on entre en famille pour retrouver les hommes et se sauver de la tentation misanthropique, *Le Père de famille* comment ce microcosme protecteur, ce précieux « séminaire de l'État » menace d'imploser. Du fils abandonné au père désemparé. Première pièce française qui traite vraiment de la crise de la famille sous le signe du bonheur moderne ! Il s'agit en effet, pour la figure paternelle installée au centre, d'imaginer la conduite à tenir envers un fils que l'amour émancipe. Faut-il, sur le modèle traditionnel, user d'autorité et de coercition, imposer la loi des convenances sociales, ou bien ménager des rapports plus tendres et confiants, ceux de la nouvelle et sentimentale économie familiale en train d'émerger ? Pour faire court, on renverra pour le contexte collectif et mental à l'*Histoire de la vie privée* [1]. Un vieux problème à l'origine strictement fictionnel – le mariage d'amour juvénile, ce contre-

---

1. *Histoire de la vie privée*, sous la dir. de P. Aries et G. Duby, Seuil, « Points Histoire », t. III, 1999.

monde imaginaire d'abord purement réservé à la littérature – est donc dramatisé par l'accentuation de la
mésalliance (une ouvrière en mansarde !), et surtout
par son articulation à une problématique parentale, à
un conflit de devoirs impliqués dans la condition
paternelle. Dont nous savons tous, jusqu'à la nausée
médiatique, que nous ne sommes pas près de sortir.

L'extrême intérêt de cette pièce de Diderot, nourrie
de forts affects personnels (filiaux et paternels), est
donc d'abord d'ordre *archéologique*. Nous pouvons
saisir là, de manière certes insuffisante mais très par-
lante, ce qui nous sépare et nous rapproche, par-
dessus plus de deux siècles, de cette première mise en
forme du conflit des générations, du heurt de la loi et
du cœur. On objectera qu'on n'a pas attendu Diderot
pour opposer pères et fils autour du mariage, que c'est
un stéréotype de la comédie. Mais on connaît sa
réponse (*Entretiens*). Il y a eu des pères au théâtre,
jamais LE père. Jamais le père traité à fond, en son
essence, la paternité prise dans le mouvement chan-
geant des mœurs. Et c'est vrai. Ni Molière, ni Marivaux (qui s'intéresse aux mères) ne se posent aussi
franchement ce type de problème, dramaturgique *et*
philosophique. On pourrait donc avancer sans trop de
risques que Diderot invente au théâtre la problématique moderne de la parentalité, et peut-être du même
coup celle de la révolte adolescente, dont nous ne
savons que faire. Il est regrettable que Charles Mauron,
dans son assez décevante *Psychocritique du genre
comique*, n'ait pas médité davantage *Le Père de famille*.
Son livre n'y eût pas perdu. Et puisque l'Éducation
nationale, toujours en quête de réformes et de gadgets
pédagogiques, vient d'imaginer, en attendant mieux,
l'enseignement par *séquences*, *groupements thématiques*
et *registres*, *Le Père de famille* interdit de scène pourrait
au moins trouver un premier emploi fort instructif…
On y constaterait que des pères de théâtre ne font pas
la paternité en tant que problème social et moral, que
nous ne sommes pas sortis de la problématique édu-
cative des Lumières, c'est-à-dire de la tension entre

autorité et tendresse, obéissance et autonomie, respect et confiance, normes collectives et désir individuel. Qu'il est plusieurs demeures dans la maison du comique. Et qu'il est parfaitement vain d'espérer entrer dans les textes par des voies purement techniques, à coups de codes automatiques prétendument aptes à ouvrir toutes les portes. Le second drame sérieux de Diderot prouve à l'évidence la connexion intime entre philosophie, dramaturgie et Histoire (et bien plus secondairement, histoire personnelle).

Tout cela va de soi, une simple lecture suffit à mettre au jour l'excitante actualité de la pièce, dont le mérite revient au fond autant aux Lumières qu'à Diderot (mais nul autre écrivain français, c'est un fait, n'a su capter aussi bien cette problématique naissante promise à un si fort avenir social et idéologique !). La question esthétique semble plus délicate. On pourrait l'exprimer sous cette interrogation ingénue : en quoi *Le Père de famille* est-il plus franchement comique, comme l'annonce et le répète Diderot, que *Le Fils naturel* ? On chercherait en vain des mots spirituels ou des gags, des plages de gaieté nue. Comme je ne suis pas de ceux qui croient que les artistes ignorent ce qu'ils font, pour mieux remettre les clés de la maison aux critiques, force est de chercher ailleurs le tropisme comique si fermement mentionné. Il ne fait alors aucun doute qu'il faut se tourner vers la construction dramatique, vers les constituants de la pièce. Aux yeux de Diderot, on se rapproche du comique (qui n'est évidemment pas le rire) dès que le rythme s'accélère, que les incidents se pressent, qu'apparaissent machinations et machinateurs. Dès qu'on introduit un personnage tel que l'oncle usurpateur de la fonction paternelle, on entre dans l'orbite du comique. Du comique sérieux, à distinguer radicalement de la « comédie gaie », soumise à d'autres critères esthétiques. Que cette incarnation tyrannique et cynique de l'ancienne et fausse morale, des préjugés, de la toute-puissance de l'argent, de l'égoïsme sans scrupule, de l'autorité sans amour, échappe à la sphère des âmes

sensibles et vertueuses, qu'elle n'ait aucune idée des
« devoirs de l'homme » et de leurs conflits, il n'est pas
besoin de le démontrer. Mais sa présence, ses discours
et ses actions suffisent à déplacer la pièce sur la gamme
des tonalités dramatiques. Ne serait-ce qu'en raison
d'une contagion des « machines » (ruses et intrigues
soigneusement absentes du *Fils naturel*), qui affecte
par ricochet obligé tous les autres personnages, à
l'exception du père de famille, dépossédé de toute ini-
tiative et information.

Le Père de famille appelle par conséquent une com-
paraison avec *La Mère coupable* de Beaumarchais
(1792) où, en fin de trilogie, celui-ci tentera une autre
opération tout aussi générique, la greffe du drame
sérieux et d'une intrigue de comédie [1], sur fond de
Tartuffe revisité sous la Révolution. Diderot, Molière,
la Révolution française – décidément la théorie du
drame et la recomposition subséquente du champ
théâtral, bien loin de brider Beaumarchais, ont libéré
son énergie expérimentale. Diderot n'en demandait
pas plus. Ni moins.

Questions sur un machinateur éclairé

Est-il bon ? Est-il méchant ?, comédie longuement tra-
vaillée sans désir apparent de représentation publique,
pousse la réflexion sur la machination et le comique à
son point extrême, comme l'indique le titre. Profitant
peut-être d'un impromptu de circonstance à usage
privé, délesté de tout appareil et visée théoriques expli-
cites, Diderot s'approche au plus près des frontières
de la comédie gaie. Car la gaieté que nous cherchions
avec quelque perplexité dans *Le Père de famille* s'en
donne ici à cœur joie. On n'en dénombrera pas les
« procédés », ils sautent aux yeux et laissent soupçonner un retour incognito dans le giron comique tra-

---

1. Beaumarchais, *La Mère coupable*, éd. R. Pomeau, GF-Flammarion, 1965, Préface, p. 250.

ditionnel. Est-ce pourtant le cas ? Ce n'est pas certain, dans la mesure où Diderot confie les ruses et mystifications non pas à un domestique, mais à un homme de lettres bienfaisant, autrement dit à un « philosophe », confronté dès lors, en toute conscience, à l'ambivalence des actions vertueuses propres à son état, ou « condition ». Chassez à coups de rires le théoricien du drame, il revient aussitôt par la fenêtre. « La vertu et les devoirs de l'homme » obligent à secourir son prochain, surtout quand votre réputation flatteuse l'exige ? Mais comment y parvenir sans prendre le monde comme il va, les hommes tels qu'ils sont ? La vertu, pour être efficace, se devra de mentir. Elle travestira toute vérité, humiliera ou ridiculisera les bénéficiaires de cette bonté cruelle.

On dira que ce n'est pas la faute du « philosophe » si le monde est ce qu'il est, et si les demandeurs n'ont pas l'esprit de se secourir tout seuls. L'auteur ne nous laisse pas cette échappatoire raisonnable mais un peu trop commode. Car son héros tient aussi de lui, il partage son goût invétéré des mystifications, des farces et attrapes, bref, un penchant irrécusablement cynique, gaiement cynique. Le philosophe réputé pour sa bienfaisance obligeante, sa vertu agissante et efficace, son entregent humanitaire, a au fond de l'âme, il se l'avoue à lui-même sans excès de contrition, une poche d'humeur caustique, malicieuse, maligne, pour tout dire un désir et un plaisir de méchanceté. De méchanceté pure, et peut-être saine, qui le dédommage de ses obligeances, qui lui dévorent son temps d'artiste. Bonnes œuvres, y compris « littéraires », bagatelles littéraires, contre œuvres d'art ! Savoureuse, ô combien, cette mise en scène sans aucune amertume visible, sans écume, d'une journée dans la vie d'un homme de lettres happé par le monde et ses futilités pressantes. On pressent la confidence transposée, aérée, enjouée, même si l'énormité de l'œuvre diderotienne dément toute dissipation irresponsable du temps dans la mondanité.

Faut-il ajouter qu'une telle thématique est parfaitement neuve, quand l'homme de lettres, y compris

chez Molière ou Marivaux, était d'ordinaire voué aux
ridicules de la vanité exacerbée ? Changement radi-
cal : c'est lui qui se joue des mondains, qui possède la
science gaiement machiavélienne du monde, minis-
tères et politiques compris. Qu'on ne conclue pas à un
renversement apologétique, à une héroïsation du philosophe qui ne tente que trop, parfois, la plume de
Diderot. La vertu du comique est ici merveilleuse-
ment efficace, elle efface toute velléité de pathos,
comme toute trace d'une ancienne et gênante humi-
lité. Diderot, un peu aidé par la promotion des artistes
et le recul du prestige aristocratique, trouve grâce à la
comédie un ton juste dont nous ne mesurons pas
spontanément toute la difficulté.

Cette mise en scène scintillante et profondément philosophique des embarras de la « vertu », cette scie des
Lumières, d'un ton et d'un contenu si libres, si
modernes, a valeur allégorique. Elle touche à un des
malaises les plus intimes et les moins soulignés des
Lumières, leur rapport au comique. Voltaire, Diderot,
Rousseau, Beaumarchais (dans l'*Essai sur le genre dramatique sérieux*, 1767) en tombent d'accord chacun à sa
manière, après bien d'autres penseurs chrétiens : il y a
de l'immoralité dans le rire, une incapacité de toucher
le cœur, d'ébranler l'âme dans ses profondeurs, de sus-
citer l'unisson vertueux des spectateurs. Le rire dissipe,
disperse, privilégie le social contre l'intime, la conven-
tion contre la nature, l'artificieux contre le spontané, le
superficiel contre le profond, l'égoïsme orgueilleux
contre la sympathie, le mépris ricanant contre la sociabilité bienveillante. Bossuet l'avait superbement dit, en
termes théologiques que les Lumières laïcisent : Jésus
n'a jamais ri, tout au plus s'est-il parfois permis un sou-
rire dans l'âme. En 1758, Rousseau lance à nouveau,
contre le rire et Molière, une immense clameur : on n'a
pas le droit de rire d'Alceste, alors que Molière nous y
oblige contre nous-mêmes, en tordant de toute nécessité comique et théâtrale la logique de son personnage.

Je ne peux me retenir de croire que cette question,
Est-il bon ? Est-il méchant ?, s'adresse aussi à l'irrésis-

tible penchant comique, à l'étrange et nécessaire
besoin de rire d'autrui, y compris quand on lui veut
du bien. Parce qu'on lui doit du bien ? En ce cas, la
dernière pièce achevée de Diderot a pour sujet la
comédie, et ferme impeccablement trente ans de
réflexion théorique et pratique sur le théâtre. J'y ver-
rais alors une confirmation non négligeable de mon
intime conviction : en dépit de tous les discours pom-
peux, en dépit de l'absence (symbolique) du second
Livre de la poétique d'Aristote, c'est par le comique
que le théâtre parvient le mieux et le plus profondément à la philosophie. Dorval et Diderot rêvent sans
cesse de tragédies, mais la plume fait foi et loi. Nulle
tragédie domestique achevée, tout au contraire, du
Fils naturel à la fin, une progressive montée en puissance de la veine comique, jusqu'à la mettre en scène
dans son énigmatique, irrépressible et indécidable
ambivalence.

Jean GOLDZINK.

NOTE SUR L'ÉDITION

L'édition presque complète des *Œuvres* de Diderot par Laurent Versini (R. Laffont, « Bouquins », t. IV. *Esthétique. Théâtre*) étant la seule accessible à un large public, je me suis aligné sur elle pour l'établissement du texte. Pour les notes, j'ai choisi le parti de la plus grande sobriété possible. Il va de soi qu'on peut sur de tels ouvrages multiplier les références et les gloses à l'infini. Les comprend-on mieux pour autant ? Je n'en suis pas certain. Et l'on risque de cautionner par l'érudition des rapprochements qui sont peut-être bien plus dans nos fiches que dans la tête de Diderot. Je n'ai cependant pas pu m'abstenir parfois de quelques notes qui tiennent plus du commentaire que de l'information pure. C'est qu'il en va des critiques comme du théâtre critiqué par Diderot, nous parlons trop.

AVERTISSEMENT

Cette édition en deux volumes des trois pièces achevées de Diderot, d'une part, et d'autre part de ses trois grands écrits sur le théâtre [1], implique une intervention éditoriale dont il convient d'avertir le lecteur. En effet, Diderot a accouplé coup sur coup une pièce et un commentaire théorique (*Le Fils naturel, Entretiens sur Le Fils naturel*, 1757 ; *Le Père de famille, De la poésie dramatique*, 1758). En distribuant les pièces d'un côté, les réflexions de l'autre, on ne respecte pas son projet premier. Il faut donc considérer ces deux volumes comme formant un tout, et la disjonction comme le prix (somme toute modeste) à payer pour favoriser la lecture de ces textes captivants, et d'ailleurs capitaux pour l'histoire du théâtre. Rappelons qu'il s'agit de la seule édition du théâtre de Diderot disponible en collection de poche. Faute avouée, faute presque pardonnée ?

---

1. *Entretiens sur Le Fils naturel. De la poésie dramatique. Paradoxe sur le comédien*, éd. J. Goldzink, GF-Flammarion, 2005.

LE FILS NATUREL
OU LES ÉPREUVES DE LA VERTU

Comédie

Interdum speciosa locis, morataque recte
Fabula, nullius veneris, sine pondere et arte,
Valdius oblectat populum. meliusque moratur
Quam versus inopes rerum nugaeque canorae.

Horat., *De Art. poet.* [1].

---

1. « Parfois, une pièce qui brille par les idées générales et où les mœurs sont bien observées, même sans beauté, sans force, sans art, charme plus vivement le public et le retient mieux que des vers pauvres de fond et des bagatelles mélodieuses », Horace, *Art poétique*, vers 319-322 (trad. in *Œuvres*, t. IV : *Esthétique. Théâtre*, éd. L. Versini, R. Laffont, « Bouquins », 1996, p. 1081).

Le sixième volume de l'*Encyclopédie* venait de paraître [1] ; et j'étais allé chercher à la campagne du repos et de la santé [2], lorsqu'un événement, non moins intéressant par les circonstances que par les personnes, devint l'étonnement et l'entretien du canton. On n'y parlait que de l'homme rare qui avait eu, dans un même jour, le bonheur d'exposer sa vie pour son ami, et le courage de lui sacrifier sa passion, sa fortune et sa liberté.

Je voulus connaître cet homme. Je le connus, et je le trouvai tel qu'on me l'avait peint, sombre et mélancolique. Le chagrin et la douleur, en sortant d'une âme où ils avaient habité trop longtemps, y avaient laissé la tristesse. Il était triste dans sa conversation et dans son maintien, à moins qu'il ne parlât de la vertu, ou qu'il n'éprouvât les transports qu'elle cause à ceux qui en sont fortement épris. Alors vous eussiez dit qu'il se transfigurait. La sérénité se déployait sur son visage. Ses yeux prenaient de l'éclat et de la douceur. Sa voix avait un charme inexprimable. Son discours devenait pathétique. C'était un enchaînement d'idées austères et d'images touchantes qui tenaient l'attention suspendue et l'âme ravie. Mais comme on voit le soir, en

1. En octobre 1756.
2. Détails exacts. La rencontre de Dorval, elle, est fictive.

automne, dans un temps nébuleux et couvert, la lumière s'échapper d'un nuage, briller un moment, et se perdre en un ciel obscur, bientôt sa gaieté s'éclipsait, et il retombait tout à coup dans le silence et la mélancolie.

Tel était Dorval. Soit qu'on l'eût prévenu favorablement, soit qu'il y ait, comme on le dit, des hommes faits pour s'aimer sitôt qu'ils se rencontreront, il m'accueillit d'une manière ouverte, qui surprit tout le monde, excepté moi ; et dès la seconde fois que je le vis, je crus pouvoir, sans être indiscret, lui parler de sa famille, et de ce qui venait de s'y passer. Il satisfit à mes questions. Il me raconta son histoire. Je tremblai avec lui des épreuves auxquelles l'homme de bien est quelquefois exposé ; et je lui dis qu'un ouvrage dramatique dont ces épreuves seraient le sujet ferait impression sur tous ceux qui ont de la sensibilité, de la vertu, et quelque idée de la faiblesse humaine :

« Hélas ! me répondit-il en soupirant, vous avez eu la même pensée que mon père. Quelque temps après son arrivée, lorsqu'une joie plus tranquille et plus douce commençait à succéder à nos transports, et que nous goûtions le plaisir d'être assis les uns à côté des autres, il me dit :

"Dorval, tous les jours je parle au ciel de Rosalie et de toi. Je lui rends grâces de vous avoir conservés jusqu'à mon retour, mais surtout de vous avoir conservés innocents. Ah ! mon fils, je ne jette point les yeux sur Rosalie sans frémir du danger que tu as couru. Plus je la vois, plus je la trouve honnête et belle, plus ce danger me paraît grand. Mais le ciel, qui veille aujourd'hui sur nous, peut nous abandonner demain ; nul de nous ne connaît son sort. Tout ce que nous savons, c'est qu'à mesure que la vie s'avance, nous échappons à la méchanceté qui nous suit. Voilà les réflexions que je fais toutes les fois que je me rappelle ton histoire. Elles me consolent du peu de temps qui me reste à vivre ; et si tu voulais, ce serait la morale d'une pièce dont une partie de notre vie serait le sujet, et que nous représenterions entre nous.

– Une pièce, mon père !…

– Oui, mon enfant. Il ne s'agit point d'élever ici des tréteaux, mais de conserver la mémoire d'un événement qui nous touche, et de le rendre comme il s'est passé… Nous le renouvellerions nous-mêmes tous les ans dans cette maison, dans ce salon. Les choses que nous avons dites, nous les redirions. Tes enfants en feraient autant, et les leurs, et leurs descendants. Et je me survivrais à moi-même, et j'irais converser ainsi, d'âge en âge, avec tous mes neveux… Dorval, penses-tu qu'un ouvrage qui leur transmettrait nos propres idées, nos vrais sentiments, les discours que nous avons tenus dans une des circonstances les plus importantes de notre vie, ne valût pas mieux que des *portraits de famille, qui ne montrent de nous qu'un moment de notre visage* ?

– C'est-à-dire que vous m'ordonnez de peindre votre âme, la mienne, celles de Constance, de Clairville et de Rosalie. Ah ! mon père, c'est une tâche au-dessus de mes forces, et vous le savez bien !

– Écoute ; je prétends y faire mon rôle une fois avant que de mourir ; et pour cet effet j'ai dit à André de serrer dans un coffre les habits que nous avons apportés des prisons [1].

– Mon père…

– *Mes enfants ne m'ont jamais opposé de refus ; ils ne voudront pas commencer si tard."* »

En cet endroit, Dorval, détournant son visage et cachant ses larmes, me dit du ton d'un homme qui contraignait sa douleur : « … La pièce est faite… mais celui qui l'a commandée n'est plus… » Après un moment de silence, il ajouta : « … Elle était restée là, cette pièce, et je l'avais presque oubliée ; mais ils m'ont répété si souvent que c'était manquer à la volonté de mon père qu'ils m'ont persuadé ; et dimanche prochain nous nous acquittons pour la première fois d'une chose qu'ils s'accordent tous à regarder comme un devoir.

---

1. La pièce révélera qu'il s'agit des prisons anglaises.

– Ah Dorval, lui dis-je, si j'osais !…

– Je vous entends, me répondit-il ; mais croyez-vous que ce soit une proposition à faire à Constance, à Clairville et à Rosalie ? Le sujet de la pièce vous est connu, et vous n'aurez pas de peine à croire qu'il y a quelques scènes où la présence d'un étranger gênerait beaucoup. Cependant c'est moi qui fais ranger le salon. Je ne vous promets point. Je ne vous refuse pas. Je verrai. »

Nous nous séparâmes, Dorval et moi. C'était le lundi. Il ne me fit rien dire de toute la semaine. Mais le dimanche matin, il m'écrivit : … *Aujourd'hui, à trois heures précises, à la porte du jardin*… Je m'y rendis. J'entrai dans le salon par la fenêtre ; et Dorval, qui avait écarté tout le monde, me plaça dans un coin, d'où, sans être vu, je vis et j'entendis ce qu'on va lire, excepté la dernière scène. Une autre fois je dirai pourquoi je n'entendis pas la dernière scène [1].

1. Voir p. 104.

Voici les noms des personnages réels de la pièce, avec ceux des acteurs qui pourraient les remplacer :

LYSIMOND, père de Dorval et de Rosalie	M. Sarrazin
DORVAL, fils naturel de Lysimond, et ami de Clairville	M. Grandval
ROSALIE, fille de Lysimond	Mlle Gaussin
JUSTINE, suivante de Rosalie	Mlle Dangeville
ANDRÉ, domestique de Lysimond	M. Le Grand
CHARLES, valet de Dorval	M. Armand
CLAIRVILLE, ami de Dorval et amant de Rosalie	M. Lekain
CONSTANCE, jeune veuve sœur de Clairville	Mlle Clairon
SYLVESTRE, valet de Clairville	
Autres DOMESTIQUES de la maison de Clairville [1]	

La scène est à Saint-Germain-en-Laye.
L'action commence avec le jour, et se passe dans un salon de la maison de Clairville.

---

1. Les noms des acteurs de la Comédie-Française souhaités par Diderot sont tout à fait réels. En revanche, Dorval, Clairville et encore plus Lysimond sonnent comme des noms de théâtre.

ACTE PREMIER

Scène première

La scène est dans un salon. On y voit un clave-cin, des chaises, des tables de jeu ; sur une de ces tables un trictrac ; sur une autre quelques brochures ; d'un côté un métier à tapisserie, etc. ; dans le fond un canapé, etc. [1].

DORVAL, *seul. Il est en habit de campagne, en cheveux négligés, assis dans un fauteuil, à côté d'une table sur laquelle il y a des brochures. Il paraît agité. Après quelques mouvements violents, il s'appuie sur un des bras de son fauteuil, comme pour dormir. Il quitte bientôt cette situation. Il tire sa montre, et dit :* À peine est-il six heures. *(Il se jette sur l'autre bras de son fauteuil ; mais il n'y est pas plus tôt, qu'il se relève, et dit :)* Je ne saurais dormir. *(Il prend un livre qu'il ouvre au hasard, et qu'il referme presque sur-le-champ, et dit :)* Je lis sans rien entendre. *(Il se lève, se promène, et dit :)* Je ne peux m'éviter… il faut sortir d'ici… Sortir d'ici ! Et j'y suis enchaîné ! J'aime… *(Comme effrayé.)* Et qui aimé-je !…

---

1. De telles indications scéniques, devenues parfaitement banales, étaient alors inusitées.

J'ose me l'avouer, malheureux, et je reste. *(Il appelle violemment :)* Charles ! Charles !

Scène II

Cette scène marche vite.

Dorval, Charles

Charles croit que son maître demande son chapeau et son épée ; il les apporte, les pose sur un fauteuil, et dit :

CHARLES. – Monsieur, ne vous faut-il plus rien ?

DORVAL. – Des chevaux ; ma chaise [1].

CHARLES. – Quoi ! nous partons ?

DORVAL. – À l'instant.

Il est assis dans le fauteuil ; et, tout en parlant, il ramasse des livres, des papiers, des brochures, comme pour en faire des paquets.

CHARLES. – Monsieur, tout dort encore ici.

DORVAL. – Je ne verrai personne.

CHARLES. – Cela se peut-il ?

DORVAL. – Il le faut.

CHARLES. – Monsieur…

DORVAL, *se tournant vers Charles, d'un air triste et accablé.* – Eh bien ! Charles !

CHARLES. – Avoir été accueilli dans cette maison, chéri de tout le monde, prévenu sur tout, et s'en aller sans parler à personne ; permettez, monsieur…

DORVAL. – J'ai tout entendu. Tu as raison. Mais je pars.

CHARLES. – Que dira Clairville votre ami ? Constance sa sœur, qui n'a rien négligé pour vous faire aimer ce séjour ? *(D'un ton plus bas.)* Et Rosalie ?… Vous ne les verrez point ? *(Dorval soupire profondément, laisse tomber sa tête sur ses mains ; et Charles continue.)* Clairville et

1. Ma voiture.

Rosalie s'étaient flattés de vous avoir pour témoin de leur mariage. Rosalie se faisait une joie de vous présenter à son père. Vous deviez les accompagner tous à l'autel [1]. *(Dorval soupire, s'agite, etc.)* Le bonhomme arrive, et vous partez ! Tenez, mon cher maître, j'ose vous le dire : les conduites bizarres sont rarement sensées… Clairville ! Constance ! Rosalie !

DORVAL, *brusquement, en se levant.* – Des chevaux, ma chaise, te dis-je.

CHARLES. – Au moment où le père de Rosalie arrive d'un voyage de plus de mille lieues [2] ! à la veille du mariage de votre ami !

DORVAL, *en colère, à Charles.* – Malheureux !… *(à lui-même, en se mordant la lèvre et se frappant la poitrine)* que je suis… Tu perds le temps, et je demeure.

CHARLES. – Je vais.

DORVAL. – Qu'on se dépêche.

Scène III

DORVAL, *seul. Il continue de se promener et de rêver.* – Partir sans dire adieu ! il a raison ; cela serait d'une bizarrerie, d'une inconséquence… Et qu'est-ce que ces mots signifient ? Est-il question de ce qu'on croira, ou de ce qu'il est honnête de faire ?… Mais, après tout, pourquoi ne verrais-je pas Clairville et sa sœur ? Ne puis-je les quitter et leur en taire le motif ?… Et Rosalie ? je ne la verrai point ?… Non… l'amour et l'amitié n'imposent point ici les mêmes devoirs ; surtout un amour insensé qu'on ignore et qu'il faut étouffer… mais que dira-t-elle ? que pensera-t-elle ?… Amour, sophiste dangereux, je t'entends.

> *Constance arrive en robe de matin, tourmentée de son côté par une passion qui lui a ôté le repos. Un moment après, entrent des domestiques qui*

---

1. L'Ancien Régime n'autorisait le mariage que devant un prêtre catholique.
2. Une lieue fait environ quatre kilomètres.

> *rangent le salon, et qui ramassent les choses qui sont à Dorval…* [1]*. Charles, qui a envoyé à la poste* [2] *pour avoir des chevaux, rentre aussi.*

Scène IV

Dorval, Constance, des domestiques

DORVAL. – Quoi ! madame, si matin !

CONSTANCE. – J'ai perdu le sommeil. Mais vous-même, déjà habillé !

DORVAL, *vite*. – Je reçois des lettres à l'instant. Une affaire pressée m'appelle à Paris. Elle y demande ma présence. Je prends le thé. Charles, du thé. J'embrasse Clairville. Je vous rends grâces à tous les deux des bontés que vous avez eues pour moi. Je me jette dans ma chaise, et je pars.

CONSTANCE. – Vous partez ! Est-il possible ?

DORVAL. – Rien, malheureusement, n'est plus nécessaire.

> *Les domestiques, qui ont achevé de ranger le salon et de ramasser ce qui est à Dorval, s'éloignent. Charles laisse le thé sur une des tables. Dorval prend le thé. Constance, un coude appuyé sur la table, et la tête penchée sur une de ses mains, demeure dans cette situation pensive.*

DORVAL. – Constance, vous rêvez.

CONSTANCE, *émue, ou plutôt d'un sang-froid un peu contraint*. – Oui, je rêve… mais j'ai tort… La vie que l'on mène ici vous ennuie… Ce n'est pas d'aujourd'hui que je m'en aperçois.

DORVAL. – Elle m'ennuie ! Non, madame, ce n'est pas cela.

CONSTANCE. – Qu'avez-vous donc ?… Un air sombre que je vous trouve…

---

1. Autre indication de régie inhabituelle.
2. Relais du service des transports.

DORVAL. – Les malheurs laissent des impressions…
Vous savez… madame… je vous jure que depuis longtemps je ne connaissais de douceurs que celles que je
goûtais ici.

CONSTANCE. – Si cela est, vous revenez sans doute.

DORVAL. – Je ne sais… Ai-je jamais su ce que je
deviendrais ?

CONSTANCE, *après s'être promenée un instant.* – Ce
moment est donc le seul qui me reste. Il faut parler.
(Une pause.) Dorval, écoutez-moi. Vous m'avez trouvée
ici il y a six mois, tranquille et heureuse. J'avais
éprouvé tous les malheurs des nœuds [1] mal assortis.
Libre de ces nœuds, je m'étais promis une indépen-
dance éternelle ; et j'avais fondé mon bonheur sur
l'aversion de tout lien, et dans la sécurité d'une vie
retirée.

Après les longs chagrins, la solitude a tant de
charmes ! On y respire en liberté. J'y jouissais de moi ;
j'y jouissais de mes peines passées. Il me semblait
qu'elles avaient épuré ma raison. Mes journées, toujours innocentes, quelquefois délicieuses, se parta-
geaient entre la lecture, la promenade et la conversation de mon frère. Clairville me parlait sans cesse de
son austère et sublime ami. Que j'avais de plaisir à
l'entendre ! Combien je désirais de connaître un
homme que mon frère aimait, respectait à tant de
titres, et qui avait développé dans son cœur les premiers germes de la sagesse !

Je vous dirai plus. Loin de vous, je marchais déjà sur
vos traces ; et cette jeune Rosalie que vous voyez ici
était l'objet de tous mes soins, comme Clairville avait
été l'objet des vôtres.

DORVAL, *ému et attendri.* – Rosalie !

CONSTANCE. – Je m'aperçus du goût que Clairville
prenait pour elle, et je m'occupai à former l'esprit, et
surtout le caractère de cette enfant qui devait un jour
faire la destinée de mon frère. Il est étourdi, je la ren-
dais prudente. Il est violent, je cultivais sa douceur

---

1. Mariages.

naturelle. Je me complaisais à penser que je préparais de concert avec vous l'union la plus heureuse qu'il y eût peut-être au monde, lorsque vous arrivâtes. Hélas !… *(La voix de Constance prend ici l'accent de la tendresse, et s'affaiblit un peu.)* Votre présence qui devait m'éclairer et m'encourager n'eut point ces effets que j'en attendais. Peu à peu mes soins se détournèrent de Rosalie. Je ne lui enseignai plus à plaire… et je n'en ignorai pas longtemps la raison.

Dorval, je connus tout l'empire que la vertu avait sur vous, et il me parut que je l'en aimais encore davantage. Je me proposai d'entrer dans votre âme avec elle, et je crus n'avoir jamais formé de dessein qui fût si bien selon mon cœur. Qu'une femme est heureuse, me disais-je, lorsque le seul moyen qu'elle ait d'attacher celui qu'elle a distingué, c'est d'ajouter de plus en plus à l'estime qu'elle se doit, c'est de s'élever sans cesse à ses propres yeux !

Je n'en ai point employé d'autre. Si je n'en ai pas attendu le succès, si je parle, c'est le temps, et non la confiance [1], qui m'a manqué. Je ne doutai jamais que la vertu ne fît naître l'amour, quand le moment en serait venu. *(Une petite pause. Ce qui suit doit coûter à dire à une femme telle que Constance.)* Vous avouerai-je ce qui m'a coûté le plus ? C'était de vous dérober ces mouvements [2] si tendres et si peu libres, qui trahissent presque toujours une femme qui aime. La raison se fait entendre par intervalles. Le cœur importun parle sans cesse. Dorval, cent fois le mot fatal à mon projet s'est présenté sur mes lèvres. Il m'est échappé quelquefois ; mais vous ne l'avez point entendu, et je m'en suis toujours félicitée.

Telle est Constance. Si vous la fuyez [3], du moins elle n'aura point à rougir d'elle. Éloignée de vous, elle se

1. Il faut considérer la *confiance* comme une passion, c'est-à-dire un affect de l'âme (voir III, III).

2. Impulsions, sentiments.

3. La fuite, dans le vocabulaire classique, est aussi une passion (voir la deuxième tirade de Clairville, I, VI).

retrouvera dans le sein de la vertu. Et tandis que tant de femmes détesteront l'instant où l'objet d'une criminelle tendresse arracha de leur cœur un premier soupir, Constance ne se rappellera Dorval que pour s'applaudir de l'avoir connu. Ou s'il se mêle quelque amertume à son souvenir, il lui restera toujours une consolation douce et solide dans les sentiments mêmes que vous lui aurez inspirés.

Scène V

Dorval, Constance, Clairville

DORVAL. – Madame, voilà votre frère.

CONSTANCE, *attristée, dit :* – Mon frère, Dorval nous quitte *(et sort)*.

CLAIRVILLE. – On vient de me l'apprendre.

Scène VI

Dorval, Clairville

DORVAL, *faisant quelques pas, distrait et embarrassé.* – Des lettres de Paris… Des affaires qui pressent… Un banquier qui chancelle… [1].

CLAIRVILLE. – Mon ami, vous ne partirez point sans m'accorder un moment d'entretien. Je n'ai jamais eu un si grand besoin de votre secours.

DORVAL. – Disposez de moi ; mais si vous me rendez justice, vous ne douterez pas que je n'aie les raisons les plus fortes…

CLAIRVILLE, *affligé.* – J'avais un ami, et cet ami m'abandonne. J'étais aimé de Rosalie, et Rosalie ne m'aime plus. Je suis désespéré… Dorval, m'abandonnerez-vous ?…

DORVAL. – Que puis-je faire pour vous ?

---

1. La ruine d'un banquier entraînait celle des déposants. Il importait de retirer ses fonds avant la banqueroute.

CLAIRVILLE. – Vous savez si j'aime Rosalie !… Mais non, vous n'en savez rien. Devant les autres, l'amour est ma première vertu ; j'en rougis presque devant vous… Eh bien ! Dorval, je rougirai, s'il le faut, mais je l'adore… Que ne puis-je vous dire tout ce que j'ai souffert ! Avec quel ménagement, quelle délicatesse j'ai imposé silence à la passion la plus forte !… Rosalie vivait retirée près d'ici avec une tante. C'était une Américaine [1] fort âgée, une amie de Constance. Je voyais Rosalie tous les jours, et tous les jours je voyais augmenter ses charmes ; je sentais augmenter mon trouble. Sa tante meurt. Dans ses derniers moments, elle appelle ma sœur, lui tend une main défaillante, et, lui montrant Rosalie qui se désolait au bord de son lit, elle la regardait sans parler ; ensuite elle regardait Constance ; des larmes tombaient de ses yeux ; elle soupirait, et ma sœur entendait tout cela. Rosalie devint sa compagne, sa pupille, son élève ; et moi, je fus le plus heureux des hommes. Constance voyait ma passion ; Rosalie en paraissait touchée. Mon bonheur n'était plus traversé que par la volonté d'une mère inquiète qui redemandait sa fille. Je me préparais à passer dans les climats éloignés où Rosalie a pris naissance ; mais sa mère meurt, et son père, malgré sa vieillesse, prend le parti de revenir parmi nous.

Je l'attendais, ce père, pour achever mon bonheur ; il arrive, et il me trouvera désolé.

DORVAL. – Je ne vois pas encore les raisons que vous avez de l'être.

CLAIRVILLE. – Je vous l'ai dit d'abord. Rosalie ne m'aime plus. À mesure que les obstacles qui s'opposaient à mon bonheur ont disparu, elle est devenue réservée, froide, indifférente. Ces sentiments tendres qui sortaient de sa bouche avec une naïveté qui me ravissait, ont fait place à une politesse qui me tue. Tout lui est insipide. Rien ne l'occupe. Rien ne l'amuse. M'aperçoit-elle ? son premier mouvement est de s'éloigner. Son père arrive, et l'on dirait qu'un événe-

---

1. La tante vient en fait des Antilles.

ment si désiré, si longtemps attendu, n'a plus rien qui la touche. Un goût sombre pour la solitude est tout ce qui lui reste. Constance n'est pas mieux traitée que moi. Si Rosalie nous cherche encore, c'est pour nous éviter l'un par l'autre ; et, pour comble de malheur, ma sœur même ne paraît plus s'intéresser à moi.

DORVAL. – Je reconnais bien là Clairville. Il s'inquiète, il se chagrine, et il touche au moment de son bonheur.

CLAIRVILLE. – Ah ! mon cher Dorval, vous ne le croyez pas. Voyez…

DORVAL. – Je ne vois, dans toute la conduite de Rosalie, que de ces inégalités [1] auxquelles les femmes les mieux nées sont le plus sujettes, et qu'il est quelquefois si doux d'avoir à leur pardonner. Elles ont le sentiment si exquis, leur âme est si sensible, leurs organes sont si délicats, qu'un soupçon, un mot, une idée suffit pour les alarmer. Mon ami, leur âme est semblable au cristal d'une onde pure et transparente où le spectacle tranquille de la nature s'est peint. Si une feuille en tombant vient à en agiter la surface, tous les objets sont vacillants.

CLAIRVILLE, *affligé*. – Vous me consolez, Dorval, je suis perdu [2]. Je ne sens que trop… que je ne peux vivre sans Rosalie ; mais quel que soit le sort qui m'attend, j'en veux être éclairci avant l'arrivée de son père.

DORVAL. – En quoi puis-je vous servir ?

CLAIRVILLE. – Il faut que vous parliez à Rosalie.

DORVAL. – Que je lui parle !

CLAIRVILLE. – Oui, mon ami. Il n'y a que vous au monde qui puissiez me la rendre. L'estime qu'elle a pour vous me fait tout espérer.

DORVAL. – Clairville, que me demandez-vous ? À peine Rosalie me connaît-elle ; et je suis si peu fait pour ces sortes de discussions.

CLAIRVILLE. – Vous pouvez tout, et vous ne me refuserez point. Rosalie vous révère. Votre présence la

1. Inégalités d'humeur.
2. Si vous me consolez, c'est que je suis perdu.

saisit de respect ; c'est elle qui l'a dit. Elle n'osera jamais être injuste, inconstante, ingrate à vos yeux. Tel est l'auguste privilège de la vertu ; elle en impose à tout ce qui l'approche. Dorval, paraissez devant Rosalie, et bientôt elle redeviendra pour moi ce qu'elle doit être, ce qu'elle était.

DORVAL, *posant la main sur l'épaule de Clairville.* – Ah malheureux !

CLAIRVILLE. – Mon ami, si je le suis !

DORVAL. – Vous exigez…

CLAIRVILLE. – J'exige…

DORVAL. – Vous serez satisfait.

Scène VII

DORVAL, *seul.* – Quels nouveaux embarras !… le frère… la sœur… Ami cruel, amant aveugle, que me proposez-vous ?… Paraissez devant Rosalie ! Moi, paraître devant Rosalie, et je voudrais me cacher à moi-même… Que deviens-je, si Rosalie me devine ? Et comment en imposerai-je à mes yeux, à ma voix, à mon cœur ?… Qui me répondra de moi ?… La vertu ?… M'en reste-t-il encore ?

ACTE II

Scène première

Rosalie, Justine

ROSALIE. – Justine, approchez mon ouvrage.

> *Justine approche un métier à tapisserie. Rosalie est tristement appuyée sur ce métier. Justine est assise d'un autre côté. Elles travaillent. Rosalie n'interrompt son ouvrage que pour essuyer des larmes qui tombent de ses yeux. Elle le reprend*

*ensuite. Le silence dure un moment, pendant
lequel Justine laisse l'ouvrage et considère sa
maîtresse.*

JUSTINE. – Est-ce là la joie avec laquelle vous
attendez monsieur votre père ? Sont-ce là les transports que vous lui préparez ? Depuis un temps, je
n'entends rien à votre âme. Il faut que ce qui s'y passe
soit mal ; car vous me le cachez, et vous faites très
bien. *(Point de réponse de la part de Rosalie ; mais des soupirs,
du silence et des larmes.)* Perdez-vous l'esprit, mademoiselle ? au moment de l'arrivée d'un père ! à la veille
d'un mariage ! Encore un coup, perdez-vous l'esprit ?

ROSALIE. – Non, Justine.

JUSTINE, *après une pause.* – Serait-il arrivé quelque
malheur à monsieur votre père ?

ROSALIE. – Non, Justine.

> *Toutes ces questions se font à différents interval-
> les, dans lesquels Justine quitte et reprend son
> ouvrage.*

JUSTINE, *après une pause un peu plus longue.* – Par
hasard, est-ce que vous n'aimeriez plus Clairville ?

ROSALIE. – Non, Justine.

JUSTINE *reste un peu stupéfaite. Elle dit ensuite :* – La voilà
donc la cause de ces soupirs, de ce silence et de ces
larmes ?… Oh ! pour le coup, les hommes n'ont qu'à
dire que nous sommes folles ; que la tête nous tourne
aujourd'hui pour un objet que demain nous voudrions
savoir à mille lieues. Qu'ils disent de nous tout ce
qu'ils voudront, je veux mourir si je les en dédis…
Vous ne vous êtes pas attendue, mademoiselle, que
j'approuverais ce caprice… Clairville vous aime éper-
dument. Vous n'avez aucun sujet de vous plaindre de
lui. Si jamais femme a pu se flatter d'avoir un amant
tendre, fidèle, honnête, de s'être attaché un homme
qui eût de l'esprit, de la figure, des mœurs, c'est vous.
Des mœurs ! mademoiselle, des mœurs !… Je n'ai
jamais pu concevoir, moi, qu'on cessât d'aimer ; à

plus forte raison, qu'on cessât sans sujet. Il y a là quelque chose où je n'entends rien.

> *Justine s'arrête un moment. Rosalie continue de travailler et de pleurer. Justine reprend, d'un ton hypocrite et radouci, et dit tout en travaillant, et sans lever les yeux de dessus son ouvrage :*

Après tout, si vous n'aimez plus Clairville, cela est fâcheux… mais il ne faut pas s'en désespérer comme vous faites… Quoi donc ! après lui n'y aurait-il plus personne au monde que vous pussiez aimer ?

ROSALIE. – Non, Justine.

JUSTINE. – Oh ! pour celui-là, on ne s'y attend pas.

> *Dorval entre, Justine se retire ; Rosalie quitte son métier, se hâte de s'essuyer les yeux, et de se composer un visage tranquille. Elle a dit auparavant :*

ROSALIE. – Ô ciel ! c'est Dorval.

Scène II

Rosalie, Dorval

DORVAL, *d'un ton un peu ému.* – Permettez, mademoiselle, qu'avant mon départ *(à ces mots Rosalie paraît étonnée)* j'obéisse à un ami, et que je cherche à lui rendre auprès de vous un service qu'il croit important. Personne ne s'intéresse plus que moi à votre bonheur et au sien, vous le savez. Souffrez donc que je vous demande en quoi Clairville a pu vous déplaire, et comment il a mérité la froideur avec laquelle il dit qu'il est traité.

ROSALIE. – C'est que je ne l'aime plus.

DORVAL. – Vous ne l'aimez plus !

ROSALIE. – Non, Dorval.

DORVAL. – Et qu'a-t-il fait pour s'attirer cette horrible disgrâce ?

ROSALIE. – Rien. Je l'aimais. J'ai cessé. J'étais légère apparemment, sans m'en douter.

DORVAL. – Avez-vous oublié que Clairville est l'amant que votre cœur a préféré ?… Songez-vous qu'il traînerait des jours bien malheureux, si l'espérance de recouvrer votre tendresse lui était ôtée ?… Mademoiselle, croyez-vous qu'il soit permis à une honnête femme de se jouer du bonheur d'un honnête homme ?

ROSALIE. – Je sais là-dessus tout ce qu'on peut me dire. Je m'accable sans cesse de reproches. Je suis désolée. Je voudrais être morte !

DORVAL. – Vous n'êtes point injuste.

ROSALIE. – Je ne sais plus ce que je suis ; je ne m'estime plus.

DORVAL. – Mais pourquoi n'aimez-vous plus Clairville ? Il y a des raisons à tout.

ROSALIE. – C'est que j'en aime un autre,

DORVAL. – Rosalie ! Elle ! *(Avec un étonnement mêlé de reproches.)*

ROSALIE. – Oui, Dorval… Clairville sera bien vengé !

DORVAL. – Rosalie… si par malheur il était arrivé… que votre cœur surpris… fût entraîné par un penchant… dont votre raison vous fît un crime… J'ai connu cet état cruel !… Que je vous plaindrais !

ROSALIE. – Plaignez-moi donc. *(Dorval ne lui répond que par un geste de commisération.)* J'aimais Clairville ; je n'imaginais pas que je pusse en aimer un autre, lorsque je rencontrai l'écueil de ma constance et de notre bonheur… Les traits, l'esprit, le regard, le son de la voix, tout, dans cet objet doux et terrible, semblait répondre à je ne sais quelle image que la nature avait gravée dans mon cœur. Je le vis. Je crus y reconnaître la vérité de toutes ces chimères de perfection que je m'étais faites ; et d'abord il eut ma confiance… Si j'avais pu concevoir que je manquais à Clairville !… Mais hélas ! je n'en avais pas eu le premier soupçon, que j'étais tout accoutumée à aimer son rival… Et comment ne l'aurais-je pas aimé ?… Ce qu'il disait, je le pensais toujours. Il ne manquait jamais de blâmer ce qui devait me déplaire. Je louais quelquefois d'avance ce qu'il allait approuver. S'il exprimait un sentiment, je croyais qu'il avait deviné le mien… Que vous dirai-je enfin ? Je me voyais à peine dans les autres *(elle ajoute en baissant les yeux et la voix)*, et je me retrouvais sans cesse en lui.

DORVAL. – Et ce mortel heureux, connaît-il son bonheur ?

ROSALIE. – Si c'est un bonheur, il doit le connaître.

DORVAL. – Si vous aimez, on vous aime sans doute ?

ROSALIE. – Dorval, vous le savez.

DORVAL, *vivement.* – Oui, je le sais ; et mon cœur le sent… Qu'ai-je entendu ?… Qu'ai-je dit ?… Qui me sauvera de moi-même ?…

> *Dorval et Rosalie se regardent un moment en silence. Rosalie pleure amèrement. On annonce Clairville.*

SYLVESTRE, *à Dorval.* – Monsieur, Clairville demande à vous parler.

DORVAL, *à Rosalie.* – Rosalie… Mais on vient… Y pensez-vous ?… C'est Clairville. C'est mon ami. C'est votre amant.

ROSALIE. – Adieu, Dorval. *(Elle lui tend une main ; Dorval la prend, et laisse tomber tristement sa bouche sur cette main, et Rosalie ajoute :)* Adieu. Quel mot !

Scène III

DORVAL, *seul.* – Dans sa douleur, qu'elle m'a paru belle ! Que ses charmes étaient touchants ! J'aurais donné ma vie pour recueillir une des larmes qui coulaient de ses yeux… « Dorval, vous le savez »… Ces mots retentissent encore dans le fond de mon cœur… Ils ne sortiront pas sitôt de ma mémoire…

Scène IV

Dorval, Clairville

CLAIRVILLE. – Excusez mon impatience. Eh bien ! Dorval !… *(Dorval est troublé. Il tâche de se remettre ; mais il y réussit mal. Clairville, qui cherche à lire sur son visage, s'en aperçoit, se méprend et dit :)* Vous êtes troublé ! Vous ne me parlez point ! Vos yeux se remplissent de larmes ! Je vous entends, je suis perdu !

> *Clairville, en achevant ces mots, se jette dans le sein de son ami. Il y reste un moment en silence. Dorval verse quelques larmes sur lui, et Clairville dit, sans se déplacer, d'une voix basse et sanglotante :*

Qu'a-t-elle dit ? Quel est mon crime ? Ami, de grâce, achevez-moi.

DORVAL. – Que je l'achève !

CLAIRVILLE. – Elle m'enfonce un poignard dans le sein ! et vous, le seul homme qui pût l'arracher peut-être, vous vous éloignez ! vous m'abandonnez à mon désespoir !… Trahi par ma maîtresse ! abandonné de mon ami ! que vais-je devenir ? Dorval, vous ne me dites rien !

DORVAL. – Que vous dirai-je ?… Je crains de parler.

CLAIRVILLE. – Je crains bien plus de vous entendre ; parlez pourtant, je changerai du moins de supplice… Votre silence me semble en ce moment le plus cruel de tous.

DORVAL, *en hésitant.* – Rosalie…

CLAIRVILLE, *en hésitant.* – Rosalie ?…

DORVAL. – Vous me l'aviez bien dit… ne me paraît plus avoir cet empressement qui vous promettait un bonheur si prochain.

CLAIRVILLE. – Elle a changé !… Que me reproche-t-elle ?

DORVAL. – Elle n'a pas changé, si vous voulez… Elle ne vous reproche rien… mais son père…

CLAIRVILLE. – Son père a-t-il repris son consentement ?

DORVAL. – Non. Mais elle attend son retour… Elle craint… Vous savez mieux que moi qu'une fille bien née craint toujours.

CLAIRVILLE. – Il n'y a plus de crainte à avoir. Tous les obstacles sont levés. C'était sa mère qui s'opposait à nos vœux ; elle n'est plus, et son père n'arrive que pour m'unir à sa fille, se fixer parmi nous, et finir ses jours tranquillement dans sa patrie, au sein de sa famille, au milieu de ses amis. Si j'en juge par ses lettres, ce respectable vieillard ne sera guère moins affligé que moi. Songez, Dorval, que rien n'a pu l'arrêter ; qu'il a vendu ses habitations ; qu'il s'est embarqué avec toute sa fortune, à l'âge de quatre-vingts ans, je crois, sur des mers couvertes de vaisseaux ennemis [1].

DORVAL. – Clairville, il faut l'attendre. Il faut tout espérer des bontés du père, de l'honnêteté de la fille, de votre amour et de mon amitié. Le ciel ne permettra pas que des êtres qu'il semble avoir formés pour servir de consolation et d'encouragement à la vertu, soient tous malheureux sans l'avoir mérité.

CLAIRVILLE. – Vous voulez donc que je vive ?

DORVAL. – Si je le veux !… Si Clairville pouvait lire au fond de mon âme !… Mais j'ai satisfait à ce que vous exigiez.

CLAIRVILLE. – C'est à regret que je vous entends. Allez, mon ami. Puisque vous m'abandonnez dans la triste situation où je suis, je peux tout croire des motifs qui vous rappellent. Il ne me reste plus qu'à vous demander un moment. Ma sœur, alarmée de quelques bruits fâcheux qui se sont répandus ici sur la fortune de Rosalie et sur le retour de son père, est sortie malgré elle. Je lui ai promis que vous ne partiriez point qu'elle ne fût rentrée. Vous ne me refuserez pas de l'attendre.

DORVAL. – Y a-t-il quelque chose que Constance ne puisse obtenir de moi ?

1. Allusion à la guerre dite de Sept Ans (1756-1763) et aux vaisseaux anglais.

CLAIRVILLE. – Constance, hélas ! j'ai pensé quelquefois… Mais renvoyons ces idées à des temps plus
heureux… Je sais où elle est, et je vais hâter son retour.

Scène V

DORVAL, *seul*. – Suis-je assez malheureux !… J'inspire une passion secrète à la sœur de mon ami… J'en
prends une insensée pour sa maîtresse [1] ; elle, pour
moi… Que fais-je encore dans une maison que je remplis de désordre ? Où est l'honnêteté ! Y en a-t-il dans
ma conduite ?… *(Il appelle comme un forcené :)* Charles,
Charles… On ne vient point… Tout m'abandonne…
*(Il se renverse dans un fauteuil. Il s'abîme dans la rêverie. Il jette
ces mots par intervalles :)* … Encore si c'étaient là les premiers malheureux que je fais !… mais non, je traîne
partout l'infortune… Tristes mortels, misérables
jouets des événements… soyez bien fiers de votre bonheur, de votre vertu !… Je viens ici, j'y porte une âme
pure…, oui, car elle l'est encore… J'y trouve trois êtres
favorisés du ciel : une femme vertueuse et tranquille,
un amant passionné et payé de retour, une jeune
amante raisonnable et sensible… La femme vertueuse
a perdu sa tranquillité. Elle nourrit dans son cœur une
passion qui la tourmente. L'amant est désespéré. Sa
maîtresse devient inconstante, et n'en est que plus
malheureuse… Quel plus grand mal eût fait un
scélérat ?… Ô toi qui conduis tout, qui m'as conduit
ici, te chargeras-tu de te justifier [2] ?… Je ne sais où j'en
suis. *(Il crie encore :)* Charles, Charles.

---

1. Celle qu'il aime.
2. Il va de soi que cette adresse à Dieu n'engage pas Diderot ! Le
pathétique a ses raisons que ne connaît point la philosophie maté-
rialiste.

Scène VI

Dorval, Charles, Sylvestre

CHARLES. – Monsieur, les chevaux sont mis. Tout est prêt.

Cela dit, il sort.

SYLVESTRE *entre.* – Madame vient de rentrer. Elle va descendre.

DORVAL. – Constance ?

SYLVESTRE. – Oui, Monsieur.

Cela dit, il sort.

CHARLES *rentre, et dit à Dorval, qui, l'air sombre et les bras croisés, l'écoute et le regarde. En cherchant dans ses poches.* – Monsieur… vous me troublez aussi avec vos impatiences… Non, il semble que le bon sens se soit enfui de cette maison… Dieu veuille que nous le rattrapions en route… Je ne pensais plus que j'avais une lettre ; et maintenant que j'y pense, je ne la trouve plus.

À force de chercher, il trouve la lettre et la donne à Dorval.

DORVAL. – Et donne donc.

Charles sort.

Scène VII

DORVAL, *seul.* – *(Il lit :)* « La honte et le remords me poursuivent… Dorval, vous connaissez les lois de l'innocence… Suis-je criminelle ?… Sauvez-moi !… Hélas ! en est-il temps encore ?… Que je plains mon père !… mon père !… Et Clairville ? je donnerais ma vie pour lui… Adieu, Dorval ; je donnerais pour vous mille vies… Adieu !… Vous vous éloignez, et je vais mourir de douleur. »

Après avoir lu d'une voix entrecoupée, et dans un trouble extrême, il se jette dans un fauteuil. Il garde un moment le silence. Tournant ensuite des

> *yeux égarés et distraits sur la lettre qu'il tient*
> *d'une main tremblante, il en relit quelques mots,*
> *et il dit :*

La honte et le remords me poursuivent. C'est à moi de rougir, d'être déchiré… *Vous connaissez les lois de l'innocence…* Je les connus autrefois… *Suis-je criminelle ?…* Non, c'est moi qui le suis… *Vous vous éloignez, et je vais mourir.* Ô ciel ! je succombe !… *(En se levant.)* Arrachons-nous d'ici… Je veux… je ne puis… ma raison se trouble… Dans quelles ténèbres suis-je tombé ?… Ô Rosalie ! ô vertu ! ô tourment !

> *Après un moment de silence, il se lève, mais avec*
> *peine. Il s'approche lentement d'une table. Il*
> *écrit quelques lignes pénibles ; mais, tout au tra-*
> *vers de son écriture, arrive Charles, en criant :*

Scène VIII

Dorval, Charles

CHARLES. – Monsieur, au secours. On assassine… Clairville…

> *Dorval quitte la table où il écrit, laisse sa lettre à*
> *moitié, se jette sur son épée qu'il trouve sur un*
> *fauteuil, et vole au secours de son ami. Dans ces*
> *mouvements, Constance survient, et demeure*
> *fort surprise de se voir laisser seule par le maître*
> *et par le valet.*

Scène IX

CONSTANCE, *seule*. – Que veut dire cette fuite ?… Il a dû [1] m'attendre. J'arrive, il disparaît… Dorval, vous me connaissez mal… J'en peux guérir… *(Elle approche de la table, et aperçoit la lettre à demi écrite.)* Une lettre ! *(Elle prend la lettre et la lit.)* « Je vous aime, et je fuis… hélas !

---

1. Aurait dû.

beaucoup trop tard… Je suis l'ami de Clairville… Les devoirs de l'amitié, les lois sacrées de l'hospitalité » ?…

Ciel ! quel est mon bonheur !… Il m'aime… Dorval, vous m'aimez… *(Elle se promène agitée.)* Non, vous ne partirez point… Vos craintes sont frivoles… Votre délicatesse est vaine… Vous avez ma tendresse. Vous ne connaissez ni Constance ni votre ami… Non, vous ne les connaissez pas… Mais peut-être qu'il s'éloigne, qu'il fuit au moment où je parle.

Elle sort de la scène avec quelque précipitation.

ACTE III

Scène première

Dorval, Clairville

Ils rentrent le chapeau sur la tête. Dorval remet le sien avec son épée sur le fauteuil.

CLAIRVILLE. – Soyez assuré que ce que j'ai fait, tout autre l'eût fait à ma place.

DORVAL. – Je le crois. Mais je connais Clairville. Il est vif.

CLAIRVILLE. – J'étais trop affligé pour m'offenser légèrement… Mais que pensez-vous de ces bruits qui avaient appelé Constance chez son amie ?

DORVAL. – Il ne s'agit pas de cela.

CLAIRVILLE. – Pardonnez-moi. Les noms s'accordent ; on parle d'un vaisseau pris, d'un vieillard appelé Mérian…

DORVAL. – De grâce, laissons pour un moment ce vaisseau, ce vieillard, et venons à votre affaire. Pourquoi me taire une chose dont tout le monde s'entretient à présent, et qu'il faut que j'apprenne ?

CLAIRVILLE. – J'aimerais mieux qu'un autre vous la dît.

DORVAL. – Je n'en veux croire que vous.

CLAIRVILLE. – Puisque absolument vous voulez que je parle, il s'agissait de vous.

DORVAL. – De moi ?

CLAIRVILLE. – De vous. Ceux contre lesquels vous m'avez secouru sont deux méchants et deux lâches. L'un s'est fait chasser de chez Constance pour des noirceurs ; l'autre eut quelque temps des vues sur Rosalie. Je les trouve chez cette femme que ma sœur venait de quitter. Ils parlaient de votre départ ; car tout se sait ici [1]. Ils doutaient s'il fallait m'en féliciter ou m'en plaindre. Ils en étaient également surpris.

DORVAL. – Pourquoi surpris ?

CLAIRVILLE. – C'est, disait l'un, que ma sœur vous aime.

DORVAL. – Ce discours m'honore.

CLAIRVILLE. – L'autre, que vous aimez ma maîtresse.

DORVAL. – Moi ?

CLAIRVILLE. – Vous.

DORVAL. – Rosalie ?

CLAIRVILLE. – Rosalie.

DORVAL. – Clairville, vous croiriez…

CLAIRVILLE. – Je vous crois incapable d'une trahison. *(Dorval s'agite.)* Jamais un sentiment bas n'entra dans l'âme de Dorval, ni un soupçon injurieux dans l'esprit de Clairville.

DORVAL. – Clairville, épargnez-moi.

CLAIRVILLE. – Je vous rends justice. Aussi, tournant sur eux des regards d'indignation et de mépris *(Clairville regardant Dorval avec ces yeux, Dorval ne peut les soutenir. Il détourne la tête et se couvre le visage avec les mains)*, je leur fis entendre qu'on portait en soi le germe des bassesses *(Dorval est tourmenté)* dont on était si prompt à soupçonner autrui ; et que partout où j'étais, je prétendais qu'on respectât ma maîtresse, ma sœur et mon ami… Vous m'approuvez, je pense.

DORVAL. – Je ne peux vous blâmer… Non… mais…

_____

1. Dans une petite ville comme Saint-Germain-en-Laye.

CLAIRVILLE. – Ce discours ne demeura pas sans réponse. Ils sortent. Je sors. Ils m'attaquent…

DORVAL. – Et vous périssiez, si je n'étais accouru ?…

CLAIRVILLE. – Il est certain que je vous dois la vie.

DORVAL. – C'est-à-dire qu'un moment plus tard je devenais votre assassin.

CLAIRVILLE. – Vous n'y pensez pas. Vous perdiez votre ami ; mais vous restiez toujours vous-même. Pouviez-vous prévenir un indigne soupçon ?

DORVAL. – Peut-être.

CLAIRVILLE. – Empêcher d'injurieux propos ?

DORVAL. – Peut-être.

CLAIRVILLE. – Que vous êtes injuste envers vous !

DORVAL. – Que l'innocence et la vertu sont grandes, et que le vice obscur est petit devant elles [1] !

Scène II

Dorval, Clairville, Constance

CONSTANCE. – Dorval… mon frère… dans quelles inquiétudes vous nous jetez !… Vous m'en voyez encore toute tremblante, et Rosalie en est à moitié morte.

DORVAL ET CLAIRVILLE. – Rosalie !

Dorval se contraint subitement.

CLAIRVILLE. – J'y vais ; j'y cours.

CONSTANCE, *l'arrêtant par le bras.* – Elle est avec Justine. Je l'ai vue. Je la quitte. N'en soyez point inquiet.

CLAIRVILLE. – Je le suis d'elle… Je le suis de Dorval… Il est d'un sombre qui ne se conçoit pas… Au moment où il sauve la vie à son ami !… Mon ami, si vous avez quelques chagrins, pourquoi ne pas les répandre dans le sein d'un homme qui partage tous

---

1. La théorie du drame rejette l'usage massif des maximes propre au théâtre classique (tragique et comique), mais ne les exclut pas totalement.

vos sentiments, qui, s'il était heureux, ne vivrait que
pour Dorval et pour Rosalie ?

CONSTANCE, *tirant une lettre de son sein, la donne à son*
frère et lui dit : – Tenez, mon frère, voilà son secret, le
mien, et le sujet apparemment de sa mélancolie.

> *Clairville prend la lettre et la lit. Dorval, qui*
> *reconnaît cette lettre pour celle qu'il écrivait à*
> *Rosalie, s'écrie :*

DORVAL. – Juste ciel ! c'est ma lettre !

CONSTANCE. – Oui, Dorval. Vous ne partez plus. Je
sais tout. Tout est arrangé… Quelle délicatesse vous
rendait ennemi de notre bonheur ?… Vous
m'aimiez ?… Vous m'écriviez !… Vous fuyiez !…

> *À chacun de ces mots, Dorval s'agite et se tour-*
> *mente.*

DORVAL. – Il le fallait ; il le faut encore. Un sort
cruel me poursuit. Madame, cette lettre… *(Bas.)* Ciel !
qu'allais-je dire ?

CLAIRVILLE. – Qu'ai-je lu ? Mon ami, mon libéra-
teur va devenir mon frère ! Quel surcroît de bonheur
et de reconnaissance !

CONSTANCE. – Aux transports de sa joie, recon-
naissez enfin la vérité de ses sentiments et l'injustice
de votre inquiétude. Mais quel motif ignoré peut
encore suspendre les vôtres ? Dorval, si j'ai votre tendresse, pourquoi n'ai-je pas aussi votre confiance ?

DORVAL, *d'un ton triste et avec un air abattu.* –
Clairville !

CLAIRVILLE. – Mon ami, vous êtes triste.

DORVAL. – Il est vrai.

CONSTANCE. – Parlez, ne vous contraignez plus…
Dorval, prenez quelque confiance en votre ami.
(Dorval continuant toujours de se taire. Constance ajoute :)
Mais je vois que ma présence vous gêne. Je vous laisse
avec lui.

Scène III

Dorval, Clairville

CLAIRVILLE. – Dorval, nous sommes seuls… Auriez-vous douté si j'approuverais l'union de Constance avec vous ?… Pourquoi m'avoir fait un mystère de votre penchant ? J'excuse Constance, c'est une femme… mais vous !… Vous ne me répondez pas. *(Dorval écoute la tête penchée et les bras croisés.)* Auriez-vous craint que ma sœur, instruite des circonstances de votre naissance…

DORVAL, *sans changer de posture, seulement en tournant la tête vers Clairville.* – Clairville, vous m'offensez. Je porte une âme trop haute pour concevoir de pareilles craintes. Si Constance était capable de ce préjugé, j'ose le dire, elle ne serait pas digne de moi.

CLAIRVILLE. – Pardonnez, mon cher Dorval ; la tristesse opiniâtre où je vous vois plongé, quand tout paraît seconder vos vœux…

DORVAL, *bas et avec amertume.* – Oui, tout me réussit singulièrement.

CLAIRVILLE. – Cette tristesse m'agite, me confond et porte mon esprit sur toutes sortes d'idées. Un peu plus de confiance de votre part m'en épargnerait beaucoup de fausses… Mon ami, vous n'avez jamais eu d'ouverture avec moi… Dorval ne connaît point ces doux épanchements… son âme renfermée… Mais enfin, vous aurais-je compris ? Auriez-vous appréhendé que privé, par un second mariage de Constance, de la moitié d'une fortune, à la vérité peu considérable, mais qu'on me croyait assurée, je ne fusse plus assez riche pour épouser Rosalie ?

DORVAL, *tristement.* – La voilà, cette Rosalie !… Clairville, songez à soutenir l'impression que votre péril a dû faire sur elle.

Scène IV

Dorval, Clairville, Rosalie, Justine

CLAIRVILLE, *se hâtant d'aller au-devant de Rosalie.* – Est-il bien vrai que Rosalie ait craint de me perdre ? qu'elle ait tremblé pour ma vie ? Que l'instant où j'allais périr me serait cher, s'il avait rallumé dans son cœur une étincelle d'intérêt [1] !

ROSALIE. – Il est vrai que votre imprudence m'a fait frémir.

CLAIRVILLE. – Que je suis fortuné !

> *Il veut baiser la main de Rosalie, qui la retire.*

ROSALIE. – Arrêtez, monsieur. Je sens toute l'obligation que nous avons à Dorval. Mais je n'ignore pas que, de quelque manière que se terminent ces événements pour un homme, les suites en sont toujours fâcheuses pour une femme [2].

DORVAL. – Mademoiselle, le hasard nous engage, et l'honneur a ses lois.

CLAIRVILLE. – Rosalie, je suis au désespoir de vous avoir déplu. Mais n'accablez pas l'amant le plus soumis et le plus tendre. Ou si vous l'avez résolu, du moins n'affligez pas davantage un ami qui serait heureux sans votre injustice. Dorval aime Constance. Il en est aimé. Il partait. Une lettre surprise a tout découvert… Rosalie, dites un mot, et nous allons tous être unis d'un lien éternel, Dorval à Constance, Clairville à Rosalie ; un mot ! et le ciel reverra ce séjour avec complaisance.

ROSALIE, *tombant dans un fauteuil.* – Je me meurs

DORVAL ET CLAIRVILLE. – Ô ciel ! elle se meurt.

> *Clairville tombe aux genoux de Rosalie.*

DORVAL *appelle les domestiques.* – Charles, Sylvestre, Justine.

---

1. Une étincelle d'émotion.
2. Car elles nuisent à sa réputation.

JUSTINE, *secourant sa maîtresse.* – Vous voyez, mademoiselle… Vous avez voulu sortir… Je vous l'avais
prédit…

ROSALIE, *revenant à elle et se levant, dit :* – Allons, Justine.

CLAIRVILLE *veut lui donner le bras et la soutenir.* – Rosalie…

ROSALIE. – Laissez-moi… je vous hais… Laissez-
moi, vous dis-je.

Scène V

Dorval, Clairville

> *Clairville quitte Rosalie. Il est comme un fou. Il
> va, il vient, il s'arrête. Il soupire de douleur, de
> fureur. Il s'appuie les coudes sur le dos d'un fau-
> teuil, la tête sur ses mains, et les poings dans les
> yeux. Le silence dure un moment. Enfin il dit :*

CLAIRVILLE. – En est-ce assez ?… Voilà donc le prix
de mes inquiétudes ! Voilà le fruit de toute ma
tendresse ! *Laissez-moi. Je vous hais.* Ah ! *(Il pousse
l'accent inarticulé du désespoir ; il se promène avec agitation, et
il répète sous différentes sortes de déclamations violentes :)*
*Laissez-moi, je vous hais. (Il se jette dans un fauteuil. Il y
demeure un moment en silence. Puis il dit d'un ton sourd et
bas :)* Elle me hait !… et qu'ai-je fait pour qu'elle me
haïsse ? Je l'ai trop aimée. *(Il se tait encore un moment. Il se
lève, il se promène. Il paraît s'être un peu tranquillisé. Il dit :)*
Oui, je lui suis odieux. Je le vois. Je le sens. Dorval,
vous êtes mon ami. Faut-il se détacher d'elle… et
mourir ? Parlez. Décidez de mon sort.

Charles entre. Clairville se promène.

Scène VI

Dorval, Clairville, Charles

CHARLES, *en tremblant, à Clairville qu'il voit agité.* – Monsieur…

CLAIRVILLE, *le regardant de côté.* – Eh bien ?

CHARLES. – Il y a là-bas un inconnu qui demande à parler à quelqu'un.

CLAIRVILLE, *brusquement.* – Qu'il attende.

CHARLES, *toujours en tremblant et fort bas.* – C'est un malheureux, et il y a longtemps qu'il attend.

CLAIRVILLE, *avec impatience.* – Qu'il entre [1].

Scène VII

Dorval, Clairville, Justine, Charles, Sylvestre, André et les autres domestiques de la maison,
attirés par la curiosité et diversement répandus sur la scène [2].
Justine arrive un peu plus tard que les autres.

CLAIRVILLE, *un peu brusquement.* – Qui êtes-vous ? Que voulez-vous ?

ANDRÉ. – Monsieur, je m'appelle André. Je suis au service d'un honnête vieillard. J'ai été le compagnon de ses infortunes ; et je venais annoncer son retour à sa fille.

CLAIRVILLE. – À Rosalie ?

ANDRÉ. – Oui, monsieur.

CLAIRVILLE. – Encore des malheurs ! Où est votre maître ? Qu'en avez-vous fait ?

---

1. On est tenté d'entendre ici un écho d'une comédie sentimentale de Voltaire, *Nanine*, 1749 (III, V-VI, GF-Flammarion, 2004, p. 282 *sq.*), que Diderot va réorchestrer dans la scène finale du dernier acte à la manière « dramique », c'est-à-dire bien plus ample et pathétique (ce qui ne veut pas dire esthétiquement meilleure !).

2. « Tableau » spectaculaire, à la fois social et esthétique, mû par la passion de curiosité, dont on ne voit guère de précédent chez les grands auteurs. Diderot entend donc mettre en scène, au moins visuellement, la « maison », par le biais d'une pantomime collective inspirée de l'art pictural. Mais il y a sans doute aussi le souvenir du chœur antique.

ANDRÉ. – Rassurez-vous, monsieur. Il vit. Il arrive. Je vous instruirai de tout, si j'en ai la force, et si vous avez la bonté de m'entendre.

CLAIRVILLE. – Parlez.

ANDRÉ. – Nous sommes partis, mon maître et moi, sur le vaisseau *L'Apparent*, de la rade du Fort-Royal, le six du mois de juillet. Jamais mon maître n'avait eu plus de santé ni montré tant de joie. Tantôt le visage tourné où les vents semblaient nous porter, il élevait ses mains au ciel, et lui demandait un prompt retour. Tantôt me regardant avec des yeux remplis d'espérance, il disait : « André, encore quinze jours, et je verrai mes enfants, et je les embrasserai, et je serai heureux une fois du moins avant que de mourir. »

CLAIRVILLE, *touché, à Dorval*. – Vous entendez. Il m'appelait déjà du doux nom de fils. Eh bien ! André ?

ANDRÉ. – Monsieur, que vous dirai-je ? Nous avions eu la navigation la plus heureuse. Nous touchions aux côtes de la France. Échappés aux dangers de la mer, nous avions salué la terre par mille cris de joie, et nous nous embrassions tous les uns les autres, commandants, officiers, passagers, matelots, lorsque nous sommes approchés par des vaisseaux qui nous crient *la paix*, *la paix*, abordés à la faveur de ces cris perfides, et faits prisonniers.

DORVAL ET CLAIRVILLE, *en marquant leur surprise et leur douleur chacun par l'action qui convient à son caractère*. – Prisonniers !

ANDRÉ. – Que devint alors mon maître ! Des larmes coulaient de ses yeux. Il poussait de profonds soupirs. Il tournait ses regards, il étendait ses bras, son âme semblait s'élancer vers les rivages d'où nous nous éloignions. Mais à peine les eûmes-nous perdus de vue que ses yeux se séchèrent. Son cœur se serra. Sa vue s'attacha sur les eaux, il tomba dans une douleur sombre et morne qui me fit trembler pour sa vie. Je lui présentai plusieurs fois du pain et de l'eau, qu'il repoussa. *(André s'arrête ici un moment pour pleurer.)* Cependant nous arrivons dans le port ennemi… Dispensez-moi de vous dire le reste… Non, je ne pourrai jamais.

CLAIRVILLE. – André, continuez.

ANDRÉ. – On me dépouille. On charge mon maître de liens. Ce fut alors que je ne pus retenir mes cris. Je l'appelai plusieurs fois : « Mon maître, mon cher maître. » Il m'entendit, me regarda, laissa tomber ses bras tristement, se retourna, et suivit sans parler ceux qui l'environnaient… Cependant on me jette, à moitié nu, dans le lieu le plus profond d'un bâtiment, pêle-mêle avec une foule de malheureux abandonnés impitoyablement, dans la fange, aux extrémités terribles de la faim, de la soif et des maladies. Et pour vous peindre en un mot toute l'horreur du lieu, je vous dirai qu'en un instant j'y entendis tous les accents de la douleur, toutes les voix du désespoir, et que de quelque côté que je regardasse, je voyais mourir.

CLAIRVILLE. – Voilà donc ces peuples dont on nous vante la sagesse, qu'on nous propose sans cesse pour modèles ! C'est ainsi qu'ils traitent les hommes !

DORVAL. – Combien l'esprit de cette nation généreuse a changé [1] !

ANDRÉ. – Il y avait trois jours que j'étais confondu dans cet amas de morts et de mourants, tous Français, tous victimes de la trahison, lorsque j'en fus tiré. On me couvrit de lambeaux déchirés, et l'on me conduisit avec quelques-uns de mes malheureux compagnons dans la ville, à travers des rues pleines d'une populace effrénée qui nous accablait d'imprécations et d'injures, tandis qu'un monde tout à fait différent, que le tumulte a attiré aux fenêtres, faisait pleuvoir sur nous l'argent et les secours.

DORVAL. – Quel mélange incroyable d'humanité, de bienfaisance, et de barbarie !

ANDRÉ. – Je ne savais si l'on nous conduisait à la liberté, ou si l'on nous conduisait au supplice.

CLAIRVILLE. – Et votre maître, André ?

ANDRÉ. – J'allais à lui ; c'était le premier des bons offices d'un ancien correspondant qu'il avait informé de notre malheur. J'arrivai à une des prisons de la ville.

---

1. Il s'agit évidemment de l'Angleterre.

On ouvrit les portes d'un cachot obscur où je descendis. Il y avait déjà quelque temps que j'étais immobile dans ces ténèbres, lorsque je fus frappé d'une voix mourante qui se faisait à peine entendre, et qui disait en s'éteignant : « André, est-ce toi ? Il y a longtemps que je t'attends. » Je courus à l'endroit d'où venait cette voix, et je rencontrai des bras nus qui cherchaient dans l'obscurité. Je les saisis. Je les baisai. Je les baignai de larmes. C'étaient ceux de mon maître. *(Une petite pause.)* Il était nu. Il était étendu sur la terre humide… « Les malheureux qui sont ici, me dit-il à voix basse, ont abusé de mon âge et de ma faiblesse pour m'arracher le pain, et pour m'ôter ma paille. »

> *Ici tous les domestiques poussent un cri de douleur. Clairville ne peut plus contenir la sienne. Dorval fait signe à André de s'arrêter un moment. André s'arrête. Puis il continue en sanglotant.*

Cependant je me dépouille de mes lambeaux, et je les étends sous mon maître qui bénissait d'une voix expirante la bonté du ciel…

DORVAL, *bas, à part, et avec amertume.* – Qui le faisait mourir dans le fond d'un cachot, sur les haillons de son valet !

ANDRÉ. – Je me souvins alors des aumônes que j'avais reçues. J'appelai du secours, et je ranimai mon vieux et respectable maître. Lorsqu'il eut un peu repris de ses forces, « André, me dit-il, aie bon courage. Tu sortiras d'ici. Pour moi, je sens à ma faiblesse qu'il faut que j'y meure. » Alors je sentis ses bras se passer autour de mon cou, son visage s'approcher du mien, et ses pleurs couler sur mes joues. « Mon ami, me dit-il (et ce fut ainsi qu'il m'appela souvent), tu vas recevoir mes derniers soupirs. Tu porteras mes dernières paroles à mes enfants. Hélas, c'était de moi qu'ils devaient les entendre ! »

CLAIRVILLE, *regardant Dorval et pleurant.* – Ses enfants !

ANDRÉ. – Il m'avait dit pendant la traversée qu'il était né Français, qu'il ne s'appelait point Mérian, qu'en s'éloignant de sa patrie il avait quitté son nom de famille pour des raisons que je saurais un jour. Hélas, il ne croyait pas ce jour si prochain ! Il soupirait, et j'en allais apprendre davantage, lorsque nous entendîmes notre cachot s'ouvrir. On nous appela ; c'était cet ancien correspondant qui nous avait réunis, et qui venait nous délivrer. Quelle fut sa douleur, lorsqu'il jeta ses regards sur un vieillard qui ne lui paraissait plus qu'un cadavre palpitant ! Des larmes tombèrent de ses yeux. Il se dépouilla. Il le couvrit de ses vêtements, et nous allâmes nous établir chez cet hôte, et y recevoir toutes les marques possibles d'humanité. On eût dit que cette honnête famille rougissait en secret de la cruauté et de l'injustice de la nation.

DORVAL. – Rien n'humilie donc autant que l'injustice !

ANDRÉ, *s'essuyant les yeux, et reprenant un air tranquille.* – Bientôt mon maître reprit de la santé et des forces. On lui offrit des secours, et je présume qu'il en accepta ; car au sortir de la prison nous n'avions pas de quoi avoir un morceau de pain. Tout s'arrangea pour notre retour, et nous étions prêts à partir, lorsque mon maître me tirant à l'écart (non, je ne l'oublierai de ma vie !) me dit : « André, n'as-tu plus rien à faire ici ? – Non, monsieur, lui répondis-je. – Et nos compatriotes que nous avons laissés dans la misère d'où la bonté du ciel nous a tirés, tu n'y penses donc plus ? Tiens, mon enfant ; va leur dire adieu. » J'y courus. Hélas ! de tant de misérables [1], il n'en restait qu'un petit nombre, si exténués, si proches de leur fin que la plupart n'avaient pas la force de tendre la main pour recevoir. Voilà, Monsieur, tout le détail de notre malheureux voyage.

> *On garde ici un assez long silence, après lequel André dit ce qui suit. Cependant Dorval rêveur se promène vers le fond du salon.*

1. Malheureux.

J'ai laissé mon maître à Paris pour y prendre un peu de repos. Il s'était fait une grande joie d'y retrouver un ami.

> *Ici Dorval se retourne du côté d'André, et lui donne attention.*

Mais cet ami est absent depuis plusieurs mois ; et mon maître comptait me suivre de près.

> *Dorval continue de se promener en rêvant.*

CLAIRVILLE. – Avez-vous vu Rosalie ?

ANDRÉ. – Non, monsieur. Je ne lui apporte que de la douleur, et je n'ai pas osé paraître devant elle.

CLAIRVILLE. – André, allez vous reposer. Sylvestre, je vous le recommande… Qu'il ne lui manque rien.

> *Tous les domestiques s'emparent d'André, et l'emmènent.*

Scène VIII

Dorval, Clairville

> *Après un silence pendant lequel Dorval est resté immobile, la tête baissée, l'air pensif, et les bras croisés (c'est assez son attitude ordinaire), et Clairville s'est promené avec agitation, Clairville dit :*

CLAIRVILLE. – Eh bien ! mon ami, ce jour n'est-il pas fatal pour la probité ? et croyez-vous qu'à l'heure que je vous parle il y ait un seul honnête homme heureux sur la terre ?

DORVAL. – Vous voulez dire un seul méchant [1]. Mais, Clairville, laissons la morale. On en raisonne mal, quand on croit avoir à se plaindre du ciel… Quels sont maintenant vos desseins ?

---

1. Car ce seul homme heureux le serait malgré le malheur de tous les autres.

CLAIRVILLE. – Vous voyez toute l'étendue de mon malheur. J'ai perdu le cœur de Rosalie. Hélas ! c'est le seul bien que je regrette ! Je n'ose soupçonner que la médiocrité de ma fortune soit la raison secrète de son inconstance. Mais si cela est, à quelle distance n'est-elle pas de moi, à présent qu'elle est réduite elle-même à une fortune assez bornée ! S'exposera-t-elle, pour un homme qu'elle n'aime plus, à toutes les suites d'un état presque indigent ? Moi-même, irai-je l'en solliciter ? Le puis-je ? Le dois-je ? Son père va devenir pour elle un surcroît onéreux. Il est incertain qu'il veuille m'accorder sa fille. Il est presque évident qu'en l'acceptant j'achèverais de la ruiner. Voyez et décidez.

DORVAL. – Cet André a jeté le trouble dans mon âme. Si vous saviez les idées qui me sont venues pendant son récit… Ce vieillard… Ses discours… Son caractère… Ce changement de nom… Mais laissez-moi dissiper un soupçon qui m'obsède, et penser à votre affaire.

CLAIRVILLE. – Songez, Dorval, que le sort de Clairville est entre vos mains.

Scène IX

DORVAL, *seul.* – Quel jour d'amertume et de trouble ! Quelle variété de tourments ! Il semble que d'épaisses ténèbres se forment autour de moi, et couvrent ce cœur accablé sous mille sentiments douloureux !… Ô ciel ! ne m'accorderas-tu pas un moment de repos ?… Le mensonge, la dissimulation me sont en horreur ; et dans un instant j'en impose à mon ami, à sa sœur, à Rosalie… Que doit-elle penser de moi ?… Que déciderai-je de son amant ?… Quel parti prendre avec Constance ?… Dorval, cesseras-tu, continueras-tu d'être homme de bien ?… Un événement imprévu a ruiné Rosalie ; elle est indigente. Je suis riche. Je l'aime. J'en suis aimé. Clairville ne peut l'obtenir… Sortez de mon esprit, éloignez-vous de mon cœur, illusions honteuses ! Je peux être le plus malheureux des hommes ; mais je ne me rendrai pas le plus vil… Vertu, douce et cruelle idée ! Chers et barbares devoirs ! Amitié qui m'enchaîne et qui me déchire, vous serez obéie. Ô vertu, qu'es-tu, si tu n'exiges aucun sacrifice ? Amitié, tu n'es qu'un vain nom, si tu n'imposes aucune loi… Clairville épousera donc Rosalie ! *(Il tombe presque sans sentiment dans un fauteuil ; il se relève ensuite, et il dit :)* … Non, je n'enlèverai point à mon ami sa maîtresse. Je ne me dégraderai point jusque-là. Mon cœur m'en répond. Malheur à celui qui n'écoute point la voix de son cœur !… Mais Clairville n'a point de fortune. Rosalie n'en a plus… Il faut écarter ces obstacles. Je le puis. Je le veux. Y a-t-il quelque peine dont un acte généreux ne console ? Ah ! je commence à respirer !… Si je n'épouse point Rosalie, qu'ai-je besoin de fortune ? Quel plus digne usage que d'en disposer en faveur de deux êtres qui me sont chers ? Hélas ! à bien juger, ce sacrifice si peu commun n'est rien… Clairville me devra son bonheur ! Rosalie me devra son bonheur ! Le père de Rosalie me devra son bonheur !… Et Constance ?… Elle entendra de moi la vérité. Elle me connaîtra. Elle tremblera pour la femme qui oserait s'attacher à ma destinée… En rendant le calme à tout ce qui m'environne, je trouverai sans doute un repos qui me fuit ?… *(Il soupire.)*… Dorval, pourquoi souffres-tu donc ? Pourquoi suis-je déchiré ? Ô vertu, n'ai-je point encore assez fait pour toi ? Mais Rosalie ne voudra point accepter de moi sa fortune. Elle connaît trop le prix de cette grâce pour l'accorder à un homme qu'elle doit haïr, mépriser… Il faudra donc la tromper !… Et si je m'y résous, comment y réussir ?… Prévenir l'arrivée de son père ?… Faire répandre par les papiers publics que le vaisseau qui portait sa fortune était assuré ?… Lui envoyer par un inconnu la valeur de ce qu'elle a perdu ?… Pourquoi non ?… Le moyen est naturel ; il me plaît. Il ne faut qu'un peu de célérité. *(Il appelle Charles.)* Charles !

Il se met à une table et il écrit.

Scène X

Dorval, Charles

DORVAL, *il lui donne un billet, et dit.* – À Paris, chez mon banquier.

ACTE IV

Scène première

Rosalie, Justine

JUSTINE. – Eh bien ! mademoiselle, vous avez voulu voir André. Vous l'avez vu. Monsieur votre père arrive ; mais vous voilà sans fortune.

ROSALIE, *un mouchoir à la main.* – Que puis-je contre le sort ? Mon père survit. Si la perte de sa fortune n'a pas altéré sa santé, le reste n'est rien.

JUSTINE. – Comment, le reste n'est rien ?

ROSALIE. – Non, Justine. Je connaîtrai l'indigence. Il y a de plus grands maux.

JUSTINE. – Ne vous y trompez pas, mademoiselle. Il n'y en a point qui lasse plus vite.

ROSALIE. – Avec des richesses, serais-je moins à plaindre ?... C'est dans une âme innocente et tranquille que le bonheur habite ; et cette âme, Justine, je l'avais.

JUSTINE. – Et Clairville y régnait.

ROSALIE, *assise et pleurant.* – Amant qui m'étais alors si cher ! Clairville que j'estime et que je désespère ! Ô toi à qui un bien moins digne a ravi toute ma tendresse, te voilà bien vengé ! Je pleure, et l'on se rit de mes larmes. Justine, que penses-tu de ce Dorval ?... Le voilà donc, cet ami si tendre, cet homme si vrai, ce mortel si vertueux ! Il n'est, comme les autres, qu'un méchant qui se joue de ce qu'il y a de plus sacré, l'amour, l'amitié, la vertu, la vérité !… Que je plains Constance ! Il m'a trompée. Il peut bien la tromper aussi. *(En se levant.)* Mais j'entends quelqu'un… Justine, si c'était lui !

JUSTINE. – Mademoiselle, ce n'est personne.

ROSALIE, *elle se rassied et dit :* – Qu'ils sont méchants, ces hommes ! et que nous sommes simples !… Vois, Justine, comme dans leur cœur la vérité est à côté du parjure ; comme l'élévation y touche à la bassesse !… Ce Dorval qui expose sa vie pour son ami, c'est le même qui le trompe, qui trompe sa sœur, qui se prend pour moi de tendresse. Mais pourquoi lui reprocher de la tendresse ? C'est mon crime. Le sien est une fausseté qui n'eut jamais d'exemple.

Scène II

Rosalie, Constance

ROSALIE, *allant au-devant de Constance.* – Ah ! madame, en quel état vous me surprenez !

CONSTANCE. – Je viens partager votre peine.

ROSALIE. – Puissiez-vous toujours être heureuse !

CONSTANCE *s'assied, fait asseoir Rosalie à côté d'elle et lui prend les deux mains.* – Rosalie, je ne demande que la liberté de m'affliger avec vous. J'ai longtemps éprouvé l'incertitude des choses de la vie, et vous savez si je vous aime.

ROSALIE. – Tout a changé. Tout s'est détruit en un moment.

CONSTANCE. – Constance vous reste… et Clairville.

ROSALIE. – Je ne peux m'éloigner trop tôt d'un séjour où ma douleur est importune.

CONSTANCE. – Mon enfant, prenez garde. Le malheur vous rend injuste et cruelle. Mais ce n'est point à vous que j'en dois faire le reproche. Dans le sein du bonheur, j'oubliai de vous préparer aux revers. Heureuse, j'ai perdu de vue les malheureux. J'en suis bien punie ; c'est vous qui m'en rapprochez… Mais votre père ?…

ROSALIE. – Je lui ai déjà coûté bien des larmes !… Madame, vous serez mère un jour… Que je vous plains !…

CONSTANCE. – Rosalie, rappelez-vous la volonté de votre tante. Ses dernières paroles me confiaient votre bonheur… Mais ne parlons point de mes droits ; c'est une marque d'estime que j'attends : jugez combien un refus pourrait m'offenser !… Rosalie, ne détachez point votre sort du mien. Vous connaissez Dorval. Il vous aime. Je lui demanderai Rosalie [1]. Je l'obtiendrai ; et ce gage sera pour moi le premier et le plus doux de sa tendresse.

ROSALIE *dégage avec vivacité ses mains de celles de Constance, se lève avec une sorte d'indignation et dit :* – Dorval !

CONSTANCE. – Vous avez toute son estime.

ROSALIE. – Un étranger !… un inconnu !… un homme qui n'a paru qu'un moment parmi nous !… dont on n'a jamais nommé les parents !… dont la vertu peut être feinte… Madame, pardonnez… J'oubliais… Vous le connaissez bien sans doute ?…

CONSTANCE. – Il faut vous pardonner. Vous êtes dans la nuit. Mais souffrez que je vous fasse luire un rayon d'espérance.

ROSALIE. – J'ai espéré. J'ai été trompée. Je n'espérerai plus. *(Constance sourit tristement.)* Hélas ! si Constance eût été seule, retirée comme autrefois, peut-être… Encore, n'est-ce qu'une idée vaine qui nous aurait trompées toutes deux. Notre amie devient malheureuse. On craint de se manquer à soi-même. Un premier mouvement de générosité nous emporte. Mais le temps ! le temps !… Madame, les malheureux sont fiers, importuns, ombrageux. On s'accoutume peu à peu au spectacle de leur douleur. Bientôt on s'en lasse. Épargnons-nous des torts réciproques. J'ai tout perdu ; sauvons du moins notre amitié du naufrage… Il me semble que je dois déjà quelque chose à l'infortune… Toujours soutenue de vos conseils, Rosalie n'a

1. Constance s'engage à demander à son futur époux, Dorval, la permission d'accueillir Rosalie, qu'on croit ruinée.

rien fait encore dont elle puisse s'honorer à ses propres yeux. Il est temps qu'elle apprenne ce dont elle sera capable, instruite par Constance et par les malheurs. Lui envieriez-vous le seul bien qui lui reste, celui de se connaître elle-même ?

CONSTANCE. – Rosalie, vous êtes dans l'enthousiasme ; méfiez-vous de cet état. Le premier effet du malheur est de roidir une âme ; le dernier est de la briser… Vous qui craignez tout du temps pour vous et pour moi, n'en craignez-vous rien pour vous seule ?… Songez, Rosalie, que l'infortune vous rend sacrée. S'il m'arrivait jamais de manquer de respect au malheur, rappelez-moi, faites-moi rougir pour la première fois… Mon enfant, j'ai vécu, j'ai souffert. Je crois avoir acquis le droit de présumer quelque chose de moi ; cependant je ne vous demande que de compter autant sur mon amitié que sur votre courage… Si vous vous promettez tout de vous-même, et que vous n'attendiez rien de Constance, ne serez-vous pas injuste ?… Mais les idées de bienfait et de reconnaissance vous effraieraient-elles ?… Rendez votre tendresse à mon frère, et c'est moi qui vous devrai tout.

ROSALIE. – Madame, voilà Dorval… Permettez que je m'éloigne… J'ajouterais si peu de chose à son triomphe.

Dorval entre.

CONSTANCE. – Rosalie… Dorval, retenez cette enfant… Mais elle nous échappe.

Scène III

Constance, Dorval

DORVAL. – Madame, laissons-lui le triste plaisir de s'affliger sans témoins.

CONSTANCE. – C'est à vous à changer son sort. Dorval, le jour de mon bonheur peut devenir le commencement de son repos.

DORVAL. – Madame, souffrez que je vous parle librement ; qu'en vous confiant ses plus secrètes pensées, Dorval s'efforce d'être digne de ce que vous faisiez pour lui, et que du moins il soit plaint et regretté.

CONSTANCE. – Quoi, Dorval ! Mais parlez.

DORVAL. – Je vais parler. Je vous le dois. Je le dois à votre frère. Je me le dois à moi-même… Vous voulez le bonheur de Dorval ; mais connaissez-vous bien Dorval ?… De faibles services dont un jeune homme bien né s'est exagéré le mérite, ses transports à l'apparence de quelques vertus, sa sensibilité pour quelques-uns de mes malheurs, tout a préparé et établi en vous des préjugés que la vérité m'ordonne de détruire. L'esprit de Clairville est jeune. Constance doit porter de moi d'autres jugements. *(Une pause.)* J'ai reçu du ciel un cœur droit ; c'est le seul avantage qu'il ait voulu m'accorder… Mais ce cœur est flétri, et je suis, comme vous voyez… sombre et mélancolique. J'ai… de la vertu, mais elle est austère ; des mœurs, mais sauvages… une âme tendre, mais aigrie par de longues disgrâces. Je peux encore verser des larmes, mais elles sont rares et cruelles… Non, un homme de ce caractère n'est point l'époux qui convient à Constance.

CONSTANCE. – Dorval, rassurez-vous. Lorsque mon cœur céda aux impressions de vos vertus, je vous vis tel que vous vous peignez. Je reconnus le malheur et ses effets terribles. Je vous plaignis, et ma tendresse commença peut-être par ce sentiment.

DORVAL. – Le malheur a cessé pour vous ; il s'est appesanti sur moi… Combien je suis malheureux, et qu'il y a de temps ! Abandonné presque en naissant entre le désert et la société, quand j'ouvris les yeux afin de reconnaître les liens qui pouvaient m'attacher aux hommes, à peine en retrouvai-je des débris. Il y avait trente ans, madame, que j'errais parmi eux, isolé, inconnu, négligé, sans avoir éprouvé la tendresse de personne, ni rencontré personne qui recherchât la mienne, lorsque votre frère vint à moi. Mon âme attendait la sienne. Ce fut dans son sein que je versai un torrent de sentiments qui cherchaient depuis si longtemps à s'épancher ; et je n'imaginai pas qu'il pût y avoir dans ma vie un moment plus doux que celui où je me délivrai du long ennui d'exister seul… Que j'ai payé cher cet instant de bonheur !… Si vous saviez…

CONSTANCE. – Vous avez été malheureux ; mais tout a son terme, et j'ose croire que vous touchez au moment d'une révolution durable et fortunée.

DORVAL. – Nous nous sommes assez éprouvés, le sort et moi. Il ne s'agit plus de bonheur… Je hais le commerce des hommes [1], et je sens que c'est loin de ceux mêmes qui me sont chers que le repos m'attend… Madame, puisse le ciel vous accorder sa faveur qu'il me refuse, et rendre Constance la plus heureuse des femmes !… *(Un peu attendri.)* Je l'apprendrai peut-être dans ma retraite, et j'en ressentirai de la joie.

CONSTANCE. – Dorval, vous vous trompez. Pour être tranquille, il faut avoir l'approbation de son cœur, et peut-être celle des hommes. Vous n'obtiendrez point celle-ci, et vous n'emporterez point la première, si vous quittez le poste qui vous est marqué. Vous avez reçu les talents les plus rares ; et vous en devez compte à la société. Que cette foule d'êtres inutiles qui s'y meuvent sans objet et l'embarrassent sans la servir s'en éloignent, s'ils veulent. Mais vous, j'ose le dire, vous ne le pouvez sans crime. C'est à une femme qui vous aime à vous arrêter parmi les hommes. C'est à Constance à conserver à la vertu opprimée un appui ; au vice arrogant, un fléau ; un frère à tous les gens de bien ; à tant de malheureux, un père qu'ils attendent ; au genre humain, son ami ; à mille projets honnêtes, utiles et grands, cet esprit libre de préjugés et cette âme forte qu'ils exigent, et que vous avez… Vous, renoncer à la société ! J'en appelle à votre cœur ; interrogez-le ; et il vous dira que l'homme de bien est dans la société, et qu'il n'y a que le méchant qui soit seul [2].

---

1. La pièce touche donc au thème de la misanthropie, d'illustre mémoire.
2. On sait que Rousseau, brouillé avec Diderot, se sentit directement visé par ce propos (voir la *Lettre à d'Alembert sur les spectacles*, 1758).

DORVAL. – Mais le malheur me suit, et se répand sur tout ce qui m'approche. Le ciel, qui veut que je vive dans les ennuis, veut-il aussi que j'y plonge les autres ? On était heureux ici, quand j'y vins.

CONSTANCE. – Le ciel s'obscurcit quelquefois ; et si nous sommes sous le nuage, un instant l'a formé, ce nuage, un instant le dissipera. Mais quoi qu'il en arrive, l'homme sage reste à sa place, et y attend la fin de ses peines.

DORVAL. – Mais ne craindra-t-il pas de l'éloigner, en multipliant les objets de son attachement ?... Constance, je ne suis point étranger à cette pente si générale et si douce qui entraîne tous les êtres, et qui les porte à éterniser leur espèce. J'ai senti dans mon cœur que l'univers ne serait jamais pour moi qu'une vaste solitude sans une compagne qui partageât mon bonheur et ma peine... Dans mes accès de mélancolie, je l'appelais, cette compagne.

CONSTANCE. – Et le ciel vous l'envoie.

DORVAL. – Trop tard pour mon malheur ! Il a effarouché une âme simple qui aurait été heureuse de ses moindres faveurs. Il l'a remplie de craintes, de terreurs, d'une horreur secrète... Dorval oserait se charger du bonheur d'une femme !... Il serait père !... Il aurait des enfants !... Des enfants !... Quand je pense que nous sommes jetés, tout en naissant, dans un chaos de préjugés, d'extravagances, de vices, et de misère, l'idée m'en fait frémir.

CONSTANCE. – Vous êtes obsédé de fantômes, et je n'en suis pas étonnée. L'histoire de la vie est si peu connue, celle de la mort est si obscure, et l'apparence du mal dans l'univers est si claire... Dorval, vos enfants ne sont point destinés à tomber dans le chaos que vous redoutez. Ils passeront sous vos yeux les premières années de leur vie, et c'en est assez pour vous répondre de celles qui suivront. Ils apprendront de vous à penser comme vous. Vos passions, vos goûts, vos idées passeront en eux. Ils tiendront de vous ces notions si justes que vous avez de la grandeur et de la bassesse réelles, du bonheur véritable et de la misère apparente. Il ne dépendra que de vous qu'ils aient une conscience toute semblable à la vôtre. Ils vous verront agir. Ils m'entendront parler quelquefois. *(En souriant avec dignité, elle ajoute :)* ... Dorval, vos filles seront honnêtes et décentes. Vos fils seront nobles et fiers. Tous vos enfants seront charmants.

DORVAL *prend la main de Constance, la presse entre les deux siennes, lui sourit d'un air touché, et lui dit :* – Si, par malheur, Constance se trompait... Si j'avais des enfants comme j'en vois tant d'autres, malheureux et méchants... Je me connais. J'en mourrais de douleur.

CONSTANCE, *d'un ton pathétique et d'un air pénétré.* – Mais auriez-vous cette crainte, si vous pensiez que l'effet de la vertu sur notre âme n'est ni moins nécessaire, ni moins puissant que celui de la beauté sur nos sens ; qu'il est dans le cœur de l'homme un goût de l'ordre plus ancien qu'aucun sentiment réfléchi ; que c'est ce goût qui nous rend sensibles à la honte, la honte qui nous fait redouter le mépris au-delà même du trépas ; que l'imitation nous est naturelle, et qu'il n'y a point d'exemple qui captive plus fortement que celui de la vertu, pas même l'exemple du vice ?... Ah ! Dorval, combien de moyens de rendre les hommes bons !

DORVAL. – Oui, si nous savions en faire usage... Mais je veux qu'avec des soins assidus, secondés d'heureux naturels, vous puissiez les garantir du vice ; en seront-ils beaucoup moins à plaindre ? Comment écarterez-vous d'eux la terreur et les préjugés qui les attendent à l'entrée dans ce monde, et qui les suivront jusqu'au tombeau ? La folie et la misère de l'homme m'épouvantent. Combien d'opinions monstrueuses dont il est tour à tour l'auteur et la victime ? Ah ! Constance, qui ne tremblerait d'augmenter le nombre de ces malheureux qu'on a comparés à des forçats qu'on voit dans un cachot funeste,

> Se pouvant secourir, l'un sur l'autre acharnés,
> Combattre avec les fers dont ils sont enchaînés [1] ?

1. Voltaire, *Poème sur la loi naturelle* (1756), vers 371-372.

CONSTANCE. – Je connais les maux que le fanatisme
a causés, et ceux qu'il en faut craindre... Mais s'il
paraissait aujourd'hui... parmi nous... un monstre tel
qu'il en a produit dans les temps de ténèbres où sa
fureur et ses illusions arrosaient de sang cette terre...
qu'on vît ce monstre s'avancer au plus grand des
crimes en invoquant le secours du ciel... et tenant la
loi de son Dieu d'une main, et de l'autre un poignard,
préparer aux peuples de longs regrets... croyez,
Dorval, qu'on en aurait autant d'étonnement que
d'horreur... Il y a sans doute encore des barbares ; et
quand n'y en aura-t-il plus ? Mais les temps de barbarie sont passés. Le siècle s'est éclairé. La raison s'est
épurée. Ses préceptes remplissent les ouvrages de la
nation. Ceux où l'on inspire aux hommes la bienveillance générale sont presque les seuls qui soient lus.
Voilà les leçons dont nos théâtres retentissent, et dont
ils ne peuvent retentir trop souvent. Et le philosophe
dont vous m'avez rappelé les vers [1] doit principale-
ment ses succès aux sentiments d'humanité qu'il a
répandus dans ses poèmes, et au pouvoir qu'ils ont sur
nos âmes. Non, Dorval, un peuple qui vient s'atten-
drir tous les jours sur la vertu malheureuse ne peut
être ni méchant, ni farouche. C'est vous-même, ce
sont les hommes qui vous ressemblent, que la nation
honore, et que le gouvernement doit protéger plus que
jamais, qui affranchiront vos enfants de cette chaîne
terrible dont votre mélancolie vous montre leurs
mains innocentes chargées. Et quel sera mon devoir et
le vôtre, sinon de les accoutumer à n'admirer, même
dans l'auteur de toutes choses, que les qualités qu'ils
chériront en nous [2] ? Nous leur représenterons sans
cesse que les lois de l'humanité sont immuables, que
rien n'en peut dispenser, et nous verrons germer dans
leurs âmes ce sentiment de bienfaisance universelle

1. Voltaire, que Diderot n'a en fait jamais rencontré, sauf peut-
être fugitivement en 1778, lors de son retour triomphal à Paris.
2. Constance invoque un Dieu de conception manifestement déiste,
c'est-à-dire ni caché ni incompréhensible ni effrayant.

qui embrasse toute la nature… Vous m'avez dit cent fois qu'une âme tendre n'envisageait point le système général des êtres sensibles sans en désirer fortement le bonheur, sans y participer ; et je ne crains pas qu'une âme cruelle soit jamais formée dans mon sein et de votre sang.

DORVAL. – Constance, une famille demande une grande fortune, et je ne vous cacherai pas que la mienne vient d'être réduite à la moitié.

CONSTANCE. – Les besoins réels ont une limite ; ceux de la fantaisie sont sans bornes. Quelque fortune que vous accumuliez, Dorval, si la vertu manque à vos enfants, ils seront toujours pauvres.

DORVAL. – La vertu ? on en parle beaucoup.

CONSTANCE. – C'est la chose dans l'univers la mieux connue et la plus révérée. Mais, Dorval, on s'y attache plus encore par les sacrifices qu'on lui fait que par les charmes qu'on lui croit ; et malheur à celui qui ne lui a pas assez sacrifié pour la préférer à tout, ne vivre, ne respirer que pour elle, s'enivrer de sa douce vapeur, et trouver la fin de ses jours dans cette ivresse !

DORVAL. – Quelle femme ! *(Il est étonné. Il garde le silence un moment. Il dit ensuite :)* Femme adorable et cruelle, à quoi me réduisez-vous ! Vous m'arrachez le mystère de ma naissance. Sachez donc qu'à peine ai-je connu ma mère. Une jeune infortunée, trop tendre, trop sensible, me donna la vie, et mourut peu de temps après. Ses parents, irrités et puissants, avaient forcé mon père de passer aux îles. Il y apprit la mort de ma mère, au moment où il pouvait se flatter de devenir son époux. Privé de cet espoir, il s'y fixa ; mais il n'oublia point l'enfant qu'il avait eu d'une femme chérie. Constance, je suis cet enfant… Mon père a fait plusieurs voyages en France. Je l'ai vu. J'espérais le revoir encore, mais je ne l'espère plus. Vous voyez ; ma naissance est abjecte aux yeux des hommes [1], et ma fortune a disparu.

_____

1. Le statut juridique des enfants dits naturels sera réexaminé sous la Révolution française.

CONSTANCE. – La naissance nous est donnée ; mais nos vertus sont à nous. Pour ces richesses toujours embarrassantes et souvent dangereuses, le ciel, en les répandant indifféremment sur la surface de la terre, et les faisant tomber sans distinction sur le bon et sur le méchant, dicte lui-même le jugement qu'on doit en porter. Naissance, dignités, fortune, grandeurs, le méchant peut tout avoir, excepté la faveur du ciel. Voilà ce qu'un peu de raison m'avait appris longtemps avant qu'on m'eût confié vos secrets ; et il ne me restait à savoir que le jour de mon bonheur et de ma gloire.

DORVAL. – Rosalie est malheureuse. Clairville est au désespoir.

CONSTANCE. – Je rougis du reproche. Dorval, voyez mon frère. Je reverrai Rosalie. Sans doute c'est à nous à rapprocher ces deux êtres si dignes d'êtres unis. Si nous y réussissons, j'ose espérer qu'il ne manquera plus rien à nos vœux.

Scène IV

DORVAL, *seul.* – Voilà la femme par qui Rosalie a été élevée ! Voilà les principes qu'elle a reçus !

Scène V

Dorval, Clairville

CLAIRVILLE. – Dorval, que deviens-je ? Qu'avez-vous résolu de moi ?

DORVAL. – Que vous vous attachiez plus fortement que jamais à Rosalie.

CLAIRVILLE. – Vous me le conseillez ?

DORVAL. – Je vous le conseille.

CLAIRVILLE, *en lui sautant au col.* – Ah ! mon ami, vous me rendez la vie. Je vous la dois deux fois en un jour. Je venais en tremblant apprendre mon sort. Combien j'ai souffert depuis que je vous ai quitté !

Jamais je n'ai si bien connu que j'étais destiné à l'aimer, tout injuste qu'elle est. Dans un instant de désespoir, on forme un projet violent ; mais l'instant passe, le projet se dissipe, et la passion reste.

DORVAL, *en souriant.* – Je savais tout cela. Mais votre peu de fortune ? La médiocrité de la sienne ?

CLAIRVILLE. – L'état le plus misérable à mes yeux est de vivre sans Rosalie. J'y ai pensé, et mon parti est pris. S'il est permis de supporter impatiemment l'indigence, c'est aux amants, aux pères de famille, à tous les hommes bienfaisants ; et il est toujours des voies pour en sortir.

DORVAL. – Que ferez-vous ?

CLAIRVILLE. – Je commercerai.

DORVAL. – Avec le nom que vous portez, auriez-vous ce courage [1] ?

CLAIRVILLE. – Qu'appelez-vous courage ? Je n'en trouve point à cela. Avec une âme fière, un caractère inflexible, il est trop incertain que j'obtienne de la faveur la fortune dont j'ai besoin. Celle qu'on fait par l'intrigue est prompte, mais vile ; par les armes, glorieuse, mais lente ; par les talents, toujours difficile et médiocre. Il est d'autres états qui mènent rapidement à la richesse ; mais le commerce est presque le seul où les grandes fortunes soient proportionnées au travail, à l'industrie, aux dangers qui les rendent honnêtes. Je commercerai, vous dis-je ; il ne me manque que des lumières et des expédients, et j'espère les trouver en vous.

DORVAL. – Vous pensez juste. Je vois que l'amour est sans préjugé. Mais ne songez qu'à fléchir Rosalie, et vous n'aurez point à changer d'état. Si le vaisseau qui portait sa fortune est tombé entre les mains des ennemis, il était assuré, et la perte n'est rien. La nouvelle en est dans les papiers publics, et je vous conseille de l'annoncer à Rosalie.

CLAIRVILLE. – J'y cours.

---

1. La règle générale (sauf en Bretagne et pour le commerce de gros) interdisait aux nobles de commercer, sous peine de déroger.

Scène VI

Dorval, Charles, *encore botté.*

DORVAL, *il se promène.* – Il ne la fléchira point…
Non… Mais pourquoi, si je veux ?… Un exemple
d'honnêteté, de courage… un dernier effort sur soi-
même… sur elle…

CHARLES, *entre, et reste debout sans mot dire, jusqu'à ce que
son maître l'aperçoive. Alors il dit :* – Monsieur, j'ai fait
remettre à Rosalie.

DORVAL. – J'entends.

CHARLES. – En voilà la preuve.

> *Il donne à son maître le reçu de Rosalie.*

DORVAL. – Il suffit.

> *Charles sort. Dorval se promène encore, et après
> une courte pause, il dit :*

Scène VII

DORVAL, *seul.* – J'aurai donc tout sacrifié. La
fortune ! *(Il répète avec dédain :)* la fortune ! ma passion !
la liberté !… Mais le sacrifice de ma liberté est-il bien
résolu ?… Ô raison ! qui peut te résister quand tu
prends l'accent enchanteur et la voix de la femme ?…
Homme petit et borné, assez simple pour imaginer
que tes erreurs et ton infortune sont de quelque
importance dans l'univers, qu'un concours de hasards
infinis préparait de tout temps ton malheur, que ton
attachement à un être mène la chaîne de sa destinée,
viens entendre Constance, et reconnais la vanité de tes
pensées… Ah ! si je pouvais trouver en moi la force de
sens et la supériorité de lumières avec laquelle cette
femme s'emparait de mon âme et la dominait, je ver-
rais Rosalie, elle m'entendrait, et Clairville serait heureux… Mais pourquoi n'obtiendrais-je pas sur cette
âme tendre et flexible le même ascendant que Constance a su prendre sur moi ? Depuis quand la vertu a-

t-elle perdu son empire ?… Voyons-la, parlons-lui ; et espérons tout de la vérité de son caractère, et du sentiment qui m'anime. C'est moi qui ai égaré ses pas innocents ; c'est moi qui l'ai plongée dans la douleur et dans l'abattement ; c'est à moi à lui tendre la main, et à la ramener dans la voie du bonheur.

ACTE V

Scène première

Rosalie, Justine

Rosalie, sombre, se promène ou reste immobile, sans attention pour ce que Justine lui dit.

JUSTINE. – Votre père échappe à mille dangers ! Votre fortune est réparée ! Vous devenez maîtresse de votre sort, et rien ne vous touche ! En vérité, mademoiselle, vous ne méritez guère le bien qui vous arrive.

ROSALIE. – … Un lien éternel va les unir !… Justine, André est-il instruit ? Est-il parti ? Revient-il ?

JUSTINE. – Mademoiselle, qu'allez-vous faire ?

ROSALIE. – Ma volonté… Non, mon père n'entrera point dans cette maison fatale !… Je ne serai point le témoin de leur joie… J'échapperai du moins à des amitiés qui me tuent.

Scène II

Rosalie, Justine, Clairville

CLAIRVILLE. *Il arrive précipitamment et, tout en approchant de Rosalie, il se jette à ses genoux, et lui dit :* – Eh bien ! cruelle, ôtez-moi donc la vie ! Je sais tout. André m'a tout dit. Vous éloignez d'ici votre père. Et de qui l'éloi-

gnez-vous ? D'un homme qui vous adore, qui quittait
sans regret son pays, sa famille, ses amis pour tra-
verser les mers, pour aller se jeter aux genoux de vos
inflexibles parents, y mourir ou vous obtenir… Alors
Rosalie, tendre, sensible, fidèle, partageait mes
ennuis ; aujourd'hui, c'est elle qui les cause.

ROSALIE, *émue et un peu déconcertée.* – Cet André est un
imprudent. Je ne voulais pas que vous sussiez mon
projet.

CLAIRVILLE. – Vous vouliez me tromper.

ROSALIE, *vivement.* – Je n'ai jamais trompé personne.

CLAIRVILLE. – Dites-moi donc pourquoi vous ne
m'aimez plus. M'ôter votre cœur, c'est me condamner
à mourir. Vous voulez ma mort. Vous la voulez. Je le
vois.

ROSALIE. – Non, Clairville. Je voudrais bien que
vous fussiez heureux.

CLAIRVILLE. – Et vous m'abandonnez !

ROSALIE. – Mais ne pourriez-vous pas être heureux
sans moi ?

CLAIRVILLE. – Vous me percez le cœur. *(Il est toujours
aux genoux de Rosalie. En disant ces mots, il tombe la tête
appuyée contre elle, et garde un moment le silence.)* … Vous ne
deviez jamais changer !… Vous le jurâtes !… Insensé
que j'étais, je vous crus… Ah ! Rosalie, cette foi
donnée et reçue chaque jour avec de nouveaux transports, qu'est-elle devenue ? Que sont devenus vos
serments ? Mon cœur, fait pour recevoir et garder
éternellement l'impression de vos vertus et de vos
charmes, n'a rien perdu de ses sentiments ; il ne vous
reste rien des vôtres… Qu'ai-je fait pour qu'ils se
soient détruits ?

ROSALIE. – Rien.

CLAIRVILLE. – Et pourquoi donc ne sont-ils plus, ni
ces instants si doux où je lisais mes sentiments dans
vos yeux ?… où ces mains *(il en prend une)* daignaient
essuyer mes larmes, ces larmes tantôt amères, tantôt
délicieuses, que la crainte et la tendresse faisaient
couler tour à tour ?… Rosalie, ne me désespérez
pas !… par pitié pour vous-même. Vous ne connaissez

pas votre cœur. Non, vous ne le connaissez pas. Vous ne savez pas tout le chagrin que vous vous préparez.

ROSALIE. – J'en ai déjà beaucoup souffert.

CLAIRVILLE. – Je laisserai au fond de votre âme une image terrible qui y entretiendra le trouble et la douleur. Votre injustice vous suivra.

ROSALIE. – Clairville, ne m'effrayez pas. *(En le regardant fixement.)* Que voulez-vous de moi ?

CLAIRVILLE. – Vous fléchir ou mourir.

ROSALIE, *après une pause.* – Dorval est votre ami ?

CLAIRVILLE. – Il sait ma peine. Il la partage.

ROSALIE. – Il vous trompe.

CLAIRVILLE. – Je périssais par vos rigueurs. Ses conseils m'ont conservé. Sans Dorval, je ne serais plus.

ROSALIE. – Il vous trompe, vous dis-je. C'est un méchant.

CLAIRVILLE. – Dorval, un méchant ! Rosalie, y pensez-vous ? Il est au monde deux êtres que je porte au fond de mon cœur ; c'est Dorval et Rosalie. Les attaquer dans cet asile, c'est me causer une peine mortelle. Dorval, un méchant ! C'est Rosalie qui le dit ! Elle !… Il ne lui restait plus pour m'accabler que d'accuser mon ami !

Dorval entre.

Scène III

Rosalie, Justine, Clairville, Dorval

CLAIRVILLE. – Venez, mon ami, venez. Cette Rosalie, autrefois si sensible, maintenant si cruelle, vous accuse sans sujet, et me condamne à un désespoir sans fin, moi qui mourrais plutôt que de lui causer la peine la plus légère.

Cela dit, il cache ses larmes ; il s'éloigne, et il va se mettre sur un canapé au fond du salon, dans l'attitude d'un homme désolé.

DORVAL, *montrant Clairville à Rosalie, lui dit :* — Mademoiselle, considérez votre ouvrage et le mien. Est-ce là le sort qu'il devait attendre de nous ? Un désespoir funeste sera donc le fruit amer de mon amitié et de votre tendresse ; et nous le laisserons périr ainsi !

> *Clairville se lève, et s'en va comme un homme qui erre. Rosalie le suit des yeux ; et Dorval, après avoir un peu rêvé, continue d'un ton bas, sans regarder Rosalie* [1].

S'il s'afflige, c'est du moins sans contrainte. Son âme honnête peut montrer toute sa douleur… Et nous, honteux de nos sentiments, nous n'osons les confier à personne ; nous nous les cachons… Dorval et Rosalie, contents d'échapper aux soupçons, sont peut-être assez vils pour s'en applaudir en secret… *(Ici il se tourne subitement vers Rosalie.)* … Ah ! mademoiselle, sommes-nous faits pour tant d'humiliation ? Voudrons-nous plus longtemps d'une vie aussi abjecte ? Pour moi, je ne pourrais me souffrir parmi les hommes, s'il y avait sur tout l'espace qu'ils habitent un seul endroit où j'eusse mérité le mépris. Échappé au danger, je viens à votre secours. Il faut que je vous replace au rang où je vous ai trouvée, ou que je meure de regrets. *(Il s'arrête un peu, puis il dit :)* Rosalie, répondez-moi. La vertu a-t-elle pour vous quelque prix ? L'aimez-vous encore ?

ROSALIE. – Elle m'est plus chère que la vie.

DORVAL. – Je vais donc vous parler du seul moyen de vous réconcilier avec vous, d'être digne de la société dans laquelle vous vivez, d'être appelée l'élève et l'amie de Constance, et d'être l'objet du respect et de la tendresse de Clairville.

ROSALIE. – Parlez ; je vous écoute.

> *Rosalie s'appuie sur le dos d'un fauteuil, la tête penchée sur une main, et Dorval continue :*

---

1. Diderot imagine un moyen terme entre dialogue normal et aparté, grâce à l'envoi alors inhabituel d'un acteur en fond de scène, où il mime la douleur.

DORVAL. – Songez, mademoiselle, qu'une seule idée fâcheuse qui nous suit suffit pour anéantir le bonheur, et que la conscience d'une mauvaise action est la plus fâcheuse de toutes les idées. *(Vivement et rapidement.)* Quand nous avons commis le mal, il ne nous quitte plus ; il s'établit au fond de notre âme avec la honte et le remords ; nous le portons avec nous, et il nous tourmente. Si vous suivez un penchant injuste, il y a des regards qu'il faut éviter pour jamais ; et ces regards sont ceux des deux personnes que nous révérons le plus sur la terre. Il faut s'éloigner, fuir devant eux et marcher dans le monde la tête baissée. *(Rosalie soupire.)* Et loin de Clairville et de Constance, où irions-nous ? que deviendrions-nous ? quelle serait notre société ?… Être méchant, c'est se condamner à vivre, à se plaire avec les méchants ; c'est vouloir demeurer confondu dans une foule d'êtres sans principes, sans mœurs et sans caractère ; vivre dans un mensonge continuel d'une vie incertaine et troublée ; louer en rougissant la vertu qu'on a abandonnée ; entendre dans la bouche des autres le blâme des actions qu'on a faites ; chercher le repos dans des systèmes que le souffle d'un homme de bien renverse ; se fermer pour toujours la source des véritables joies, des seules qui soient honnêtes, austères et sublimes ; et se livrer, pour se fuir, à l'ennui de tous ces amusements frivoles où le jour s'écoule dans l'oubli de soi-même, et où la vie s'échappe et se perd… Rosalie, je n'exagère point. Lorsque le fil du labyrinthe se rompt on n'est plus maître de son sort ; on ne sait jusqu'où l'on peut s'égarer. Vous êtes effrayée ! et vous ne connaissez encore qu'une partie de votre péril. Rosalie, vous avez été sur le point de perdre le plus grand bien qu'une femme puisse posséder sur la terre ; un bien qu'elle doit incessamment demander au ciel, qui en est avare : un époux vertueux ! Vous alliez marquer par une injustice le jour le plus solennel de votre vie, et vous condamner à rougir au souvenir d'un instant qu'on ne doit se rappeler qu'avec un sentiment délicieux… Songez qu'aux pieds de ces autels où vous

auriez reçu mes serments, où j'aurais exigé les vôtres,
l'idée de Clairville trahi et désespéré vous aurait
suivie. Vous eussiez vu le regard sévère de Constance
attaché sur vous. Voilà quels auraient été les témoins
effrayants de notre union… Et ce mot, si doux à prononcer et à entendre, lorsqu'il assure et qu'il comble le
bonheur de deux êtres dont l'innocence et la vertu
consacraient les désirs, ce mot fatal eût scellé pour
jamais notre injustice et notre malheur… Oui, mademoiselle, pour jamais. L'ivresse passe. On se voit tel
qu'on est. On se méprise. On s'accuse, et la misère
commence. *(Il échappe ici à Rosalie quelques larmes qu'elle
essuie furtivement.)* En effet, quelle confiance avoir en
une femme lorsqu'elle a pu trahir son amant ? en un
homme, lorsqu'il a pu tromper son ami ?… Mademoiselle, il faut que celui qui ose s'engager en des liens
indissolubles voie dans sa compagne la première des
femmes ; et malgré elle Rosalie ne verrait en moi que
le dernier des hommes… Cela ne peut être… Je ne
saurais trop respecter la mère de mes enfants ; et je ne
saurais en être trop considéré. Vous rougissez. Vous
baissez les yeux… Quoi donc ? Seriez-vous offensée
qu'il y eût dans la nature quelque chose pour moi de
plus sacré que vous ? Voudriez-vous me revoir encore
dans ces instants humiliants et cruels, où vous me
méprisiez sans doute, où je me haïssais, où je craignais
de vous rencontrer, où vous trembliez de m'entendre,
et où nos âmes, flottantes entre le vice et la vertu,
étaient déchirées ?… Que nous avons été malheureux,
mademoiselle ! Mais mon malheur a cessé au moment
où j'ai commencé d'être juste. J'ai remporté sur moi la
victoire la plus difficile, mais la plus entière. Je suis
rentré dans mon caractère. Rosalie ne m'est plus
redoutable ; et je pourrais sans crainte lui avouer tout
le désordre qu'elle avait jeté dans mon âme lorsque,
dans le plus grand trouble de sentiments et d'idées
qu'aucun mortel ait jamais éprouvé, je répondais…
Mais un événement imprévu, l'erreur de Constance,
la vôtre, mes efforts m'ont affranchi… Je suis libre…
(À ces mots, Rosalie paraît accablée. Dorval, qui s'en aperçoit, se

tourne vers elle, et la regardant d'un air plus doux, il continue.) Mais qu'ai-je exécuté que Rosalie ne le puisse mille fois plus facilement ! Son cœur est fait pour sentir, son esprit pour penser, sa bouche pour annoncer tout ce qui est honnête. Si j'avais différé d'un instant, j'aurais entendu de Rosalie tout ce qu'elle vient d'entendre de moi. Je l'aurais écoutée. Je l'aurais regardée comme une divinité bienfaisante qui me tendait la main, et qui rassurait mes pas chancelants. À sa voix, la vertu se serait rallumée dans mon cœur.

ROSALIE, *d'une voix tremblante.* – Dorval…

DORVAL, *avec humanité.* – Rosalie…

ROSALIE. – Que faut-il que je fasse ?

DORVAL. – Nous avons placé l'estime de nous-mêmes à un haut prix !

ROSALIE. – Est-ce mon désespoir que vous voulez ?

DORVAL. – Non. Mais il est des occasions où il n'y a qu'une action forte qui nous relève.

ROSALIE. – Je vous entends. Vous êtes mon ami… Oui, j'en aurai le courage… Je brûle de voir Constance… Je sais enfin où le bonheur m'attend.

DORVAL. – Ah ! Rosalie, je vous reconnais. C'est vous, mais plus belle, plus touchante à mes yeux que jamais ! Vous voilà digne de l'amitié de Constance, de la tendresse de Clairville, et de toute mon estime ; car j'ose à présent me nommer.

Scène IV

Rosalie, Justine, Dorval, Constance

ROSALIE *court au-devant de Constance.* – Venez, Constance, venez recevoir de la main de votre pupille le seul mortel qui soit digne de vous.

CONSTANCE. – Et vous, mademoiselle, courez embrasser votre père. Le voilà.

Scène V et dernière

Rosalie, Justine, Dorval, Constance,
le vieux Lysimond, *tenu sous les bras par* Clairville
et par André, Charles, Sylvestre, *toute la maison*

Rosalie. – Mon père !

Dorval. – Ciel ! que vois-je ? C'est Lysimond !
c'est mon père !

Lysimond. – Oui, mon fils, oui, c'est moi. *(À Dorval
et à Rosalie.)* Approchez, mes enfants, que je vous
embrasse… Ah ! ma fille ! Ah ! mon fils !… *(Il les
regarde.)* Du moins, je les ai vus… *(Dorval et Rosalie sont
étonnés ; Lysimond s'en aperçoit.)* Mon fils, voilà ta sœur…
Ma fille, voilà ton frère.

Rosalie. – Mon frère !

Dorval. – Ma sœur !

Rosalie. – Dorval !

Dorval. – Rosalie !

> *Ces mots se disent avec toute la vitesse de la
> surprise, et se font entendre presque au même
> instant.*

Lysimond ; *il est assis.* – Oui, mes enfants ; vous
saurez tout… Approchez, que je vous embrasse
encore… *(Il lève ses mains au ciel.)* … Que le ciel, qui me
rend à vous, qui vous rend à moi, vous bénisse… qu'il
nous bénisse tous. *(À Clairville.)* Clairville, *(À Constance.)*
Madame, pardonnez à un père qui retrouve ses
enfants. Je les croyais perdus pour moi… Je me suis dit
cent fois : Je ne les reverrai jamais. Ils ne me reverront
plus. Peut-être, hélas, ils s'ignoreront toujours !…
Quand je partis, ma chère Rosalie, mon espérance la
plus douce était de te montrer un fils digne de moi, un
frère digne de toute ta tendresse, qui te servît d'appui
quand je ne serai plus… et, mon enfant, ce sera bientôt… Mais, mes enfants, pourquoi ne vois-je point
encore sur vos visages ces transports que je m'étais
promis ?… Mon âge, mes infirmités, ma mort pro-

chaine vous affligent… Ah ! mes enfants, j'ai tant travaillé, tant souffert !… Dorval, Rosalie !

> *En disant ces mots, le vieillard tient ses bras
> étendus vers ses enfants, qu'il regarde alternati-
> vement, et qu'il invite à se reconnaître. Dorval
> et Rosalie se regardent, tombent dans les bras
> l'un de l'autre, et vont ensemble embrasser les
> genoux de leur père, en s'écriant :*

DORVAL, ROSALIE. – Ah ! mon père !

LYSIMOND, *leur imposant ses mains, et levant ses yeux au
ciel, dit :* – Ô ciel, je te rends grâces ! Mes enfants se
sont vus ; ils s'aimeront, je l'espère, et je mourrai
content… Clairville, Rosalie vous était chère… Rosalie, tu aimais Clairville. Tu l'aimes toujours. Approchez, que je vous unisse.

> *Clairville, sans oser approcher, se contente de
> tendre les bras à Rosalie, avec tout le mouvement
> du désir et de la passion. Il attend. Rosalie le
> regarde un instant et s'avance. Clairville se pré-
> cipite, et Lysimond les unit.*

ROSALIE, *en interrogation.* – Mon père ?…

LYSIMOND. – Mon enfant ?…

ROSALIE. – Constance… Dorval… Ils sont dignes
l'un de l'autre.

LYSIMOND, *à Constance et à Dorval.* – Je t'entends.
Venez, mes chers enfants. Venez. Vous doublez mon
bonheur.

> *Constance et Dorval s'approchent gravement de
> Lysimond. Le bon vieillard prend la main de
> Constance, la baise, et lui présente celle de son
> fils, que Constance reçoit.*

LYSIMOND, *pleurant et s'essuyant les yeux avec la main,
dit :* – Celles-ci sont de joie, et ce seront les dernières…
Je vous laisse une grande fortune. Jouissez-en comme
je l'ai acquise. Ma richesse ne coûta jamais rien à ma
probité. Mes enfants, vous la pourrez posséder sans
remords… Rosalie, tu regardes ton frère, et tes yeux
baignés de larmes reviennent sur moi… Mon enfant,

tu sauras tout ; je te l'ai déjà dit… Épargne cet aveu à ton père, à un frère sensible et délicat… Le ciel, qui a trempé d'amertumes toute ma vie, ne m'a réservé de purs que ces derniers instants. Chère enfant, laisse-m'en jouir… Tout est arrangé entre vous… Ma fille, voilà l'état de mes biens…

ROSALIE. – Mon père…

LYSIMOND. – Prends, mon enfant. J'ai vécu. Il est temps que vous viviez, et que je cesse ; demain, si le ciel le veut, ce sera sans regret… Tiens, mon fils, c'est le précis de mes dernières volontés. Tu les respecteras. Surtout n'oubliez pas André. C'est à lui que je devrai la satisfaction de mourir au milieu de vous. Rosalie, je me ressouviendrai d'André, lorsque ta main me fermera les yeux… Vous verrez, mes enfants, que je n'ai consulté que ma tendresse, et que je vous aimais tous deux également. La perte que j'ai faite est peu de chose. Vous la supporterez en commun.

ROSALIE. – Qu'entends-je ? Mon père… on m'a remis…

> Elle présente à son père le portefeuille envoyé par Dorval.

LYSIMOND. – On t'a remis… Voyons… *(Il ouvre le portefeuille, il examine ce qu'il contient, et dit :)* … Dorval, tu peux seul éclaircir ce mystère. Ces effets t'apparte-naient. Parle. Dis-nous comment ils se trouvent entre les mains de ta sœur.

CLAIRVILLE, *vivement.* – J'ai tout compris. Il exposa sa vie pour moi ; il me sacrifiait sa fortune !

ROSALIE, *à Clairville.* – Sa passion !

CONSTANCE, *à Clairville.* – Sa liberté !

> Ces mots se disent avec beaucoup de vitesse, et sont presque entendus en même temps.

CLAIRVILLE. – Ah ! mon ami ! *(Il l'embrasse.)*

ROSALIE, *en se jetant dans le sein de son frère, et baissant la vue.* – Mon frère…

DORVAL, *en souriant.* – J'étais un insensé, vous étiez un enfant.

LYSIMOND. – Mon fils, que te veulent-ils ? Il faut que tu leur aies donné quelque grand sujet d'admiration et de joie, que je ne comprends pas, que ton père ne peut partager.

DORVAL. – Mon père, la joie de vous revoir nous a tous transportés.

LYSIMOND. – Puisse le ciel, qui bénit les enfants par les pères, et les pères par les enfants, vous en accorder qui vous ressemblent, et qui vous rendent la tendresse que vous avez pour moi !

J'ai promis de dire pourquoi je n'entendis pas la dernière scène ; et le voici. Lysimond n'était plus. On avait engagé un de ses amis, qui était à peu près de son âge, et qui avait sa taille, sa voix et ses cheveux blancs, à le remplacer dans la pièce.

Ce vieillard entra dans le salon, comme Lysimond y était entré la première fois, tenu sous les bras par Clairville et par André, et couvert des habits que son ami avait apportés des prisons. Mais à peine y parut-il que, ce moment de l'action remettant sous les yeux de toute la famille un homme qu'elle venait de perdre, et qui lui avait été si respectable et si cher, personne ne put retenir ses larmes. Dorval pleurait. Constance et Clairville pleuraient. Rosalie étouffait ses sanglots et détournait ses regards. Le vieillard qui représentait Lysimond se troubla, et se mit à pleurer aussi. La douleur, passant des maîtres aux domestiques, devint générale, et la pièce ne finit pas.

Lorsque tout le monde fut retiré, je sortis de mon coin, et je m'en retournai comme j'étais venu. Chemin faisant, j'essuyais mes yeux, et je me disais pour me consoler, car j'avais l'âme triste : « Il faut que je sois bien bon de m'affliger ainsi. Tout ceci n'est qu'une comédie [1]. Dorval en a pris le sujet dans sa tête. Il l'a

---

1. Au sens de « pièce de théâtre ».

dialoguée à sa fantaisie, et l'on s'amusait aujourd'hui à la représenter. »

Cependant, quelques circonstances m'embarrassaient. L'histoire de Dorval était connue dans le pays. La représentation en avait été si vraie qu'oubliant en plusieurs endroits que j'étais spectateur, et spectateur ignoré, j'avais été sur le point de sortir de ma place, et d'ajouter un personnage réel à la scène. Et puis comment arranger avec mes idées ce qui venait de se passer ? Si cette pièce était une comédie comme une autre, pourquoi n'avaient-ils pu jouer la dernière scène ? Quelle était la cause de la douleur profonde dont ils avaient été pénétrés à la vue du vieillard qui faisait Lysimond ?

Quelques jours après, j'allai remercier Dorval de la soirée délicieuse et cruelle que je devais à sa complaisance…

« Vous avez donc été content de cela ?… »

J'aime à dire la vérité. Cet homme aimait à l'entendre, et je lui répondis que le jeu des acteurs m'en avait tellement imposé qu'il m'était impossible de prononcer sur le reste ; d'ailleurs que, n'ayant point entendu la dernière scène, j'ignorais le dénouement ; mais que s'il voulait me communiquer l'ouvrage, je lui en dirais mon sentiment…

« Votre sentiment ! Et n'en sais-je pas à présent ce que j'en veux savoir ? Une pièce est moins faite pour être lue que pour être représentée ; la représentation de celle-ci vous a plu, il ne m'en faut pas davantage. Cependant la voilà. Lisez-la, et nous en parlerons. »

Je pris l'ouvrage de Dorval. Je le lus à tête reposée, et nous en parlâmes le lendemain, et les deux jours suivants.

Voici nos entretiens [1]. Mais quelle différence entre ce que Dorval me disait, et ce que j'écris !… Ce sont peut-être les mêmes idées ; mais le génie de l'homme

---

1. On trouvera ces entretiens dans *Entretiens sur Le Fils naturel. De la poésie dramatique. Paradoxe sur le comédien*, éd. J. Goldzink, GF-Flammarion, 2005.

n'y est plus… C'est en vain que je cherche en moi l'impression que le spectacle de la nature et la présence de Dorval y faisaient. Je ne la retrouve point ; je ne vois plus Dorval. Je ne l'entends plus. Je suis seul, parmi la poussière des livres et dans l'ombre d'un cabinet… Et j'écris des lignes faibles, tristes et froides.

LE PÈRE DE FAMILLE

Comédie

Aetatis cujusque notandi sunt tibi mores,
Mobilibusque decor naturis dandus et annis.

Horat., *De Art. poet.* [1].

---

1. « Il te faut marquer les mœurs de chaque âge, et donner aux caractères, qui changent avec les années, les traits qui leur conviennent », Horace, *Art poétique*, vers 156-157 (trad. in *Œuvres*, t. IV, *op. cit.*, p. 1193).

Madame,

En soumettant *Le Père de famille* au jugement de Votre Altesse Sérénissime, je ne me suis point dissimulé ce qu'il en avait à redouter. Femme éclairée, mère tendre, quel est le sentiment que vous n'eussiez exprimé avec plus de délicatesse que lui ? Quelle est l'idée que vous n'eussiez rendue d'une manière plus touchante ? Cependant ma témérité ne se bornera pas, Madame, à vous offrir un si faible hommage. Quelque distance qu'il y ait de l'âme d'un poète à celle d'une mère, j'oserai descendre dans la vôtre, y lire, si je le sais, et révéler quelques-unes des pensées qui l'occupent. Puissiez-vous les reconnaître et les avouer.

Lorsque le ciel vous eut accordé des enfants, ce fut ainsi que vous vous parlâtes ; voici ce que vous vous êtes dit :

Mes enfants sont moins à moi peut-être par le don que je leur ai fait de la vie, qu'à la femme mercenaire qui les allaita. C'est en prenant le soin de leur éducation que je les revendiquerai sur elle. C'est l'éducation qui fondera leur reconnaissance et mon autorité. Je les élèverai donc.

Je ne les abandonnerai point sans réserve à l'étranger, ni au subalterne. Comment l'étranger y prendrait-il le même intérêt que moi ? Comment le subalterne en serait-il écouté comme moi ? Si ceux que j'aurai constitués les censeurs de la conduite de mon fils se disaient au-dedans d'eux-mêmes : « Aujourd'hui mon disciple, demain il sera mon maître », ils exagéreraient le peu de bien qu'il ferait ; s'il faisait le mal, ils l'en reprendraient mollement, et ils deviendraient ainsi ses adulateurs les plus dangereux.

Il serait à souhaiter qu'un enfant fût élevé par son supérieur ; et le mien n'a de supérieur que moi.

C'est à moi à lui inspirer le libre exercice de sa raison, si je veux que son âme ne se remplisse pas d'erreurs et de terreurs, telles que l'homme s'en faisait à lui-même sous un état de nature imbécile [1] et sauvage.

Le mensonge est toujours nuisible. Une erreur d'esprit suffit pour corrompre le goût et la morale. Avec une seule idée fausse, on peut devenir barbare ; on arrache les pinceaux de la main du peintre, on brise le chef-d'œuvre du statuaire, on brûle un ouvrage de génie, on se fait une âme petite et cruelle ; le sentiment de la haine s'étend, celui de la bienveillance se resserre ; on vit en transe, et l'on craint de mourir. Les vues étroites d'un instituteur pusillanime ne réduiront pas mon fils dans cet état, si je puis.

Après le libre exercice de sa raison, un autre principe, que je ne cesserai de lui recommander, c'est la sincérité avec soi-même. Tranquille alors sur les préjugés auxquels notre faiblesse nous expose, le voile tomberait tout à coup, et un trait de lumière lui montrerait tout l'édifice de ses idées renversé, qu'il dirait froidement : « Ce que je croyais vrai était faux ; ce que j'aimais comme bon était mauvais ; ce que j'admirais comme beau était difforme ; mais il n'a pas dépendu de moi de voir autrement. »

Si la conduite de l'homme peut avoir une base solide dans la considération générale, sans laquelle on ne se résout point à vivre ; dans l'estime et le respect de soi-même, sans lesquels on n'ose guère en exiger des autres ; dans les notions d'ordre, d'harmonie, d'intérêt, de bienfaisance et de beauté, auxquelles on n'est pas libre de se refuser, et dont nous portons le germe dans nos cœurs,

---

1. Impuissant, sans force ni raison.

où il se déploie et se fortifie sans cesse ; dans le sentiment de la décence et de l'honneur, dans la sainteté des lois : pourquoi appuierai-je la conduite de mes enfants sur des opinions passagères, qui ne tiendront ni contre l'examen de la raison, ni contre le choc des passions, plus redoutables encore pour l'erreur que la raison ?

Il y a dans la nature de l'homme deux principes opposés : l'amour-propre, qui nous rappelle à nous, et la bienveillance, qui nous répand. Si l'un de ces deux ressorts venait à se briser, on serait ou méchant jusqu'à la fureur, ou généreux jusqu'à la folie. Je n'aurai point vécu sans expérience pour eux, si je leur apprends à établir un juste rapport entre ces deux mobiles de notre vie.

C'est en les éclairant sur la valeur réelle des objets que je mettrai un frein à leur imagination. Si je réussis à dissiper les prestiges de cette magicienne qui embellit la laideur, qui enlaidit la beauté, qui pare le mensonge, qui obscurcit la vérité, et qui nous joue par des spectres qu'elle fait changer de formes et de couleurs, et qu'elle nous montre quand il lui plaît et comme il lui plaît, ils n'auront ni craintes outrées, ni désirs déréglés.

Je ne me suis pas promis de leur ôter toutes les fantaisies ; mais j'espère que celle de faire des heureux, la seule qui puisse consacrer les autres, sera du nombre des fantaisies qui leur resteront. Alors, si les images du bonheur couvrent les murs de leur séjour, ils en jouiront ; s'ils ont embelli des jardins, ils s'y promèneront. En quelque endroit qu'ils aillent, ils y porteront la sérénité.

S'ils appellent autour d'eux les artistes, et s'ils en forment de nombreux ateliers, le chant grossier de celui qui se fatigue depuis le lever du soleil jusqu'à son coucher, pour obtenir d'eux un morceau de pain, leur apprendra que le bonheur peut être aussi à celui qui scie le marbre et qui coupe la pierre ; que la puissance ne donne pas la paix de l'âme, et que le travail ne l'ôte pas.

Auront-ils élevé un édifice au fond d'une forêt, ils ne craindront pas de s'y retirer quelquefois avec eux-mêmes, avec l'ami qui leur dira la vérité, avec l'amie qui saura parler à leur cœur, avec moi.

J'ai le goût des choses utiles ; et, si je le fais passer en eux, des façades, des places publiques les toucheront moins qu'un amas de fumier sur lequel ils verront jouer des enfants tout nus, tandis qu'une paysanne, assise sur le seuil de sa chaumière, en tiendra un plus jeune attaché à sa mamelle, et que des hommes basanés s'occuperont, en cent manières diverses, de la subsistance commune.

Ils seront moins délicieusement émus à l'aspect d'une colonnade que si, traversant un hameau, ils remarquent les épis de la gerbe sortir par les murs entrouverts d'une ferme.

Je veux qu'ils voient la misère, afin qu'ils y soient sensibles, et qu'ils sachent, par leur propre expérience, qu'il y a autour d'eux des hommes comme eux, peut-être plus essentiels qu'eux, qui ont à peine de la paille pour se coucher, et qui manquent de pain.

Mon fils, si vous voulez connaître la vérité, sortez, lui dirai-je ; répandez-vous dans les différentes conditions ; voyez les campagnes, entrez dans une chaumière, interrogez celui qui l'habite ; ou plutôt regardez son lit, son pain, sa demeure, son vêtement ; et vous saurez ce que vos flatteurs chercheront à vous dérober.

Rappelez-vous souvent à vous-même qu'il ne faut qu'un seul homme méchant et puissant pour que cent mille autres hommes pleurent, gémissent et maudissent leur existence.

Que cette espèce de méchants qui bouleversent le globe et qui le tyrannisent, sont les vrais auteurs du blasphème.

Que la nature n'a point fait d'esclaves, et que personne sous le ciel n'a plus d'autorité qu'elle.

Que l'idée d'esclavage a pris naissance dans l'effusion du sang et au milieu des conquêtes.

Que les hommes n'auraient aucun besoin d'être gouvernés, s'ils n'étaient pas méchants ; et que par conséquent le but de toute autorité doit être de les rendre bons.

Que tout système de morale, tout ressort politique qui tend à éloigner l'homme de l'homme, est mauvais.

Que si les souverains sont les seuls hommes qui soient demeurés dans l'état de nature [1], où le ressentiment est l'unique loi de celui qu'on offense, la limite du juste et de

---

1. Idée classique du droit naturel : les États, contrairement aux citoyens soumis aux lois, conservent entre eux les relations propres

l'injuste est un trait délié qui se déplace ou qui disparaît à l'œil de l'homme irrité.

Que la justice est la première vertu de celui qui commande et la seule qui arrête la plainte de celui qui obéit.

Qu'il est beau de se soumettre soi-même à la loi qu'on impose, et qu'il n'y a que la nécessité et la généralité de la loi qui la fassent aimer.

Que plus les États sont bornés, plus l'autorité politique se rapproche de la puissance paternelle.

Que si le souverain a les qualités d'un souverain, ses États seront toujours assez étendus.

Que si la vertu d'un particulier peut se soutenir sans appui, il n'en est pas de même de la vertu d'un peuple ; qu'il faut récompenser les gens de mérite, encourager les hommes industrieux, approcher de soi les uns et les autres.

Qu'il y a partout des hommes de génie, et que c'est au souverain à les faire paraître.

Mon fils, c'est dans la prospérité que vous vous montrerez bon ; mais c'est l'adversité qui vous montrera grand. S'il est beau de voir l'homme tranquille, c'est au moment où les hasards se rassemblent sur lui.

Faites le bien ; et songez que la nécessité des événements est égale sur tous.

Soumettez-vous-y, et accoutumez-vous à regarder d'un même œil le coup qui frappe l'homme et qui le renverse, et la chute d'un arbre qui briserait sa statue.

Vous êtes mortel comme un autre ; et lorsque vous tomberez, un peu de poussière vous couvrira comme un autre.

Ne vous promettez point un bonheur sans mélange ; mais faites-vous un plan de bienfaisance que vous opposiez à celui de la nature, qui nous opprime quelquefois. C'est ainsi que vous vous élèverez, pour ainsi dire, au-dessus d'elle, par l'excellence d'un système qui répare les désordres du sien. Vous serez heureux le soir, si vous avez fait plus de bien qu'elle ne vous aura fait de mal. Voilà l'unique moyen de vous réconcilier avec la vie. Comment

---

à « l'état de nature », puisqu'ils n'obéissent à aucune autorité ni légalité supérieures, ne connaissent d'autres sanctions que le rapport de force.

haïr une existence qu'on se rend douce à soi-même par l'utilité dont elle est aux autres ?

Persuadez-vous que la vertu est tout, et que la vie n'est rien ; et si vous avez de grands talents, vous serez un jour compté parmi les héros.

Rapportez tout au dernier moment, à ce moment où la mémoire des faits les plus éclatants ne vaudra pas le souvenir d'un verre d'eau présenté par humanité à celui qui avait soif.

Le cœur de l'homme est tantôt serein et tantôt couvert de nuages ; mais le cœur de l'homme de bien, semblable au spectacle de la nature, est toujours grand et beau, tranquille ou agité.

Songez au danger qu'il y aurait à se faire l'idée d'un bonheur qui fût toujours le même, tandis que la condition de l'homme varie sans cesse.

L'habitude de la vertu est la seule que vous puissiez contracter sans crainte pour l'avenir. Tôt ou tard les autres sont importunes.

Lorsque la passion tombe, la honte, l'ennui, la douleur commencent. Alors on craint de se regarder. La vertu se voit elle-même toujours avec complaisance.

Le vice et la vertu travaillent sourdement en nous. Ils n'y sont pas oisifs un moment. Chacun mine de son côté. Mais le méchant ne s'occupe pas à se rendre méchant comme l'homme de bien à se rendre bon. Celui-là est lâche dans le parti qu'il a pris ; il n'ose se perfectionner. Faites-vous un but qui puisse être celui de toute votre vie. Voilà, Madame, les pensées que médite une mère telle que vous, et les discours que ses enfants entendent d'elle. Comment, après cela, un petit événement domestique, une intrigue d'amour, où les détails sont aussi frivoles que le fond, ne vous paraîtraient-ils pas insipides ? Mais j'ai compté sur l'indulgence de Votre Altesse Sérénissime ; et si elle daigne me soutenir, peut-être me trouverai-je un jour au-dessous de l'opinion favorable dont elle m'honore.

Puisse l'ébauche que je viens de tracer de votre caractère et de vos sentiments, encourager d'autres femmes à vous imiter ! Puissent-elles concevoir qu'elles passent, à mesure que leurs enfants croissent ; et que, si elles obtiennent les longues années qu'elles se promettent, elles finiront par être elles-mêmes des enfants ridés, qui redemanderont en vain une tendresse qu'elles n'auront pas ressentie. Je suis avec un très profond respect, Madame, de Votre Altesse Sérénissime, le très humble et très obéissant serviteur,

DIDEROT.

PERSONNAGES

M. d'Orbesson, Père de famille.

M. le Commandeur d'Auvilé, beau-frère du Père de famille.

Cécile, fille du Père de famille.

Saint-Albin, fils du Père de famille.

Sophie, une jeune inconnue.

Germeuil, fils de feu M. de ***, un ami du Père de famille.

M. Le Bon, intendant de la maison.

Mlle Clairet, femme de chambre de Cécile.

La Brie, domestique du Père de famille.

Philippe, domestique du Père de famille.

Deschamps, domestique de Germeuil.

Autres domestiques de la maison.

Mme Hébert, hôtesse de Sophie.

Mme Papillon, marchande à la toilette.

Une des ouvrières de Mme Papillon.

M. ***. C'est un pauvre honteux.

Un paysan.

Un exempt.

La scène est à Paris, dans la maison du Père de famille. Le théâtre représente une salle de compagnie, décorée de tapisseries, glaces, tableaux, pendule, etc. C'est celle du Père de famille. La nuit est fort avancée. Il est entre cinq et six heures du matin.

ACTE PREMIER

Scène première

Le Père de famille, le Commandeur, Cécile, Germeuil

Sur le devant de la salle, on voit le Père de famille qui se promène à pas lents. Il a la tête baissée, les bras croisés, et l'air tout à fait pensif. – Un peu sur le fond, vers la cheminée qui est à l'un des côtés de la salle, le Commandeur et sa nièce font une partie de trictrac. – Derrière le Commandeur, un peu plus près du feu, Germeuil est assis négligemment dans un fauteuil, un livre à la main. Il en interrompt de temps en temps la lecture, pour regarder tendrement Cécile, dans les moments où elle est occupée de son jeu, et où il ne peut en être aperçu. – Le Commandeur se doute de ce qui se passe derrière lui. Ce soupçon le tient dans une inquiétude qu'on remarque à ses mouvements.

CÉCILE. – Mon oncle, qu'avez-vous ? Vous me paraissez inquiet.

LE COMMANDEUR, *en s'agitant dans son fauteuil.* – Ce n'est rien, ma nièce. Ce n'est rien. *(Les bougies sont sur le*

point de finir ; et le Commandeur dit à Germeuil :) Monsieur,
voudriez-vous bien sonner ?

> *Germeuil va sonner. Le Commandeur saisit ce*
> *moment pour déplacer son fauteuil et le tourner*
> *en face du trictrac. Germeuil revient, remet son*
> *fauteuil comme il était ; et le Commandeur dit*
> *au laquais qui entre :*

Des bougies.

> *Cependant la partie de trictrac s'avance. Le*
> *Commandeur et sa nièce jouent alternativement,*
> *et nomment leurs dés.*

Le Commandeur. – Six cinq.

Germeuil. – Il n'est pas malheureux.

Le Commandeur. – Je couvre de l'une ; et je passe
l'autre.

Cécile. – Et moi, mon cher oncle, je marque six
points d'école. Six points d'école…

Le Commandeur, *à Germeuil.* – Monsieur, vous
avez la fureur de parler sur le jeu.

Cécile. – Six points d'école…

Le Commandeur. – Cela me distrait ; et ceux qui
regardent derrière moi m'inquiètent.

Cécile. – Six et quatre que j'avais, font dix.

Le Commandeur, *toujours à Germeuil.* – Monsieur,
ayez la bonté de vous placer autrement ; et vous me
ferez plaisir.

Scène II

Le Père de famille, le Commandeur,
Cécile, Germeuil, La Brie

Le Père de famille. – Est-ce pour leur bonheur,
est-ce pour le nôtre qu'ils sont nés ?… Hélas ! ni l'un
ni l'autre.

> *La Brie vient avec des bougies, en place où il en*
> *faut ; et lorsqu'il est sur le point de sortir, le Père*
> *de famille l'appelle :*

La Brie !

LA BRIE. – Monsieur ?

LE PÈRE DE FAMILLE, *après une petite pause, pendant laquelle il a continué de rêver et de se promener.* – Où est mon fils ?

LA BRIE. – Il est sorti.

LE PÈRE DE FAMILLE. – À quelle heure ?

LA BRIE. – Monsieur, je n'en sais rien.

LE PÈRE DE FAMILLE, *encore une pause.* – Et vous ne savez pas où il est allé ?

LA BRIE. – Non, monsieur.

LE COMMANDEUR. – Le coquin n'a jamais rien su. Double deux.

CÉCILE. – Mon cher oncle, vous n'êtes pas à votre jeu.

LE COMMANDEUR, *ironiquement et brusquement.* – Ma nièce, songez au vôtre.

LE PÈRE DE FAMILLE, *à La Brie, toujours en se promenant et rêvant.* – Il vous a défendu de le suivre ?

LA BRIE, *feignant de ne pas entendre.* – Monsieur ?

LE COMMANDEUR. – Il ne répondra pas à cela. Terne [1].

LE PÈRE DE FAMILLE, *toujours en se promenant et rêvant.* – Y a-t-il longtemps que cela dure ?

LA BRIE, *feignant encore de ne pas entendre.* – Monsieur ?

LE COMMANDEUR. – Ni à cela non plus. Terne encore. Les doublets me poursuivent.

LE PÈRE DE FAMILLE. – Que cette nuit me paraît longue !

LE COMMANDEUR. – Qu'il en vienne encore un, et j'ai perdu. Le voilà. *(À Germeuil.)* Riez, monsieur, ne vous contraignez pas.

> *La Brie est sorti. La partie de trictrac finit. Le Commandeur, Cécile et Germeuil s'approchent du Père de famille.*

---

1. Coup où chacun des deux dés amène un trois.

Scène III

Le Père de famille, le Commandeur,
Cécile, Germeuil

LE PÈRE DE FAMILLE. – Dans quelle inquiétude il me tient ! Où est-il ? Qu'est-il devenu ?

LE COMMANDEUR. – Et qui sait cela ?… Mais vous vous êtes assez tourmenté pour ce soir. Si vous m'en croyez, vous irez prendre du repos.

LE PÈRE DE FAMILLE. – Il n'en est plus pour moi.

LE COMMANDEUR. – Si vous l'avez perdu, c'est un peu votre faute, et beaucoup celle de ma sœur. C'était, Dieu lui pardonne ! une femme unique pour gâter ses enfants.

CÉCILE, *peinée*. – Mon oncle !

LE COMMANDEUR. – J'avais beau dire à tous les deux : Prenez-y garde, vous les perdez.

CÉCILE. – Mon oncle !

LE COMMANDEUR. – Si vous en êtes fous à présent qu'ils sont jeunes, vous en serez martyrs quand ils seront grands.

CÉCILE. – Monsieur le Commandeur !

LE COMMANDEUR. – Bon ! est-ce qu'on m'écoute ici ?

LE PÈRE DE FAMILLE. – Il ne vient point.

LE COMMANDEUR. – Il ne s'agit pas de soupirer, de gémir, mais de montrer ce que vous êtes. Le temps de la peine est arrivé. Si vous n'avez pu la prévenir, voyons du moins si vous saurez la supporter… Entre nous, j'en doute… *(La pendule sonne six heures.)* Mais voilà six heures qui sonnent… Je me sens las… J'ai des douleurs dans les jambes, comme si ma goutte [1] voulait me reprendre. Je ne vous suis bon à rien. Je vais m'envelopper de ma robe de chambre et me jeter dans un fauteuil. Adieu, mon frère… Entendez-vous ?

LE PÈRE DE FAMILLE. – Adieu, monsieur le Commandeur.

_____
1. Rhumatisme.

Le Commandeur, *en s'en allant.* – La Brie.

La Brie, *du dedans.* – Monsieur ?

Le Commandeur. – Éclairez-moi ; et quand mon neveu sera rentré, vous viendrez m'avertir.

Scène IV

Le Père de famille, Cécile, Germeuil

Le Père de famille, *après s'être encore promené triste-ment.* – Ma fille, c'est malgré moi que vous avez passé la nuit.

Cécile. – Mon père, j'ai fait ce que j'ai dû.

Le Père de famille. – Je vous sais gré de cette attention ; mais je crains que vous n'en soyez indis-posée. Allez vous reposer.

Cécile. – Mon père, il est tard. Si vous me permet-tiez de prendre à votre santé l'intérêt que vous avez la bonté de prendre à la mienne…

Le Père de famille. – Je veux rester, il faut que je lui parle.

Cécile. – Mon frère n'est plus un enfant.

Le Père de famille. – Et qui sait tout le mal qu'a pu apporter une nuit ?

Cécile. – Mon père…

Le Père de famille. – Je l'attendrai. Il me verra. *(En appuyant tendrement ses mains sur les bras de sa fille.)* Allez, ma fille, allez. Je sais que vous m'aimez. *(Cécile sort. Germeuil se dispose à la suivre ; mais le Père de famille le retient, et lui dit :)* Germeuil, demeurez.

Scène V

Le Père de famille, Germeuil

La marche de cette scène est lente.

LE PÈRE DE FAMILLE, *comme s'il était seul, et en regardant aller Cécile.* – Son caractère a tout à fait changé. Elle n'a plus sa gaieté, sa vivacité… Ses charmes s'effacent… Elle souffre… Hélas ! depuis que j'ai perdu ma femme et que le Commandeur s'est établi chez moi, le bonheur s'en est éloigné !… Quel prix il met à la fortune qu'il fait attendre à mes enfants [1] !… Ses vues ambitieuses, et l'autorité qu'il a prise dans ma maison, me deviennent de jour en jour plus importunes… Nous vivions dans la paix et dans l'union. L'humeur inquiète et tyrannique de cet homme nous a tous séparés. On se craint, on s'évite, on me laisse ; je suis solitaire au sein de ma famille, et je péris… Mais le jour est prêt à paraître, et mon fils ne vient point ! Germeuil, l'amertume a rempli mon âme. Je ne puis plus supporter mon état…

GERMEUIL. – Vous, monsieur !

LE PÈRE DE FAMILLE. – Oui, Germeuil.

GERMEUIL. – Si vous n'êtes pas heureux, quel père l'a jamais été ?

LE PÈRE DE FAMILLE. – Aucun… Mon ami, les larmes d'un père coulent souvent en secret… *(Il soupire, il pleure.)* Tu vois les miennes… Je te montre ma peine.

GERMEUIL. – Monsieur, que faut-il que je fasse ?

LE PÈRE DE FAMILLE. – Tu peux, je crois, la soulager.

GERMEUIL. – Ordonnez.

LE PÈRE DE FAMILLE. – Je n'ordonnerai point ; je prierai. Je dirai : Germeuil, si j'ai pris de toi quelque soin ; si, depuis tes plus jeunes ans, je t'ai marqué de la tendresse, et si tu t'en souviens ; si je ne t'ai point

---

1. Les enfants hériteront de la fortune du Commandeur.

distingué de mon fils ; si j'ai honoré en toi la mémoire d'un ami qui m'est et me sera toujours présent… Je t'afflige ; pardonne, c'est la première fois de ma vie, et ce sera la dernière… Si je n'ai rien épargné pour te sauver de l'infortune et remplacer un père à ton égard ; si je t'ai chéri ; si je t'ai gardé chez moi malgré le Commandeur à qui tu déplais ; si je t'ouvre aujourd'hui mon cœur, reconnais mes bienfaits, et réponds à ma confiance.

GERMEUIL. – Ordonnez, monsieur, ordonnez.

LE PÈRE DE FAMILLE. – Ne sais-tu rien de mon fils ?… Tu es son ami ; mais tu dois être aussi le mien… Parle… Rends-moi le repos ou achève de me l'ôter… Ne sais-tu rien de mon fils ?

GERMEUIL. – Non, monsieur.

LE PÈRE DE FAMILLE. – Tu es un homme vrai ; et je te crois. Mais vois combien ton ignorance doit ajouter à mon inquiétude. Quelle est la conduite de mon fils, puisqu'il la dérobe à un père dont il a tant de fois éprouvé l'indulgence, et qu'il en fait mystère au seul homme qu'il aime ?… Germeuil, je tremble que cet enfant…

GERMEUIL. – Vous êtes père ; un père est toujours prompt à s'alarmer.

LE PÈRE DE FAMILLE. – Tu ne sais pas ; mais tu vas savoir et juger si ma crainte est précipitée… Dis-moi, depuis un temps, n'as-tu pas remarqué combien il est changé ?

GERMEUIL. – Oui ; mais c'est en bien. Il est moins curieux dans ses chevaux, ses gens, son équipage ; moins recherché dans sa parure. Il n'a plus aucune de ces fantaisies que vous lui reprochiez ; il a pris en dégoût les dissipations de son âge ; il fuit ses complaisants, ses frivoles amis ; il aime à passer les journées retiré dans son cabinet ; il lit, il écrit, il pense. Tant mieux ; il a fait de lui-même ce que vous en auriez tôt ou tard exigé.

LE PÈRE DE FAMILLE. – Je me disais cela comme toi ; mais j'ignorais ce que je vais t'apprendre… Écoute…

Cette réforme dont, à ton avis, il faut que je me félicite, et ces absences de nuit qui m'effrayent…

GERMEUIL. – Ces absences et cette réforme ?…

LE PÈRE DE FAMILLE. – Ont commencé en même
temps. *(Germeuil paraît surpris.)* Oui, mon ami, en même
temps.

GERMEUIL. – Cela est singulier.

LE PÈRE DE FAMILLE. – Cela est. Hélas ! le désordre
ne m'est connu que depuis peu ; mais il a duré…
Arranger et suivre à la fois deux plans opposés ; l'un
de régularité qui nous en impose de jour, un autre de
dérèglement qui remplit la nuit ; voilà ce qui
m'accable… Que, malgré sa fierté naturelle, il se soit
abaissé jusqu'à corrompre des valets ; qu'il se soit
rendu maître des portes de ma maison ; qu'il attende
que je repose ; qu'il s'en informe secrètement ; qu'il
s'échappe seul, à pied, toutes les nuits, par toute sorte
de temps, à toute heure ; c'est peut-être plus qu'aucun
père ne puisse souffrir, et qu'aucun enfant de son âge
n'eût osé… Mais avec une pareille conduite, affecter
l'attention aux moindres devoirs, l'austérité dans les
principes, la réserve dans les discours, le goût de la
retraite, le mépris des distractions… Ah ! mon ami !…
Qu'attendre d'un jeune homme qui peut tout à coup
se masquer, et se contraindre à ce point ?… Je regarde
dans l'avenir ; et ce qu'il me laisse entrevoir me
glace… S'il n'était que vicieux, je n'en désespérerais
pas ; mais s'il joue les mœurs et la vertu !…

GERMEUIL. – En effet, je n'entends pas cette
conduite ; mais je connais votre fils. La fausseté est de
tous les défauts le plus contraire à son caractère.

LE PÈRE DE FAMILLE. – Il n'en est point qu'on ne
prenne bientôt avec les méchants ; et maintenant avec
qui penses-tu qu'il vive ?… Tous les gens de bien dor-
ment quand il veille… Ah ! Germeuil !… Mais il me
semble que j'entends quelqu'un… C'est lui peut-
être… Éloigne-toi.

Scène VI

Le Père de famille, *seul. Il s'avance vers l'endroit où il a entendu marcher. Il écoute, et dit tristement :* – Je n'entends plus rien. *(Il se promène un peu, puis il dit :)* Asseyons-nous. *(Il cherche du repos ; il n'en trouve point, et il dit :)* Je ne saurais… Quels pressentiments s'élèvent au fond de mon âme, s'y succèdent et l'agitent !… Ô cœur trop sensible d'un père, ne peux-tu te calmer un moment !… À l'heure qu'il est, peut-être il perd sa santé… sa fortune… ses mœurs… Que sais-je ? sa vie… son honneur… le mien… *(Il se lève brusquement, et dit :)* Quelles idées me poursuivent !

Scène VII

Le Père de famille, un inconnu

> *Tandis que le Père de famille erre, accablé de tristesse, entre un inconnu, vêtu comme un homme du peuple, en redingote et en veste, les bras cachés sous sa redingote, et le chapeau rabattu et enfoncé sur les yeux. Il s'avance à pas lents. Il paraît plongé dans la peine et la rêverie. Il traverse sans apercevoir personne.*

Le Père de famille, *qui le voit venir à lui, l'attend, l'arrête par le bras, et lui dit :* – Qui êtes-vous ? où allez-vous ?

L'Inconnu. *Point de réponse.*

Le Père de famille. – Qui êtes-vous ? où allez-vous ?

L'Inconnu. *Point de réponse encore.*

Le Père de famille *relève lentement le chapeau de l'inconnu, reconnaît son fils, et s'écrie :* – Ciel !… c'est lui !… C'est lui !… Mes funestes pressentiments, les voilà donc accomplis !… Ah !… *(Il pousse des accents douloureux ; il s'éloigne, il revient, il dit :)* Je veux lui parler… Je tremble de l'entendre… Que vais-je savoir !… J'ai trop vécu, j'ai trop vécu.

SAINT-ALBIN, *en s'éloignant de son père, et soupirant de douleur.* – Ah !

LE PÈRE DE FAMILLE, *le suivant.* – Qui es-tu ? d'où viens-tu ?... Aurais-je eu le malheur ?

SAINT-ALBIN, *s'éloignant encore.* – Je suis désespéré.

LE PÈRE DE FAMILLE. – Grand Dieu ! que faut-il que j'apprenne !

SAINT-ALBIN, *revenant et s'adressant à son père.* – Elle pleure, elle soupire, elle songe à s'éloigner ; et si elle s'éloigne, je suis perdu.

LE PÈRE DE FAMILLE. – Qui, elle ?

SAINT-ALBIN. – Sophie... Non, Sophie, non... je périrai plutôt.

LE PÈRE DE FAMILLE. – Qui est cette Sophie ?... Qu'a-t-elle de commun avec l'état où je te vois, et l'effroi qu'il me cause ?

SAINT-ALBIN, *en se jetant aux pieds de son père.* – Mon père, vous me voyez à vos pieds ; votre fils n'est pas indigne de vous. Mais il va périr ; il va perdre celle qu'il chérit au-delà de la vie ; vous seul pouvez la lui conserver. Écoutez-moi, pardonnez-moi, secourez-moi.

LE PÈRE DE FAMILLE. – Parle, cruel enfant ; aie pitié du mal que j'endure.

SAINT-ALBIN, *toujours à genoux.* – Si j'ai jamais éprouvé votre bonté ; si dès mon enfance j'ai pu vous regarder comme l'ami le plus tendre ; si vous fûtes le confident de toutes mes joies et de toutes mes peines, ne m'abandonnez pas ; conservez-moi Sophie ; que je vous doive ce que j'ai de plus cher au monde. Protégez-la... elle va nous quitter, rien n'est plus certain... Voyez-la, détournez-la de son projet... la vie de votre fils en dépend... Si vous la voyez, je serai le plus heureux de tous les enfants, et vous serez le plus heureux de tous les pères.

LE PÈRE DE FAMILLE. – Dans quel égarement il est tombé ? Qui est-elle, cette Sophie, qui est-elle ?

SAINT-ALBIN, *relevé, allant et venant avec enthousiasme.* – Elle est pauvre, elle est ignorée ; elle habite un réduit obscur. Mais c'est un ange, c'est un ange ; et ce réduit est le ciel. Je n'en descendis jamais sans être meilleur. Je ne vois rien dans ma vie dissipée et tumultueuse à comparer aux heures innocentes que j'y ai passées. J'y voudrais vivre et mourir, dussé-je être méconnu, méprisé du reste de la terre… Je croyais avoir aimé, je me trompais… C'est à présent que j'aime… *(En saisissant la main de son père.)* Oui… j'aime pour la première fois.

LE PÈRE DE FAMILLE. – Vous vous jouez de mon indulgence, et de ma peine. Malheureux, laissez là vos extravagances ; regardez-vous, et répondez-moi. Qu'est-ce que cet indigne travestissement ? Que m'annonce-t-il ?

SAINT-ALBIN. – Ah, mon père ! c'est à cet habit que je dois mon bonheur, ma Sophie, ma vie.

LE PÈRE DE FAMILLE. – Comment ? Parlez.

SAINT-ALBIN. – Il a fallu me rapprocher de son état ; il a fallu lui dérober mon rang, devenir son égal. Écoutez, écoutez.

LE PÈRE DE FAMILLE. – J'écoute, et j'attends.

SAINT-ALBIN. – Près de cet asile écarté qui la cache aux yeux des hommes. Ce fut ma dernière ressource.

LE PÈRE DE FAMILLE. – Eh bien ?…

SAINT-ALBIN. – À côté de ce réduit… il y en avait un autre.

LE PÈRE DE FAMILLE. – Achevez.

SAINT-ALBIN. – Je le loue, j'y fais porter les meubles qui conviennent à un indigent ; je m'y loge, et je deviens son voisin, sous le nom de Sergi, et sous cet habit.

LE PÈRE DE FAMILLE. – Ah ! je respire !… Grâce à Dieu, du moins, je ne vois plus en lui qu'un insensé.

SAINT-ALBIN. – Jugez si j'aimais !… Qu'il va m'en coûter cher !… Ah !

LE PÈRE DE FAMILLE. – Revenez à vous, et songez à mériter par une entière confiance le pardon de votre conduite.

SAINT-ALBIN. – Mon père, vous saurez tout. Hélas ! je n'ai que ce moyen pour vous fléchir !… La première fois que je la vis, ce fut à l'église. Elle était à genoux au

pied des autels, auprès d'une femme âgée que je pris
d'abord pour sa mère ; elle attachait tous les regards…
Ah ! mon père, quelle modestie ! quels charmes !…
Non, je ne puis vous rendre l'impression qu'elle fit sur
moi. Quel trouble j'éprouvai ! avec quelle violence mon
cœur palpita ! ce que je ressentis ! ce que je devins !…
Depuis cet instant, je ne pensai, je ne rêvai qu'elle.
Son image me suivit le jour, m'obséda la nuit, m'agita
partout. J'en perdis la gaieté, la santé, le repos. Je ne
pus vivre sans chercher à la retrouver. J'allais partout
où j'espérais de la revoir. Je languissais, je périssais,
vous le savez, lorsque je découvris que cette femme
âgée qui l'accompagnait se nommait Mme Hébert ;
que Sophie l'appelait sa bonne ; et que, reléguées
toutes deux à un quatrième étage, elles y vivaient
d'une vie misérable… Vous avouerai-je les espérances
que je conçus alors, les offres que je fis, tous les projets
que je formai ? Que j'eus lieu d'en rougir, lorsque le
ciel m'eut inspiré de m'établir à côté d'elle !… Ah !
mon père, il faut que tout ce qui l'approche devienne
honnête ou s'en éloigne !… Vous ignorez ce que je dois
à Sophie, vous l'ignorez… Elle m'a changé, je ne suis
plus ce que j'étais… Dès les premiers instants, je
sentis les désirs honteux s'éteindre dans mon âme, le
respect et l'admiration leur succéder. Sans qu'elle
m'eût arrêté, contenu, peut-être même avant qu'elle
eût levé les yeux sur moi, je devins timide ; de jour en
jour je le devins davantage ; et bientôt il ne me fut pas
plus libre d'attenter à sa vertu qu'à sa vie.

Le Père de famille. – Et que font ces femmes ?
quelles sont leurs ressources ?

Saint-Albin. – Ah ! si vous connaissiez la vie de
ces infortunées ! Imaginez que leur travail commence
avant le jour, et que souvent elles y passent les nuits.
La bonne file au rouet ; une toile dure et grossière est
entre les doigts tendres et délicats de Sophie, et les
blesse. Ses yeux, les plus beaux yeux du monde,
s'usent à la lumière d'une lampe. Elle vit sous un toit,
entre quatre murs tout dépouillés ; une table de bois,
deux chaises de paille, un grabat, voilà ses meubles…

Ô ciel, quand tu la formas, était-ce là le sort que tu lui destinais ?

Le Père de famille. – Et comment eûtes-vous accès ? Soyez vrai.

Saint-Albin. – Il est inouï tout ce qui s'y opposait, tout ce que je fis. Établi auprès d'elles, je ne cherchai point d'abord à les voir ; mais quand je les rencontrais en descendant, en montant, je les saluais avec respect. Le soir, quand je rentrais (car le jour on me croyait à mon travail), j'allais doucement frapper à leur porte et je leur demandais les petits services qu'on se rend entre voisins ; comme de l'eau, du feu, de la lumière. Peu à peu elles se firent à moi ; elles prirent de la confiance. Je m'offris à les servir dans des bagatelles. Par exemple, elles n'aimaient pas sortir à la nuit ; j'allais et je venais pour elles.

Le Père de famille. – Que de mouvements et de soins ! et à quelle fin ! Ah ! si les gens de bien… Continuez.

Saint-Albin. – Un jour, j'entends frapper à ma porte ; c'était la bonne. J'ouvre. Elle entre sans parler, s'assied et se met à pleurer. Je lui demande ce qu'elle a. « Sergi, me dit-elle, ce n'est pas sur moi que je pleure. Née dans la misère, j'y suis faite ; mais cette enfant me désole… – Qu'a-t-elle ? que vous est-il arrivé ?… – Hélas ! répond la bonne, depuis huit jours nous n'avons plus d'ouvrage ; et nous sommes sur le point de manquer de pain. – Ciel ! m'écriai-je ! tenez, allez, courez. » Après cela… je me renfermai, et l'on ne me vit plus.

Le Père de famille. – J'entends. Voilà le fruit des sentiments qu'on leur inspire ; ils ne servent qu'à les rendre plus dangereux.

Saint-Albin. – On s'aperçut de ma retraite, et je m'y attendais. La bonne Mme Hébert m'en fit des reproches. Je m'enhardis : je l'interrogeai sur leur situation ; je peignis la mienne comme il me plut. Je proposai d'associer notre indigence, et de l'alléger en vivant en commun. On fit des difficultés ; j'insistai, et l'on consentit à la fin. Jugez de ma joie. Hélas ! elle a bien peu duré, et qui sait combien ma peine durera !

Hier, j'arrivai à mon ordinaire, Sophie était seule ; elle avait les coudes appuyés sur sa table, et la tête penchée sur sa main ; son ouvrage était tombé à ses pieds. J'entrai sans qu'elle m'entendît ; elle soupirait. Des larmes s'échappaient d'entre ses doigts, et coulaient le long de ses bras. Il y avait déjà quelque temps que je la trouvais triste… Pourquoi pleurait-elle ? qu'est-ce qui l'affligeait ? Ce n'était plus le besoin ; son travail et mes attentions pourvoyaient à tout… Menacé du seul malheur que je redoutais, je ne balançai point, je me jetai à ses genoux. Quelle fut sa surprise ! « Sophie, lui dis-je, vous pleurez ? qu'avez-vous ? ne me celez pas votre peine. Parlez-moi ; de grâce, parlez-moi. » Elle se taisait. Ses larmes continuaient de couler. Ses yeux, où la sérénité n'était plus, noyés dans les pleurs, se tournaient sur moi, s'en éloignaient, y revenaient. Elle disait seulement : « Pauvre Sergi, malheureuse Sophie ! » Cependant j'avais baissé mon visage sur ses genoux, et je mouillais son tablier de mes larmes. Alors la bonne rentra. Je me lève, je cours à elle, je l'interroge ; je reviens à Sophie, je la conjure. Elle s'obstine au silence. Le désespoir s'empare de moi ; je marche dans la chambre, sans savoir ce que je fais. Je m'écrie douloureusement : « C'est fait de moi ; Sophie, vous voulez nous quitter : c'est fait de moi. » À ces mots ses pleurs redoublent, et elle retombe sur sa table comme je l'avais trouvée. La lueur pâle et sombre d'une petite lampe éclairait cette scène de douleur, qui a duré toute la nuit. À l'heure que le travail est censé m'appeler, je suis sorti ; et je me retirais ici accablé de ma peine…

Le Père de famille. – Tu ne pensais pas à la mienne.

Saint-Albin. – Mon père !

Le Père de famille. – Que voulez-vous ? qu'espérez-vous ?

Saint-Albin. – Que vous mettrez le comble à tout ce que vous avez fait pour moi depuis que je suis ; que vous verrez Sophie, que vous lui parlerez, que…

LE PÈRE DE FAMILLE. – Jeune insensé !… Et savez-vous qui elle est ?

SAINT-ALBIN. – C'est là son secret. Mais ses mœurs, ses sentiments, ses discours n'ont rien de conforme à sa condition présente. Un autre état perce à travers la pauvreté de son vêtement ; tout la trahit, jusqu'à je ne sais quelle fierté qu'on lui a inspirée, et qui la rend impénétrable sur son état… Si vous voyiez son ingénuité, sa douceur, sa modestie !… Vous vous souvenez bien de maman… vous soupirez. Eh bien ! c'est elle. Mon papa, voyez-la ; et si votre fils vous a dit un mot…

LE PÈRE DE FAMILLE. – Et cette femme chez qui elle est, ne vous en a rien appris ?

SAINT-ALBIN. – Hélas ! elle est aussi réservée que Sophie. Ce que j'en ai pu tirer, c'est que cette enfant est venue de province implorer l'assistance d'un parent, qui n'a voulu ni la voir ni la secourir. J'ai profité de cette confidence pour adoucir sa misère, sans offenser sa délicatesse. Je fais du bien à ce que j'aime, et il n'y a que moi qui le sache.

LE PÈRE DE FAMILLE. – Avez-vous dit que vous aimiez ?

SAINT-ALBIN, *avec vivacité.* – Moi, mon père ?… Je n'ai pas même entrevu dans l'avenir le moment où je l'oserais.

LE PÈRE DE FAMILLE. – Vous ne vous croyez donc pas aimé ?

SAINT-ALBIN. – Pardonnez-moi… Hélas ! quelquefois je l'ai cru !…

LE PÈRE DE FAMILLE. – Et sur quoi ?

SAINT-ALBIN. – Sur des choses légères qui se sentent mieux qu'on ne les dit. Par exemple, elle prend intérêt à tout ce qui me touche. Auparavant, son visage s'éclaircissait à mon arrivée, son regard s'animait, elle avait plus de gaieté. J'ai cru deviner qu'elle m'attendait. Souvent elle m'a plaint d'un travail qui prenait toute ma journée, et je ne doute pas qu'elle n'ait prolongé le sien dans la nuit, pour m'arrêter plus longtemps.

LE PÈRE DE FAMILLE. – Vous m'avez tout dit ?

SAINT-ALBIN. – Tout.

LE PÈRE DE FAMILLE, *après une pause*. – Allez vous reposer… Je la verrai.

SAINT-ALBIN. – Vous la verrez ? Ah ! mon père ! vous la verrez !… Mais songez que le temps presse…

LE PÈRE DE FAMILLE. – Allez, et rougissez de n'être pas plus occupé des alarmes que votre conduite m'a données, et peut me donner encore.

SAINT-ALBIN. – Mon père, vous n'en aurez plus.

Scène VIII

LE PÈRE DE FAMILLE, *seul*. – De l'honnêteté, des vertus, de l'indigence, de la jeunesse, des charmes, tout ce qui enchaîne les âmes bien nées !… À peine délivré d'une inquiétude, je retombe dans une autre… Quel sort !… Mais peut-être m'alarmé-je encore trop tôt… Un jeune homme passionné, violent, s'exagère à lui-même, aux autres… Il faut voir… il faut appeler ici cette fille, l'entendre, lui parler… Si elle est telle qu'il me la dépeint, je pourrai l'intéresser, l'obliger… que sais-je ?…

Scène IX

Le Père de famille, le Commandeur
en robe de chambre et en bonnet de nuit.

LE COMMANDEUR. – Eh bien ! monsieur d'Orbesson, vous avez vu votre fils ? De quoi s'agit-il ?

LE PÈRE DE FAMILLE. – Monsieur le Commandeur, vous le saurez. Entrons.

LE COMMANDEUR. – Un mot, s'il vous plaît… Voilà votre fils embarqué dans une aventure qui va vous donner bien du chagrin, n'est-ce pas ?

LE PÈRE DE FAMILLE. – Mon frère…

LE COMMANDEUR. – Afin qu'un jour vous n'en prétendiez cause d'ignorance, je vous avertis que votre chère fille et ce Germeuil, que vous gardez ici malgré moi, vous en préparent de leur côté, et, s'il plaît à Dieu, ne vous en laisseront pas manquer.

Le Père de famille. – Mon frère, ne m'accorderez-vous pas un instant de repos ?

Le Commandeur. – Ils s'aiment ; c'est moi qui vous le dis.

Le Père de famille, *impatienté*. – Eh bien ! je le voudrais.

> *Le Père de famille entraîne le Commandeur hors de la scène tandis qu'il parle.*

Le Commandeur. – Soyez content. D'abord ils ne peuvent ni se souffrir, ni se quitter. Ils se brouillent sans cesse, et sont toujours bien. Prêts à s'arracher les yeux sur des riens, ils ont une ligue offensive et défensive envers et contre tous. Qu'on s'avise de remarquer en eux quelques-uns des défauts dont ils se reprennent, on y sera bien venu !… Hâtez-vous de les séparer ; c'est moi qui vous le dis…

Le Père de famille. – Allons, monsieur le Commandeur, entrons ; entrons, monsieur le Commandeur.

ACTE II

Scène première

Le Père de famille, Cécile, Mlle Clairet,
M. Le Bon, un paysan,
Mme Papillon, *marchande à la toilette,*
avec une de ses ouvrières,
La Brie, Philippe, *domestique qui vient se présenter,*
un homme *vêtu de noir qui a l'air*
d'un pauvre honteux, et qui l'est.

> *Toutes ces personnes arrivent les unes après les autres. Le paysan se tient debout, le corps penché sur son bâton. Mme Papillon, assise dans un*

*fauteuil, s'essuie le visage avec son mouchoir ; sa
fille de boutique est debout à côté d'elle, avec un
petit carton sous le bras. M. Le Bon est étalé
négligemment sur un canapé. L'homme vêtu de
noir est retiré à l'écart, debout dans un coin,
auprès d'une fenêtre. La Brie est en veste et en
papillotes. Philippe est habillé. La Brie tourne
autour de lui, et le regarde un peu de travers,
tandis que M. Le Bon examine avec sa lorgnette
la fille de boutique de Mme Papillon. Le Père de
famille entre, et tout le monde se lève. Il est suivi
de sa fille, et sa fille précédée de sa femme de
chambre, qui porte le déjeuner de sa maîtresse.
Mlle Clairet fait, en passant, un petit salut de
protection à Mme Papillon. Elle sert le déjeuner
de sa maîtresse sur une petite table. Cécile
s'assied d'un côté de cette table. Le Père de
famille est assis de l'autre. Mlle Clairet est
debout, derrière le fauteuil de sa maîtresse. Cette
scène est composée de deux scènes simultanées.
Celle de Cécile se dit à demi-voix.*

LE PÈRE DE FAMILLE, *au Paysan.* – Ah ! c'est vous qui
venez enchérir sur le bail de mon fermier de Limeuil.
J'en suis content. Il est exact. Il a des enfants. Je ne suis
pas fâché qu'il fasse avec moi ses affaires. Retournez-
vous-en.

> *Mlle Clairet fait signe à Mme Papillon d'appro-
cher.*

CÉCILE, *à Mme Papillon, bas.* – M'apportez-vous de
belles choses ?

LE PÈRE DE FAMILLE, *à son intendant.* – Eh bien !
Monsieur Le Bon, qu'est-ce qu'il y a ?

MME PAPILLON, *bas à Cécile.* – Mademoiselle, vous
allez voir.

M. LE BON. – Ce débiteur, dont le billet est échu
depuis un mois, demande encore à différer son paie-
ment.

LE PÈRE DE FAMILLE. – Les temps sont durs ;
accordez-lui le délai qu'il demande. Risquons une
petite somme, plutôt que de le ruiner.

> *Pendant que la scène marche, Mme Papillon et*
> *sa fille de boutique déploient sur des fauteuils des*
> *perses, des indiennes, des satins de Hollande, etc.*
> *Cécile, tout en prenant son café, regarde, ap-*
> *prouve, désapprouve, fait mettre à part, etc.*

M. Le Bon. – Les ouvriers qui travaillaient à votre maison d'Orsigny sont venus.

Le Père de famille. – Faites leur compte.

M. Le Bon. – Cela peut aller au-delà des fonds.

Le Père de famille. – Faites toujours. Leurs besoins sont plus pressants que les miens ; et il vaut mieux que je sois gêné qu'eux. *(À sa fille.)* Cécile, n'oubliez pas mes pupilles. Voyez s'il n'y a rien là qui leur convienne… *(Ici il aperçoit le pauvre honteux. Il se lève avec empressement. Il s'avance vers lui, et lui dit bas :)* Pardon, monsieur ; je ne vous voyais pas… Des embarras domestiques m'ont occupé… Je vous avais oublié.

> *Tout en parlant, il tire une bourse qu'il lui donne*
> *furtivement, et tandis qu'il le reconduit et qu'il*
> *revient, l'autre scène avance.*

Mlle Clairet. – Ce dessin est charmant.

Cécile. – Combien cette pièce ?

Mme Papillon. – Dix louis, au juste.

Mlle Clairet. – C'est donner !

> *Cécile paie.*

Le Père de famille, *en revenant, bas, et d'un ton de commisération.* – Une famille à élever, un état à soutenir, et point de fortune !

Cécile. – Qu'avez-vous là, dans ce carton ?

La fille de boutique. – Ce sont des dentelles.

> *Elle ouvre son carton.*

Cécile, *vivement.* – Je ne veux pas les voir. Adieu, madame Papillon.

> *Mlle Clairet, Mme Papillon et sa fille de bouti-*
> *que sortent.*

M. Le Bon. – Ce voisin, qui a formé des préten-tions sur votre terre, s'en désisterait peut-être si…

LE PÈRE DE FAMILLE. – Je ne me laisserai pas dépouiller. Je ne sacrifierai point les intérêts de mes enfants à l'homme avide et injuste. Tout ce que je puis, c'est de céder, si l'on veut, ce que la poursuite de ce procès pourra me coûter. Voyez.

M. Le Bon sort.

LE PÈRE DE FAMILLE *le rappelle, et lui dit :* – À propos, monsieur Le Bon. Souvenez-vous de ces gens de province. Je viens d'apprendre qu'ils ont envoyé ici un de leurs enfants ; tâchez de me le découvrir. *(À La Brie, qui s'occupait à ranger le salon.)* Vous n'êtes plus à mon service. Vous connaissiez le dérèglement de mon fils. Vous m'avez menti. On ne ment pas chez moi.

CÉCILE, *intercédant.* – Mon père !

LE PÈRE DE FAMILLE. – Nous sommes bien étranges. Nous les avilissons ; nous en faisons de malhonnêtes gens, et lorsque nous les trouvons tels, nous avons l'injustice de nous en plaindre. *(À La Brie.)* Je vous laisse votre habit, et je vous accorde un mois de vos gages. Allez. *(À Philippe.)* Est-ce vous dont on vient de me parler ?

PHILIPPE. – Oui, monsieur.

LE PÈRE DE FAMILLE. – Vous avez entendu pourquoi je le renvoie. Souvenez-vous-en. Allez, et ne laissez entrer personne.

Scène II

Le Père de famille, Cécile

LE PÈRE DE FAMILLE. – Ma fille, avez-vous réfléchi ?

CÉCILE. – Oui, mon père.

LE PÈRE DE FAMILLE. – Qu'avez-vous résolu ?

CÉCILE. – De faire en tout votre volonté.

LE PÈRE DE FAMILLE. – Je m'attendais à cette réponse.

CÉCILE. – Si cependant il m'était permis de choisir un état…

LE PÈRE DE FAMILLE. – Quel est celui que vous préféreriez ?… Vous hésitez… Parlez, ma fille.

CÉCILE. – Je préférerais la retraite.

LE PÈRE DE FAMILLE. – Que voulez-vous dire ? Un couvent ?

CÉCILE. – Oui, mon père. Je ne vois que cet asile contre les peines que je crains.

LE PÈRE DE FAMILLE. – Vous craignez des peines, et vous ne pensez pas à celles que vous me causeriez ? Vous m'abandonneriez ? Vous quitteriez la maison de votre père pour un cloître ? La société de votre oncle, de votre frère et la mienne, pour la servitude ? Non, ma fille, cela ne sera point. Je respecte la vocation religieuse ; mais ce n'est pas la vôtre. La nature, en vous accordant les qualités sociales, ne vous destina point à l'inutilité… Cécile, vous soupirez… Ah ! si ce dessein te venait de quelque cause secrète, tu ne sais pas le sort que tu te préparerais. Tu n'as pas entendu les gémissements des infortunées dont tu irais augmenter le nombre. Ils percent la nuit et le silence de leurs prisons. C'est alors, mon enfant, que les larmes coulent amères et sans témoin, et que les couches solitaires en sont arrosées… Mademoiselle, ne me parlez jamais de couvent… [1]. Je n'aurai point donné la vie à un enfant ; je ne l'aurai point élevé ; je n'aurai point travaillé sans relâche à assurer son bonheur, pour le laisser descendre tout vif dans un tombeau ; et avec lui, mes espérances et celles de la société trompées… Et qui la repeuplera de citoyens vertueux, si les femmes les plus dignes d'être des mères de famille s'y refusent ?

CÉCILE. – Je vous ai dit, mon père, que je ferais en tout votre volonté.

LE PÈRE DE FAMILLE. – Ne me parlez donc jamais de couvent.

1. Jusqu'à la Révolution française, les vœux monastiques étaient éternels. L. Versini rappelle que ce passage contre les couvents est absent des éditions de 1769 et 1772 (Diderot, *Œuvres*, t. IV, *op. cit.*, p. 1213).

CÉCILE. – Mais j'ose espérer que vous ne contraindrez pas votre fille à changer d'état, et que, du moins, il lui sera permis de passer des jours tranquilles et libres à côté de vous.

LE PÈRE DE FAMILLE. – Si je ne considérais que moi, je pourrais approuver ce parti. Mais je dois vous ouvrir les yeux sur un temps où je ne serai plus… Cécile, la nature a ses vues ; et si vous regardez bien, vous verrez sa vengeance sur tous ceux qui les ont trompées ; les hommes, punis du célibat par le vice ; les femmes, par le mépris et par l'ennui… Vous connaissez les différents états ; dites-moi, en est-il un plus triste et moins considéré que celui d'une fille âgée ? Mon enfant, passé trente ans, on suppose quelque défaut de corps ou d'esprit à celle qui n'a trouvé personne qui fût tenté de supporter avec elle les peines de la vie. Que cela soit ou non, l'âge avance, les charmes passent, les hommes s'éloignent, la mauvaise humeur prend ; on perd ses parents, ses connaissances, ses amis. Une fille surannée n'a plus autour d'elle que des indifférents qui la négligent, ou des âmes intéressées qui comptent ses jours. Elle le sent, elle s'en afflige ; elle vit sans qu'on la console, et meurt sans qu'on la pleure.

CÉCILE. – Cela est vrai. Mais est-il un état sans peine ? Et le mariage n'a-t-il pas les siennes ?

LE PÈRE DE FAMILLE. – Qui le sait mieux que moi ? Vous me l'apprenez tous les jours. Mais c'est un état que la nature impose. C'est la vocation de tout ce qui respire… Ma fille, celui qui compte sur un bonheur sans mélange ne connaît ni la vie de l'homme, ni les desseins du ciel sur lui… Si le mariage expose à des peines cruelles, c'est aussi la source des plaisirs les plus doux. Où sont les exemples de l'intérêt pur et sincère, de la tendresse réelle, de la confiance intime, des secours continus, des satisfactions réciproques, des chagrins partagés, des soupirs entendus, des larmes confondues, si ce n'est dans le mariage ? Qu'est-ce que l'homme de bien préfère à sa femme ? Qu'y a-t-il au monde qu'un père aime plus que son enfant ?… Ô lien sacré des époux, si je pense à vous, mon âme s'échauffe et s'élève !... Ô noms tendres de fils et de fille, je ne vous prononçai jamais sans tressaillir, sans être touché ! Rien n'est plus doux à mon oreille ; rien n'est plus intéressant à mon cœur... Cécile, rappelez-vous la vie de votre mère : en est-il une plus douce que celle d'une femme qui a employé sa journée à remplir les devoirs d'épouse attentive, de mère tendre, de maîtresse compatissante ?... Quel sujet de réflexions délicieuses elle emporte en son cœur, le soir, quand elle se retire !

CÉCILE. – Oui, mon père. Mais où sont les femmes comme elle et les époux comme vous ?

LE PÈRE DE FAMILLE. – Il en est, mon enfant ; et il ne tiendrait qu'à toi d'avoir le sort qu'elle eut.

CÉCILE. – S'il suffisait de regarder autour de soi, d'écouter sa raison et son cœur...

LE PÈRE DE FAMILLE. – Cécile, vous baissez les yeux ; vous tremblez ; vous craignez de parler... Mon enfant, laisse-moi lire dans ton âme. Tu ne peux avoir de secret pour ton père ; et si j'avais perdu ta confiance, c'est en moi que j'en chercherais la raison... Tu pleures...

CÉCILE. – Votre bonté m'afflige. Si vous pouviez me traiter plus sévèrement.

LE PÈRE DE FAMILLE. – L'auriez-vous mérité ? Votre cœur vous ferait-il un reproche ?

CÉCILE. – Non, mon père.

LE PÈRE DE FAMILLE. – Qu'avez-vous donc ?

CÉCILE. – Rien.

LE PÈRE DE FAMILLE. – Vous me trompez, ma fille.

CÉCILE. – Je suis accablée de votre tendresse... je voudrais y répondre.

LE PÈRE DE FAMILLE. – Cécile, auriez-vous distingué quelqu'un ? Aimeriez-vous ?

CÉCILE. – Que je serais à plaindre !

LE PÈRE DE FAMILLE. – Dites. Dis, mon enfant. Si tu ne me supposes pas une sévérité que je ne connus jamais, tu n'auras pas une réserve déplacée. Vous n'êtes plus un enfant. Comment blâmerais-je en vous un sentiment que je fis naître dans le cœur de votre mère ? Ô vous qui tenez sa place dans ma maison, et qui me la représentez, imitez-la dans la franchise qu'elle eut avec celui qui lui avait donné la vie, et qui voulut son bonheur et le mien… Cécile, vous ne répondez rien ?

CÉCILE. – Le sort de mon frère me fait trembler.

LE PÈRE DE FAMILLE. – Votre frère est un fou.

CÉCILE. – Peut-être ne me trouveriez-vous pas plus raisonnable que lui.

LE PÈRE DE FAMILLE. – Je ne crains pas ce chagrin de Cécile. Sa prudence m'est connue ; et je n'attends que l'aveu de son choix pour le confirmer. *(Cécile se tait. Le Père de famille attend un moment ; puis il continue d'un ton sérieux, et même un peu chagrin.)* Il m'eût été doux d'apprendre vos sentiments de vous-même ; mais de quelque manière que vous m'en instruisiez, je serai satisfait. Que ce soit par la bouche de votre oncle, de votre frère, ou de Germeuil, il n'importe… Germeuil est notre ami commun… c'est un homme sage et discret… il a ma confiance… Il ne me paraît pas indigne de la vôtre.

CÉCILE. – C'est ainsi que j'en pense.

LE PÈRE DE FAMILLE. – Je lui dois beaucoup. Il est temps que je m'acquitte avec lui.

CÉCILE. – Vos enfants ne mettront jamais de bornes ni à votre autorité, ni à votre reconnaissance… Jusqu'à présent il vous a honoré comme un père et vous l'avez traité comme un de vos enfants.

LE PÈRE DE FAMILLE. – Ne sauriez-vous point ce que je pourrais faire pour lui ?

CÉCILE. – Je crois qu'il faut le consulter lui-même… Peut-être a-t-il des idées… Peut-être… Quel conseil pourrais-je vous donner ?

LE PÈRE DE FAMILLE. – Le Commandeur m'a dit un mot.

CÉCILE, *avec vivacité.* – J'ignore ce que c'est ; mais vous connaissez mon oncle. Ah ! mon père, n'en croyez rien.

LE PÈRE DE FAMILLE. – Il faudra donc que je quitte la vie, sans avoir vu le bonheur d'aucun de mes enfants… Cécile… Cruels enfants, que vous ai-je fait pour me désoler ?… J'ai perdu la confiance de ma fille. Mon fils s'est précipité dans des liens que je ne puis approuver, et qu'il faut que je rompe…

Scène III

Le Père de famille, Cécile, Philippe

PHILIPPE. – Monsieur, il y a là deux femmes qui demandent à vous parler.

LE PÈRE DE FAMILLE. – Faites entrer. *(Cécile se retire. Son père la rappelle, et lui dit tristement :)* Cécile !

CÉCILE. – Mon père.

LE PÈRE DE FAMILLE. – Vous ne m'aimez donc plus ?

> *Les femmes annoncées entrent ; et Cécile sort avec son mouchoir sur les yeux.*

Scène IV

Le Père de famille, Sophie, Mme Hébert

LE PÈRE DE FAMILLE, *apercevant Sophie, dit d'un ton triste, et avec l'air étonné :* – Il ne m'a point trompé. Quels charmes ! Quelle modestie ! Quelle douceur !… Ah !…

MME HÉBERT. – Monsieur, nous nous rendons à vos ordres.

LE PÈRE DE FAMILLE. – C'est vous, mademoiselle, qui vous appelez Sophie ?

SOPHIE, *tremblante, troublée.* – Oui, monsieur.

LE PÈRE DE FAMILLE, *à Mme Hébert.* – Madame, j'aurais un mot à dire à mademoiselle. J'en ai entendu parler, et je m'y intéresse.

> *Mme Hébert se retire.*

SOPHIE, *toujours tremblante, la retenant par le bras.* – Ma bonne ?

LE PÈRE DE FAMILLE. – Mon enfant, remettez-vous. Je ne vous dirai rien qui puisse vous faire de la peine.

SOPHIE. – Hélas !

> *Mme Hébert va s'asseoir sur le fond de la salle ; elle tire son ouvrage et travaille.*

LE PÈRE DE FAMILLE *conduit Sophie à une chaise, et la fait asseoir à côté de lui.* – D'où êtes-vous, mademoiselle ?

SOPHIE. – Je suis d'une petite ville de province.

LE PÈRE DE FAMILLE. – Y a-t-il longtemps que vous êtes à Paris ?

SOPHIE. – Pas longtemps ; et plût au ciel que je n'y fusse jamais venue !

LE PÈRE DE FAMILLE. – Qu'y faites-vous ?

SOPHIE. – J'y gagne ma vie par mon travail.

LE PÈRE DE FAMILLE. – Vous êtes bien jeune.

SOPHIE. – J'en aurai plus longtemps à souffrir.

LE PÈRE DE FAMILLE. – Avez-vous monsieur votre père ?

SOPHIE. – Non, monsieur.

LE PÈRE DE FAMILLE. – Et votre mère ?

SOPHIE. – Le ciel me l'a conservée. Mais elle a eu tant de chagrins, sa santé est si chancelante et sa misère si grande !...

LE PÈRE DE FAMILLE. – Votre mère est donc bien pauvre ?

SOPHIE. – Bien pauvre. Avec cela, il n'en est point au monde dont j'aimasse mieux être la fille.

LE PÈRE DE FAMILLE. – Je vous loue de ce sentiment ; vous paraissez bien née... Et qu'était votre père ?

SOPHIE. – Mon père fut un homme de bien. Il n'entendit jamais les malheureux sans en avoir pitié ; il n'abandonna pas ses amis dans la peine ; et il devint pauvre. Il eut beaucoup d'enfants de ma mère ; nous demeurâmes tous sans ressource à sa mort... J'étais bien jeune alors... Je me souviens à peine de l'avoir vu... Ma mère fut obligée de me prendre entre ses bras, et de m'élever à la hauteur de son lit pour l'embrasser et recevoir sa bénédiction... Je pleurais. Hélas ! je ne sentais pas tout ce que je perdais !

LE PÈRE DE FAMILLE. – Elle me touche... Et qu'est-ce qui vous a fait quitter la maison de vos parents, et votre pays ?

SOPHIE. – Je suis venue ici, avec un de mes frères, implorer l'assistance d'un parent qui a été bien dur envers nous. Il m'avait vue autrefois, en province ; il paraissait avoir pris de l'affection pour moi, et ma mère avait espéré qu'il s'en ressouviendrait. Mais il a fermé sa porte à mon frère, et il m'a fait dire de n'en pas approcher.

LE PÈRE DE FAMILLE. – Qu'est devenu votre frère ?

SOPHIE. – Il s'est mis au service du roi [1]. Et moi je suis restée avec la personne que vous voyez, et qui a la bonté de me regarder comme son enfant.

LE PÈRE DE FAMILLE. – Elle ne paraît pas fort aisée.

SOPHIE. – Elle partage avec moi ce qu'elle a.

LE PÈRE DE FAMILLE. – Et vous n'avez plus entendu parler de ce parent ?

SOPHIE. – Pardonnez-moi, monsieur ; j'en ai reçu quelques secours. Mais de quoi cela sert-il à ma mère ?

LE PÈRE DE FAMILLE. – Votre mère vous a donc oubliée ?

SOPHIE. – Ma mère avait fait un dernier effort pour nous envoyer à Paris. Hélas ! elle attendait de ce voyage un succès plus heureux. Sans cela aurait-elle pu se résoudre à m'éloigner d'elle ? Depuis, elle n'a plus su comment me faire revenir. Elle me mande cependant qu'on doit me reprendre, et me ramener dans peu. Il faut que quelqu'un s'en soit chargé par pitié. Oh ! nous sommes bien à plaindre !

LE PÈRE DE FAMILLE. – Et vous ne connaîtriez ici personne qui pût vous secourir ?

SOPHIE. – Personne.

LE PÈRE DE FAMILLE. – Et vous travaillez pour vivre ?

1. Il s'est engagé dans l'armée.

SOPHIE. – Oui, monsieur.

LE PÈRE DE FAMILLE. – Et vous vivez seules ?

SOPHIE. – Seules.

LE PÈRE DE FAMILLE. – Mais qu'est-ce qu'un jeune homme dont on m'a parlé, qui s'appelle Sergi, et qui demeure à côté de vous ?

MME HÉBERT, *avec vivacité, et quittant son travail.* – Ah ! monsieur, c'est le garçon le plus honnête !

SOPHIE. – C'est un malheureux qui gagne son pain comme nous, et qui a uni sa misère à la nôtre.

LE PÈRE DE FAMILLE. – Est-ce là tout ce que vous en savez ?

SOPHIE. – Oui, monsieur.

LE PÈRE DE FAMILLE. – Eh bien ! mademoiselle, ce malheureux-là…

SOPHIE. – Vous le connaissez ?

LE PÈRE DE FAMILLE. – Si je le connais !… c'est mon fils.

SOPHIE. – Votre fils !

MME HÉBERT, *en même temps.* – Sergi !

LE PÈRE DE FAMILLE. – Oui, mademoiselle.

SOPHIE. – Ah ! Sergi, vous m'avez trompée !

LE PÈRE DE FAMILLE. – Fille aussi vertueuse que belle, connaissez le danger que vous avez couru.

SOPHIE. – Sergi est votre fils !

LE PÈRE DE FAMILLE. – Il vous estime, vous aime ; mais sa passion préparerait votre malheur et le sien, si vous la nourrissiez.

SOPHIE. – Pourquoi suis-je venue dans cette ville ? Que ne m'en suis-je allée, lorsque mon cœur me le disait !

LE PÈRE DE FAMILLE. – Il en est temps encore. Il faut aller retrouver une mère qui vous rappelle, et à qui votre séjour ici doit causer la plus grande inquiétude. Sophie, vous le voulez ?

SOPHIE. – Ah ! ma mère ! Que vous dirai-je ?

LE PÈRE DE FAMILLE, *à Mme Hébert.* – Madame, vous reconduirez cette enfant, et j'aurai soin que vous ne regrettiez pas la peine que vous aurez prise. (*Mme Hébert fait la révérence. – Le Père de famille continuant, à*

Sophie.) Mais, Sophie, si je vous rends à votre mère, c'est à vous à me rendre mon fils ; c'est à vous à lui apprendre ce que l'on doit à ses parents : vous le savez si bien.

SOPHIE. – Ah, Sergi ! pourquoi ?…

LE PÈRE DE FAMILLE. – Quelque honnêteté qu'il ait mise dans ses vues, vous l'en ferez rougir. Vous lui annoncerez votre départ ; et vous lui ordonnerez de finir ma douleur et le trouble de sa famille.

SOPHIE. – Ma bonne…

MME HÉBERT. – Mon enfant…

SOPHIE, *en s'appuyant sur elle.* – Je me sens mourir…

MME HÉBERT. – Monsieur, nous allons nous retirer et attendre vos ordres.

SOPHIE. – Pauvre Sergi ! malheureuse Sophie !

Elle sort, appuyée sur Mme Hébert.

Scène V

LE PÈRE DE FAMILLE, *seul.* – Ô lois du monde ! ô préjugés cruels !… Il y a déjà si peu de femmes pour un homme qui pense et qui sent ! pourquoi faut-il que le choix en soit encore si limité ? Mais mon fils ne tardera pas à venir… Secouons, s'il se peut, de mon âme, l'impression que cette enfant y a faite… Lui représenterai-je, comme il me convient, ce qu'il me doit, ce qu'il se doit à lui-même, si mon cœur est d'accord avec le sien ?…

Scène VI

Le Père de famille, Saint-Albin

SAINT-ALBIN, *en entrant, et avec vivacité.* – Mon père ! *(Le Père de famille se promène et garde le silence. Saint-Albin, suivant son père, et d'un ton suppliant.)* Mon père !

LE PÈRE DE FAMILLE, *s'arrêtant, et d'un ton sérieux.* – Mon fils, si vous n'êtes pas rentré en vous-même, si la raison n'a pas recouvré ses droits sur vous, ne venez pas aggraver vos torts et mon chagrin.

SAINT-ALBIN. – Vous m'en voyez pénétré. J'approche de vous en tremblant… je serai tranquille et raisonnable… Oui, je le serai… je me le suis promis. *(Le Père de famille continue de se promener. Saint-Albin, s'approchant avec timidité, lui dit d'une voix basse et tremblante :)* Vous l'avez vue ?

LE PÈRE DE FAMILLE. – Oui, je l'ai vue ; elle est belle, et je la crois sage. Mais, qu'en prétendez-vous faire ? Un amusement ? je ne le souffrirais pas. Votre femme ? elle ne vous convient pas.

SAINT-ALBIN, *en se contenant.* – Elle est belle, elle est sage, et elle ne me convient pas ! Quelle est donc la femme qui me convient ?

LE PÈRE DE FAMILLE. – Celle qui, par son éducation, sa naissance, son état et sa fortune, peut assurer votre bonheur et satisfaire à mes espérances.

SAINT-ALBIN. – Ainsi le mariage sera pour moi un lien d'intérêt et d'ambition ! Mon père, vous n'avez qu'un fils ; ne le sacrifiez pas à des vues qui remplissent le monde d'époux malheureux. Il me faut une compagne honnête et sensible, qui m'apprenne à supporter les peines de la vie, et non une femme riche et titrée qui les accroisse. Ah ! souhaitez-moi la mort, et que le ciel me l'accorde, plutôt qu'une femme comme j'en vois.

LE PÈRE DE FAMILLE. – Je ne vous en propose aucune ; mais je ne permettrai jamais que vous soyez à celle à laquelle vous vous êtes follement attaché. Je pourrais user de mon autorité, et vous dire : Saint-Albin, cela me déplaît, cela ne sera pas, n'y pensez plus. Mais je ne vous ai jamais rien demandé sans vous en montrer la raison ; j'ai voulu que vous m'approuvassiez en m'obéissant ; et je vais avoir la même condescendance. Modérez-vous, et écoutez-moi.

Mon fils, il y aura bientôt vingt ans que je vous arrosai des premières larmes que vous m'ayez fait répandre. Mon cœur s'épanouit en voyant en vous un ami que la nature me donnait. Je vous reçus entre mes bras du sein de votre mère ; et vous élevant vers le ciel, et mêlant ma voix à vos cris, je dis à Dieu : « Ô Dieu ! qui m'avez accordé cet enfant, si je manque aux soins que vous m'imposez, en ce jour, ou s'il ne doit pas y répondre, ne regardez point à la joie de sa mère, reprenez-le. »

Voilà le vœu que je fis sur vous et sur moi. Il m'a toujours été présent, je ne vous ai point abandonné au soin du mercenaire [1] ; je vous ai appris moi-même à parler, à penser, à sentir. À mesure que vous avanciez en âge, j'ai étudié vos penchants, j'ai formé sur eux le plan de votre éducation, et je l'ai suivi sans relâche. Combien je me suis donné de peines pour vous en épargner ! J'ai réglé votre sort à venir sur vos talents et sur vos goûts. Je n'ai rien négligé pour que vous parussiez avec distinction ; et lorsque je touche au moment de recueillir le fruit de ma sollicitude, lorsque je me félicite d'avoir un fils qui répond à sa naissance qui le destine aux meilleurs partis, et à ses qualités personnelles qui l'appellent aux grands emplois, une passion insensée, la fantaisie d'un instant aura tout détruit ; et je verrai ses plus belles années perdues, son état manqué et mon attente trompée ; et j'y consentirai ? Vous l'êtes-vous promis ?

SAINT-ALBIN. – Que je suis malheureux !

LE PÈRE DE FAMILLE. – Vous avez un oncle qui vous aime, et qui vous destine une fortune considérable ; un père qui vous a consacré sa vie, et qui cherche à vous marquer en tout sa tendresse ; un nom, des parents, des amis, les prétentions les plus flatteuses et les mieux fondées ; et vous êtes malheureux ? Que vous faut-il encore ?

SAINT-ALBIN. – Sophie, le cœur de Sophie, et l'aveu [2] de mon père.

LE PÈRE DE FAMILLE. – Qu'osez-vous me proposer ? De partager votre folie, et le blâme général qu'elle

1. Il l'a élevé au sein de sa famille, au lieu de le confier à des étrangers rétribués.
2. L'accord, le consentement.

encourrait ? Quel exemple à donner aux pères et aux enfants ! Moi, j'autoriserais, par une faiblesse honteuse, le désordre de la société, la confusion du sang et des rangs, la dégradation des familles ?

SAINT-ALBIN. – Que je suis malheureux ! Si je n'ai pas celle que j'aime, un jour il faudra que je sois à celle que je n'aimerai pas ; car je n'aimerai jamais que Sophie. Sans cesse j'en comparerai une autre avec elle ; cette autre sera malheureuse ; je le serai aussi ; vous le verrez et vous en périrez de regret.

LE PÈRE DE FAMILLE. – J'aurai fait mon devoir ; et malheur à vous, si vous manquez au vôtre.

SAINT-ALBIN. – Mon père, ne m'ôtez pas Sophie.

LE PÈRE DE FAMILLE. – Cessez de me la demander.

SAINT-ALBIN. – Cent fois vous m'avez dit qu'une femme honnête était la faveur la plus grande que le ciel pût accorder. Je l'ai trouvée ; et c'est vous qui voulez m'en priver ! Mon père, ne me l'ôtez pas. À présent qu'elle sait qui je suis, que ne doit-elle pas attendre de moi ? Saint-Albin sera-t-il moins généreux que Sergi ? Ne me l'ôtez pas : c'est elle qui a rappelé la vertu dans mon cœur ; elle seule peut l'y conserver.

LE PÈRE DE FAMILLE. – C'est-à-dire que son exemple fera ce que le mien n'a pu faire.

SAINT-ALBIN. – Vous êtes mon père, et vous commandez ; elle sera ma femme, et c'est un autre empire.

LE PÈRE DE FAMILLE. – Quelle différence d'un amant à un époux ! d'une femme à une maîtresse ! Homme sans expérience, tu ne sais pas cela.

SAINT-ALBIN. – J'espère l'ignorer toujours.

LE PÈRE DE FAMILLE. – Y a-t-il un amant qui voie sa maîtresse avec d'autres yeux, et qui parle autrement ?

SAINT-ALBIN. – Vous avez vu Sophie !... Si je la quitte pour un rang, des dignités, des espérances, des préjugés, je ne mériterai pas de la connaître. Mon père, mépriseriez-vous assez votre fils pour le croire ?

LE PÈRE DE FAMILLE. – Elle ne s'est point avilie en cédant à votre passion : imitez-la.

SAINT-ALBIN. – Je m'avilirais en devenant son époux ?

LE PÈRE DE FAMILLE. – Interrogez le monde.

SAINT-ALBIN. – Dans les choses indifférentes, je prendrai le monde comme il est ; mais quand il s'agira du bonheur ou du malheur de ma vie, du choix d'une compagne…

LE PÈRE DE FAMILLE. – Vous ne changerez pas ses idées. Conformez-vous-y donc.

SAINT-ALBIN. – Ils auront tout renversé, tout gâté, subordonné la nature à leurs misérables conventions, et j'y souscrirai ?

LE PÈRE DE FAMILLE. – Ou vous en serez méprisé.

SAINT-ALBIN. – Je les fuirai.

LE PÈRE DE FAMILLE. – Leur mépris vous suivra, et cette femme que vous aurez entraînée ne sera pas moins à plaindre que vous… Vous l'aimez ?

SAINT-ALBIN. – Si je l'aime !

LE PÈRE DE FAMILLE. – Écoutez, et tremblez sur le sort que vous lui préparez. Un jour viendra que vous sentirez toute la valeur des sacrifices que vous lui aurez faits. Vous vous trouverez seul avec elle, sans état, sans fortune, sans considération ; l'ennui et le chagrin vous saisiront. Vous la haïrez, vous l'accablerez de reproches ; sa patience et sa douceur achèveront de vous aigrir ; vous la haïrez davantage ; vous haïrez les enfants qu'elle vous aura donnés, et vous la ferez mourir de douleur.

SAINT-ALBIN. – Moi !

LE PÈRE DE FAMILLE. – Vous.

SAINT-ALBIN. – Jamais, jamais.

LE PÈRE DE FAMILLE. – La passion voit tout éternel ; mais la nature humaine veut que tout finisse.

SAINT-ALBIN. – Je cesserais d'aimer Sophie ! Si j'en étais capable, j'ignorerais, je crois, si je vous aime.

LE PÈRE DE FAMILLE. – Voulez-vous le savoir et me le prouver ? Faites ce que je vous demande.

SAINT-ALBIN. – Je le voudrais en vain ; je ne puis ; je suis entraîné. Mon père, je ne puis.

LE PÈRE DE FAMILLE. – Insensé, vous voulez être
père ! En connaissez-vous les devoirs ? Si vous les
connaissez, permettriez-vous à votre fils ce que vous
attendez de moi ?

SAINT-ALBIN. – Ah ! si j'osais répondre.

LE PÈRE DE FAMILLE. – Répondez.

SAINT-ALBIN. – Vous me le permettez ?

LE PÈRE DE FAMILLE. – Je vous l'ordonne.

SAINT-ALBIN. – Lorsque vous avez voulu ma mère,
lorsque toute la famille se souleva contre vous, lorsque
mon grand-papa vous appela enfant ingrat, et que
vous l'appelâtes, au fond de votre âme, père cruel ; qui
de vous deux avait raison ? Ma mère était vertueuse et
belle comme Sophie ; elle était sans fortune, comme
Sophie ; vous l'aimiez comme j'aime Sophie ; souf-
frîtes-vous qu'on vous l'arrachât, mon père, et n'ai-je
pas un cœur aussi ?

LE PÈRE DE FAMILLE. – J'avais des ressources, et
votre mère avait de la naissance.

SAINT-ALBIN. – Qui sait encore ce qu'est Sophie ?

LE PÈRE DE FAMILLE. – Chimère !

SAINT-ALBIN. – Des ressources ! L'amour, l'indigence, m'en fourniront.

LE PÈRE DE FAMILLE. – Craignez les maux qui vous
attendent.

SAINT-ALBIN. – Ne la point avoir est le seul que je
redoute.

LE PÈRE DE FAMILLE. – Craignez de perdre ma tendresse.

SAINT-ALBIN. – Je la recouvrerai.

LE PÈRE DE FAMILLE. – Qui vous l'a dit ?

SAINT-ALBIN. – Vous verrez couler les pleurs de
Sophie ; j'embrasserai vos genoux ; mes enfants vous
tendront leurs bras innocents, et vous ne les repous-
serez pas.

LE PÈRE DE FAMILLE, *à part.* – Il me connaît trop
bien… *(Après une petite pause, il prend l'air et le ton le plus*
sévère, et dit :) Mon fils, je vois que je vous parle en vain,
que la raison n'a plus d'accès auprès de vous, et que le
moyen dont je craignis toujours d'user est le seul qui

me reste : j'en userai, puisque vous m'y forcez. Quittez vos projets ; je le veux, et je vous l'ordonne par toute l'autorité qu'un père a sur ses enfants.

SAINT-ALBIN, *avec un emportement sourd.* – L'autorité ! l'autorité ! Ils n'ont que ce mot.

LE PÈRE DE FAMILLE. – Respectez-le.

SAINT-ALBIN, *allant et venant.* – Voilà comme ils sont tous. C'est ainsi qu'ils nous aiment. S'ils étaient nos ennemis, que feraient-ils de plus ?

LE PÈRE DE FAMILLE. – Que dites-vous ? que murmurez-vous ?

SAINT-ALBIN, *toujours de même.* – Ils se croient sages, parce qu'ils ont d'autres passions que les nôtres.

LE PÈRE DE FAMILLE. – Taisez-vous.

SAINT-ALBIN. – Ils ne nous ont donné la vie que pour en disposer.

LE PÈRE DE FAMILLE. – Taisez-vous.

SAINT-ALBIN. – Ils la remplissent d'amertume ; et comment seraient-ils touchés de nos peines ? ils y sont faits.

LE PÈRE DE FAMILLE. – Vous oubliez qui je suis, et à qui vous parlez. Taisez-vous, ou craignez d'attirer sur vous la marque la plus terrible du courroux des pères.

SAINT-ALBIN. – Des pères ! des pères ! il n'y en a point... Il n'y a que des tyrans.

LE PÈRE DE FAMILLE. – Ô ciel !

SAINT-ALBIN. – Oui, des tyrans.

LE PÈRE DE FAMILLE. – Éloignez-vous de moi, enfant ingrat et dénaturé. Je vous donne ma malédiction ; allez loin de moi. *(Le fils s'en va ; mais à peine a-t-il fait quelques pas, que son père court après lui, et lui dit :)* Où vas-tu, malheureux ?

SAINT-ALBIN. – Mon père !

LE PÈRE DE FAMILLE *se jette dans un fauteuil, et son fils se met à ses genoux.* – Moi, votre père ? vous, mon fils ? Je ne vous suis plus rien ; je ne vous ai jamais rien été. Vous empoisonnez ma vie, vous souhaitez ma mort. Eh ! pourquoi a-t-elle été si longtemps différée ? Que ne suis-je à côté de ta mère ! Elle n'est plus, et mes jours malheureux ont été prolongés.

SAINT-ALBIN. – Mon père !

LE PÈRE DE FAMILLE. – Éloignez-vous, cachez-moi vos larmes ; vous déchirez mon cœur, et je ne puis vous en chasser.

Scène VII

Le Père de famille, Saint-Albin,
le Commandeur

Le Commandeur entre. Saint-Albin, qui était aux genoux de son père, se lève, et le Père de famille reste dans son fauteuil, la tête penchée sur ses mains, comme un homme désolé.

LE COMMANDEUR, *en le montrant à Saint-Albin, qui se promène sans écouter.* – Tiens, regarde. Vois dans quel état tu le mets. Je lui avais prédit que tu le ferais mourir de douleur, et tu vérifies ma prédiction.

Pendant que le Commandeur parle, le Père de famille se lève et s'en va. Saint-Albin se dispose à le suivre.

LE PÈRE DE FAMILLE, *en se retournant vers son fils.* – Où allez-vous ? Écoutez votre oncle ; je vous l'ordonne.

Scène VIII

Saint-Albin, le Commandeur

SAINT-ALBIN. – Parlez donc, monsieur, je vous écoute… Si c'est un malheur que de l'aimer, il est arrivé, et je n'y sais plus de remède… Si on me la refuse, qu'on m'apprenne à l'oublier… L'oublier !… Qui ? elle ? moi ? je le pourrais ? je le voudrais ? Que la malédiction de mon père s'accomplisse sur moi, si jamais j'en ai la pensée !

LE COMMANDEUR. – Qu'est-ce qu'on te demande ? de laisser là une créature que tu n'aurais jamais dû regarder qu'en passant ; qui est sans bien, sans parents, sans aveu, qui vient de je ne sais où, qui appartient à je ne sais qui, et qui vit je ne sais comment. On a de

ces filles-là. Il y a des fous qui se ruinent pour elles ;
mais épouser ! épouser !

SAINT-ALBIN, *avec violence*. – Monsieur le Commandeur !...

LE COMMANDEUR. – Elle te plaît ? Eh bien ! garde-
la. Je t'aime autant celle-là qu'une autre ; mais laisse-
nous espérer la fin de cette intrigue, quand il en sera
temps. *(Saint-Albin veut sortir.)* Où vas-tu ?

SAINT-ALBIN. – Je m'en vais.

LE COMMANDEUR, *en l'arrêtant*. – As-tu oublié que je
te parle au nom de ton père ?

SAINT-ALBIN. – Eh bien ! monsieur, dites. Déchirez-
moi, désespérez-moi ; je n'ai qu'un mot à répondre.
Sophie sera ma femme.

LE COMMANDEUR. – Ta femme ?

SAINT-ALBIN. – Oui, ma femme.

LE COMMANDEUR. – Une fille de rien !

SAINT-ALBIN. – Qui m'a appris à mépriser tout ce
qui vous enchaîne et vous avilit.

LE COMMANDEUR. – N'as-tu point de honte ?

SAINT-ALBIN. – De la honte ?

LE COMMANDEUR. – Toi, fils de M. d'Orbesson !
neveu du Commandeur d'Auvilé !

SAINT-ALBIN. – Moi, fils de M. d'Orbesson, et votre
neveu.

LE COMMANDEUR. – Voilà donc les fruits de cette
éducation merveilleuse dont ton père était si vain ? Le
voilà ce modèle de tous les jeunes gens de la cour et de
la ville ?... Mais tu te crois riche peut-être ?

SAINT-ALBIN. – Non.

LE COMMANDEUR. – Sais-tu ce qui te revient du
bien de ta mère ?

SAINT-ALBIN. – Je n'y ai jamais pensé ; et je ne veux
pas le savoir.

LE COMMANDEUR. – Écoute. C'était la plus jeune
de six enfants que nous étions ; et cela dans une province où l'on ne donne rien aux filles [1]. Ton père, qui ne

---

1. La France d'Ancien Régime obéissait à des législations régio-
nalement différentes.

fut pas plus sensé que toi, s'en entêta et la prit. Mille écus de rente à partager avec ta sœur, c'est quinze cents francs pour chacun ; voilà toute votre fortune.

Saint-Albin. – J'ai quinze cents livres de rente ?

Le Commandeur. – Tant qu'elles peuvent s'étendre.

Saint-Albin. – Ah, Sophie ! vous n'habiterez plus sous un toit ! vous ne sentirez plus les atteintes de la misère. J'ai quinze cents livres de rente !

Le Commandeur. – Mais tu peux en attendre vingt-cinq mille de ton père, et presque le double de moi. Saint-Albin, on fait des folies ; mais on n'en fait pas de plus chères.

Saint-Albin. – Et que m'importe la richesse, si je n'ai pas celle avec qui je la voudrais partager ?

Le Commandeur. – Insensé !

Saint-Albin. – Je sais. C'est ainsi qu'on appelle ceux qui préfèrent à tout une femme jeune, vertueuse et belle ; et je fais gloire d'être à la tête de ces fous-là.

Le Commandeur. – Tu cours à ton malheur.

Saint-Albin. – Je mangeais du pain, je buvais de l'eau à côté d'elle, et j'étais heureux.

Le Commandeur. – Tu cours à ton malheur.

Saint-Albin. – J'ai quinze cents livres de rente !

Le Commandeur. – Que feras-tu ?

Saint-Albin. – Elle sera nourrie, logée, vêtue, et nous vivrons.

Le Commandeur. – Comme des gueux.

Saint-Albin. – Soit.

Le Commandeur. – Cela aura père, mère, frère, sœur ; et tu épouseras tout cela.

Saint-Albin. – J'y suis résolu.

Le Commandeur. – Je t'attends aux enfants.

Saint-Albin. – Alors je m'adresserai à toutes les âmes sensibles. On me verra, on verra la compagne de mon infortune, je dirai mon nom, et je trouverai du secours.

Le Commandeur. – Tu connais bien les hommes !

Saint-Albin. – Vous les croyez méchants.

Le Commandeur. – Et j'ai tort ?

SAINT-ALBIN. – Tort ou raison, il me restera deux appuis avec lesquels je peux défier l'univers, l'amour, qui fait entreprendre, et la fierté, qui fait supporter… On n'entend tant de plaintes dans le monde, que parce que le pauvre est sans courage… et que le riche est sans humanité…

LE COMMANDEUR. – J'entends… Eh bien ! aie-la, ta Sophie ; foule aux pieds la volonté de ton père, les lois de la décence, les bienséances de ton état. Ruine-toi, avilis-toi, roule-toi dans la fange, je ne m'y oppose plus. Tu serviras d'exemple à tous les enfants qui ferment l'oreille à la voix de la raison, qui se précipitent dans des engagements honteux, qui affligent leurs parents, et qui déshonorent leur nom. Tu l'auras, ta Sophie, puisque tu l'as voulu ; mais tu n'auras pas de pain à lui donner, ni à ses enfants qui viendront en demander à ma porte.

SAINT-ALBIN. – C'est ce que vous craignez.

LE COMMANDEUR. – Ne suis-je pas bien à plaindre ?… Je me suis privé de tout pendant quarante ans ; j'aurais pu me marier, et je me suis refusé cette consolation. J'ai perdu de vue les miens, pour m'attacher à ceux-ci : m'en voilà bien récompensé !… Que dira-t-on dans le monde ?… Voilà qui sera fait : je n'oserai plus me montrer ; ou si je parais quelque part, et que l'on demande : « Qui est cette vieille croix, qui a l'air si chagrin ? » on répondra tout bas : « C'est le Commandeur d'Auvilé… l'oncle de ce jeune fou qui a épousé… oui… » Ensuite on se parlera à l'oreille, on me regardera ; la honte et le dépit me saisiront ; je me lèverai, je prendrai ma canne, et je m'en irai… Non, je voudrais pour tout ce que je possède, lorsque tu gravissais le long des murs du fort Saint-Philippe, que quelque Anglais, d'un bon coup de baïonnette, t'eût envoyé dans le fossé, et que tu y fusses demeuré enseveli avec les autres ; du moins on aurait dit : « C'est dommage, c'était un sujet », et j'aurais pu solliciter une grâce du roi pour l'établissement de ta sœur… Non, il est inouï qu'il y ait jamais eu un pareil mariage dans une famille.

SAINT-ALBIN. – Ce sera le premier.
LE COMMANDEUR. – Et je le souffrirai ?
SAINT-ALBIN. – S'il vous plaît.
LE COMMANDEUR. – Tu le crois ?
SAINT-ALBIN. – Assurément.
LE COMMANDEUR. – Allons, nous verrons.
SAINT-ALBIN. – Tout est vu.

Scène IX

Saint-Albin, Sophie, Mme Hébert

> *Tandis que Saint-Albin continue comme s'il
> était seul, Sophie et sa bonne s'avancent, et par-
> lent dans les intervalles du monologue de Saint-
> Albin.*

SAINT-ALBIN, *après une pause, en se promenant et rêvant.*
– Oui, tout est vu… ils ont conjuré contre moi… je le
sens…

SOPHIE, *d'un ton doux et plaintif.* – On le veut… Allons,
ma bonne.

SAINT-ALBIN. – C'est pour la première fois que
mon père est d'accord avec cet oncle cruel.

SOPHIE, *en soupirant.* – Ah ! quel moment !

MME HÉBERT. – Il est vrai, mon enfant.

SOPHIE. – Mon cœur se trouble.

SAINT-ALBIN. – Ne perdons point de temps ; il faut
l'aller trouver.

SOPHIE. – Le voilà, ma bonne, c'est lui.

SAINT-ALBIN. – Oui, Sophie, oui, c'est moi ; je suis
Sergi.

SOPHIE, *en sanglotant.* – Non, vous ne l'êtes pas…
(Elle se retourne vers Mme Hébert.) Que je suis malheureuse ! je voudrais être morte. Ah ! ma bonne, à quoi
me suis-je engagée ! Que vais-je lui apprendre ? que
va-t-il devenir ? Ayez pitié de moi… dites-lui.

SAINT-ALBIN. – Sophie, ne craignez rien. Sergi
vous aimait ; Saint-Albin vous adore, et vous voyez
l'homme le plus vrai et l'amant le plus passionné.

SOPHIE *soupire profondément.* – Hélas !

SAINT-ALBIN. – Croyez que Sergi ne peut vivre, ne veut vivre que pour vous.

SOPHIE. – Je le crois ; mais à quoi cela sert-il ?

SAINT-ALBIN. – Dites un mot.

SOPHIE. – Quel mot ?

SAINT-ALBIN. – Que vous m'aimez. Sophie, m'aimez-vous ?

SOPHIE, *en soupirant profondément.* – Ah ! si je ne vous aimais pas !

SAINT-ALBIN. – Donnez-moi donc votre main ; recevez la mienne, et le serment que je fais ici à la face du ciel, et de cette honnête femme qui vous a servi de mère, de n'être jamais qu'à vous.

SOPHIE. – Hélas ! vous savez qu'une fille bien née ne reçoit et ne fait de serments qu'au pied des autels… Et ce n'est pas moi que vous y conduirez… Ah ! Sergi ! c'est à présent que je sens la distance qui nous sépare !

SAINT-ALBIN, *avec violence.* – Sophie, et vous aussi ?

SOPHIE. – Abandonnez-moi à ma destinée, et rendez le repos à un père qui vous aime.

SAINT-ALBIN. – Ce n'est pas vous qui parlez, c'est lui. Je le reconnais, cet homme dur et cruel.

SOPHIE. – Il ne l'est point ; il vous aime.

SAINT-ALBIN. – Il m'a maudit, il m'a chassé : il ne lui restait plus qu'à se servir de vous pour m'arracher la vie.

SOPHIE. – Vivez, Sergi.

SAINT-ALBIN. – Jurez donc que vous serez à moi malgré lui.

SOPHIE. – Moi, Sergi ? ravir un fils à son père !… J'entrerais dans une famille qui me rejette !

SAINT-ALBIN. – Et que vous importe mon père, mon oncle, ma sœur, et toute ma famille, si vous m'aimez ?

SOPHIE. – Vous avez une sœur ?

SAINT-ALBIN. – Oui, Sophie.

SOPHIE. – Qu'elle est heureuse !

SAINT-ALBIN. – Vous me désespérez.

SOPHIE. – J'obéis à vos parents. Puisse le ciel vous accorder, un jour, une épouse qui soit digne de vous, et qui vous aime autant que Sophie !

SAINT-ALBIN. – Et vous le souhaitez ?

SOPHIE. – Je le dois.

SAINT-ALBIN. – Malheur, malheur à qui vous a connue, et qui peut être heureux sans vous !

SOPHIE. – Vous le serez ; vous jouirez de toutes les bénédictions promises aux enfants qui respecteront la volonté de leurs parents. J'emporterai celles de votre père. Je retournerai seule à ma misère, et vous vous ressouviendrez de moi.

SAINT-ALBIN. – Je mourrai de douleur, et vous l'aurez voulu… *(En la regardant tristement.)* Sophie…

SOPHIE. – Je ressens toute la peine que je vous cause.

SAINT-ALBIN, *en la regardant encore.* – Sophie…

SOPHIE, *à Mme Hébert, en sanglotant.* – Ô ma bonne, que ses larmes me font de mal !… Sergi, n'opprimez pas mon âme faible… j'en ai assez de ma douleur… *(Elle se couvre les yeux de ses mains.)* Adieu, Sergi.

SAINT-ALBIN. – Vous m'abandonnez ?

SOPHIE. – Je n'oublierai point ce que vous avez fait pour moi. Vous m'avez vraiment aimée : ce n'est pas en descendant de votre état, c'est en respectant mon malheur et mon indigence que vous l'avez montré. Je me rappellerai souvent ce lieu où je vous ai connu… Ah ! Sergi !

SAINT-ALBIN. – Vous voulez que je meure.

SOPHIE. – C'est moi, c'est moi qui suis à plaindre.

SAINT-ALBIN. – Sophie, où allez-vous ?

SOPHIE. – Je vais subir ma destinée, partager les peines de mes sœurs, et porter les miennes dans le sein de ma mère. Je suis la plus jeune de ses enfants, elle m'aime ; je lui dirai tout, et elle me consolera.

SAINT-ALBIN. – Vous m'aimez et vous m'abandonnez ?

SOPHIE. – Pourquoi vous ai-je connu ?… Ah !…

Elle s'éloigne.

SAINT-ALBIN. – Non, non… je ne le puis… Madame Hébert, retenez-la… ayez pitié de nous,

Mme Hébert. – Pauvre Sergi !

SAINT-ALBIN, *à Sophie*. – Vous ne vous éloignerez pas… j'irai… je vous suivrai… Sophie, arrêtez… Ce n'est ni par vous, ni par moi que je vous conjure… Vous avez résolu mon malheur et le vôtre… C'est au nom de ces parents cruels… Si je vous perds, je ne pourrai ni les voir, ni les entendre, ni les souffrir… Voulez-vous que je les haïsse ?

SOPHIE. – Aimez vos parents ; obéissez-leur ; oubliez-moi.

SAINT-ALBIN, *qui s'est jeté à ses pieds, s'écrie en la retenant par ses habits.* – Sophie, écoutez… vous ne connaissez pas Saint-Albin.

SOPHIE, *à Mme Hébert, qui pleure.* – Ma bonne, venez, venez ; arrachez-moi d'ici.

SAINT-ALBIN, *en se relevant.* – Il peut tout oser ; vous le conduisez à sa perte… Oui, vous l'y conduisez…

> *Il marche. Il se plaint ; il se désespère. Il nomme Sophie par intervalles. Ensuite il s'appuie sur le dos d'un fauteuil, les yeux couverts de ses mains.*

Scène X

Saint-Albin, Cécile, Germeuil

> *Pendant qu'il est dans cette situation, Cécile et Germeuil entrent.*

GERMEUIL, *s'arrêtant sur le fond, et regardant tristement Saint-Albin, dit à Cécile :* – Le voilà, le malheureux ! il est accablé, et il ignore que dans ce moment… Que je le plains !… Mademoiselle, parlez-lui.

CÉCILE. – Saint-Albin…

SAINT-ALBIN, *qui ne les voit point, mais qui les entend approcher, leur crie, sans les regarder :* – Qui que vous soyez, allez retrouver les barbares qui vous envoient. Retirez-vous.

CÉCILE. – Mon frère, c'est moi ; c'est Cécile qui connaît votre peine, et qui vient à vous.

SAINT-ALBIN, *toujours dans la même position.* – Retirez-vous.

CÉCILE. – Je m'en irai, si je vous afflige.

SAINT-ALBIN. – Vous m'affligez. *(Cécile s'en va ; mais son frère la rappelle d'une voix faible et douloureuse.)* Cécile !

CÉCILE, *se rapprochant de son frère.* – Mon frère ?

SAINT-ALBIN, *la prenant par la main, sans changer de situation et sans la regarder.* – Elle m'aimait ! Ils me l'ont ôtée ; elle me fuit.

GERMEUIL, *à lui-même.* – Plût au ciel !

SAINT-ALBIN. – J'ai tout perdu… Ah !

CÉCILE. – Il vous reste une sœur, un ami.

SAINT-ALBIN, *se relevant avec vivacité.* – Où est Germeuil ?

CÉCILE. – Le voilà.

SAINT-ALBIN, *il se promène un moment en silence, puis il dit :* – Ma sœur, laissez-nous.

Scène XI

Saint-Albin, Germeuil

SAINT-ALBIN, *en se promenant, et à plusieurs reprises.* – Oui… c'est le seul parti qui me reste… et j'y suis résolu… Germeuil, personne ne nous entend ?

GERMEUIL. – Qu'avez-vous à me dire ?

SAINT-ALBIN. – J'aime Sophie, j'en suis aimé ; vous aimez Cécile, et Cécile vous aime.

GERMEUIL. – Moi ! votre sœur !

SAINT-ALBIN. – Vous, ma sœur ! Mais la même persécution qu'on me fait, vous attend ; et si vous avez du courage, nous irons, Sophie, Cécile, vous et moi, chercher le bonheur loin de ceux qui nous entourent et nous tyrannisent.

GERMEUIL. – Qu'ai-je entendu ?… Il ne me manquait plus que cette confidence… Qu'osez-vous entreprendre, et que me conseillez-vous ? C'est ainsi que je reconnaîtrais les bienfaits dont votre père m'a comblé depuis que je respire ? Pour prix de sa tendresse, je remplirais son âme de douleur, et je l'enverrais au tombeau, en maudissant le jour qu'il me reçut chez lui !

SAINT-ALBIN. – Vous avez des scrupules ; n'en parlons plus.

GERMEUIL. – L'action que vous me proposez, et celle que vous avez résolue, sont deux crimes… *(Avec vivacité.)* Saint-Albin, abandonnez votre projet… Vous avez encouru la disgrâce de votre père, et vous allez la mériter ; attirer sur vous le blâme public ; vous exposer à la poursuite des lois ; désespérer celle que vous aimez… Quelles peines vous vous préparez !… Quel trouble vous me causez !…

SAINT-ALBIN. – Si je ne peux compter sur votre secours, épargnez-moi vos conseils.

GERMEUIL. – Vous vous perdez.

SAINT-ALBIN. – Le sort en est jeté.

GERMEUIL. – Vous me perdez moi-même : vous me perdez… Que dirai-je à votre père lorsqu'il m'apportera sa douleur ?… à votre oncle ?… Oncle cruel ! Neveu plus cruel encore !… Avez-vous dû me confier vos desseins ?… Vous ne savez pas… Que suis-je venu chercher ici ?… Pourquoi vous ai-je vu ?…

SAINT-ALBIN. – Adieu, Germeuil, embrassez-moi, je compte sur votre discrétion.

GERMEUIL. – Où courez-vous ?

SAINT-ALBIN. – M'assurer le seul bien dont je fasse cas, et m'éloigner d'ici pour jamais.

Scène XII

GERMEUIL, *seul.* – Le sort m'en veut-il assez ! Le voilà résolu d'enlever sa maîtresse, et il ignore qu'au même instant son oncle travaille à la faire enfermer… Je deviens coup sur coup leur confident et leur complice… Quelle situation est la mienne ! je ne puis ni parler, ni me taire, ni agir, ni cesser… Si l'on me soupçonne seulement d'avoir servi l'oncle, je suis un traître aux yeux du neveu, et je me déshonore dans l'esprit de son père... Encore si je pouvais m'ouvrir à celui-ci... Mais ils ont exigé le secret... Y manquer, je ne le puis ni ne le dois... Voilà ce que le Commandeur a vu lorsqu'il s'est adressé à moi, à moi qu'il déteste, pour l'exécution de l'ordre injuste qu'il sollicite... En me présentant sa fortune et sa nièce, deux appâts auxquels il n'imagine pas qu'on résiste, son but est de m'embarquer dans un complot qui me perde... Déjà il croit la chose faite ; et il s'en félicite... Si son neveu le prévient, autres dangers : il se croira joué ; il sera furieux ; il éclatera... Mais Cécile sait tout ; elle connaît mon innocence... Eh ! que servira son témoignage contre le cri de la famille entière qui se soulèvera ?... On n'entendra qu'elle ; et je n'en passerai pas moins pour fauteur d'un rapt... Dans quels embarras ils m'ont précipité, le neveu, par indiscrétion, l'oncle, par méchanceté !... Et toi, pauvre innocente, dont les intérêts ne touchent personne, qui te sauvera de deux hommes violents qui ont également résolu ta ruine ? L'un m'attend pour la consommer, l'autre y court ; et je n'ai qu'un instant... mais ne le perdons pas. Emparons-nous d'abord de la lettre de cachet... Ensuite... nous verrons.

ACTE III

Scène première

Germeuil, Cécile

GERMEUIL, *d'un ton suppliant.* – Mademoiselle !

CÉCILE. – Laissez-moi,

GERMEUIL. – Mademoiselle !

CÉCILE. – Qu'osez-vous me demander ? Je recevrais la maîtresse de mon frère chez moi ! chez moi ! dans

mon appartement ! dans la maison de mon père ! Laissez-moi, vous dis-je, je ne veux pas vous entendre.

Germeuil. – C'est le seul asile qui lui reste, et le
seul qu'elle puisse accepter.

Cécile. – Non, non, non.

Germeuil. – Je ne vous demande qu'un instant,
que je puisse regarder autour de moi, me reconnaître.

Cécile. – Non, non... Une inconnue !

Germeuil. – Une infortunée, à qui vous ne pour-
riez refuser de la commisération si vous la voyiez.

Cécile. – Que dirait mon père ?

Germeuil. – Le respecté-je moins que vous ?
craindrais-je moins de l'offenser ?

Cécile. – Et le Commandeur ?

Germeuil. – C'est un homme sans principes.

Cécile. – Il en a comme tous ses pareils, quand il
s'agit d'accuser et de noircir.

Germeuil. – Il dira que je l'ai joué ; ou votre frère
se croira trahi. Je ne me justifierai jamais... Mais
qu'est-ce que cela vous importe ?

Cécile. – Vous êtes la cause de toutes mes peines.

Germeuil. – Dans cette conjoncture difficile, c'est
votre frère, c'est votre oncle que je vous prie de
considérer ; épargnez-leur à chacun une action
odieuse.

Cécile. – La maîtresse de mon frère ! une
inconnue !... Non, monsieur ; mon cœur me dit que
cela est mal ; et il ne m'a jamais trompée. Ne m'en
parlez plus ; je tremble qu'on ne nous écoute.

Germeuil. – Ne craignez rien ; votre père est tout
à sa douleur ; le Commandeur et votre frère à leurs
projets ; les gens sont écartés. J'ai pressenti votre
répugnance...

Cécile. – Qu'avez-vous fait ?

Germeuil. – Le moment m'a paru favorable, et je
l'ai introduite ici. Elle y est, la voilà. Renvoyez-la,
mademoiselle.

Cécile. – Germeuil, qu'avez-vous fait !

Scène II

Sophie, Germeuil, Cécile, Mlle Clairet

> *Sophie entre sur la scène comme une troublée.*
> *Elle ne voit point. Elle n'entend point. Elle ne*
> *sait où elle est. Cécile, de son côté, est dans une*
> *agitation extrême.*

SOPHIE. – Je ne sais où je suis... Je ne sais où je
vais... Il me semble que je marche dans les ténèbres...
Ne rencontrerai-je personne qui me conduise ?... Ô
ciel ! ne m'abandonnez pas !

GERMEUIL *l'appelle*. – Mademoiselle, mademoiselle !

SOPHIE. – Qui est-ce qui m'appelle ?

GERMEUIL. – C'est moi, mademoiselle ; c'est moi.

SOPHIE. – Qui êtes-vous ? Où êtes-vous ? Qui que
vous soyez, secourez-moi... sauvez-moi...

GERMEUIL *va la prendre par la main, et lui dit :* –Venez...
mon enfant... par ici.

SOPHIE *fait quelques pas, et tombe sur ses genoux.* – Je ne
puis... la force m'abandonne... Je succombe...

CÉCILE. – Ô ciel ! *(À Germeuil.)* Appelez... Eh ! non,
n'appelez pas.

SOPHIE, *les yeux fermés, et comme dans le délire de la*
défaillance. – Les cruels ! que leur ai-je fait ?

> *Elle regarde autour d'elle, avec toutes les marques*
> *de l'effroi.*

GERMEUIL. – Rassurez-vous, je suis l'ami de Saint-
Albin, et mademoiselle est sa sœur.

SOPHIE, *après un moment de silence.* – Mademoiselle,
que vous dirai-je ? Voyez ma peine ; elle est au-dessus
de mes forces... Je suis à vos pieds ; et il faut que j'y
meure ou que je vous doive tout... Je suis une infortunée qui cherche un asile... C'est devant votre oncle
et votre frère que je fuis... Votre oncle, que je ne
connais pas, et que je n'ai jamais offensé ; votre
frère... Ah ! ce n'est pas de lui que j'attendais mon
chagrin !... Que vais-je devenir, si vous m'abandonnez ?... Ils accompliront sur moi leurs desseins...

Secourez-moi, sauvez-moi… sauvez-moi d'eux, sauvez-moi de moi-même. Ils ne savent pas ce que peut oser celle qui craint le déshonneur, et qu'on réduit à la nécessité de haïr la vie… Je n'ai pas cherché mon malheur, et je n'ai rien à me reprocher… Je travaillais, j'avais du pain, et je vivais tranquille… Les jours de la douleur sont venus : ce sont les vôtres qui les ont amenés sur moi ; et je pleurerai toute ma vie, parce qu'ils m'ont connue.

CÉCILE. – Qu'elle me peine !… Oh ! que ceux qui peuvent la tourmenter sont méchants !

> *Ici la pitié succède à l'agitation dans le cœur de Cécile. Elle se penche sur le dos d'un fauteuil, du côté de Sophie, et celle-ci continue :*

SOPHIE. – J'ai une mère qui m'aime… Comment reparaîtrais-je devant elle ?… Mademoiselle, conservez une fille à sa mère, je vous en conjure par la vôtre, si vous l'avez encore… Quand je la quittai, elle dit : « Anges du ciel, prenez cette enfant sous votre garde, et conduisez-la. » Si vous fermez votre cœur à la pitié, le ciel n'aura point entendu sa prière ; et elle en mourra de douleur… Tendez la main à celle qu'on opprime, afin qu'elle vous bénisse toute sa vie… Je ne peux rien ; mais il est un Être qui peut tout, et devant lequel les œuvres de la commisération ne sont pas perdues… Mademoiselle !

CÉCILE *s'approche d'elle, et lui tend les mains.* – Levez-vous…

GERMEUIL, *à Cécile.* – Vos yeux se remplissent de larmes ; son malheur vous a touchée.

CÉCILE, *à Germeuil.* – Qu'avez-vous fait ?

SOPHIE. – Dieu soit loué, tous les cœurs ne sont pas endurcis.

CÉCILE. – Je connais le mien, je ne voulais ni vous voir, ni vous entendre… Enfant aimable et malheureux, comment vous nommez-vous ?

SOPHIE. – Sophie.

CÉCILE, *en l'embrassant.* – Sophie, venez. *(Germeuil se jette aux genoux de Cécile, et lui prend une main qu'il baise sans parler.)* Que me demandez-vous encore ? ne fais-je pas tout ce que vous voulez ?

> *Cécile s'avance vers le fond du salon avec Sophie,*
> *qu'elle remet à sa femme de chambre.*

GERMEUIL, *en se relevant.* – Imprudent… qu'allais-je lui dire ?…

MLLE CLAIRET. – J'entends, mademoiselle ; reposez-vous sur moi.

Scène III

Germeuil, Cécile

CÉCILE, *après un moment de silence, avec chagrin.* – Me voilà, grâce à vous, à la merci de mes gens.

GERMEUIL. – Je ne vous ai demandé qu'un instant pour lui trouver un asile. Quel mérite y aurait-il à faire le bien, s'il n'y avait aucun inconvénient ?

CÉCILE. – Que les hommes sont dangereux ! Pour son bonheur, on ne peut les tenir trop loin… Homme, éloignez-vous de moi… Vous vous en allez, je crois ?

GERMEUIL. – Je vous obéis.

CÉCILE. – Fort bien. Après m'avoir mise dans la position la plus cruelle, il ne vous reste plus qu'à m'y laisser. Allez, monsieur, allez.

GERMEUIL. – Que je suis malheureux !

CÉCILE. – Vous vous plaignez, je crois ?

GERMEUIL. – Je ne fais rien qui ne vous déplaise.

CÉCILE. – Vous m'impatientez… Songez que je suis dans un trouble qui ne me laissera rien prévoir, rien prévenir. Comment oserai-je lever les yeux devant mon père ? S'il s'aperçoit de mon embarras, et qu'il m'interroge, je ne mentirai pas. Savez-vous qu'il ne faut qu'un mot inconsidéré pour éclairer un homme tel que le Commandeur ?… Et mon frère !… je redoute d'avance le spectacle de sa douleur. Que va-t-il devenir lorsqu'il ne retrouvera plus Sophie ?… Monsieur, ne me quittez pas un moment, si vous ne voulez pas que tout se découvre… Mais on vient : allez… restez… Non, retirez-vous… Ciel ! dans quel état je suis !

Scène IV

Cécile, le Commandeur

LE COMMANDEUR, *à sa manière.* – Cécile, te voilà seule ?

CÉCILE, *d'une voix altérée.* – Oui, mon cher oncle. C'est assez mon goût.

LE COMMANDEUR. – Je te croyais avec l'ami.

CÉCILE. – Qui, l'ami ?

LE COMMANDEUR. – Eh ! Germeuil.

CÉCILE. – Il vient de sortir.

LE COMMANDEUR. – Que te disait-il ? que lui disais-tu ?

CÉCILE. – Des choses déplaisantes, comme c'est sa coutume.

LE COMMANDEUR. – Je ne vous conçois pas ; vous ne pouvez vous accorder un moment : cela me fâche. Il a de l'esprit, des talents, des connaissances, des mœurs dont je fais grand cas ; point de fortune, à la vérité, mais de la naissance. Je l'estime ; et je lui ai conseillé de penser à toi.

CÉCILE. – Qu'appelez-vous penser à moi ?

LE COMMANDEUR. – Cela s'entend ; tu n'as pas résolu de rester fille, apparemment ?

CÉCILE. – Pardonnez-moi, monsieur, c'est mon projet.

LE COMMANDEUR. – Cécile, veux-tu que je te parle à cœur ouvert ? Je suis entièrement détaché de ton frère. C'est une âme dure, un esprit intraitable ; et il vient encore tout à l'heure d'en user avec moi d'une manière indigne, et que je ne lui pardonnerai de ma vie… Il peut, à présent, courir tant qu'il voudra après la créature dont il s'est entêté ; je ne m'en soucie plus… On se lasse à la fin d'être bon… Toute ma tendresse s'est retirée sur toi, ma chère nièce… Si tu voulais un peu ton bonheur, celui de ton père et le mien…

Cécile. – Vous devez le supposer.

Le Commandeur. – Mais tu ne me demandes pas ce qu'il faudrait faire.

Cécile. – Vous ne me le laisserez pas ignorer.

Le Commandeur. – Tu as raison. Eh bien ! il faudrait te rapprocher de Germeuil. C'est un mariage auquel tu penses bien que ton père ne consentira pas sans la dernière répugnance. Mais je parlerai, je lèverai les obstacles. Si tu veux, j'en fais mon affaire.

Cécile. – Vous me conseilleriez de penser à quelqu'un qui ne serait pas du choix de mon père ?

Le Commandeur. – Il n'est pas riche. Tout tient à cela. Mais, je te l'ai dit, ton frère ne m'est plus rien ; et je vous assurerai tout mon bien. Cécile, cela vaut la peine d'y réfléchir.

Cécile. – Moi, que je dépouille mon frère !

Le Commandeur. – Qu'appelles-tu dépouiller ? Je ne vous dois rien. Ma fortune est à moi ; et elle me coûte assez pour en disposer à mon gré.

Cécile. – Mon oncle, je n'examinerai point jusqu'où les parents sont les maîtres de leur fortune, et s'ils peuvent, sans injustice, la transporter où il leur plaît. Je sais que je ne pourrais accepter la vôtre sans honte ; et c'en est assez pour moi.

Le Commandeur. – Et tu crois que Saint-Albin en ferait autant pour sa sœur !

Cécile. – Je connais mon frère ; et s'il était ici, nous n'aurions tous les deux qu'une voix.

Le Commandeur. – Et que me diriez-vous ?

Cécile. – Monsieur le Commandeur, ne me pressez pas ; je suis vraie.

Le Commandeur. – Tant mieux. Parle. J'aime la vérité. Tu dis ?

Cécile. – Que c'est une inhumanité sans exemple que d'avoir en province des parents plongés dans l'indigence, que mon père secourt à votre insu, et que vous frustrez d'une fortune qui leur appartient, et dont ils ont un besoin si grand ; que nous ne voulons, ni mon frère, ni moi, d'un bien qu'il faudrait restituer à ceux à qui les lois de la nature et de la société l'ont destiné.

Le Commandeur. – Eh bien ! vous ne l'aurez ni l'un ni l'autre. Je vous abandonnerai tous. Je sortirai d'une maison où tout va au rebours du sens commun, où rien n'égale l'insolence des enfants, si ce n'est l'imbécillité du maître. Je jouirai de la vie, et je ne me tourmenterai pas davantage pour des ingrats.

Cécile. – Mon cher oncle, vous ferez bien.

Le Commandeur. – Mademoiselle, votre approbation est de trop ; et je vous conseille de vous écouter. Je sais ce qui se passe dans votre âme ; je ne suis pas la dupe de votre désintéressement et vos petits secrets ne sont pas aussi cachés que vous l'imaginez. Mais il suffit… et je m'entends.

Scène V

Cécile, le Commandeur,
le Père de famille, Saint-Albin

Le Père de famille entre le premier. Son fils le suit.

Saint-Albin, *violent, désolé, éperdu, ici et dans toute la scène.* – Elles n'y sont plus… On ne sait ce qu'elles sont devenues… Elles ont disparu.

Le Commandeur, *à part.* – Bon ! Mon ordre est exécuté.

Saint-Albin. – Mon père, écoutez la prière d'un fils désespéré. Rendez-lui Sophie. Il est impossible qu'il vive sans elle. Vous faites le bonheur de tout ce qui vous environne ; votre fils sera-t-il le seul que vous ayez rendu malheureux ?… Elle n'y est plus… elles ont disparu… Que ferai-je ?… Quelle sera ma vie ?

Le Commandeur, *à part.* – Il a fait diligence.

Saint-Albin. – Mon père !

Le Père de famille. – Je n'ai aucune part à leur absence. Je vous l'ai déjà dit. Croyez-moi.

Cela dit, le Père de famille se promène lentement, la tête baissée, et l'air chagrin.

SAINT-ALBIN *s'écrie, en se tournant vers le fond :* – Sophie, où êtes-vous ? Qu'êtes-vous devenue ?… Ah !…

CÉCILE, *à part.* – Voilà ce que j'avais prévu.

LE COMMANDEUR, *à part.* – Consommons notre ouvrage. Allons. *(À son neveu, d'un ton compatissant.)* Saint-Albin.

SAINT-ALBIN. – Monsieur, laissez-moi. Je ne me repens que trop de vous avoir écouté… Je la suivais… Je l'aurais fléchie… Et je l'ai perdue !

LE COMMANDEUR. – Saint-Albin.

SAINT-ALBIN. – Laissez-moi.

LE COMMANDEUR. – J'ai causé ta peine, et j'en suis affligé.

SAINT-ALBIN. – Que je suis malheureux !

LE COMMANDEUR. – Germeuil me l'avait bien dit. Mais aussi, qui pouvait imaginer que, pour une fille comme il y en a tant, tu tomberais dans l'état où je te vois ?

SAINT-ALBIN, *avec terreur.* – Que dites-vous de Germeuil ?

LE COMMANDEUR. – Je dis… Rien…

SAINT-ALBIN. – Tout me manquerait-il en un jour ? et le malheur qui me poursuit m'aurait-il encore ôté mon ami ?… Monsieur le Commandeur, achevez.

LE COMMANDEUR. – Germeuil et moi… Je n'ose te l'avouer… Tu ne nous le pardonneras jamais…

LE PÈRE DE FAMILLE. – Qu'avez-vous fait ? Serait-il possible ?… Mon frère, expliquez-vous.

LE COMMANDEUR. – Cécile… Germeuil te l'aura confié ?… Dis pour moi.

SAINT-ALBIN, *au Commandeur.* – Vous me faites mourir.

LE PÈRE DE FAMILLE, *avec sévérité.* – Cécile, vous vous troublez.

SAINT-ALBIN. – Ma sœur !

LE PÈRE DE FAMILLE, *regardant encore sa fille, avec sévérité.* – Cécile… Mais non, le projet est trop odieux… Ma fille et Germeuil en sont incapables.

SAINT-ALBIN. – Je tremble… je frémis… Ô ciel ! de quoi suis-je menacé !

LE PÈRE DE FAMILLE, *avec sévérité.* – Monsieur le Commandeur, expliquez-vous, vous dis-je ; et cessez de me tourmenter par les soupçons que vous répandez sur tout ce qui m'entoure.

> *Le Père de famille se promène ; il est indigné. Le Commandeur hypocrite paraît honteux, et se tait. Cécile a l'air consterné. Saint-Albin a les yeux sur le Commandeur, et attend avec effroi qu'il s'explique.*

LE PÈRE DE FAMILLE, *au Commandeur.* – Avez-vous résolu de garder encore longtemps ce silence cruel ?

LE COMMANDEUR, *à sa nièce.* – Puisque tu te tais, et qu'il faut que je parle… *(À Saint-Albin.)* Ta maîtresse…

SAINT-ALBIN. – Sophie…

LE COMMANDEUR. – Est renfermée.

SAINT-ALBIN. – Grand Dieu !

LE COMMANDEUR. – J'ai obtenu la lettre de cachet… Et Germeuil s'est chargé du reste.

LE PÈRE DE FAMILLE. – Germeuil !

SAINT-ALBIN. – Lui !

CÉCILE. – Mon frère, il n'en est rien.

SAINT-ALBIN : *il se renverse sur un fauteuil avec toutes les marques du désespoir.* – Sophie… et c'est Germeuil !

LE PÈRE DE FAMILLE, *au Commandeur.* – Et que vous a fait cette infortunée, pour ajouter à son malheur la perte de l'honneur et de la liberté ? Quels droits avez-vous sur elle ?

LE COMMANDEUR. – La maison est honnête [1].

SAINT-ALBIN. – Je la vois… Je vois ses larmes. J'entends ses cris, et je ne meurs pas… *(Au Commandeur.)* Barbare, appelez votre indigne complice. Venez tous les deux ; par pitié, arrachez-moi la vie… Sophie !… Mon père, secourez-moi. Sauvez-moi de mon désespoir.

> *Il se jette entre les bras de son père.*

LE PÈRE DE FAMILLE. – Calmez-vous, malheureux.

---

1. Le Commandeur aurait choisi de faire enfermer Sophie dans un établissement convenable.

SAINT-ALBIN, *entre les bras de son père ; d'un ton plaintif et douloureux.* – Germeuil !... Lui !... Lui !...

LE COMMANDEUR. – Il n'a fait que ce que tout autre aurait fait à sa place.

SAINT-ALBIN, *toujours sur le sein de son père et du même ton.* – Qui se dit mon ami ! Le perfide !

LE PÈRE DE FAMILLE. – Sur qui compter, désormais ?

LE COMMANDEUR. – Il ne le voulait pas ; mais je lui ai promis ma fortune et ma nièce.

CÉCILE. – Mon père, Germeuil n'est ni vil ni perfide.

LE PÈRE DE FAMILLE. – Qu'est-il donc ?

SAINT-ALBIN. – Écoutez, et connaissez-le... Ah ! le traître !... Chargé de votre indignation, irrité par cet oncle inhumain, abandonné de Sophie...

LE PÈRE DE FAMILLE. – Eh bien ?

SAINT-ALBIN. – J'allais, dans mon désespoir, m'en saisir et l'emporter au bout du monde... Non, jamais homme ne fut plus indignement joué... Il vient à moi... Je lui ouvre mon cœur... Je lui confie ma pensée comme à mon ami... Il me blâme... Il me dissuade... Il m'arrête, et c'est pour me trahir, me livrer, me perdre !... Il lui en coûtera la vie.

Scène VI

Le Père de famille, le Commandeur, Cécile, Saint-Albin, Germeuil

CÉCILE, *qui la première aperçoit Germeuil, court à lui et lui crie :* – Germeuil, où allez-vous ?

SAINT-ALBIN *s'avance vers lui et lui crie avec fureur :* – Traître, où est-elle ? Rends-la-moi, et te prépare à défendre ta vie.

LE PÈRE DE FAMILLE, *courant après Saint-Albin.* – Mon fils !

CÉCILE. – Mon frère... Arrêtez... Je me meurs...

Elle tombe dans un fauteuil.

LE COMMANDEUR, *au Père de famille.* – Y prend-elle intérêt ! Qu'en dites-vous ?

LE PÈRE DE FAMILLE. – Germeuil, retirez-vous.

GERMEUIL. – Monsieur, permettez que je reste.

SAINT-ALBIN. – Que t'a fait Sophie ? Que t'ai-je fait pour me trahir ?

LE PÈRE DE FAMILLE, *toujours à Germeuil.* – Vous avez commis une action odieuse.

SAINT-ALBIN. – Si ma sœur t'est chère, si tu la voulais, ne valait-il pas mieux ?… Je te l'avais proposé… Mais c'est par une trahison qu'il te convenait de l'obtenir… Homme vil, tu t'es trompé… Tu ne connais ni Cécile, ni mon père, ni ce Commandeur qui t'a dégradé, et qui jouit maintenant de ta confusion… Tu ne réponds rien… Tu te tais.

GERMEUIL, *avec froideur et fermeté.* – Je vous écoute, et je vois qu'on ôte ici l'estime en un moment à celui qui a passé toute sa vie à la mériter. J'attendais autre chose.

LE PÈRE DE FAMILLE. – N'ajoutez pas la fausseté à la perfidie. Retirez-vous.

GERMEUIL. – Je ne suis ni faux ni perfide.

SAINT-ALBIN. – Quelle insolente intrépidité !

LE COMMANDEUR. – Mon ami, il n'est plus temps de dissimuler. J'ai tout avoué.

GERMEUIL. – Monsieur, je vous entends, et je vous reconnais.

LE COMMANDEUR. – Que veux-tu dire ? Je t'ai promis ma fortune et ma nièce. C'est notre traité, et il tient.

SAINT-ALBIN, *au Commandeur.* – Du moins, grâce à votre méchanceté, je suis le seul époux qui lui reste.

GERMEUIL, *au Commandeur.* – Je n'estime pas assez la fortune pour en vouloir au prix de l'honneur ; et votre nièce ne doit pas être la récompense d'une perfidie… Voilà votre lettre de cachet.

LE COMMANDEUR, *en la reprenant.* – Ma lettre de cachet ! Voyons, voyons.

GERMEUIL. – Elle serait en d'autres mains, si j'en avais fait usage.

SAINT-ALBIN. – Qu'ai-je entendu ? Sophie est libre !

GERMEUIL. – Saint-Albin, apprenez à vous méfier des apparences, et à rendre justice à un homme d'honneur. Monsieur le Commandeur, je vous salue.

Il sort.

LE PÈRE DE FAMILLE, *avec regret.* – J'ai jugé trop vite. Je l'ai offensé.

LE COMMANDEUR, *stupéfait, regarde, sa lettre de cachet.* – Ce l'est… Il m'a joué.

LE PÈRE DE FAMILLE. – Vous méritez cette humiliation.

LE COMMANDEUR. – Fort bien, encouragez-les à me manquer ; ils n'y sont pas assez disposés.

SAINT-ALBIN. – En quelque endroit qu'elle soit, sa bonne doit être revenue… J'irai. Je verrai sa bonne ; je m'accuserai ; j'embrasserai ses genoux ; je pleurerai ; je la toucherai ; et je percerai ce mystère.

Il sort.

CÉCILE, *en le suivant.* – Mon frère !

SAINT-ALBIN, *à Cécile.* – Laissez-moi. Vous avez des intérêts qui ne sont pas les miens.

Scène VII

Le Père de famille, le Commandeur

LE COMMANDEUR. – Vous avez entendu ?

LE PÈRE DE FAMILLE. – Oui, mon frère.

LE COMMANDEUR. – Savez-vous où il va ?

LE PÈRE DE FAMILLE. – Je le sais.

LE COMMANDEUR. – Et vous ne l'arrêtez pas ?

LE PÈRE DE FAMILLE. – Non.

LE COMMANDEUR. – Et s'il vient à retrouver cette fille ?

LE PÈRE DE FAMILLE. – Je compte beaucoup sur elle. C'est un enfant ; mais c'est un enfant bien né ; et dans cette circonstance, elle fera plus que vous et moi.

Le Commandeur. – Bien imaginé !

Le Père de famille. – Mon fils n'est pas dans un moment où la raison puisse quelque chose sur lui.

Le Commandeur. – Donc, il n'a qu'à se perdre ? J'enrage. Et vous êtes un père de famille ? Vous ?

Le Père de famille. – Pourriez-vous m'apprendre ce qu'il faut faire ?

Le Commandeur. – Ce qu'il faut faire ? Être le maître chez soi ; se montrer homme d'abord, et père après, s'ils le méritent.

Le Père de famille. – Et contre qui, s'il vous plaît, faut-il que j'agisse ?

Le Commandeur. – Contre qui ? Belle question ! Contre tous. Contre ce Germeuil, qui nourrit votre fils dans son extravagance ; qui cherche à faire entrer une créature dans la famille, pour s'en ouvrir la porte à lui-même, et que je chasserais de ma maison. Contre une fille qui devient de jour en jour plus insolente, qui me manque à moi, qui vous manquera bientôt à vous, et que j'enfermerais dans un couvent. Contre un fils qui a perdu tout sentiment d'honneur, qui va nous couvrir de ridicule et de honte, et à qui je rendrais la vie si dure qu'il ne serait pas tenté plus longtemps de se soustraire à mon autorité. Pour la vieille qui l'a attiré chez elle, et la jeune dont il a la tête tournée, il y a beaux jours que j'aurais fait sauter tout cela. C'est par où j'aurais commencé ; et à votre place je rougirais qu'un autre s'en fût avisé le premier… Mais il faudrait de la fermeté ; et nous n'en avons point.

Le Père de famille. – Je vous entends ; c'est-à-dire que je chasserai de ma maison un homme que j'y ai reçu au sortir du berceau, à qui j'ai servi de père, qui s'est attaché à mes intérêts depuis qu'il se connaît, qui aura perdu ses plus belles années auprès de moi, qui n'aura plus de ressource si je l'abandonne, et à qui il faut que mon amitié soit funeste, si elle ne lui devient pas utile ; et cela sous prétexte qu'il donne de mauvais conseils à mon fils, dont il a désapprouvé les projets ; qu'il sert une créature que peut-être il n'a jamais vue ; ou plutôt parce qu'il n'a pas voulu être l'instrument de sa perte.

J'enfermerai ma fille dans un couvent ; je chargerai sa conduite ou son caractère de soupçons désavantageux ; je flétrirai moi-même sa réputation ; et cela parce qu'elle aura quelquefois usé de représailles avec M. le Commandeur ; qu'irritée par son humeur chagrine, elle sera sortie de son caractère, et qu'il lui sera échappé un mot peu mesuré.

Je me rendrai odieux à mon fils ; j'éteindrai dans son âme les sentiments qu'il me doit ; j'achèverai d'enflammer son caractère impétueux, et de le porter à quelque éclat qui le déshonore dans le monde tout en y entrant ; et cela parce qu'il a rencontré une infortunée qui a des charmes et de la vertu ; et que, par un mouvement de jeunesse qui marque au fond la bonté de son naturel, il a pris un attachement qui m'afflige.

N'avez-vous pas honte de vos conseils ? Vous qui devriez être le protecteur de mes enfants auprès de moi, c'est vous qui les accusez ; vous leur cherchez des torts ; vous exagérez ceux qu'ils ont ; et vous seriez fâché de ne leur en pas trouver !

Le Commandeur. – C'est un chagrin que j'ai rarement.

Le Père de famille. – Et ces femmes, contre lesquelles vous obtenez une lettre de cachet ?

Le Commandeur. – Il ne vous restait plus que d'en prendre aussi la défense. Allez, allez.

Le Père de famille. – J'ai tort ; il y a des choses qu'il ne faut pas vouloir vous faire sentir, mon frère. Mais cette affaire me touchait d'assez près, ce me semble, pour que vous daignassiez m'en dire un mot.

Le Commandeur. – C'est moi qui ai tort, et vous avez toujours raison.

Le Père de famille. – Non, monsieur le Commandeur, vous ne ferez de moi ni un père injuste et cruel, ni un homme ingrat et malfaisant. Je ne commettrai point une violence, parce qu'elle est de mon intérêt ; je ne renoncerai point à mes espérances, parce qu'il est survenu des obstacles qui les éloignent ; et je ne ferai point un désert de ma maison, parce qu'il s'y passe des choses qui me déplaisent comme à vous.

LE COMMANDEUR. – Voilà qui est expliqué. Eh bien ! conservez votre chère fille ; aimez bien votre cher fils ; laissez en paix les créatures qui le perdent ; cela est trop sage pour qu'on s'y oppose. Mais pour votre Germeuil, je vous avertis que nous ne pouvons plus loger lui et moi sous un même toit… Il n'y a point de milieu ; il faut qu'il soit hors d'ici aujourd'hui, ou que j'en sorte demain.

LE PÈRE DE FAMILLE. – Monsieur le Commandeur, vous êtes le maître.

LE COMMANDEUR. – Je m'en doutais. Vous seriez enchanté que je m'en allasse, n'est-ce pas ? Mais je resterai ; oui, je resterai, ne fût-ce que pour vous remettre sous le nez vos sottises, et vous en faire honte. Je suis curieux de voir ce que tout ceci deviendra.

ACTE IV

Scène première

SAINT-ALBIN, *seul. Il entre furieux.* – Tout est éclairci ; le traître est démasqué. Malheur à lui ! malheur à lui ! c'est lui qui a emmené Sophie ; il faut qu'il périsse par mes mains… *(Il appelle :)* Philippe !

Scène II

Saint-Albin, Philippe

PHILIPPE. – Monsieur ?

SAINT-ALBIN, *en donnant une lettre.* – Portez cela.

PHILIPPE. – À qui, monsieur ?

SAINT-ALBIN. – À Germeuil… Je l'attire hors d'ici ; je lui plonge mon épée dans le sein ; je lui arrache l'aveu de son crime et le secret de sa retraite, et je cours partout où me conduira l'espoir de la retrouver… *(Il aperçoit Philippe, qui est resté.)* Tu n'es pas allé, revenu ?

PHILIPPE. – Monsieur…

SAINT-ALBIN. – Eh bien ?

PHILIPPE. – N'y a-t-il rien, là-dedans, dont monsieur votre père soit fâché ?

SAINT-ALBIN. – Marchez.

Scène III

Saint-Albin, Cécile

SAINT-ALBIN. – Lui qui me doit tout !… que j'ai cent fois défendu contre le Commandeur !… à qui… *(En apercevant sa sœur.)* Malheureuse, à quel homme t'es-tu attachée !…

CÉCILE. – Que dites-vous ? qu'avez-vous ? Mon frère, vous m'effrayez.

SAINT-ALBIN. – Le perfide ! le traître !… Elle allait dans la confiance qu'on la menait ici… Il a abusé de votre nom…

CÉCILE. – Germeuil est innocent.

SAINT-ALBIN. – Il a pu voir leurs larmes ; entendre leurs cris ; les arracher l'une à l'autre ! Le barbare !

CÉCILE. – Ce n'est point un barbare ; c'est votre ami.

SAINT-ALBIN. – Mon ami ! Je le voulais… Il n'a tenu qu'à lui de partager mon sort… d'aller, lui et moi, vous et Sophie…

CÉCILE. – Qu'entends-je ?… Vous lui auriez proposé ?… Lui, vous, moi, votre sœur ?…

SAINT-ALBIN. – Que ne me dit-il pas ! que ne m'opposa-t-il pas ! Avec quelle fausseté !…

CÉCILE. – C'est un homme d'honneur ; oui, Saint-Albin, et c'est en l'accusant que vous achevez de me l'apprendre.

SAINT-ALBIN. – Qu'osez-vous dire ?… Tremblez, tremblez… Le défendre, c'est redoubler ma fureur… Éloignez-vous.

CÉCILE. – Non, mon frère, vous m'écouterez ; vous verrez Cécile à vos genoux… Germeuil… rendez-lui justice… Ne le connaissez-vous plus ? Un moment l'a-t-il pu changer ?… Vous l'accusez ! vous !… homme injuste !

SAINT-ALBIN. – Malheur à toi, s'il te reste de la tendresse !… Je pleure… tu pleureras bientôt aussi.

CÉCILE, *avec terreur et d'une voix tremblante.* – Vous avez un dessein ?

SAINT-ALBIN. – Par pitié pour vous-même, ne m'interrogez pas.

CÉCILE. – Vous me haïssez.

SAINT-ALBIN. – Je vous plains.

CÉCILE. – Vous attendez mon père.

SAINT-ALBIN. – Je le fuis ; je fuis toute la terre.

CÉCILE. – Je le vois, vous voulez perdre Germeuil… vous voulez me perdre… Eh bien ! perdez-nous… Dites à mon père…

SAINT-ALBIN. – Je n'ai plus rien à lui dire… il sait tout.

CÉCILE. – Ah ciel !

Scène IV

Saint-Albin, Cécile, le Père de famille

Saint-Albin marque d'abord de l'impatience à l'approche de son père ; ensuite il reste immobile.

LE PÈRE DE FAMILLE. – Tu me fuis, et je ne peux t'abandonner !… Je n'ai plus de fils, et il te reste toujours un père !… Saint-Albin, pourquoi me fuyez-vous ?… Je ne viens pas vous affliger davantage, et exposer mon autorité à de nouveaux mépris… Mon fils, mon ami, tu ne veux pas que je meure de chagrin… Nous sommes seuls. Voici ton père, voilà ta sœur ; elle pleure, et mes larmes attendent les tiennes pour s'y mêler… Que ce moment sera doux, si tu veux !

Vous avez perdu celle que vous aimiez, et vous l'avez perdue par la perfidie d'un homme qui vous est cher.

SAINT-ALBIN, *en levant les yeux au ciel avec fureur.* – Ah !

LE PÈRE DE FAMILLE. – Triomphez de vous et de lui ; domptez une passion qui vous dégrade ; montrez-vous digne de moi… Saint-Albin, rendez-moi mon fils. *(Saint-Albin s'éloigne ; on voit qu'il voudrait répondre aux sentiments de son père, et qu'il ne le peut pas. Son père se méprend à son action, et dit en le suivant :)* Dieu ! est-ce ainsi qu'on accueille un père ! Il s'éloigne de moi… Enfant ingrat, enfant dénaturé ! Eh ! où irez-vous que je ne vous suive ?… Partout je vous suivrai ; partout je vous redemanderai mon fils… *(Saint-Albin s'éloigne encore, et son père le suit en lui criant avec violence :)* Rends-moi mon fils… rends-moi mon fils. *(Saint-Albin va s'appuyer contre le mur, élevant ses mains et cachant sa tête entre ses bras ; et son père continue :)* Il ne me répond rien ; ma voix n'arrive plus jusqu'à son cœur : une passion insensée l'a fermé. Elle a tout détruit ; il est devenu stupide et féroce. *(Il se renverse dans un fauteuil et dit :)* Ô père malheureux ! le ciel m'a frappé. Il me punit dans cet objet de ma faiblesse… j'en mourrai… Cruels enfants ! c'est mon souhait… c'est le vôtre…

CÉCILE, *s'approchant de son père en sanglotant.* – Ah !… ah !…

LE PÈRE DE FAMILLE. – Consolez-vous… vous ne verrez pas longtemps mon chagrin… Je me retirerai… j'irai dans quelque endroit ignoré attendre la fin d'une vie qui vous pèse.

CÉCILE, *avec douleur et saisissant les mains de son père.* – Si vous quittez vos enfants, que voulez-vous qu'ils deviennent ?

LE PÈRE DE FAMILLE, *après un moment de silence.* – Cécile, j'avais des vues sur vous… Germeuil… je disais, en vous regardant tous les deux : voilà celui qui fera le bonheur de ma fille… elle relèvera la famille de mon ami.

CÉCILE, *surprise.* – Qu'ai-je entendu ?

SAINT-ALBIN, *se tournant avec fureur.* – Il aurait épousé ma sœur ! je l'appellerais mon frère ! lui !

LE PÈRE DE FAMILLE. – Tout m'accable à la fois... il n'y faut plus penser.

Scène V

Saint-Albin, Cécile,
le Père de famille, Germeuil

SAINT-ALBIN. – Le voilà, le voilà ; sortez, sortez tous.

CÉCILE, *en courant au-devant de Germeuil.* – Germeuil, arrêtez ; n'approchez pas. Arrêtez.

LE PÈRE DE FAMILLE, *en saisissant son fils par le milieu du corps et l'entraînant hors de la salle.* – Saint-Albin... mon fils...

> *Cependant Germeuil s'avance d'une démarche ferme et tranquille ; Saint-Albin, avant que de sortir, détourne la tête et fait signe à Germeuil.*

CÉCILE. – Suis-je malheureuse !

> *Le Père de famille rentre et se rencontre sur le fond de la salle avec le Commandeur qui se montre.*

Scène VI

Cécile, Germeuil,
le Père de famille, le Commandeur

LE PÈRE DE FAMILLE. – Mon frère, dans un moment je suis à vous.

LE COMMANDEUR. – C'est-à-dire que vous ne voulez pas de moi dans celui-ci. Serviteur.

Scène VII

Cécile, Germeuil, Le Père de famille

LE PÈRE DE FAMILLE, *à Germeuil*. – La division et le trouble sont dans ma maison, et c'est vous qui les causez… Germeuil, je suis mécontent. Je ne vous reprocherai point ce que j'ai fait pour vous ; vous le voudriez peut-être ; mais après la confiance que je vous ai marquée aujourd'hui, je ne daterai pas de plus loin, je m'attendais à autre chose de votre part… Mon fils médite un rapt, il vous le confie, et vous me le laissez ignorer. Le Commandeur forme un autre projet odieux, il vous le confie, et vous me le laissez ignorer.

GERMEUIL. – Ils l'avaient exigé.

LE PÈRE DE FAMILLE. – Avez-vous dû le promettre ?… Cependant cette fille disparaît ; et vous êtes convaincu de l'avoir emmenée… Qu'est-elle devenue ?… Que faut-il que j'augure de votre silence ?… Mais je ne vous presse pas de répondre. Il y a dans cette conduite une obscurité qu'il ne me convient pas de percer. Quoi qu'il en soit, je m'intéresse à cette fille ; et je veux qu'elle se retrouve.

Cécile, je ne compte plus sur la consolation que j'espérais trouver parmi vous. Je pressens les chagrins qui attendent ma vieillesse ; et je veux vous épargner la douleur d'en être témoins. Je n'ai rien négligé, je crois, pour votre bonheur, et j'apprendrai avec joie que mes enfants sont heureux.

Scène VIII

Cécile, Germeuil

Cécile se jette dans un fauteuil, et penche tristement sa tête sur ses mains.

GERMEUIL. – Je vois votre inquiétude ; et j'attends vos reproches.

CÉCILE. – Je suis désespérée… Mon frère en veut à votre vie.

GERMEUIL. – Son défi ne signifie rien : il se croit offensé, mais je suis innocent et tranquille.

CÉCILE. – Pourquoi vous ai-je cru ? que n'ai-je suivi mon pressentiment !… Vous avez entendu mon père.

GERMEUIL. – Votre père est un homme juste ; et je n'en crains rien.

CÉCILE. – Il vous aimait, il vous estimait.

GERMEUIL. – S'il eut ces sentiments, je les recouvrerai.

CÉCILE. – Vous auriez fait le bonheur de sa fille… Cécile eût relevé la famille de son ami.

GERMEUIL. – Ciel ! il est possible ?

CÉCILE, *à elle-même.* – Je n'osais lui ouvrir mon cœur… Désolé qu'il était de la passion de mon frère, je craignais d'ajouter à sa peine… Pouvais-je penser que, malgré l'opposition, la haine du Commandeur… Ah ! Germeuil ! c'est à vous qu'il me destinait.

GERMEUIL. – Et vous m'aimiez !… Ah !… mais j'ai fait ce que je devais… Quelles qu'en soient les suites, je ne me repentirai point du parti que j'ai pris… Mademoiselle, il faut que vous sachiez tout.

CÉCILE. – Qu'est-il encore arrivé ?

GERMEUIL. – Cette femme…

CÉCILE. – Qui ?

GERMEUIL. – Cette bonne de Sophie…

CÉCILE. – Eh bien ?

GERMEUIL. – Est assise à la porte de la maison ; les gens sont assemblés autour d'elle ; elle demande à entrer, à parler.

CÉCILE, *se levant avec précipitation, et courant pour sortir.* – Ah Dieu !… je cours…

GERMEUIL. – Où ?

CÉCILE. – Me jeter aux pieds de mon père.

GERMEUIL. – Arrêtez, songez…

CÉCILE. – Non, monsieur.

GERMEUIL. – Écoutez-moi.

CÉCILE. – Je n'écoute plus.

GERMEUIL. – Cécile… Mademoiselle…

CÉCILE. – Que voulez-vous de moi ?

GERMEUIL. – J'ai pris mes mesures. On retient cette femme ; elle n'entrera pas ; et quand on l'introduirait, si on ne la conduit pas au Commandeur, que dira-t-elle aux autres qu'ils ignorent ?

CÉCILE. – Non, monsieur, je ne veux pas être exposée davantage. Mon père saura tout ; mon père est bon, il verra mon innocence ; il connaîtra le motif de votre conduite, et j'obtiendrai mon pardon et le vôtre.

GERMEUIL. – Et cette infortunée à qui vous avez accordé un asile ?… Après l'avoir reçue, en disposerez-vous sans la consulter ?

CÉCILE. – Mon père est bon.

GERMEUIL. – Voilà votre frère.

Scène IX

Cécile, Germeuil, Saint-Albin

> *Saint-Albin entre à pas lents ; il a l'air sombre et farouche, la tête basse, les bras croisés et le chapeau renfoncé sur les yeux.*

CÉCILE, *se jette entre Germeuil et lui, et s'écrie.* – Saint-Albin !… Germeuil !

SAINT-ALBIN, *à Germeuil.* – Je vous croyais seul.

CÉCILE. – Germeuil, c'est votre ami ; c'est mon frère.

GERMEUIL. – Mademoiselle, je ne l'oublierai pas.

> *Il s'assied dans un fauteuil.*

SAINT-ALBIN, *se jetant dans un autre.* – Sortez ou restez ; je ne vous quitte plus.

CÉCILE, *à Saint-Albin.* – Insensé !… Ingrat !… Qu'avez-vous résolu ?… Vous ne savez pas…

SAINT-ALBIN. – Je n'en sais que trop !

CÉCILE. – Vous vous trompez.

SAINT-ALBIN, *en se levant.* – Laissez-moi. Laissez-nous… *(S'adressant à Germeuil en portant la main à son épée.)* Germeuil…

Germeuil se lève subitement.

CÉCILE, *se tournant en face de son frère, lui crie :* – Ô Dieu !... Arrêtez... Apprenez... Sophie...

SAINT-ALBIN. – Eh bien ! Sophie ?

CÉCILE. – Que vais-je lui dire ?

SAINT-ALBIN. – Qu'en a-t-il fait ? Parlez, parlez.

CÉCILE. – Ce qu'il en a fait ? Il l'a dérobée à vos fureurs... Il l'a dérobée aux poursuites du Commandeur... Il l'a conduite ici... Il a fallu la recevoir... Elle est ici, et elle y est malgré moi... *(En sanglotant, et en pleurant.)* Allez, maintenant ; courez lui enfoncer votre épée dans le sein.

SAINT-ALBIN. – Ô ciel ! puis-je le croire ! Sophie est ici !... Et c'est lui ?... C'est vous ?... Ah, ma sœur ! Ah, mon ami !... Je suis un malheureux. Je suis un insensé.

GERMEUIL. – Vous êtes un amant.

SAINT-ALBIN. – Cécile, Germeuil, je vous dois tout... Me pardonnerez-vous ? Oui, vous êtes justes ; vous aimez aussi ; vous vous mettrez à ma place, et vous me pardonnerez... Mais elle a su mon projet ; elle pleure, elle se désespère, elle me méprise, elle me hait... Cécile, voulez-vous vous venger ? voulez-vous m'accabler sous le poids de mes torts ? Mettez le comble à vos bontés... Que je la voie... Que je la voie un instant...

CÉCILE. – Qu'osez-vous me demander ?

SAINT-ALBIN. – Ma sœur, il faut que je la voie ; il le faut.

CÉCILE. – Y pensez-vous ?

GERMEUIL. – Il ne sera raisonnable qu'à ce prix.

SAINT-ALBIN. – Cécile !

CÉCILE. – Et mon père ? Et le Commandeur ?

SAINT-ALBIN. – Et que m'importe ?... Il faut que je la voie, et j'y cours.

GERMEUIL. – Arrêtez.

CÉCILE. – Germeuil !

GERMEUIL. – Mademoiselle, il faut appeler.

CÉCILE. – Ô la cruelle vie !

> *Germeuil sort pour appeler, et rentre avec Mlle Clairet. Cécile s'avance sur le fond.*

SAINT-ALBIN *lui saisit la main en passant, et la baise avec transport. Il se retourne ensuite vers Germeuil, et lui dit en l'embrassant :* – Je vais la revoir !

CÉCILE, *après avoir parlé bas à Mlle Clairet, continue haut, et d'un ton chagrin.* – Conduisez-la. Prenez bien garde.

GERMEUIL. – Ne perdez pas de vue le Commandeur.

SAINT-ALBIN. – Je vais revoir Sophie ! *(Il s'avance, en écoutant du côté où Sophie doit entrer, et il dit :)* J'entends ses pas… Elle approche… Je tremble… je frissonne… Il semble que mon cœur veuille s'échapper de moi, et qu'il craigne d'aller au-devant d'elle. Je n'oserai lever les yeux… Je ne pourrai jamais lui parler.

Scène X

Cécile, Germeuil, Saint-Albin, Sophie, Mlle Clairet,
dans l'antichambre, à l'entrée de la salle.

SOPHIE, *apercevant Saint-Albin, court, effrayée, se jeter entre les bras de Cécile, et s'écrie.* – Mademoiselle !

SAINT-ALBIN, *la suivant.* – Sophie !

> *Cécile tient Sophie entre ses bras, et la serre avec tendresse.*

GERMEUIL *appelle.* – Mademoiselle Clairet ?

MLLE CLAIRET, *du dedans.* – J'y suis.

CÉCILE, *à Sophie.* – Ne craignez rien. Rassurez-vous. Asseyez-vous.

> *Sophie s'assied. Cécile et Germeuil se retirent au fond du théâtre, où ils demeurent spectateurs de ce qui se passe entre Sophie et Saint-Albin. Germeuil a l'air sérieux et rêveur. Il regarde quelquefois tristement Cécile, qui, de son côté, montre du chagrin, et de temps en temps de l'inquiétude.*

SAINT-ALBIN, *à Sophie, qui a les yeux baissés et le maintien sévère.* – C'est vous ; c'est vous. Je vous recouvre… Sophie… Ô ciel, quelle sévérité ! Quel silence ! Sophie, ne me refusez pas un regard… J'ai tant souffert !… Dites un mot à cet infortuné.

SOPHIE, *sans le regarder.* – Le méritez-vous ?

SAINT-ALBIN. – Demandez-leur.

SOPHIE. – Qu'est-ce qu'on m'apprendra ? N'en sais-je pas assez ? Où suis-je ? Que fais-je ici ? Qui est-ce qui m'y a conduite ? Qui m'y retient ?… Monsieur, qu'avez-vous résolu de moi ?

SAINT-ALBIN. – De vous aimer, de vous posséder, d'être à vous malgré toute la terre, malgré vous.

SOPHIE. – Vous me montrez bien le mépris qu'on fait des malheureux. On les compte pour rien. On se croit tout permis avec eux. Mais, monsieur, j'ai des parents aussi.

SAINT-ALBIN. – Je les connaîtrai. J'irai ; j'embrasserai leurs genoux ; et c'est d'eux que je vous obtiendrai.

SOPHIE. – Ne l'espérez pas. Ils sont pauvres, mais ils ont de l'honneur… Monsieur, rendez-moi à mes parents ; rendez-moi à moi-même ; renvoyez-moi.

SAINT-ALBIN. – Demandez plutôt ma vie ; elle est à vous.

SOPHIE. – Ô Dieu ! que vais-je devenir ? *(À Cécile, à Germeuil, d'un ton désolé et suppliant.)* Monsieur… mademoiselle… *(Et se retournant vers Saint-Albin.)* Monsieur, renvoyez-moi… renvoyez-moi… Homme cruel, faut-il tomber à vos pieds ? M'y voilà.

Elle se jette aux pieds de Saint-Albin.

SAINT-ALBIN *tombe aux siens et dit.* – Vous, à mes pieds ! C'est à moi à me jeter, à mourir aux vôtres.

SOPHIE, *relevée.* – Vous êtes sans pitié… Oui, vous êtes sans pitié… Vil ravisseur, que t'ai-je fait ? quel droit as-tu sur moi ?… Je veux m'en aller… Qui est-ce qui osera m'arrêter ? Vous m'aimez ?… vous m'avez aimée ?… vous ?

SAINT-ALBIN. – Qu'ils le disent.

SOPHIE. – Vous avez résolu ma perte... Oui, vous l'avez résolue, et vous l'achèverez... Ah ! Sergi !

> *En disant ce mot avec douleur, elle se laisse aller dans un fauteuil ; elle détourne son visage de Saint-Albin et se met à pleurer.*

SAINT-ALBIN. – Vous détournez vos yeux de moi... Vous pleurez. Ah ! j'ai mérité la mort... Malheureux que je suis ! Qu'ai-je voulu ? Qu'ai-je dit ? Qu'ai-je osé ? Qu'ai-je fait ?

SOPHIE, *à elle-même*. – Pauvre Sophie, à quoi le ciel t'a réservée !... La misère m'arrache d'entre les bras d'une mère... J'arrive ici avec un de mes frères... Nous y venions chercher de la commisération, et nous n'y rencontrons que le mépris et la dureté... Parce que nous sommes pauvres, on nous méconnaît, on nous repousse... Mon frère me laisse... Je reste seule... Une bonne femme voit ma jeunesse et prend pitié de mon abandon... Mais une étoile, qui veut que je sois malheureuse, conduit cet homme-là sur mes pas et l'attache à ma perte... J'aurai beau pleurer... ils veulent me perdre, et ils me perdront... Si ce n'est celui-ci, ce sera son oncle... *(Elle se lève.)* Eh ! que me veut cet oncle ?... pourquoi me poursuit-il aussi ?... Est-ce moi qui ai appelé son neveu ?... Le voilà ; qu'il parle, qu'il s'accuse lui-même... Homme trompeur, homme ennemi de mon repos, parlez.

SAINT-ALBIN. – Mon cœur est innocent. Sophie, ayez pitié de moi... pardonnez-moi.

SOPHIE. – Qui s'en serait méfié ?... Il paraissait si tendre et si bon !... Je le croyais doux...

SAINT-ALBIN. – Sophie, pardonnez-moi.

SOPHIE. – Que je vous pardonne !

SAINT-ALBIN. – Sophie !

> *Il veut lui prendre la main.*

SOPHIE. – Retirez-vous ; je ne vous aime plus, je ne vous estime plus. Non.

SAINT-ALBIN. – Ô Dieu ! que vais-je devenir !… Ma sœur, Germeuil, parlez ; parlez pour moi… Sophie, pardonnez-moi.

SOPHIE. – Non.

Cécile et Germeuil s'approchent.

CÉCILE. – Mon enfant.

GERMEUIL. – C'est un homme qui vous adore.

SOPHIE. – Eh bien ! qu'il me le prouve. Qu'il me défende contre son oncle ; qu'il me rende à mes parents : qu'il me renvoie, et je lui pardonne.

Scène XI

Germeuil, Cécile, Saint-Albin, Sophie, Mlle Clairet

MLLE CLAIRET, *à Cécile*. – Mademoiselle, on vient, on vient.

GERMEUIL. – Sortons tous.

Cécile remet Sophie entre les mains de Mlle Clairet. Ils sortent tous de la salle par différents côtés.

Scène XII

Le Commandeur, Mme Hébert, Deschamps

Le Commandeur entre brusquement. Mme Hébert et Deschamps le suivent.

MME HÉBERT, *en montrant Deschamps*. – Oui, monsieur, c'est lui ; c'est lui qui accompagnait le méchant qui me l'a ravie. Je l'ai reconnu tout d'abord.

LE COMMANDEUR. – Coquin ! À quoi tient-il que je n'envoie chercher un commissaire pour t'apprendre ce que l'on gagne à se prêter à des forfaits !

DESCHAMPS. – Monsieur, ne me perdez pas ; vous me l'avez promis.

LE COMMANDEUR. – Eh bien ! elle est donc ici !

DESCHAMPS. – Oui, monsieur.

LE COMMANDEUR, *à part.* – Elle est ici, ô Commandeur, et tu ne l'as pas deviné ! *(À Deschamps.)* Et c'est dans l'appartement de ma nièce ?

DESCHAMPS. – Oui, monsieur.

LE COMMANDEUR. – Et le coquin qui suivait le carrosse, c'est toi ?

DESCHAMPS. – Oui, monsieur.

LE COMMANDEUR. – Et l'autre, qui était dedans, c'est Germeuil ?

DESCHAMPS. – Oui, monsieur.

LE COMMANDEUR. – Germeuil ?

MME HÉBERT. – Il vous l'a déjà dit.

LE COMMANDEUR, *à part.* – Oh ! pour le coup, je les tiens.

MME HÉBERT. – Monsieur, quand ils l'ont emmenée, elle me tendait les bras, et elle me disait : Adieu, ma bonne, je ne vous reverrai plus ; priez pour moi. Monsieur, que je la voie, que je lui parle, que je la console !

LE COMMANDEUR. – Cela ne se peut… Quelle découverte !

MME HÉBERT. – Sa mère et son frère me l'ont confiée. Que leur répondrai-je quand ils me la redemanderont ? Monsieur, qu'on me la rende, ou qu'on m'enferme avec elle.

LE COMMANDEUR, *à lui-même.* – Cela se fera, je l'espère. *(À Mme Hébert.)* Mais pour le présent, allez, allez vite ; et surtout ne reparaissez plus ; si l'on vous aperçoit, je ne réponds de rien.

MME HÉBERT. – Mais on me la rendra, et je puis y compter ?

LE COMMANDEUR. – Oui, oui, comptez et partez.

DESCHAMPS, *en la voyant sortir.* – Que maudits soient la vieille, et le portier qui l'a laissée passer !

LE COMMANDEUR, *à Deschamps.* – Et toi, maraud… va… conduis cette femme chez elle… Et songe que si l'on découvre qu'elle m'a parlé… ou si elle se remontre ici, je te perds.

Scène XIII

LE COMMANDEUR, *seul*. – La maîtresse de mon neveu dans l'appartement de ma nièce !... Quelle découverte ! Je me doutais bien que les valets étaient mêlés là-dedans. On allait, on venait, on se faisait des signes, on se parlait bas ; tantôt on me suivait, tantôt on m'évitait... Il y a là une femme de chambre qui ne me quitte non plus que mon ombre... Voilà donc la cause de tous ces mouvements auxquels je n'entendais rien... Commandeur, cela doit vous apprendre à ne jamais rien négliger. Il y a toujours quelque chose à savoir où l'on fait du bruit... S'ils empêchaient cette vieille d'entrer, ils en avaient de bonnes raisons... Les coquins !... Le hasard m'a conduit là bien à propos... Maintenant, voyons, examinons ce qui nous reste à faire... D'abord, marcher sourdement, et ne point troubler leur sécurité... Et si nous allions droit au bonhomme ?... Non. À quoi cela servirait-il ? D'Auvilé, il faut montrer ici ce que tu sais... Mais j'ai ma lettre de cachet !... Ils me l'ont rendue !... la voici... oui... la voici. Que je suis fortuné !... Pour cette fois elle me servira. Dans un moment, je tombe sur eux. Je me saisis de la créature ; je chasse le coquin qui a tramé tout ceci... Je romps à la fois deux mariages... Ma nièce, ma prude nièce s'en ressouviendra, je l'espère... Et le bonhomme, j'aurai mon tour avec lui... Je me venge du père, du fils, de la fille, de son ami. Ô Commandeur ! quelle journée pour toi !

ACTE V

Scène première

Cécile, Mlle Clairet

CÉCILE. – Je meurs d'inquiétude et de crainte… Deschamps a-t-il reparu ?

MLLE CLAIRET. – Non, mademoiselle…

CÉCILE. – Où peut-il être allé ?

MLLE CLAIRET. – Je n'ai pu le savoir.

CÉCILE. – Que s'est-il passé ?

MLLE CLAIRET. – D'abord il s'est fait beaucoup de mouvement et de bruit. Je ne sais combien ils étaient ; ils allaient et venaient. Tout à coup, le mouvement et le bruit ont cessé. Alors, je me suis avancée sur la pointe des pieds, et j'ai écouté de toutes mes oreilles ; mais il ne me parvenait que des mots sans suite. J'ai seulement entendu M. le Commandeur qui criait d'un ton menaçant : Un commissaire !

CÉCILE. – Quelqu'un l'aurait-il aperçue ?

MLLE CLAIRET. – Non, mademoiselle.

CÉCILE. – Deschamps aurait-il parlé ?

MLLE CLAIRET. – C'est autre chose. Il est parti comme un éclair.

CÉCILE. – Et mon oncle ?

MLLE CLAIRET. – Je l'ai vu. Il gesticulait ; il se parlait à lui-même ; il avait tous les signes de cette gaieté méchante que vous lui connaissez.

CÉCILE. – Où est-il ?

MLLE CLAIRET. – Il est sorti seul, et à pied.

CÉCILE. – Allez… courez… attendez le retour de mon oncle… ne le perdez pas de vue… Il faut trouver Deschamps… Il faut savoir ce qu'il a dit. *(Mlle Clairet sort ; Cécile la rappelle, et lui dit :)* Sitôt que Germeuil sera rentré, dites-lui que je suis ici.

Scène II

Cécile, Saint-Albin

CÉCILE. – Où en suis-je réduite !… Ah ! Germeuil !… Le trouble me suit… Tout semble me menacer… Tout m'effraie… *(Saint-Albin entre, et Cécile allant à lui.)* Mon frère, Deschamps a disparu. On ne sait ni ce qu'il a dit, ni ce qu'il est devenu. Le Commandeur est sorti en secret, et seul… Il se forme un orage. Je le vois ; je le sens ; je ne veux pas l'attendre.

SAINT-ALBIN. – Après ce que vous avez fait pour moi, m'abandonnerez-vous ?

CÉCILE. – J'ai mal fait… j'ai mal fait… Cette enfant ne veut plus rester ; il faut la laisser aller. Mon père a vu mes alarmes. Plongé dans la peine et délaissé par ses enfants, que voulez-vous qu'il pense, sinon que la honte de quelque action indiscrète leur fait éviter sa présence et négliger sa douleur ?… Il faut s'en rapprocher. Germeuil est perdu dans son esprit ; Germeuil, qu'il avait résolu… Mon frère, vous êtes généreux ; n'exposez pas plus longtemps votre ami, votre sœur, la tranquillité et les jours de mon père.

SAINT-ALBIN. – Non, il est dit que je n'aurai pas un instant de repos.

CÉCILE. – Si cette femme avait pénétré !… Si le Commandeur savait !… Je n'y pense pas sans frémir… Avec quelle vraisemblance et quel avantage il nous attaquerait ! Quelles couleurs il pourrait donner à notre conduite ! et cela, dans un moment où l'âme de mon père est ouverte à toutes les impressions qu'on y voudra jeter.

SAINT-ALBIN. – Où est Germeuil ?

CÉCILE. – Il craint pour vous ; il craint pour moi : il est allé chez cette femme…

Scène III

Cécile, Saint-Albin, Mlle Clairet

MLLE CLAIRET *se montre sur le fond et leur crie :* – Le Commandeur est rentré.

Scène IV

Cécile, Saint-Albin, Germeuil

GERMEUIL. – Le Commandeur sait tout.

CÉCILE ET SAINT-ALBIN, *avec effroi.* – Le Commandeur sait tout !

GERMEUIL. – Cette femme a pénétré ; elle a reconnu Deschamps. Les menaces du Commandeur ont intimidé celui-ci, et il a tout dit.

CÉCILE. – Ah ciel !

SAINT-ALBIN. – Que vais-je devenir ?

CÉCILE. – Que dira mon père ?

GERMEUIL. – Le temps presse. Il ne s'agit pas de se plaindre. Si nous n'avons pu ni écarter ni prévenir le coup qui nous menace, du moins qu'il nous trouve rassemblés et prêts à le recevoir.

CÉCILE. – Ah ! Germeuil, qu'avez-vous fait !

GERMEUIL. – Ne suis-je pas assez malheureux ?

Scène V

Cécile, Saint-Albin,
Germeuil, Mlle Clairet

MLLE CLAIRET *se montre sur le fond et leur crie :* – Voici le Commandeur !

GERMEUIL. – Il faut nous retirer.

CÉCILE. – Non, j'attendrai mon père.

SAINT-ALBIN. – Ciel, qu'allez-vous faire !

GERMEUIL. – Allons, mon ami.

SAINT-ALBIN. – Allons sauver Sophie.

CÉCILE. – Vous me laissez !

Scène VI

CÉCILE, *seule. Elle va ; elle vient ; elle dit :* – Je ne sais que devenir… *(Elle se tourne vers le fond de la salle et crie :)* Germeuil… Saint-Albin… Ô mon père, que vous répondrai-je !… Que dirai-je à mon oncle ?… Mais le voici… Asseyons-nous… Prenons mon ouvrage… Cela me dispensera du moins de le regarder.

> *Le Commandeur entre ; Cécile se lève et le salue, les yeux baissés.*

Scène VII

Cécile, le Commandeur

LE COMMANDEUR *se retourne, regarde vers le fond et dit :* – Ma nièce, tu as là une femme de chambre bien alerte… On ne saurait faire un pas sans la rencontrer… Mais te voilà, toi, bien rêveuse et bien délaissée… Il me semble que tout commence à se rasseoir ici.

CÉCILE, *en bégayant.* – Oui… je crois… que… Ah !

LE COMMANDEUR, *appuyé sur sa canne et debout devant elle.* – La voix et les mains te tremblent… C'est une cruelle chose que le trouble… Ton frère me paraît un peu remis… Voilà comme ils sont tous. D'abord, c'est un désespoir où il ne s'agit de rien moins que de se noyer ou se pendre. Tournez la main, pist, ce n'est plus cela… Je me trompe fort, ou il n'en serait pas de même de toi. Si ton cœur se prend une fois, cela durera.

CÉCILE, *parlant à son ouvrage.* – Encore !

LE COMMANDEUR, *ironiquement.* – Ton ouvrage va mal.

CÉCILE, *tristement.* – Fort mal.

LE COMMANDEUR. – Comment Germeuil et ton frère sont-ils maintenant ? Assez bien, ce me semble ?… Cela s'est apparemment éclairci… Tout s'éclaircit à la fin… et puis on est si honteux de s'être mal conduit !… Tu ne sais pas cela, toi, qui as toujours été si réservée, si circonspecte.

CÉCILE, *à part.* – Je n'y tiens plus. *(Elle se lève.)* J'entends, je crois, mon père.

LE COMMANDEUR. – Non, tu n'entends rien… C'est un étrange homme que ton père ; toujours occupé, sans savoir de quoi. Personne, comme lui, n'a le talent de regarder et de ne rien voir… Mais revenons à l'ami Germeuil… Quand tu n'es pas avec lui, tu n'es pas trop fâchée qu'on t'en parle… Je n'ai pas changé d'avis sur son compte, au moins.

CÉCILE. – Mon oncle…

LE COMMANDEUR. – Ni toi, non plus, n'est-ce pas ?… Je lui découvre tous les jours quelque qualité ; et je ne l'ai jamais si bien connu… C'est un garçon surprenant… *(Cécile se lève encore.)* Mais tu es bien pressée ?

CÉCILE. – Il est vrai.

LE COMMANDEUR. – Qu'as-tu qui t'appelle ?

CÉCILE. – J'attendais mon père. Il tarde à venir, et j'en suis inquiète.

Scène VIII

LE COMMANDEUR, *seul.* – Inquiète, je te conseille de l'être. Tu ne sais pas ce qui t'attend… Tu auras beau pleurer, gémir, soupirer ; il faudra se séparer de l'ami Germeuil… Un ou deux ans de couvent seulement… Mais j'ai fait une bévue. Le nom de cette Clairet eût été fort bien sur ma lettre de cachet, et il n'en aurait pas coûté davantage… Mais le bonhomme ne vient point… Je n'ai plus rien à faire, et je commence à m'ennuyer… *(Il se retourne ; et apercevant le Père de famille qui vient, il lui dit :)* Arrivez donc, bonhomme ; arrivez donc.

Scène IX

Le Commandeur, le Père de famille

LE PÈRE DE FAMILLE. – Et qu'avez-vous de si pressé à me dire ?

LE COMMANDEUR. – Vous l'allez savoir… Mais attendez un moment. *(Il s'avance doucement vers le fond de la salle, et dit à la femme de chambre qu'il surprend au guet :)* Mademoiselle, approchez. Ne vous gênez pas. Vous entendrez mieux.

LE PÈRE DE FAMILLE. – Qu'est-ce qu'il y a ? À qui parlez-vous ?

LE COMMANDEUR. – Je parle à la femme de chambre de votre fille, qui nous écoute.

LE PÈRE DE FAMILLE. – Voilà l'effet de la méfiance que vous avez semée entre vous et mes enfants. Vous les avez éloignés de moi, et vous les avez mis en société avec leurs gens.

LE COMMANDEUR. – Non, mon frère, ce n'est pas moi qui les ai éloignés de vous ; c'est la crainte que leurs démarches ne fussent éclairées de trop près. S'ils sont, pour parler comme vous, en société avec leurs gens, c'est par le besoin qu'ils ont eu de quelqu'un qui les servît dans leur mauvaise conduite. Entendez-vous, mon frère ?… Vous ne savez pas ce qui se passe autour de vous. Tandis que vous dormez dans une sécurité qui n'a point d'exemple, ou que vous vous abandonnez à une tristesse inutile, le désordre s'est établi dans votre maison. Il a gagné de toute part et les valets, et les enfants, et leurs entours… Il n'y eut jamais ici de subordination ; il n'y a plus ni décence, ni mœurs.

LE PÈRE DE FAMILLE. – Ni mœurs !

LE COMMANDEUR. – Ni mœurs.

LE PÈRE DE FAMILLE. – Monsieur le Commandeur, expliquez-vous… Mais non, épargnez-moi.

LE COMMANDEUR. – Ce n'est pas mon dessein.

LE PÈRE DE FAMILLE. – J'ai de la peine tout ce que j'en peux porter.

LE COMMANDEUR. – Du caractère faible dont vous êtes, je n'espère pas que vous en conceviez le ressentiment vif et profond qui conviendrait à un père. N'importe ; j'aurai fait ce que j'ai dû ; et les suites en retomberont sur vous seul.

LE PÈRE DE FAMILLE. – Vous m'effrayez. Qu'est-ce donc qu'ils ont fait ?

LE COMMANDEUR. – Ce qu'ils ont fait ? De belles choses. Écoutez, écoutez.

LE PÈRE DE FAMILLE. – J'attends.

LE COMMANDEUR. – Cette petite fille, dont vous êtes si fort en peine…

LE PÈRE DE FAMILLE. – Eh bien ?

LE COMMANDEUR. – Où croyez-vous qu'elle soit ?

LE PÈRE DE FAMILLE. – Je ne sais.

LE COMMANDEUR. – Vous ne savez ?… Sachez donc qu'elle est chez vous.

LE PÈRE DE FAMILLE. – Chez moi !

LE COMMANDEUR. – Chez vous. Oui, chez vous… Et qui croyez-vous qui l'y ait introduite ?

LE PÈRE DE FAMILLE. – Germeuil ?

LE COMMANDEUR. – Et celle qui l'a reçue ?

LE PÈRE DE FAMILLE. – Mon frère, arrêtez… Cécile… ma fille…

LE COMMANDEUR. – Oui, Cécile ; oui, votre fille a reçu chez elle la maîtresse de son frère. Cela est honnête ; qu'en pensez-vous ?

LE PÈRE DE FAMILLE. – Ah !

LE COMMANDEUR. – Ce Germeuil reconnaît d'une étrange manière les obligations qu'il vous a.

LE PÈRE DE FAMILLE. – Ah ! Cécile, Cécile ! où sont les principes que vous a inspirés votre mère ?

LE COMMANDEUR. – La maîtresse de votre fils chez vous, dans l'appartement de votre fille ! Jugez, jugez.

LE PÈRE DE FAMILLE. – Ah ! Germeuil !… Ah ! mon fils ! que je suis malheureux !

LE COMMANDEUR. – Si vous l'êtes, c'est par votre faute. Rendez-vous justice.

LE PÈRE DE FAMILLE. – Je perds tout en un moment : mon fils, ma fille, un ami.

LE COMMANDEUR. – C'est votre faute.

LE PÈRE DE FAMILLE. – Il ne me reste qu'un frère cruel, qui se plaît à aggraver sur moi la douleur… Homme cruel, éloignez-vous. Faites-moi venir mes enfants ; je veux voir mes enfants.

LE COMMANDEUR. – Vos enfants ? Vos enfants ont bien mieux à faire que d'écouter vos lamentations. La maîtresse de votre fils… à côté de lui… dans l'appartement de votre fille… Croyez-vous qu'ils s'ennuient ?

LE PÈRE DE FAMILLE. – Frère barbare, arrêtez… Mais non, achevez de m'assassiner.

LE COMMANDEUR. – Puisque vous n'avez pas voulu que je prévinsse votre peine, il faut que vous en buviez toute l'amertume.

LE PÈRE DE FAMILLE. – Ô mes espérances perdues !

LE COMMANDEUR. – Vous avez laissé croître leurs défauts avec eux ; et s'il arrivait qu'on vous les montrât, vous avez détourné la vue. Vous leur avez appris vous-même à mépriser votre autorité : ils ont tout osé, parce qu'ils le pouvaient impunément.

LE PÈRE DE FAMILLE. – Quel sera le reste de ma vie ? Qui adoucira les peines de mes dernières années ? Qui me consolera ?

LE COMMANDEUR. – Quand je vous disais : « Veillez sur votre fille, votre fils se dérange, vous avez chez vous un coquin », j'étais un homme dur, méchant, importun.

LE PÈRE DE FAMILLE. – J'en mourrai, j'en mourrai. Et qui chercherai-je autour de moi !… Ah !… Ah !…

Il pleure.

LE COMMANDEUR. – Vous avez négligé mes conseils ; vous en avez ri. Pleurez, pleurez maintenant.

LE PÈRE DE FAMILLE. – J'aurai eu des enfants, j'aurai vécu malheureux, et je mourrai seul !… Que m'aura-t-il servi d'avoir été père ? Ah !…

LE COMMANDEUR. – Pleurez.

LE PÈRE DE FAMILLE. – Homme cruel ! épargnez-moi. À chaque mot qui sort de votre bouche, je sens une secousse qui tire mon âme et qui la déchire…

Mais non, mes enfants ne sont pas tombés dans les égarements que vous leur reprochez. Ils sont innocents ; je ne croirai point qu'ils se soient avilis, qu'ils m'aient oublié jusque-là… Saint-Albin !… Cécile !… Germeuil !… Où sont-ils ?… S'ils peuvent vivre sans moi, je ne peux vivre sans eux… J'ai voulu les quitter… Moi, les quitter !… Qu'ils viennent… qu'ils viennent tous se jeter à mes pieds.

LE COMMANDEUR. – Homme pusillanime, n'avez-vous point de honte ?

LE PÈRE DE FAMILLE. – Qu'ils viennent… Qu'ils s'accusent… Qu'ils se repentent…

LE COMMANDEUR. – Non ; je voudrais qu'ils fussent cachés quelque part, et qu'ils vous entendissent.

LE PÈRE DE FAMILLE. – Et qu'entendraient-ils qu'ils ne sachent ?

LE COMMANDEUR. – Et dont ils n'abusent.

LE PÈRE DE FAMILLE. – Il faut que je les voie et que je leur pardonne, ou que je les haïsse…

LE COMMANDEUR. – Eh bien ! voyez-les ; pardonnez-leur. Aimez-les, et qu'ils soient à jamais votre tourment et votre honte. Je m'en irai si loin que je n'entendrai parler ni d'eux ni de vous.

Scène X

Le Commandeur, le Père de famille, Mme Hébert, M. Le Bon, Deschamps

LE COMMANDEUR, *apercevant Mme Hébert.* – Femme maudite ! *(À Deschamps.)* Et toi, coquin, que fais-tu ici ?

MME HÉBERT, M. LE BON ET DESCHAMPS, *au Commandeur.* – Monsieur !

LE COMMANDEUR, *à Mme Hébert.* – Que venez-vous chercher ? Retournez-vous-en. Je sais ce que je vous ai promis, et je vous tiendrai parole.

MME HÉBERT. – Monsieur… vous voyez ma joie… Sophie…

LE COMMANDEUR. – Allez, vous dis-je.

M. Le Bon. – Monsieur, monsieur, écoutez-la.

Mme Hébert. – Ma Sophie… mon enfant… n'est pas ce qu'on pense… Monsieur Le Bon… parlez… je ne puis.

Le Commandeur, *à M. Le Bon.* – Est-ce que vous ne connaissez pas ces femmes-là, et les contes qu'elles savent faire ?… Monsieur Le Bon, à votre âge, vous donnez là-dedans ?

Mme Hébert, *au Père de famille.* – Monsieur, elle est chez vous.

Le Père de famille, *à part et douloureusement.* – Il est donc vrai !

Mme Hébert. – Je ne demande pas qu'on m'en croie… Qu'on la fasse venir.

Le Commandeur. – Ce sera quelque parente de ce Germeuil, qui n'aura pas de souliers à mettre à ses pieds.

> *Ici on entend, au-dedans, du bruit, du tumulte, des cris confus.*

Le Père de famille. – J'entends du bruit.

Le Commandeur. – Ce n'est rien.

Cécile, *au-dedans.* – Philippe, Philippe, appelez mon père.

Le Père de famille. – C'est la voix de ma fille.

Mme Hébert, *au Père de famille.* – Monsieur, faites venir mon enfant.

Saint-Albin, *au-dedans.* – N'approchez pas ! Sur votre vie, n'approchez pas.

Mme Hébert et M. Le Bon, *au Père de famille.* – Monsieur, accourez.

Le Commandeur, *au Père de famille.* – Ce n'est rien, vous dis-je.

Scène XI

Le Commandeur, Le Père de famille, Mme Hébert, M. Le Bon, Deschamps, Mlle Clairet

MLLE CLAIRET, *effrayée, au Père de famille.* − Des épées, un exempt, des gardes ! Monsieur, accourez, si vous ne voulez pas qu'il arrive malheur.

Scène XII et dernière

Le Père de famille, le Commandeur, Mme Hébert, M. Le Bon, Deschamps, Mlle Clairet, Cécile, Sophie, Saint-Albin, Germeuil, un Exempt, Philippe, des domestiques, *toute la maison.*

> *Cécile, Sophie, l'Exempt, Saint-Albin, Germeuil et Philippe entrent en tumulte ; Saint-Albin a l'épée tirée, et Germeuil le retient.*

CÉCILE *entre en criant.* − Mon père !

SOPHIE, *en courant vers le Père de famille, et en criant.* − Monsieur !

LE COMMANDEUR, *à l'Exempt, en criant.* − Monsieur l'Exempt, faites votre devoir.

SOPHIE ET MME HÉBERT, *en s'adressant au Père de famille, et la première, en se jetant à ses genoux.* − Monsieur !

SAINT-ALBIN, *toujours retenu par Germeuil.* − Auparavant il faut m'ôter la vie. Germeuil, laissez-moi.

LE COMMANDEUR, *à l'Exempt.* − Faites votre devoir.

LE PÈRE DE FAMILLE, SAINT-ALBIN, MME HÉBERT, M. LE BON, *à l'Exempt.* − Arrêtez !

MME HÉBERT ET M. LE BON, *au Commandeur, en tournant de son côté Sophie, qui est toujours à genoux.* − Monsieur, regardez-la.

LE COMMANDEUR, *sans la regarder.* − De par le roi, monsieur l'Exempt, faites votre devoir.

SAINT-ALBIN, *en criant.* – Arrêtez !

MME HÉBERT ET M. LE BON, *en criant, au Commandeur, et en même temps que Saint-Albin.* – Regardez-la.

SOPHIE, *en s'adressant au Commandeur.* – Monsieur !

LE COMMANDEUR *se retourne, la regarde, et s'écrie, stupéfait.* – Ah !

MME HÉBERT ET M. LE BON – Oui, monsieur, c'est elle. C'est votre nièce.

SAINT-ALBIN, CÉCILE, GERMEUIL, MLLE CLAIRET. – Sophie, la nièce du Commandeur !

SOPHIE, *toujours à genoux, au Commandeur.* – Mon cher oncle.

LE COMMANDEUR, *brusquement.* – Que faites-vous ici ?

SOPHIE, *tremblante.* – Ne me perdez pas.

LE COMMANDEUR. – Que ne restiez-vous dans votre province ? Pourquoi n'y pas retourner, quand je vous l'ai fait dire ?

SOPHIE. – Mon cher oncle, je m'en irai ; je m'en retournerai ; ne me perdez pas.

LE PÈRE DE FAMILLE. – Venez, mon enfant, levez-vous.

MME HÉBERT. – Ah ! Sophie !

SOPHIE. – Ah ! ma bonne !

MME HÉBERT. – Je vous embrasse.

SOPHIE, *en même temps.* – Je vous revois.

CÉCILE, *en se jetant aux pieds de son père.* – Mon père, ne condamnez pas votre fille sans l'entendre. Malgré les apparences, Cécile n'est point coupable ; elle n'a pu ni délibérer, ni vous consulter…

LE PÈRE DE FAMILLE, *d'un air un peu sévère, mais touché.* – Ma fille, vous êtes tombée dans une grande imprudence.

CÉCILE. – Mon père !

LE PÈRE DE FAMILLE, *avec tendresse.* – Levez-vous.

SAINT-ALBIN. – Mon père, vous pleurez.

LE PÈRE DE FAMILLE. – C'est sur vous, c'est sur votre sœur. Mes enfants, pourquoi m'avez-vous négligé ? Voyez, vous n'avez pu vous éloigner de moi sans vous égarer.

SAINT-ALBIN ET CÉCILE, *en lui baisant les mains.* – Ah, mon père !

Cependant le Commandeur paraît confondu.

LE PÈRE DE FAMILLE, *après avoir essuyé ses larmes, prend un air d'autorité, et dit au Commandeur.* – Monsieur le Commandeur, vous avez oublié que vous étiez chez moi.

L'EXEMPT. – Est-ce que monsieur n'est pas le maître de la maison ?

LE PÈRE DE FAMILLE, *à l'Exempt.* – C'est ce que vous auriez dû savoir avant que d'y entrer. Allez, monsieur, je réponds de tout.

L'Exempt sort.

SAINT-ALBIN. – Mon père !

LE PÈRE DE FAMILLE, *avec tendresse.* – Je t'entends.

SAINT-ALBIN, *en présentant Sophie au Commandeur.* – Mon oncle !

SOPHIE, *au Commandeur qui se détourne d'elle.* – Ne repoussez pas l'enfant de votre frère.

LE COMMANDEUR *sans la regarder.* – Oui, d'un homme sans arrangement, sans conduite, qui avait plus que moi, qui a tout dissipé, et qui vous a réduits dans l'état où vous êtes.

SOPHIE. – Je me souviens, lorsque j'étais enfant ; alors vous daigniez me caresser. Vous disiez que je vous étais chère. Si je vous afflige aujourd'hui, je m'en irai, je m'en retournerai. J'irai retrouver ma mère, ma pauvre mère, qui avait mis toutes ses espérances en vous…

SAINT-ALBIN. – Mon oncle !

LE COMMANDEUR. – Je ne veux ni vous voir, ni vous entendre.

LE PÈRE DE FAMILLE, SAINT-ALBIN, M. LE BON, *en s'assemblant autour de lui.* – Mon frère… Monsieur le Commandeur… Mon oncle.

LE PÈRE DE FAMILLE. – C'est votre nièce.

LE COMMANDEUR. – Qu'est-elle venue faire ici ?

LE PÈRE DE FAMILLE. – C'est votre sang.

LE COMMANDEUR. – J'en suis assez fâché.

LE PÈRE DE FAMILLE. – Ils portent votre nom.

LE COMMANDEUR. – C'est ce qui me désole.

LE PÈRE DE FAMILLE, *en montrant Sophie*. – Voyez-la. Où sont les parents qui n'en fussent vains ?

LE COMMANDEUR. – Elle n'a rien ; je vous en avertis.

SAINT-ALBIN. – Elle a tout !

LE PÈRE DE FAMILLE. – Ils s'aiment.

LE COMMANDEUR, *au Père de famille*. – Vous la voulez pour votre fille ?

LE PÈRE DE FAMILLE. – Ils s'aiment.

LE COMMANDEUR, *à Saint-Albin*. – Tu la veux pour ta femme ?

SAINT-ALBIN. – Si je la veux !

LE COMMANDEUR. – Aie-la, j'y consens. Aussi bien je n'y consentirais pas, qu'il n'en serait ni plus ni moins… *(Au Père de famille.)* Mais c'est à une condition.

SAINT-ALBIN, *à Sophie*. – Ah ! Sophie ! nous ne serons plus séparés.

LE PÈRE DE FAMILLE. – Mon frère, grâce entière. Point de condition.

LE COMMANDEUR. – Non. Il faut que vous me fassiez justice de votre fille et de cet homme-là.

SAINT-ALBIN. – Justice ! Et de quoi ? Qu'ont-ils fait ? Mon père, c'est à vous-même que j'en appelle.

LE PÈRE DE FAMILLE. – Cécile pense et sent. Elle a l'âme délicate ; elle se dira ce qu'elle a dû me paraître pendant un instant. Je n'ajouterai rien à son propre reproche.

Germeuil… je vous pardonne… Mon estime et mon amitié vous seront conservées ; mes bienfaits vous suivront partout ; mais…

> Germeuil s'en va tristement, et Cécile le regarde aller.

LE COMMANDEUR. – Encore passe.

MLLE CLAIRET. – Mon tour va venir. Allons préparer nos paquets.

Elle sort.

SAINT-ALBIN, *à son père.* – Mon père, écoutez-moi…
Germeuil, demeurez… C'est lui qui vous a conservé
votre fils… Sans lui, vous n'en auriez plus. Qu'allais-
je devenir ?… C'est lui qui m'a conservé Sophie…
Menacée par moi, menacée par mon oncle, c'est Germeuil, c'est ma sœur qui l'ont sauvée… Ils n'avaient
qu'un instant… elle n'avait qu'un asile… Ils l'ont
dérobée à ma violence… Les punirez-vous de ma
faute ?… Cécile, venez. Il faut fléchir le meilleur des
pères.

> *Il amène sa sœur aux pieds de son père, et s'y*
> *jette avec elle.*

LE PÈRE DE FAMILLE. – Ma fille, je vous ai par-
donné ; que me demandez-vous ?

SAINT-ALBIN. – D'assurer pour jamais son bonheur, le mien et le vôtre. Cécile… Germeuil… Ils
s'aiment, ils s'adorent… Mon père, livrez-vous à toute
votre bonté. Que ce jour soit le plus beau jour de notre
vie.

> *Il court à Germeuil, il appelle Sophie :*

Germeuil, Sophie… Venez, venez… Allons tous
nous jeter aux pieds de mon père.

SOPHIE, *se jetant aux pieds du Père de famille, dont elle ne*
quitte guère les mains le reste de la scène. – Monsieur !

LE PÈRE DE FAMILLE, *se penchant sur eux, et les relevant.*
– Mes enfants… mes enfants !… Cécile, vous aimez
Germeuil ?

LE COMMANDEUR. – Et ne vous en ai-je pas averti ?

CÉCILE. – Mon père, pardonnez-moi.

LE PÈRE DE FAMILLE. – Pourquoi me l'avoir celé ?
Mes enfants ! vous ne connaissez pas votre père…
Germeuil, approchez. Vos réserves m'ont affligé ; mais
je vous ai regardé de tout temps comme mon second
fils. Je vous avais destiné ma fille. Qu'elle soit avec
vous la plus heureuse des femmes.

LE COMMANDEUR. – Fort bien. Voilà le comble ! J'ai
vu arriver de loin cette extravagance ; mais il était dit

qu'elle se ferait malgré moi ; et Dieu merci, la voilà faite. Soyons tous bien joyeux, nous ne nous reverrons plus.

Le Père de famille. – Vous vous trompez, monsieur le Commandeur.

Saint-Albin. – Mon oncle !

Le Commandeur. – Retire-toi. Je voue à ta sœur la haine la mieux conditionnée ; et toi, tu aurais cent enfants que je n'en nommerais pas un. Adieu.

Il sort.

Le Père de famille. – Allons, mes enfants. Voyons qui de nous saura le mieux réparer les peines qu'il a causées.

Saint-Albin. – Mon père, ma sœur, mon ami, je vous ai tous affligés. Mais voyez-la, et accusez-moi, si vous pouvez.

Le Père de famille. – Allons, mes enfants ; monsieur Le Bon, amenez mes pupilles. Madame Hébert, j'aurai soin de vous. Soyons tous heureux. *(À Sophie.)* Ma fille, votre bonheur sera désormais l'occupation la plus douce de mon fils. Apprenez-lui, à votre tour, à calmer les emportements d'un caractère trop violent. Qu'il sache qu'on ne peut être heureux quand on abandonne son sort à ses passions. Que votre soumission, votre douceur, votre patience, toutes les vertus que vous nous avez montrées en ce jour soient à jamais le modèle de sa conduite et l'objet de sa plus tendre estime…

Saint-Albin, *avec vivacité.* – Ah ! oui, mon papa.

Le Père de famille, *à Germeuil.* – Mon fils, mon cher fils ! Qu'il me tardait de vous appeler de ce nom. *(Ici Cécile baise la main de son père.)* Vous ferez des jours heureux à ma fille. J'espère que vous n'en passerez avec elle aucun qui ne le soit… Je ferai, si je puis, le bonheur de tous… Sophie, il faut appeler ici votre mère, vos frères. Mes enfants, vous allez faire, au pied des autels, le serment de vous aimer toujours. Vous ne sauriez en avoir trop de témoins. Approchez, mes enfants… Venez, Germeuil, venez, Sophie. *(Il unit ses quatre enfants, et il dit :)* Une belle femme, un homme de bien, sont les deux êtres les plus touchants de la nature. Donnez deux fois, en un même jour, ce spectacle aux hommes... Mes enfants, que le ciel vous bénisse comme je vous bénis ! *(Il étend ses mains sur eux, et ils s'inclinent pour recevoir sa bénédiction.)* Le jour qui vous unira sera le jour le plus solennel de votre vie. Puisse-t-il être aussi le plus fortuné !... Allons, mes enfants...

Oh ! qu'il est cruel... qu'il est doux d'être père !

> *En sortant de la salle, le Père de famille conduit ses deux filles ; Saint-Albin a les bras jetés autour de son ami Germeuil ; M. Le Bon donne la main à Mme Hébert : le reste suit, en confusion ; et tous marquent le transport de la joie.*

EST-IL BON ? EST-IL MÉCHANT ?

OU L'OFFICIEUX PERSIFLEUR,
OU CELUI QUI LES SERT TOUS
ET QUI N'EN CONTENTE AUCUN

À MADAME DE M... [1]

Madame,

Cette pièce est l'ouvrage de quelques journées. Je puis vous assurer qu'on a mis à la transcrire plus de temps qu'à la composer. – Tant pis, direz-vous. – Pourquoi tant pis ? L'auteur sera content de son succès, si votre ami s'est justifié d'un oubli dont vous l'aviez un peu légèrement soupçonné. Vous oublier, lui ! Non, jamais, jamais. Pour expier votre injustice, il ne vous en coûterait que quelques moments d'un ennui facile à supporter, si vous permettiez que ce fût aux pieds de l'amitié qui pardonne beaucoup, et non sur l'autel du goût qui ne pardonne rien, qu'il déposât son hommage.

D...

1. Sans doute Mme de Meaux (1725-après 1781), maîtresse de Diderot en 1769-1770.

PERSONNAGES

MME DE CHÉPY, amie de Mme de Malves.
MME DE VERTILLAC, amie de Mme de Chépy.
MLLE DE VERTILLAC.
MME BERTRAND, veuve d'un capitaine de vaisseau.
MLLE BEAULIEU, femme de chambre de Mme de Chépy.
M. HARDOUIN, ami de Mme de Chépy.
M. DES RENARDEAUX, avocat, bas-normand.
M. DE CRANCEY, amant de Mlle de Vertillac.
M. POULTIER, premier commis de la marine.
M. DE SURMONT, poète, ami de M. Hardouin.
LE MARQUIS DE TOURVELLE, de la connaissance de M. Hardouin.
BINBIN, enfant de Mme Bertrand.
Des domestiques, et des enfants.

La scène est dans la maison de Mme de Malves.

ACTE PREMIER

Scène première

Mme de Chépy,
Mlle Beaulieu, *sa femme de chambre*,
Picard et Flamand, *deux laquais*

MME DE CHÉPY. – Picard, écoutez-moi. Je vous défends d'ici à huit jours d'aller chez votre femme.

PICARD. – Huit jours ! C'est bien long.

MME DE CHÉPY. – En effet, c'est fort pressé de faire un gueux de plus, comme si l'on en manquait.

PICARD, *à part.* – Si l'on nous ôte la douceur de caresser nos femmes, qu'est-ce qui nous consolera de la dureté de nos maîtres ?

MME DE CHÉPY. – Et vous, Flamand, retenez bien ce que je vais vous dire… Mademoiselle, la Saint-Jean n'est-elle pas dans trois jours ?

MLLE BEAULIEU. – Non, madame ; c'est après-demain.

MME DE CHÉPY. – Miséricorde ! Je n'ai pas un moment à perdre… Si d'ici à deux jours (le terme est court), je découvre que vous ayez mis le pied au cabaret, je vous chasse. Il faut que je vous aie tous sous ma main, et que je ne vous trouve pas hors d'état de faire un pas et de prononcer un mot. Songez qu'il n'en serait pas cette fois comme de vendredi dernier. L'opéra fini, nous quittons la loge avant le ballet ; nous descendons Mme de Malves et moi. Nous voilà sous le vestibule. On appelle, on crie, personne ne vient ; l'un est je ne sais où ; l'autre est mort ivre ; point de voitures ; et sans le marquis de Tourvelle qui se trouva là par hasard et qui nous prit en pitié, je ne sais ce que nous serions devenues.

PICARD. – Madame, est-ce là tout ?

MME DE CHÉPY. – Vous Picard, allez chez le tapissier, le décorateur, les musiciens. Soyez de retour dans un clin d'œil, et s'il se peut, amenez-moi tous ces gens-là. Vous Flamand… Quelle heure est-il ?

FLAMAND. – Il est midi.

MME DE CHÉPY. – Midi ? Il ne sera pas encore levé. Courez chez lui… Allez donc.

FLAMAND. – Qui lui ?

MME DE CHÉPY. – Ô que cela est bête !… M. Hardouin. Dites-lui qu'il vienne, qu'il vienne sur-le-champ ; que je l'attends, et que c'est pour chose importante.

Scène II

Mme de Chépy, Mlle Beaulieu

MME DE CHÉPY. – Beaulieu, par hasard, sauriez-vous lire ?

MLLE BEAULIEU. – Oui, madame.

MME DE CHÉPY. – Avez-vous jamais joué la comédie ?

MLLE BEAULIEU. – Plusieurs fois.

MME DE CHÉPY. – Vous déclameriez donc un peu ?

MLLE BEAULIEU. – Un peu.

Scène III

Mme de Chépy, Mme de Vertillac,
Mlle Beaulieu

Mme de Chépy. – C'est vous ! Quand je vous aurais appelée, vous ne m'arriveriez pas plus à propos.

Mme de Vertillac. – À quoi vous serais-je bonne ?

Mme de Chépy. – Embrassons-nous d'abord… embrassons-nous encore… Mademoiselle, approchez une chaise ; laissez-nous, et revenez avec plumes, encre, papier ; il faut qu'il trouve tout préparé.

Scène IV

Mme de Chépy, Mme de Vertillac
en habit de voyageuse,
Mlle Beaulieu, *rentrant sur la fin de la scène*
avec papiers, plumes et encre,
et suivie d'un domestique qui porte une table.

Mme de Vertillac. – Je descends de ma chaise ; je m'informe de votre demeure, et je viens. Je suis brisée. Un temps horrible ; des chemins abominables ; des maîtres de poste insolents ; les chevaux de l'Apocalypse ; des postillons polis ; oui polis ; mais d'une lenteur à périr. « Allons donc, postillon ; nous n'avançons pas ; à quelle heure veux-tu que nous arrivions ? » Ils sont sourds ; ils n'en donnent pas un coup de fouet de plus ; et nous avons mis trois journées, trois mortelles journées, à faire une route de quinze heures.

Mme de Chépy. – Et pourrait-on, sans être indiscrète, vous demander quelle importante affaire vous amène ici, dans cette saison ? Ce n'est rien de fâcheux, j'espère.

Mme de Vertillac. – Je fuis devant un amant.

Mme de Chépy. – Quand on fuit devant un amant, ce n'est pas de la lenteur des postillons qu'on se plaint.

MME DE VERTILLAC. – Si c'était devant un amant de moi, vous auriez raison ; mais c'est devant un amant de ma fille.

MME DE CHÉPY. – Votre fille est en âge d'être mariée ; et c'est un enfant trop raisonnable pour avoir fait un mauvais choix.

MME DE VERTILLAC. – Son amant est charmant ; une figure intéressante, de la naissance, de la considération, de la fortune, des mœurs, mon amie ! des mœurs !

MME DE CHÉPY. – Ce n'est donc pas votre fille qui est folle.

MME DE VERTILLAC. – Non.

MME DE CHÉPY. – C'est donc vous ?

MME DE VERTILLAC. – Peut-être.

MME DE CHÉPY. – Et pourrait-on savoir ce qui empêche ce mariage ?

MME DE VERTILLAC. – La famille du jeune homme. Enterrez-moi, ce soir, toute cette ennuyeuse, impertinente et triste famille, toute cette clique maussade de Crancey, et je marie ma fille demain.

MME DE CHÉPY. – Je connais peu les Crancey ; mais ils passent pour les meilleurs gens du monde.

MME DE VERTILLAC. – Qui le leur dispute ? Je commence à vieillir, et je me flattais de passer le reste de mes jours avec des gens aimables ; et me voilà condamnée à entendre un vieux grand-père radoter des sièges et des batailles ; une belle-mère m'excéder de la litanie des grandes passions qu'elle a inspirées, sans en avoir jamais partagé aucune, cela va sans dire ; et du matin au soir deux fanatiques bigotes de sœurs se haïr, s'injurier, s'arracher les yeux sur des questions de religion auxquelles elles ne comprennent pas plus que leurs chiens [1]. Et puis un grand benêt de magistrat, plein de morgue, idolâtre de sa figure, qui vous raconte, en tirant son jabot et ses manchettes, et en grasseyant, des histoires de la ville ou du palais qui

---

1. Allusion probable aux querelles entre l'Église et les jansénistes. Les deux clans se réunissent dans la haine des divertissements.

m'intéresseront encore moins que lui ; et vous me croyez femme à supporter le ton familier et goguenard de son frère le militaire ? Point d'assemblées, point de bal ; je gage qu'on n'use pas là deux sixains de cartes dans toute une année. Tenez, mon amie, la seule pensée de cette vie et de ces personnages me fait soulever le cœur.

Mme de Chépy. – Mais il s'agit du bonheur de votre fille.

Mme de Vertillac. – Et du mien aussi, ne vous déplaise.

Mme de Chépy. – Et vous avez pensé que votre fille perdrait ici sa passion ?

Mme de Vertillac. – Je m'attends bien qu'ils s'écriront ; qu'ils se jureront une constance éternelle, et que ces belles protestations iront et reviendront par la poste un mois, deux mois, mettons un an ; mais l'amour ne tient pas contre l'absence. Un peu plus tôt, un peu plus tard, il se présentera un homme aimable qu'on rebutera d'abord ; qui me conviendra, et qui finira par lui convenir.

Mme de Chépy. – Et par faire son malheur.

Mme de Vertillac. – Malheureuse par l'un ou par l'autre, qu'importe ?

Mme de Chépy. – Il importe beaucoup que ce soit de sa faute, et non de la vôtre.

Mme de Vertillac. – Mais laissons cela ; nous aurons le temps de traiter cette affaire plus à fond. Je vous supplie seulement de ne pas achever d'entêter ma fille ; je vous connais ; vous en seriez bien capable. Et mon petit Hardouin, dites-moi, le voyez-vous ?

Mme de Chépy. – Rarement.

Mme de Vertillac. – Qu'en faites-vous ?

Mme de Chépy. – Rien qui vaille. Il court le monde, il pourchasse trois ou quatre femmes à la fois, il fait des soupers, il joue, il s'endette ; il fréquente chez les grands, et perd son temps et son talent peut-être un peu plus agréablement que la plupart des gens de lettres.

Mme de Vertillac. – Où loge-t-il ?

MME DE CHÉPY. – Est-ce que vous vous y intéresse-riez encore ?

MME DE VERTILLAC. – J'en ai peur. Je comptais lui trouver, sinon une réputation faite, du moins en bon train.

MME DE CHÉPY. – Si vous désirez le voir, il sera ici dans un moment, et, je crois, pour toute la journée.

MME DE VERTILLAC. – Tant mieux. J'ai à lui parler d'une affaire qui me tient fort à cœur. Ne connaît-il pas ce marquis… ce grand flandrin de marquis, à qui il ne manquait qu'un ridicule, celui de la bigoterie, et qui va le dos courbé, la tête penchée comme un homme qui médite les années éternelles, avec un énorme bréviaire sous le bras ?…

MME DE CHÉPY. – Le marquis de Tourvelle ?

MME DE VERTILLAC. – Lui-même.

MME DE CHÉPY. – Je l'ignore.

Ici Mlle Beaulieu rentre avec le laquais.

MME DE VERTILLAC. – Je vais prendre un peu de repos dont j'ai grand besoin, m'habiller et revenir. Vous me donnerez votre marchande de modes et votre coiffeur, n'est-ce pas ? Vous voilà fraîche comme la rose, et je compte bien qu'un de ces matins vous me confierez le secret de se bien porter et de ne point vieillir. Au plaisir de vous revoir…

Mais ne m'avez-vous pas dit que je pouvais vous être utile ? À quoi ?

MME DE CHÉPY. – Vous le saurez. Ne tardez pas de revenir.

Scène V

Mme de Chépy, Mlle Beaulieu

MME DE CHÉPY. – Elle est un peu folle ; mais elle en fait les rôles à ravir. Et vous, dans quelle pièce avez-vous joué ?

MLLE BEAULIEU. – Dans *Le Bourgeois gentilhomme*, *La Pupille*, *Le Philosophe sans le savoir*, *Cénie*, *Le Philosophe marié* [1].

MME DE CHÉPY. – Et dans celle-ci, que faisiez-vous ?

MLLE BEAULIEU. – Finette.

MME DE CHÉPY. – Vous rappelleriez-vous un endroit… un certain endroit où Finette fait l'apologie des femmes ?

MLLE BEAULIEU. – Je le crois.

MME DE CHÉPY. – Récitez-le.

MLLE BEAULIEU

Soit, mais telles que nous sommes, Avec tous nos défauts, nous gouvernons les hommes, Même les plus huppés ; et nous sommes l'écueil Où viennent s'échouer la sagesse et l'orgueil. Vous ne nous opposez que d'impuissantes armes. Vous avez la raison, et nous avons les charmes. Le brusque philosophe, en ses sombres humeurs, Vainement contre nous élève ses clameurs ; Ni son air renfrogné, ni ses cris, ni ses rides, Ne peuvent le sauver de nos yeux homicides. Comptant sur sa science et ses réflexions, Il se croit à l'abri de nos séductions ; Une belle paraît, lui sourit et l'agace ? Crac. Au premier assaut, elle emporte la place [2].

MME DE CHÉPY. – Mais pas mal. Point du tout mal.

MLLE BEAULIEU. – Est-ce que madame se proposerait de faire jouer une pièce ?

MME DE CHÉPY. – Tout juste.

MLLE BEAULIEU. – Oserais-je lui en demander le titre ?

MME DE CHÉPY. – Le titre ? Je ne le sais pas. Elle n'est pas faite.

MLLE BEAULIEU. – On la fait apparemment ?

MME DE CHÉPY. – Non. Je cherche un auteur.

MLLE BEAULIEU. – Madame ne sera embarrassée que du choix ; elle en a cinq ou six autour d'elle.

---

1. Pièces de Molière, de Fagan, de Sedaine, de Mme de Graffigny, de Destouches.
2. Destouches, *Le Philosophe marié* (1727), I, III. La comédie de Destouches est bien entendu versifiée.

MME DE CHÉPY. – Si vous saviez combien ces ani-
maux-là sont quinteux ! Chacun d'eux aura sa
défaite [1].

MLLE BEAULIEU. – Mais j'avais ouï dire que c'était
une chose difficile à faire qu'une pièce.

MME DE CHÉPY. – Oui ; comme on les faisait autrefois.

Scène VI

Mme de Chépy, Mlle Beaulieu,
Picard, *en clopinant.*

MME DE CHÉPY. – Et vous revenez, sans m'amener
personne ?

PICARD, *se tenant la jambe.* – Ahi ! ahi !

MME DE CHÉPY, *en clopinant aussi.* – Ahi ! ahi ! Il
s'agit bien de cela. Mes ouvriers ?

PICARD. – Je ne les ai pas vus. Il y a quatre marches
à la porte de ce maudit tapissier. J'ai voulu les
enjamber toutes quatre à la fois ; et je me suis donné
une bonne entorse. Ahi ! ahi !

MME DE CHÉPY. – Peste soit du sot, et de son entorse [2] ! Qu'on fasse venir Valdejou, et qu'il voie à cela.

Scène VII

Mme de Chépy, Mlle Beaulieu

MME DE CHÉPY. – Ces contrariétés-là ne sont faites
que pour moi. Au lieu de se donner une entorse
aujourd'hui, que ne se cassait-il la jambe dans quatre
jours ! Cela prend toujours mal son temps.

MLLE BEAULIEU. – Mais puisque madame n'a point
de pièce et qu'elle ne sait pas même si elle en aura une,
il me semble…

---

1. Échappatoire.
2. Écho du *Misanthrope*, à propos de Dubois, valet d'Alceste.

MME DE CHÉPY. – Il vous semble ! il vous semble !
Il me semble à moi qu'il faudrait se taire. Je n'aime pas
qu'on me raisonne. Je sais toujours ce que je fais.

MLLE BEAULIEU, *à part.* – Et ce que vous dites.

Scène VIII

Mme de Chépy, Mlle Beaulieu,
Flamand, *ivre, avec un mouchoir autour de la tête.*

FLAMAND. – Madame, je viens… c'est, je crois, de
chez M. Hardouin… oui, Hardouin… là, au coin de la
rue… au coin de la rue qu'elle m'a dite… Il demeure
diablement haut ; et son escalier était diablement difficile à grimper… un petit escalier étroit. *(En se dandi-
nant comme un homme ivre.)* À chaque marche on touche
à la muraille ou la rampe… J'ai cru que je n'arriverais
jamais… J'arrive pourtant… « Parlez donc, mademoiselle ; cette porte n'est-ce pas celle de monsieur, de
monsieur ? – Qui, monsieur, me répond une petite
voisine… jolie, pardieu, très jolie ; un monsieur qui
fait des vers ? – Oui, des vers. – Frappez, mais frappez
fort, il est rentré tard, et je crois qu'il dort. »

MME DE CHÉPY. – Maudite brute, archibrute, fini-
ras-tu ton bavardage ! Viendra-t-il ? Ne viendra-t-il
pas ?

FLAMAND. – Mais, madame, il n'est pas encore
éveillé ; il faut d'abord que je l'éveille… Je me dispose
à donner un grand coup de pied dans sa porte… et
voilà la tête qui part la première ; la porte jetée en
dedans ; moi, Flamand, étendu à la renverse ; le faiseur de vers s'élançant de son lit, en chemise, écumant
de rage, sacrant, jurant et jurant avec une grâce ! Au
demeurant bon homme, il me relève. « Mon ami, ne
t'es-tu point blessé ? Voyons ta tête. »

MME DE CHÉPY. – Finis, finis, finis. Que t'a-t-il dit ?
Que lui as-tu dit ?

FLAMAND. – Est-ce que madame ne pourrait pas faire ses questions l'une après l'autre ? Tant de questions à la fois, cela me brouille.

MME DE CHÉPY. – Je n'y tiens plus.

FLAMAND. – Je lui ai dit que Mme... Mme... comme vous vous appelez... là, votre nom...

MME DE CHÉPY. – Sortez, vilain ivrogne.

FLAMAND. – Moi, Flamand, un ivrogne !... Parce que je rencontre mon compère, celui qui a tenu le dernier enfant de ma femme... oui, de ma femme... il est bien d'elle... Et puis voilà un autre compère, le compère La Haye... Comment résister à deux compères ? à deux compères.

MME DE CHÉPY. – Je les chasserai tous, cela est décidé.

FLAMAND. – Si madame est si difficile, elle n'en gardera point.

MME DE CHÉPY. – L'un s'éclope ; l'autre s'enivre et se fend la tête. Qu'on est à plaindre de ne pouvoir s'en passer !

Scène IX

Mme de Chépy, Mlle Beaulieu, Flamand, M. Hardouin

FLAMAND. – Hé ! madame, le voilà... Je le reconnais : c'est lui... monsieur... monsieur le faiseur de vers, n'est-ce pas ?... C'est, ma foi, bien heureux !...

MME DE CHÉPY. – Mademoiselle, si vous n'avez pas la charité de lui donner le bras, il ne sortira jamais d'ici.

M. HARDOUIN. – Si ma porte eût résisté, il était mort.

FLAMAND. – Allons, mademoiselle, obéissez à votre maîtresse. Donnez-moi le bras... Comme il est rond !... Comme il est ferme !...

M. HARDOUIN. – Il a la tête dure et le cœur tendre.

FLAMAND. — Madame, puisque mademoiselle fait tout ce que vous lui dites…

MME DE CHÉPY. — Tirez, tirez, insolent.

Scène X

Mme de Chépy, M. Hardouin,
Mlle Beaulieu, *assise sur le fond et travaillant.*

M. HARDOUIN. — Est-ce de votre part que ce laquais est venu ?

MME DE CHÉPY. — Oui.

M. HARDOUIN. — Si je l'ai deviné, ce n'est pas de sa faute ; car il ne savait à qui il était ; d'où il venait ; ce qu'il voulait.

MME DE CHÉPY. — Puis comptez sur ces maroufles-là !

M. HARDOUIN. — Il m'a fait grand tort. Je dormais si bien, et j'en avais si grand besoin ! Il était près de cinq heures quand je suis rentré, après la journée la plus ennuyeuse et la plus fatigante. Imaginez la lecture d'un drame détestable [1], comme ils sont tous ; la compagnie la plus triste, un souper maussade, et qui ne finissait point ; et un brelan cher où j'ai perdu la possibilité, et essuyé la mauvaise humeur de gagnants dépités à chaque coup de n'avoir pas gagné davantage.

MME DE CHÉPY. — C'est bien fait ; que ne veniez-vous ici ?

M. HARDOUIN. — M'y voilà ; et toutes mes disgrâces seront bientôt oubliées, si je puis vous être de quelque utilité. De quoi s'agit-il ?

MME DE CHÉPY. — De me rendre le plus important service. Vous connaissez Mme de Malves ?

M. HARDOUIN. — Non pas personnellement ; mais on lui accorde d'une voix assez unanime de la finesse dans l'esprit, de la gaieté douce, du goût, de la connais-

---

1. Un drame *sérieux*, bien entendu.

sance dans les beaux-arts, un grand usage du monde, et un jugement sûr et exquis.

MME DE CHÉPY. – Voilà les qualités qu'elle a pour tous et dont je fais cas assurément ; mais je prise encore davantage celles qu'elle tient en réserve pour ses amis.

M. HARDOUIN. – Je vis avec quelques-uns qui la disent mère indulgente, bonne épouse et excellente amie.

MME DE CHÉPY. – Il y a six à sept ans que nous sommes liées, et je lui dois la meilleure partie du bonheur de ma vie. C'est auprès d'elle que je vais chercher et que je trouve un sage conseil, quand j'en ai besoin ; la consolation dans mes peines qui lui font quelquefois oublier les siennes ; et cette satisfaction si douce qu'on éprouve à confier ses instants de plaisir à quelqu'un qui sait les écouter avec intérêt. Hé bien ! c'est incessamment le jour de sa fête.

M. HARDOUIN. – Et il vous faudrait un divertissement, un proverbe, une petite comédie.

MME DE CHÉPY. – C'est cela, mon cher Hardouin.

M. HARDOUIN – Je suis désespéré de vous refuser net, mais tout net. Premièrement parce que je suis excédé de fatigue et qu'il ne me reste pas une idée ; mais pas une. Secondement, parce que j'ai heureusement ou malheureusement une de ces têtes auxquelles on ne commande pas. Je voudrais vous servir que je ne le pourrais.

MME DE CHÉPY. – Ne dirait-on pas qu'on vous demande un chef-d'œuvre ?

M. HARDOUIN. – Vous demandez au moins une chose qui vous plaise, et cela ne me paraît pas aisé ; qui plaise à la personne que vous voulez fêter, et cela est très difficile ; qui plaise à sa société qui est faite aux belles choses ; enfin qui me plaise à moi, et je ne suis presque jamais content de ce que je fais.

MME DE CHÉPY. – Ce ne sont là que les fantômes de votre paresse ou les prétextes de votre mauvaise volonté. Vous me persuaderez peut-être que vous redoutez beaucoup mon jugement ! Mon amie, j'en conviens, a

le goût délicat, et le tact exquis ; mais elle est juste, et
sera plus touchée d'un mot heureux que blessée d'une
mauvaise scène ; et quand elle vous trouverait un peu
plat, qu'est-ce que cela vous ferait ? Vous auriez tort
de craindre nos beaux esprits, dont nous suspendrons
la critique en vous nommant. Pour vous, monsieur,
c'est autre chose. Après avoir été mécontent de vous-
même tant de fois, vous en serez quitte pour être
injuste une fois de plus.

M. HARDOUIN. – D'ailleurs, madame, je n'ai pas
l'esprit libre. Vous connaissez Mme Servin ; c'est, je
crois, votre amie.

MME DE CHÉPY. – Je la rencontre dans le monde, je
la vois chez elle. Nous ne nous aimons pas ; mais nous
nous embrassons.

M. HARDOUIN. – Sa bienfaisance inconsidérée lui a
attiré une affaire très ridicule, et vous savez ce que
c'est qu'un ridicule, surtout pour elle. N'a-t-elle pas
découvert que j'étais lié avec son adverse partie, et ne
faut-il pas absolument que je la tire de là ? J'ai même
pris la liberté de donner rendez-vous ici à mon
homme.

MME DE CHÉPY. – Tenez, mon cher Hardouin,
laissez faire à chacun son rôle. Celui des avocats est de
terminer les procès ; le vôtre de produire des ouvrages
charmants. Voulez-vous savoir ce qui vous arrivera ?
Vous vous brouillerez avec la dame dont vous êtes le
négociateur, avec son adversaire, et avec moi, si vous
me refusez.

M. HARDOUIN. – Pour une chose aussi frivole ?
C'est ce que je ne croirai jamais.

MME DE CHÉPY. – Mais c'est à moi, ce me semble,
à juger si la chose est frivole ou non ; cela tient à
l'intérêt que j'y mets.

M. HARDOUIN. – C'est-à-dire que s'il vous plaisait
d'y en mettre dix fois, cent fois plus qu'il ne faut...

MME DE CHÉPY. – Je serais peu sensée, peut-être ;
mais vous n'en seriez que plus désobligeant. Allons,
mon cher, promettez-moi ; ou je vous fais une abominable tracasserie avec une de vos meilleures amies.

M. Hardouin. – Quelle amie ? Qui que ce soit, je ne ferai sûrement pas pour elle, ce que je ne ferai pas pour vous.

Mme de Chépy. – Promettez.

M. Hardouin. – Je ne saurais.

Mme de Chépy. – Faites la pièce.

M. Hardouin. – En vérité, je ne saurais.

Mme de Chépy. – Le rôle de suppliante ne me va guère, et celui de la douceur ne me dure pas. Prenez-y garde, je vais me fâcher.

M. Hardouin. – Non, madame, vous ne vous fâcherez pas.

Mme de Chépy. – Et je vous dis, moi, monsieur, que je suis fâchée, très fâchée de ce que vous en usez avec moi comme vous n'en useriez pas avec cette grosse provinciale rengorgée qui vous commande avec une impertinence qu'on lui passerait à peine, si elle était jeune et jolie ; avec cette petite minaudière qui est l'un et l'autre, mais qui gâte tout cela ; qui ne fait pas un geste qui ne soit apprêté, qui ne dit pas un mot sans prétention, et qui est toujours aussi mécontente des autres que satisfaite d'elle-même ; avec ce petit colifichet de précieuse qui a des nerfs, non ce n'est pas des nerfs, mais des fibres, ce qui veut dire des cheveux ; dont on est tout effarouché d'entendre sortir de grands mots qu'elle a ramassés dans la société des savants, des pédants, et qu'elle répète, à tort et à travers, comme une perruche mal sifflée ; avec mademoiselle, oui, avec mademoiselle que voilà, qui vous donne quelquefois à ma toilette des distractions dont je pourrais me choquer, s'il me convenait, mais dont je continuerai de rire.

Mlle Beaulieu. – Moi, madame !

Mme de Chépy. – Oui, vous. Il ne faut pas que cela vous offense. Ce bel attachement vous fait assez d'honneur.

M. Hardouin. – Il est vrai, madame, que je trouve mademoiselle très honnête, très décente, très bien élevée.

Mme de Chépy. – Très aimable.

M. Hardouin. – Très aimable ; pourquoi pas ? Aucun état n'a le privilège exclusif de cet éloge que je lui donne quelquefois en plaisantant ; mais je la respecte assez, elle et moi-même, pour n'y pas mettre un sérieux qui l'offenserait.

Mme de Chépy, *ironiquement.* – Mademoiselle, je vous prie, je vous supplie de vouloir bien intercéder pour moi auprès de M. Hardouin.

Scène XI

M. Hardouin, Mlle Beaulieu

M. Hardouin. – Elle n'en sera pas dédite. Je suis piqué de mon côté. Sans la dépriser, ces femmes qu'elle vient de déchirer la valent bien. Voulez-vous que la pièce se fasse ?

Mlle Beaulieu. – J'aurais une étrange vanité, si j'osais me flatter d'obtenir ce que vous avez si durement refusé à madame.

M. Hardouin. – Expliquez-vous nettement ; cela vous fera-t-il plaisir ?

Mlle Beaulieu. – On ne saurait davantage ; mais madame n'en pourrait être que très mortifiée. Qui sait si cela ne m'éloignerait pas de son service ? Ce ne serait pas demain ; mais petit à petit, la délicieuse Mlle Beaulieu deviendrait gauche, maladroite, maussade ; je ne me l'entendrais pas dire longtemps : je sortirais, et je ne sortirais pas sans chagrin ; car malgré ses violences, madame est bonne, et je lui suis très attachée ; sans compter que votre complaisance ne serait pas secrète et ne pourrait être que mal interprétée. Tenez, monsieur, le mieux est de persister dans votre refus, ou de céder au désir de madame.

M. Hardouin. – De ces deux partis le premier est le seul qui me convienne. Je suis obsédé d'embarras. J'en ai pour mon compte, j'en ai pour le compte d'autrui. Pas un instant de repos. Si l'on frappe à ma porte, je crains d'ouvrir. Si je sors, c'est le chapeau

rabattu sur les yeux. Si l'on me relance en visite, la
pâleur me vient. Ils sont une nuée qui attendent après
le succès d'une comédie que je dois lire aux Français [1].
Ne vaut-il pas mieux que je m'en occupe que de
perdre mon temps à ces balivernes de société ? Ou ce
que l'on fait est mauvais, et ce n'était pas la peine de
le faire ; ou si cela est passable, le jeu des acteurs le
rend plat.

MLLE BEAULIEU. – Il paraît que monsieur Hardouin
n'a pas une haute idée de notre talent.

M. HARDOUIN. – S'il faut, mademoiselle, vous en
dire la vérité, j'ai vu les acteurs de société [2] les plus
vantés ; cela fait pitié. Le meilleur n'entrerait pas dans
une troupe de province, et figurerait mal chez Nicolet [3].

MLLE BEAULIEU. – Voilà que je suis aussi piquée de
mon côté. Savez-vous que je me mêle de jouer ?

M. HARDOUIN. – Tant pis, mademoiselle. Faites des
boucles.

MLLE BEAULIEU. – Ne m'avez-vous pas dit que
vous feriez la pièce, si je le voulais ? Je ne sais si un
poète est un honnête homme ; mais on a dit de tout
temps qu'un honnête homme n'avait que sa parole.
Je veux vous convaincre que l'auteur s'en prend
souvent à l'acteur, quand il ne devrait s'en prendre
qu'à lui-même. Je veux que vous vous entendiez sif-
fler et que vous nous entendiez applaudir jusqu'aux
nues.

M. HARDOUIN. – Mademoiselle me jette le gantelet,
il faut le ramasser. J'ai promis de faire la pièce, et je la
ferai.

---

1. Aux comédiens de la Comédie-Française.
2. À côté des théâtres officiels (Français, Italiens, Opéra), on
trouvait de nombreux théâtres de société, animés par des acteurs
plus ou moins amateurs.
3. La troupe des Nicolet, d'abord installée à la Foire Saint-Lau-
rent, déménagea boulevard du Temple en 1760.

Scène XII

M. Hardouin, Mlle Beaulieu, Mme de Chépy

Mme de Chépy. – Hé bien, Mademoiselle, avez-vous réussi ? Je crois vous en avoir laissé le temps et la commodité.

M. Hardouin. – Oui, Madame ; elle a réussi, et la pièce se fera.

Mme de Chépy. – Mademoiselle, je vous en suis infiniment obligée, et je vous en remercie très humblement.

Scène XIII

M. Hardouin, Mlle Beaulieu

Mlle Beaulieu. – Vous voyez ; la voilà outrée, et je suis sûre de n'avoir pas un mois à rester ici. Je voudrais que les fêtes, les pièces et les poètes fussent tous au fond de la rivière.

> *Hardouin reste sur la scène dans l'entracte, il se promène, il s'assied, il exécute, et l'orchestre joue la pantomime d'un poète qui compose, tantôt satisfait, tantôt mécontent, etc.*

ACTE II

Scène première

M. Hardouin. – J'ai beau rêver, m'agiter, me tourmenter, il ne me vient rien. Voyons encore… Cela serait assez plaisant, mais usé… Ah, si Molière revenait ; avec tout son incroyable génie, combien il aurait de peine à obtenir le suffrage de gens qu'il a rendus si difficiles… Les autres ont tout pris… Me demander une de ces facéties, telle qu'on en joue au Palais-Royal ou Bourbon, n'est-ce pas me dire : Hardouin, ayez *subito, subito*, l'esprit et la facilité d'un Laujon ; la verve et l'originalité d'un Collé [1] ? Voilà ce que je me laisse ordonner ; rien que cela… Je suis un sot ; tant que je vivrai, je ne serai qu'un sot ; et ma chaleur de tête m'empiégera comme un sot… Mais ne pourrais-je pas ?… Non, cela ne va pas à la circonstance… Et si je mettais en scène ce petit conte ? Encore moins ; ils le savent tous ; et quand il serait neuf pour eux, il ne cadre guère aux personnes ; et puis je n'ai que deux ou trois jours pour faire, pour copier les rôles, pour apprendre, pour jouer sans répéter… On dirait qu'ils s'imaginent qu'une scène se souffle comme une bulle de savon… Aussi cela ira Dieu sait comme.

Scène II

M. Hardouin, un laquais
qui entre au milieu de la scène précédente.

Le laquais. – Monsieur, c'est un homme qui a le dos voûté, les deux bras et les deux jambes en forme de croissants ; cela ressemble à un tailleur, comme deux gouttes d'eau.

M. Hardouin. – Au diable.

Le laquais. – C'en est un autre qui a de l'humeur et qui grommelle entre ses dents ; il m'a tout l'air d'un créancier qui n'est pas encore fait à revenir.

M. Hardouin. – Au diable.

Le laquais. – C'en est un troisième, maigre et sec, qui tourne ses yeux autour de l'appartement, comme s'il le démeublait.

M. Hardouin. – Au diable, au diable.

Le laquais. – C'est…

---

1. Laujon (1727-1811), secrétaire de grands seigneurs et dramaturge ; Collé (1709-1783), auteur d'une comédie réputée, *La Partie de chasse d'Henri IV* (1766), interdite sous Louis XV.

M. Hardouin – C'est le diable qui t'emporte… Que fais-tu là planté comme un piquet ? Et toi aussi, as-tu comploté avec les autres de me faire devenir fou ?

Le laquais. – C'est de la part de Mme Servin qui vous prie de ne pas oublier son affaire.

M. Hardouin. – J'y ai pensé.

Le laquais. – C'est une femme.

M. Hardouin, *prenant un visage gai.* – Une femme !

Le laquais. – Enveloppée de vingt aunes de crêpe. Je gagerais bien que c'est une veuve.

M. Hardouin. – Jolie ?

Le laquais. – Triste, mais assez bonne à consoler.

M. Hardouin. – Quel âge ?

Le laquais. – Entre vingt et trente.

M. Hardouin. – Faites entrer la veuve.

Le laquais. – Il y a encore deux personnages hétéroclites ; l'un en bottes fortes et un fouet de poste à la main…

M. Hardouin. – C'est de Crancey. Faites entrer la veuve.

Le laquais. – L'autre, en bas jaunes, en culotte noire, en veste de basin et en habit gris. Ils ont passé chez vous et on leur a dit que vous étiez ici.

M. Hardouin. – Ce dernier sera mon avocat bas-normand. Dis-leur qu'ils attendent ou qu'ils reviennent ; et faites entrer la veuve.

Scène III

M. Hardouin, Mme Bertrand

Mme Bertrand. – Permettez, monsieur, que je m'asseye. Je suis excédée de fatigue ; j'ai fait aujourd'hui les quatre coins de Paris ; et j'ai vu, je crois, toute la terre.

M. Hardouin. – Reposez-vous, madame… *(À part.)* Elle est fort bien… Madame, je n'ai pas l'honneur de vous connaître, mais faites-moi la grâce de m'apprendre ce qui vous a conduite ici. Ne vous trompez-vous pas ? Je m'appelle Hardouin.

Mme Bertrand. – C'est vous-même que je cherche.

M. Hardouin. – Je m'en réjouis… *(À part.)* Le pied petit et des mains !… Madame, vous seriez mieux dans ce grand fauteuil.

Mme Bertrand. – Je suis fort bien. Avez-vous le temps, monsieur, et aurez-vous la patience de m'entendre ?

M. Hardouin. – Parlez, madame, parlez.

Mme Bertrand. – Vous voyez la créature la plus malheureuse.

M. Hardouin. – Vous méritez un autre sort, et avec les avantages que vous possédez, il n'y a point d'infortune qu'on ne fasse cesser.

Mme Bertrand. – C'est ce que vous allez m'apprendre. Vous aurez sans doute entendu parler du capitaine Bertrand ?

M. Hardouin. – Qui commandait le *Dragon*, qui mit tout son équipage dans la chaloupe, et qui se laissa couler à fond avec son vaisseau.

Mme Bertrand. – C'était mon époux. Il avait vingt-trois ans de service.

M. Hardouin. – C'était un brave homme ; et je n'ai jamais rien vu de plus intéressant que sa veuve. Que puis-je pour elle ?

Mme Bertrand. – Beaucoup.

M. Hardouin. – J'en doute ; mais je le souhaite.

Mme Bertrand. – Il m'a laissée sans fortune ; et avec un enfant ; je sollicite une pension qu'on n'a pas le front de me refuser.

M. Hardouin. – Et qui vous paraît mesquine. Madame, l'État est obéré.

Mme Bertrand. – J'en suis satisfaite ; mais je la voudrais réversible sur la tête de mon fils.

M. Hardouin. – À vous parler vrai, votre demande et le refus du ministre me semblent également justes.

Mme Bertrand. – Si je venais à mourir, que deviendrait mon pauvre enfant ?

M. Hardouin. – Vous êtes jeune, vous êtes fraîche…

Mme Bertrand. – Avec tout cela, on y est aujour-d'hui, on n'y est pas demain. Tout ce qu'il était possible de mettre de protection à mon affaire, je l'ai inutilement employé : des princes, des ducs, des évêques, des prêtres, des archevêques, d'honnêtes femmes…

M. Hardouin. – Les autres vous auraient mieux servie.

Mme Bertrand. – Vous l'avouerai-je ? je ne les ai pas dédaignées.

M. Hardouin. – C'est que tous ces gens-là ne savent pas solliciter.

Mme Bertrand. – Et vous le savez, vous ?

M. Hardouin. – Très bien. Il y a des principes à tout. Il faut d'abord s'intéresser fortement à la chose.

Mme Bertrand. – Et vous prendriez cet intérêt à la mienne ?

M. Hardouin. – Pourquoi pas, madame ? Rien ne me semble plus aisé. Ils ont des âmes de bronze ; il faut savoir amollir ces âmes-là.

Mme Bertrand. – Et ce talent, qui est-ce qui le possède ?

M. Hardouin. – C'est vous, madame.

Mme Bertrand. – Qui est-ce qui se soucie de l'employer pour autrui ?

M. Hardouin. – C'est moi…

Il se promène, il rêve.

Mme Bertrand. – Oserais-je vous demander ce qui vous distrait ?

M. Hardouin. – Le succès de votre affaire.

Mme Bertrand. – Que vous êtes bon !

M. Hardouin. – Le point important, le grand point, le point essentiel…

Mme Bertrand. – Quel est-il ?… (Que va-t-il me dire ? Ressemblerait-il aux autres, et m'en aurait-on imposé ?)

M. Hardouin. – C'est… c'est de se rendre personnelle la grâce qu'on sollicite. Oui ; personnelle. On est à peine écouté, même de son ami, quand on ne parle pas pour soi.

MME BERTRAND. – Celui de qui mon affaire dépend est le vôtre.

M. HARDOUIN. – Hé, vous avez raison, c'est Poultier ; et j'oserais presque vous répondre de toute sa bienveillance.

MME BERTRAND. – Vous auriez la bonté de lui parler ?

M. HARDOUIN. – Assurément.

MME BERTRAND. – Dieu soit loué ; on m'a dit vrai, lorsqu'on m'assurait que vous étiez l'ami de tous les malheureux.

M. HARDOUIN. – C'est aujourd'hui ou dans quelques jours la fête de la maîtresse de la maison. Il est ami du mari, il est à Paris, et il n'y aurait que les plus grandes affaires qui pussent l'empêcher de venir ici.

MME BERTRAND. – Et vous intercéderiez pour moi ? et vous vous rendriez mon affaire personnelle ?

M. HARDOUIN. – Je ne m'en charge qu'à cette condition ; ayez pour agréable de vous rappeler que je vous en ai prévenue et que vous y avez consenti… Ne m'avez-vous pas dit, madame, que vous aviez un enfant ?

MME BERTRAND. – C'est le premier et le seul.

M. HARDOUIN. – Quel âge a-t-il ?

MME BERTRAND. – Environ six ans.

M. HARDOUIN. – Il n'en peut guère avoir davantage.

MME BERTRAND. – On aurait pu le croire il y a six mois, mais depuis ce temps j'ai tant pleuré, tant fatigué, tant souffert ! Je suis si changée !

M. HARDOUIN. – Il n'y paraît pas.

MME BERTRAND. – Il revenait de la Chine… La Chine ne me sort plus de la tête.

M. HARDOUIN. – Nous l'en chasserons.

MME BERTRAND. – Je puis compter sur vous ?

M. HARDOUIN. – Vous le pouvez ; mais pensez-y bien, c'est à la condition que je vous ai dite, sans quoi je ne réponds de rien.

Mme Bertrand. – Vous êtes un galant homme ; il n'y a là-dessus qu'une voix. Faites, dites tout ce qu'il vous plaira.

Scène IV

M. Hardouin, M. des Renardeaux,
*avocat de Gisors, se présentant pour entrer
en même temps que Mme Bertrand sort.*

M. Hardouin. – Et puis faites une pièce, au milieu de tout cela !… Mille pardons, cher des Renardeaux, de vous avoir fait attendre.

M. des Renardeaux. – Je vous le pardonne ; car elle est, ma foi, charmante.

M. Hardouin. – Vous avez encore des yeux.

M. des Renardeaux. – C'est tout ce qui me reste. Me voilà à vos ordres ; hé bien ! de quoi s'agit-il ?

M. Hardouin. – Je ne sais comment je puis rire ; car je suis profondément désolé.

M. des Renardeaux. – Votre pièce est tombée ?

M. Hardouin. – C'est bien pis.

M. des Renardeaux. – Comment, diable !

M. Hardouin. – J'avais une sœur que j'aimais à la folie, un peu dévote ; mais à cela près, la meilleure créature, la meilleure sœur qu'il y eût au monde. Je l'ai perdue.

M. des Renardeaux. – Et l'on vous dispute sa succession ?

M. Hardouin. – C'est bien pis.

M. des Renardeaux. – Comment, diable !

M. Hardouin. – On en a disposé sans mon aveu. Elle vivait avec une amie. Celle-ci accoutumée au rôle de maîtresse dans la maison, a tout pris, tout donné, tout vendu, lits, glaces, linge, vaisselle, meubles, batterie de cuisine, argenterie, et il ne me reste de mobilier non plus que vous en voyez sur ma main.

M. des Renardeaux. – Cela était-il considérable ?

M. Hardouin. – Assez. Je ne sais quel parti prendre. Perdre une bonne partie de son bien, surtout quand on n'est pas mieux dans ses affaires que moi, cela me paraît dur. Attaquer l'ancienne amie d'une sœur, cela me semble indécent. Que me conseillez-vous ?

M. des Renardeaux. – Ce que je vous conseille ? De rester en repos.

M. Hardouin. – C'est bientôt dit.

M. des Renardeaux. – Demeurez en repos, vous dis-je. Savez-vous ce que c'est que votre affaire ? La même que celle que j'ai avec votre vieille amie, Mme Servin ; qui dure depuis dix ans ; qui en durera dix autres ; pour laquelle j'ai fait cinquante voyages à Paris ; qui m'y rappellera cinquante fois encore ; qui me coûte en faux frais à peu près deux cents louis ; qui m'en coûtera plus de deux cents autres ; et qui, grâce aux puissants protecteurs de la dame, ou ne sera jamais jugée, ou dont après la sentence, si j'en obtiens une, je ne tirerai pas le quart de mes déboursés.

M. Hardouin. – Ainsi vous ne voulez pas absolument que je plaide ?

M. des Renardeaux. – Non, de par tous les diables qui emportent et votre amie Mme Servin, et l'amie de votre sœur.

M. Hardouin. – Si c'était à recommencer, vous ne plaideriez donc pas ?

M. des Renardeaux. – Non… À quoi pensez-vous ?

M. Hardouin. – À vous obliger, si je puis. Je n'aime pas à demeurer en reste avec mes amis. Il me vient une idée…

M. des Renardeaux. – Quelle ?

M. Hardouin. – Mais en retour du service que vous me rendez, en me dissuadant d'entamer une mauvaise affaire ; car je n'y pense plus ; si par hasard je finissais la vôtre ? Savez-vous que cela ne me serait pas du tout impossible ?

M. des Renardeaux. – J'y consens ; j'y consens de tout mon cœur ; et s'il ne vous fallait qu'une procuration en bonne forme, procuration par laquelle je vous autoriserais à terminer, procuration par laquelle je m'engagerais à ratifier, sans exception, tout ce qu'il vous aurait plu d'arbitrer, faites-moi donner encre, plume, papier, et je la dresse, et je la signe.

M. HARDOUIN. – Voilà sur cette table tout ce qu'il vous faut… *(L'arrêtant.)* Mon cher des Renardeaux, bride en main. Je ferai de mon mieux, vous n'en doutez pas ; mais à tout événement, point de reproches.

M. DES RENARDEAUX. – N'en craignez point.

M. HARDOUIN. – Que sait-on ? *(Tandis que des Renardeaux écrit.)* Ah ! ah ! ah ! si l'avocat bas-normand savait que j'ai là, dans ma poche, la procuration de la dame !… Voilà qui est fort bien ; mais la pièce que j'ai promise… Allons, il faut suivre sa destinée, et la mienne est de promettre ce que je ne ferai point, et de temps en temps de faire ce que je n'aurai pas promis.

M. DES RENARDEAUX. – La voilà. Je soussigné, Issachar des Renardeaux…

M. HARDOUIN. – Je ne doute point que cela ne soit à merveille…

M. DES RENARDEAUX. – Mais encore faut-il prendre lecture du titre en conséquence duquel on doit opérer. Cela est dans la règle. Je soussigné, Issachar…

M. HARDOUIN. – Est-ce que j'ai jamais suivi de règles ?

M. DES RENARDEAUX. – Vous n'en avez pas été plus sage. La règle, mon ami, la règle, c'est la reine du monde. Au reste, que j'obtienne seulement le remboursement de mes frais qu'elle fera régler, avec de quoi meubler décemment ce petit corps de logis qui donne sur la rivière et sur la forêt ; qui doit vous inspirer les plus beaux vers ; que, depuis dix ans, vous devez venir occuper et que vous n'occuperez jamais ; et je tiens quitte de tout Mme Servin. Voyez. Pour moi, pour ma femme, pour mes enfants, et leurs ayants cause. Et leurs ayants cause. À propos, j'ai vu dans sa cour une chaise à porteurs, le seul effet mobilier qui reste de feu Mme Desforges ma parente qui cessa de marcher longtemps avant que de mourir ; stipulez en sus la chaise à porteurs. Ma femme commence à manquer par les jambes, et ce serait un cadeau à lui faire. N'oubliez pas la chaise à porteurs.

M. Hardouin. – Je ne l'oublierai pas.

M. des Renardeaux. – Vous êtes distrait.

M. Hardouin. – Mon ami, je suis excédé de ce maudit pays-ci. La vie s'y évapore, on n'y fait quoi que ce soit de bien, et je suis résolu d'aller vivre et mourir à Gisors.

M. des Renardeaux. – Vous viendrez vivre à Gisors ?

M. Hardouin. – À Gisors. C'est là que la gloire, le repos et le bonheur m'attendent.

M. des Renardeaux. – Vous viendrez mourir à Gisors ?

M. Hardouin. – À Gisors.

M. des Renardeaux. – Et moi je vous dis que les têtes comme la vôtre ne savent jamais ce qu'elles feront, et que vous irez vivre et mourir où il plaira à votre mauvais génie de vous mener. Ne faites point de projets.

M. Hardouin. – Ma foi, j'en ai tant fait qui se sont évanouis, que ce serait le mieux ; mais on fait des projets, comme on se remue sur sa chaise, quand on est mal assis.

M. des Renardeaux. – Et la dame, quand la verrez-vous ?

M. Hardouin. – Aujourd'hui.

M. des Renardeaux. – Elle est fine ; prenez garde qu'elle n'évente notre complot.

M. Hardouin. – Est-ce que cela vous viendrait à sa place, à vous avocat, et avocat bas-normand ?

M. des Renardeaux. – Peut-être ; je suis quelquefois délié. Et quand vous reverrai-je ?

M. Hardouin.– Dans la journée.

M. des Renardeaux. – Où ?

M. Hardouin. – Ici. Habitez-vous toujours votre grenier, rue de la Flèche ?

M. des Renardeaux. – Toujours. Ne plaidez pas, entendez-vous ; et tirez de la dame Servin le meilleur parti que vous pourrez. J'ai trois enfants ; et elle n'a que sa fille, cette vieille folle qui est laide et méchante comme un singe malade ; et sourde en sus comme un pot. Elle est riche, et je ne le suis pas. Adieu.

M. Hardouin. – Adieu.

M. des Renardeaux, *du fond du théâtre.* – Et la chaise à porteurs.

M. Hardouin. – Et la chaise à porteurs… Me voilà seul enfin ; et je puis rêver.

Scène V

M. Hardouin, M. de Crancey

M. de Crancey, *en bottes fortes, et le fouet à la main.* – On a une peine du diable à pénétrer jusqu'à vous. C'est pis que chez un ministre ou son premier commis. Savez-vous qu'il y a deux heures que j'écume de rage dans cette antichambre ? Avez-vous reçu ma lettre ?

M. Hardouin. – Oui ; et vous, avez-vous reçu ma réponse ?

M. de Crancey. – Non.

M. Hardouin. – Comme vous voilà ! On vous prendrait pour un postillon.

M. de Crancey. – C'est que je le suis devenu, et que j'en ai fait l'apprentissage pendant quatre jours.

M. Hardouin. – Je suis un peu obtus. Je ne vous entends pas.

M. de Crancey. – Je le crois. Mon ami, je vous ai prévenu que Mme de Vertillac qui m'estime, qui m'aime et qui me refuse opiniâtrement sa fille dont je suis aimé, dans le dessein absurde de rompre cette passion…

M. Hardouin, *ironiquement.* – Qui ne finira qu'avec votre vie et celle de sa fille.

M. de Crancey. – Assurément… l'emmenait à Paris.

M. Hardouin. – Après ?

M. de Crancey. – Ah ! vous n'avez jamais aimé, puisque vous ne devinez pas le reste.

M. Hardouin. – Vous êtes parti le premier et leur avez servi de postillon.

M. de Crancey. – C'est cela.

M. Hardouin. – Et sa fille, vous a-t-elle reconnu ?

M. de Crancey. – Sans doute, mais sa surprise a pensé tout gâter ; elle pousse un cri, sa mère se retourne brusquement : « Qu'avez-vous, ma fille ? est-ce que vous vous êtes blessée ? – Non, maman ; ce n'est rien. » Ah ! mon ami, avec quelle attention je leur évitais les mauvais pas ! Comme j'allongeais le chemin, en dépit des impatiences de la mère ! Combien de baisers nous nous sommes envoyés, renvoyés, elle du fond de la voiture, moi de dessus mon cheval, tandis que sa mère dormait ! Combien de fois nos yeux et nos bras se sont élevés vers le ciel ! C'était autant de serments ! Quel plaisir à lui donner la main, en descendant de voiture, en y remontant ! Combien nous nous sommes affligés ! Que de larmes nous avons versées !

M. Hardouin. – Et cet énorme chapeau, rabattu, vous dérobait aux regards de la mère ? Mais qu'avez-vous projeté ?

M. de Crancey. – Tout ce qu'il est possible d'imaginer d'extravagant.

Scène VI

M. Hardouin, M. de Crancey, Mme et Mlle de Vertillac

M. Hardouin. – Les voilà ! Sortez vite.

M. de Crancey. – Non, je reste. Je veux que cette femme me voie ; et connaisse par ce que j'ai fait, ce que je serais capable de faire.

Mme de Vertillac, *en grondant sa fille.* – Mademoiselle, je ne vous conseille pas d'être de cette maussaderie, si vous voulez que je vous présente ailleurs.

Mlle de Vertillac, *apercevant de Crancey.* – Ah ciel ! Je suis prête à me trouver mal.

Mme de Vertillac. – Bonjour, mon cher Hardouin… Qu'avez-vous ? Est-ce avec ce visage-là qu'on reçoit ses anciens amis ? Vous voilà tout déconcerté. Vous ne m'attendiez pas.

M. Hardouin. – Pardonnez-moi, madame, je vous savais à Paris.

Mme de Vertillac. – Et c'est moi qui vous préviens ?

M. Hardouin. – Je suis accablé d'affaires.

Mme de Vertillac. – Qu'est-ce que cet homme-là ? C'est notre postillon, je crois. L'ami, n'as-tu pas été mieux payé que tu ne nous as servies ? Parle, que veux-tu ? Un petit écu de plus ? Dis à mon laquais de te le donner… *(De Crancey relevant son chapeau qu'il avait tenu rabattu.)* C'est lui ! c'est mon persécuteur ! Ce maudit homme cessera-t-il de me poursuivre ?… Monsieur, par hasard, est-ce que vous auriez été notre postillon ?

M. de Crancey. – Madame, j'ai eu cet honneur pendant toute la route.

Mme de Vertillac, *à sa fille.* – Et vous le saviez ?

Mlle de Vertillac. – Il est vrai, maman.

Mme de Vertillac. – Vous le saviez ! et vous ne m'en avez rien dit ?

M. Hardouin. – À sa place, qu'eussiez-vous fait ?

Mme de Vertillac. – Je ne suis plus surprise de sa lenteur à nous mener. Que je suis à plaindre ! Ils me feront devenir folle. *(À M. Hardouin.)* Vous riez… Faut-il donc s'en retourner en province ?

M. Hardouin. – Non, mais les marier à Paris ; et le plus tôt sera le mieux.

Mme de Vertillac, *à Crancey.* – Monsieur, ce procédé est indigne.

M. de Crancey, *aux genoux de Mme de Vertillac.* – Madame, pardon ; mille pardons. L'amour…

Mme de Vertillac. – L'amour, l'amour est un fou.

M. Hardouin. – Madame, qui le sait mieux que nous ?

MME DE VERTILLAC, *à Crancey.* – Retirez-vous. Je ne veux ni vous entendre ni vous voir. Je crois que votre projet est de me tourmenter ici, comme vous avez fait depuis trois ans en province. Mais écoutez-moi, et ne perdez pas un mot de ce que je vais vous dire. Vous aimez ma fille : si, sous quelque forme que ce soit, vous approchez de notre domicile ; si vous nous obsédez au spectacle, à la promenade, en visite ; si vous me causez le moindre souci ; je l'enferme dans un couvent pour n'en sortir que quand il ne sera plus en mon pouvoir de l'y retenir. Adieu… Adieu, mon ami.

Scène VII

M. Hardouin, M. de Crancey

M. DE CRANCEY. – Cette extravagante, cette cruelle mère ne sait ni ce qu'un amant tel que moi peut oser, ni jusqu'où sa rigueur dont tout le monde est indigné, peut conduire sa fille. Il me semble que sa propre expérience aurait dû la mieux conseiller ; car enfin… Madame de Vertillac, prenez-y garde. Nous ferons quelque extravagance d'éclat dont tout le blâme retombera sur vous, je vous en préviens. On dira… Ce que vous entendez, mon ami, je vous supplie de le rendre fidèlement à Mme de Vertillac.

M. HARDOUIN. – Doucement. Modérez-vous, et voyons, à tête reposée, s'il n'y aurait pas quelque moyen de finir votre peine.

M. DE CRANCEY. – Elle passe pour avoir eu du goût pour vous, on croit même qu'une assez longue suite de successeurs ne vous a pas fait oublier. Priez, suppliez, ordonnez ensuite, car on en acquiert le droit avec les femmes. Que mon sort se décide et promptement ; ou je ne réponds de rien.

M. HARDOUIN. – Il faut y penser. J'y pense ; et plus j'y pense plus la chose me paraît difficile.

M. DE CRANCEY. – Quoi ! cette heureuse fécondité en expédients qui vous a fait tant de réputation…

M. HARDOUIN. – Et de haines.

M. DE CRANCEY. – Cessera-t-elle pour votre ami ?

M. HARDOUIN. – Je suis devenu pusillanime, scrupuleux.

M. DE CRANCEY. – Je vois ce que c'est. Vous avez encore des vues sur Mme de Vertillac ; comme elle pourrait bien en avoir sur vous ; et vous craignez…

M. HARDOUIN. – Je crains les reproches de ma conscience ; les vôtres ; mon âme est devenue timorée ; je ne me reconnais pas ; ah ! si j'étais ce que je fus autrefois ! Et puis, je ne vois que des gens qui veulent la chose et qui ne veulent pas les moyens.

M. DE CRANCEY. – Je n'en suis pas.

M. HARDOUIN. – Et vous me donneriez carte blanche ?

M. DE CRANCEY. – Sans balancer.

M. HARDOUIN. – Sans me questionner ?

M. DE CRANCEY. – Vous questionner ? Regardez-moi bien. Lorsqu'il s'agira de finir mon supplice et celui de mon amie, fallût-il, les yeux bandés, signer un pacte avec le diable, me voilà prêt.

M. HARDOUIN. – Ce n'est pas tout à fait cela. Mais première condition : point de curiosité.

M. DE CRANCEY. – Je n'en aurai point.

M. HARDOUIN. – Seconde condition : de la docilité.

M. DE CRANCEY. – Qu'exigez-vous ?

M. HARDOUIN. – D'ignorer le domicile de ces femmes ; de les laisser en repos ; et de simuler un peu d'indifférence.

M. DE CRANCEY. – Moi ! moi ! simuler de l'indifférence ! Cela est au-dessus de mes forces. Je ne saurais. C'est à m'attirer le mépris de la mère, et à faire mourir de douleur sa fille. Je ne saurais, je ne saurais.

M. HARDOUIN. – Avez-vous oublié la menace de Mme de Vertillac ?

M. DE CRANCEY. – Je me soucie bien de ses menaces. Un couvent ! On brise les portes d'un couvent ; on en franchit les murs. Monsieur, l'amour est plus fort que l'enfer.

M. HARDOUIN. – Remettez-vous.

M. DE CRANCEY, *en se démenant, en étouffant.* – Me voilà remis. Oui, je suis remis.

M. HARDOUIN. – Vous conviendrait-il que Mme de Vertillac, Mme de Vertillac, entendez-vous, vous suppliât à mains jointes d'avoir la bonté d'épouser mademoiselle sa fille ?

M. DE CRANCEY. – Me suppliât !

M. HARDOUIN. – Oui, oui, vous suppliât ; sans trop présumer de mes forces, je pourrais, je crois, l'amener jusque-là.

M. DE CRANCEY. – Mais la fuir ! mais jouer l'indifférence ! Mon ami, ne pourriez-vous pas m'imposer un rôle plus raisonnable et plus facile ?

M. HARDOUIN. – Homme enragé, que vous demandé-je ? De ne sortir de votre logis que quand je vous appellerai.

M. DE CRANCEY. – Et cette détention durera-t-elle longtemps ?

M. HARDOUIN. – Un jour peut-être.

M. DE CRANCEY. – Un jour sans la voir ! Cela ne m'est point encore arrivé. Un mortel jour entier ! Qu'en pensera-t-elle ? Vous êtes un tyran. Allons, j'accorde le jour, mais pas une minute de plus. À propos, vous ne savez pas ce qui m'est passé par la tête, lorsque je conduisais leur voiture. Au moindre signe de mon amie, je les enlevais toutes deux.

M. HARDOUIN. – Qu'eussiez-vous fait de la mère ?

M. DE CRANCEY. – Je ne sais ; mais l'aventure eût fait un tapage enragé ; et il aurait bien fallu qu'elle m'accordât sa fille. Celle-ci ne l'a pas voulu. Je crains bien qu'elle ne s'en repente.

M. HARDOUIN. – Et vous formiez ce projet sans scrupule ?

M. DE CRANCEY. – Aucun.

M. HARDOUIN. – Comment ! vous êtes presque digne d'être mon confident. Allez, renfermez-vous ; et pour paraître, attendez mes ordres suprêmes.

M. DE CRANCEY. – Et je les recevrai avant la fin du jour ?

M. HARDOUIN. – Avant la fin du jour.

M. DE CRANCEY. – Combien je vais souffrir et m'ennuyer ! Que ferai-je ? Je relirai ses lettres ; je lui écrirai ; je baiserai son portrait. Je…

M. HARDOUIN. – Adieu. Adieu. Quelle tête ! Mais c'est ainsi qu'il faut aimer, ou ne s'en pas mêler.

Scène VIII

M. Hardouin, un laquais

M. HARDOUIN. – Non, je crois que le ciel, la terre et les enfers ont comploté contre cette pièce… Les obstacles se succèdent sans relâche… Un procès à terminer ; une pension à solliciter ; une mère à mettre à la raison. Et puis arranger des scènes, au milieu de tout cela… Cela ne se peut… Ma tête n'y est plus… *(Il se jette dans un fauteuil. Au laquais.)* Hé bien ! qu'est-ce ? encore quelqu'un ?

LE LAQUAIS. – Pour celui-ci, je ne sais ce qu'il est. Il est entré brusquement. Je lui demande ce qu'il veut ; point de réponse. Je le tire par la manche, il me regarde et continue à se promener. Il a l'œil un peu hagard, il se parle à lui-même, il fait des éclats de rire. Du reste il est très poli. Si ce n'est pas un fou, c'est un poète.

M. HARDOUIN. – Je n'y tiens plus. En dépit de votre prédiction, monsieur des Renardeaux, vous me verrez à Gisors.

LE LAQUAIS. – Entrera-t-il ?

M. HARDOUIN. – Si c'était quelque jeune auteur qui eût besoin d'un conseil et qui vînt le chercher ici de la porte Saint-Jacques ou de Picpus ; un homme de génie qui manquât de pain, car cela peut arriver. Hardouin, rappelle-toi le temps où tu habitais le faubourg Saint-Médard, et où tu regrettais une pièce de vingt-quatre sous et une matinée perdue… Qu'il entre.

Scène IX

M. Hardouin, M. de Surmont

M. Hardouin. – Hé ! c'est vous, mon ami ?

M. de Surmont. – Pourrait-on vous demander ce que vous faites ici ?

M. Hardouin. – Et vous, qu'y venez-vous faire ?

M. de Surmont. – Je l'ignore. On m'a appelé, vite, vite et j'accours.

M. Hardouin. – Dieu soit loué, voilà ma pièce faite. Vous ignorez ce qu'on vous veut ; moi, je vais vous l'apprendre. C'est sous quelques jours la fête d'une amie. On se propose de la célébrer, et l'on va vous demander une petite pièce de société que vous ferez, n'est-ce pas ?

M. de Surmont. – Et pourquoi pas vous ?

M. Hardouin. – Pourquoi ? Pour mille raisons dont voici la meilleure. Il m'a semblé que Mme de Chépy, l'amie de la maîtresse de la maison, ne vous était pas indifférente ; et j'ai pensé qu'il y aurait bien peu de délicatesse à vous ravir une si belle occasion de lui faire la cour.

M. de Surmont. – Et c'est pour m'obliger…

M. Hardouin. – Sans doute. Ainsi voilà la chose arrangée. Vous ferez la parade, le proverbe, la pièce, ce qu'il vous plaira, à charge de revanche.

M. de Surmont. – Je ne m'entends guère à cela.

M. Hardouin. – Tant mieux. Ce que je ferais ressemblerait à tout ; ce que vous ferez ne ressemblera à rien.

M. de Surmont. – Il y aura là de beaux esprits, des gens du monde. Je voudrais bien garder l'incognito.

M. Hardouin. – Je vais vous mettre à l'aise. Si vous réussissez, le succès sera pour votre compte ; si vous tombez, la chute sera pour le mien.

M. de Surmont. – Rien de plus obligeant.

M. Hardouin. – Mais payez le service réel que je vous rends d'un peu de confiance. N'est-il pas vrai qu'avec toutes ses fantaisies, ses caprices, ses brusqueries, Mme de Chépy est fort aimable ?

M. DE SURMONT. – Je conviendrai de tout ce qu'il vous plaira ; je vous remercierai même, si vous l'exigez.

M. HARDOUIN. – Je n'exige rien. Je sais obliger sans ostentation et sans intérêt. Allons, partez.

M. DE SURMONT. – Verrai-je Mme de Chépy ?

M. HARDOUIN. – Non, si vous voulez rester anonyme. Mais écrivez-lui un billet honnête qu'elle puisse interpréter comme il lui plaira. Moins elle s'attendra à cette marque d'attachement, plus elle en sera touchée. Écrivez là… comédie, proverbe, parade, impromptu [1] ; ce que vous voudrez ; pourvu que cela soit bien gai, et ne sente pas l'apprêt.

M. DE SURMONT, *en écrivant.* – Mais encore faudrait-il connaître l'héroïne du jour.

M. HARDOUIN. – Louez, louez. La louange est toujours bien accueillie.

M. DE SURMONT. – Est-on jeune ?

M. HARDOUIN. – Non.

M. DE SURMONT. – Vieille ?

M. HARDOUIN. – Non. Tous les charmes que l'âge ne détruit pas, on les a. Vous pouvez tomber à bras raccourci sur les vices, sur les ridicules, sans nous effleurer ; vous étendre à votre aise sur les qualités de l'esprit et du cœur, sans qu'il y ait un mot de perdu. Insistez surtout sur l'usage du monde, la franchise, la bienfaisance, la discrétion, la politesse, la décence, la dignité, *et caetera*, *et caetera*.

M. DE SURMONT. – Je la connais peut-être. Ne serait-ce pas par hasard une femme que j'ai vue une fois ou deux chez Mme de Chépy, pendant sa maladie ? ne s'appelait-elle pas ?…

M. HARDOUIN. – Elle ou une autre, qu'est-ce que cela fait ? Donnez le billet, je vais le faire remettre ; et partez.

---

1. La parade était une petite comédie de société, sans prétentions et franchement comique, voire osée. Beaumarchais s'y exerça à ses débuts, avant de produire deux drames. Marmontel composa des proverbes réputés, bien avant Musset. Quant à l'impromptu, il a été illustré par Molière.

Scène X

M. Hardouin, un laquais

M. Hardouin, *au laquais*. – Portez ce billet à Mme de Chépy, et revenez sur-le-champ… Ah, je respire : me voilà soulagé d'un poids énorme. Je me sens léger comme un oiseau, et je puis me livrer gaiement à l'affaire de mon avocat bas-normand. Pour celle-là, je la regarde comme faite. Celle de ma veuve souffrira peut-être de la difficulté ; mais nous verrons ; mon ami Poultier est un si bon homme. La dame de Vertillac me donnera du fil à retordre. Si c'était une autre mère, un peu raisonnable, un peu sensée ; mais c'est une folle ; c'est une femme violente ; et l'expédient que j'ai imaginé pourrait aisément produire l'effet opposé. S'il réussit, à la bonne heure ; s'il manque, mon ami de Crancey n'en sera pas plus malheureux. Moi, je ne risque à cela que des invectives ; mais j'y suis fait : je marche depuis vingt ans entre la plainte de mes amis et mes propres remords… Dressons nos batteries. Il me faut… d'abord une lettre de moi à Crancey… *(Il écrit.)* La voilà faite… *(Il la relit.)* Il me faut une réponse de Crancey… *(Il écrit.)* La voilà faite… *(Il la relit.)* « Je me lasse, mon ami. Je suis honnête ; mais l'homme le plus honnête finit par prendre son parti… » Fort bien. Cette réponse de Crancey a la juste mesure, et me plaît… Mais il faut que celle-ci soit d'une autre main… Dans le trouble du premier moment, je disposerai de Mme de Vertillac, je n'en doute pas, mais elle est femme à revenir sur ses pas. Il me faudrait un dédit… oui, un dédit en bonne forme… Mais je n'entends rien à cela…

Scène XI

M. Hardouin, un laquais

LE LAQUAIS. – Monsieur, me voilà.

M. HARDOUIN. – Écoutez. Cette lettre, celle-là, vous vous assiérez à cette table, et vous me la copierez de votre plus belle écriture. Ensuite, vous courrez rue de la Flèche, chez M. des Renardeaux, et vous lui direz que je l'attends ici pour affaire importante ; il croira que c'est la sienne. Vous lui direz qu'il vienne sur-le-champ... Au reste, si on ne le trouve pas, nous dresserons l'acte comme nous pourrons ; sauf à réparer le défaut de la forme, par la force du fond... Ah ! si j'avais voulu, j'aurais été, je crois, un dangereux vaurien... Mais puisque mon premier commis de la marine ne vient pas, il faut que j'envoie chez lui... Non, il vaut mieux que j'y aille.

Scène XII

LE LAQUAIS. – Quel griffonnage ! Cela sait tout, excepté peut-être lire et écrire... Voyons et tâchons surtout de ne pas faire de faute ; une virgule de plus ou de moins suffirait pour le faire sauter aux solives... Mais qu'est-ce que cela signifie ?... Il répond lui-même à une lettre qu'il s'est écrite... Monsieur Hardouin, vous vous ferez quelque mauvaise affaire. Vous vous mêlez de bien des choses, il vous en arrivera mal...

> *Le laquais reste sur la scène, et continue de copier la lettre, en se souriant à lui-même de sa belle écriture, puis se dépitant, effaçant, grattant, déchirant et recommençant. Et cependant l'orchestre joue cette pantomime.*

ACTE III

Scène première

M. Hardouin et son laquais,
qui lui présente la copie de la lettre.

M. HARDOUIN. – Fort bien. Courez vite chez des Renardeaux… Tous ces gens-là sont introuvables. On m'a dit que le Poultier était ici, et nous le verrons, j'espère.

Scène II

M. Hardouin, Mlle Beaulieu,
avec un bouquet à son côté ;
et un faisceau de fleurs à la main.

MLLE BEAULIEU. – Je vous l'avais bien dit : madame est d'une humeur empestée. J'ai cru que je ne viendrais pas à bout de la coiffer. Et vous, monsieur, où en êtes-vous ?

M. HARDOUIN. – C'est fait.

MLLE BEAULIEU. – Fort bien. Je viens de sa part vous casser aux gages [1] et vous prévenir qu'elle ne veut absolument rien de vous.

M. HARDOUIN. – Pourquoi cela ?

MLLE BEAULIEU. – Ou parce qu'elle a changé d'avis ; c'est un bon cœur, mais une tête de girouette ; ou, ce qui me semble plus vraisemblable, parce qu'elle compte sur le secours d'un autre. Achèverai-je ma commission ?

M. HARDOUIN. – Il n'y faut pas manquer.

MLLE BEAULIEU. – J'ai ordre d'ajouter qu'elle n'aura pas de peine à trouver un aussi mauvais poète,

---

1. Rompre son affaire avec vous.

et qu'elle en aura moins encore à trouver un homme plus officieux.

M. Hardouin. – Mademoiselle, vous aurez la bonté de lui répondre de ma part que j'aurais le plus grand plaisir à me conformer à ses derniers ordres ; mais qu'ils arrivent un peu tard ; qu'au reste, il est plus aisé de brûler une pièce que de la faire… Vous souriez… Auriez-vous quelque chose de plus à me dire ?

Mlle Beaulieu. – Oui.

M. Hardouin. – Qu'est-ce ?

Mlle Beaulieu. – C'est que si je fais des boucles, je fais aussi quelquefois des plaisanteries… *(M. Hardouin sourit.)* Vrai, la pièce est faite ?

M. Hardouin. – Non, elle se fait. Qu'est-ce que cet énorme bouquet ? Il est beau, très beau ; mais toutes ces roses ne vaudront jamais la touffe de lys, ou le seul bouton qu'elles nous cachent.

Mlle Beaulieu. – S'il nous faut des couplets, il nous faut aussi des bouquets, et nous sommes allés mettre au pillage les parterres de M. Poultier. Comme il n'est jamais sûr de son temps, et que les affaires pourraient l'arrêter à Versailles, le jour de la fête de Mme de Malves, il est venu présenter son hommage d'avance.

M. Hardouin. – Il est ici ?

Mlle Beaulieu. – Je crois que je l'entends descendre.

Scène III

M. Hardouin, M. Poultier,
premier commis de la marine.

M. Hardouin, *vers la coulisse.* – Monsieur Poultier ; monsieur Poultier ; c'est Hardouin, c'est moi qui vous appelle. Un mot, s'il vous plaît.

M. Poultier. – Vous êtes un indigne. Je ne devrais pas vous apercevoir. Y a-t-il deux ans que vous me promettez de venir dîner avec nous ? Il est vrai qu'on m'a dit que c'était par cette raison qu'il n'y fallait pas compter. Mais, rancune tenante, que me voulez-vous ?

M. HARDOUIN. – Auriez-vous un quart d'heure à m'accorder ?

M. POULTIER, *tirant sa montre.* – Oui, un quart d'heure ; mais pas davantage, c'est jour de dépêches.

M. HARDOUIN, *vers l'antichambre.* – Qui que ce soit qui vienne, je n'y suis pas. Qui que ce soit, entendez-vous ?

M. POULTIER. – Cela semble annoncer une affaire grave.

M. HARDOUIN. – Très grave. Avez-vous toujours de l'amitié pour moi ?

M. POULTIER. – Oui, traître. Malgré tous vos travers, est-ce qu'on peut s'en empêcher ?

M. HARDOUIN. – Si je me jetais à vos genoux, et que j'implorasse votre secours, dans la circonstance de ma vie la plus importante, me l'accorderiez-vous ?

M. POULTIER. – Auriez-vous besoin de ma bourse ?

M. HARDOUIN. – Non.

M. POULTIER. – Vous seriez-vous fait encore une affaire ?

M. HARDOUIN. – Non.

M. POULTIER. – Parlez, demandez ; et soyez sûr que, si la chose n'est pas impossible, elle se fera.

M. HARDOUIN. – Je ne sais par où commencer.

M. POULTIER. – Avec moi ? Allez droit au fait.

M. HARDOUIN. – Connaissez-vous Mme Bertrand ?

M. POULTIER. – Cette diable de veuve qui, depuis six mois, tient la ville et la cour à nos trousses, et qui nous a fait plus d'ennemis en un jour, que dix autres solliciteuses ne nous en auraient fait en dix ans ? Encore trois ou quatre clientes comme elle, et il faudrait déserter les bureaux [1]. Que veut-elle ? Une pension ? On la lui offre. Que voulez-vous ? Qu'on l'augmente ? On l'augmentera.

---

1. Les bureaux du ministère de la Marine, à Versailles.

M. Hardouin. – Ce n'est pas cela. Elle consent qu'on la diminue, pourvu qu'on la rende réversible sur la tête de son fils.

M. Poultier. – Cela ne se peut ; cela ne se peut. Cela ne s'est pas encore fait ; cela ne doit pas se faire ; cela ne se fera point. Voyez donc, mon ami, vous qui avez du sens, les conséquences de cette grâce. Voulez-vous nous attirer sur les bras cent autres veuves pour lesquelles votre Mme Bertrand aura fait la planche ? Faut-il que les règnes continuent à s'endetter successivement ? Savez-vous qu'il en coûte presque autant pour les dépenses passées que pour les dépenses courantes ? Nous voulons nous liquider [1], et ce n'en est pas là le moyen. Mais quel intérêt pouvez-vous prendre à cette femme, assez puissant pour vous fermer les yeux sur la chose publique ?

M. Hardouin. – Quel intérêt j'y prends ? Le plus grand. Avez-vous regardé Mme Bertrand ?

M. Poultier. – D'accord, elle est fort bien.

M. Hardouin. – Et si je la trouvais telle depuis dix ans ?

M. Poultier. – Vous en auriez assez.

M. Hardouin. – Laissons la plaisanterie. Vous êtes un très galant homme, incapable de compromettre la réputation d'une femme et de faire mourir de douleur un ami. Ces gens de mer, peu aimables d'ailleurs, sont sujets à de longues absences.

M. Poultier. – Et ces longues absences seraient fort ennuyeuses pour leurs femmes, si elles étaient folles de leurs maris.

M. Hardouin. – Mme Bertrand estimait fort le brave capitaine Bertrand, mais elle n'en avait pas la tête tournée, et cet enfant pour lequel elle sollicite la réversibilité de la pension, cet enfant…

M. Poultier. – Vous en êtes le père.

M. Hardouin. – Je le suppose.

M. Poultier. – Pourquoi diable lui faire un enfant ?

1. Liquider la dette publique et ses intérêts. On sait que la crise révolutionnaire partira de la dette et des impôts.

M. Hardouin. – C'est elle qui l'a voulu.

M. Poultier. – Cependant cela change un peu la thèse.

M. Hardouin. – Je ne suis pas riche ; vous connaissez ma façon de penser et de sentir. Dites-moi, si cette femme venait à mourir, croyez-vous que je pusse supporter les dépenses de l'éducation d'un enfant, ou me résoudre à l'oublier, à l'abandonner ? Le feriez-vous ?

M. Poultier. – Non ; mais est-ce à l'État à réparer les sottises des particuliers ?

M. Hardouin. – Ah ! si l'État n'avait pas fait et ne faisait d'autres injustices que celle que je vous propose ! Si l'on n'eût accordé et si l'on n'accordait de pensions qu'aux veuves dont les maris se sont noyés pour satisfaire aux lois de l'honneur et de la marine, croyez-vous que le fisc en fût épuisé ? Permettez-moi de vous le dire, mon ami, vous êtes d'une probité trop rigoureuse. Vous craignez d'ajouter une goutte d'eau à l'océan. Si cette grâce était la première de cette nature, je ne la demanderais pas.

M. Poultier. – Et vous feriez bien.

M. Hardouin. – Mais des prostituées, des proxénètes, des chanteuses, des danseuses, des histrions, une foule de lâches, de coquins, d'infâmes, de vicieux de toute espèce épuiseront le Trésor, pilleront la cassette, et la femme d'un brave homme…

M. Poultier. – C'est qu'il y en a tant d'autres qui ont aussi bien mérité de nous que le capitaine Bertrand, et laissé des veuves indigentes avec des enfants.

M. Hardouin. – Et que m'importent ces enfants que je n'ai pas faits, et ces veuves en faveur desquelles ce n'est pas un ami qui vous sollicite ?

M. Poultier. – Il faudra voir.

M. Hardouin. – Je crois que tout est vu ; et vous ne sortirez pas d'ici que je n'aie votre parole.

M. Poultier. – À quoi vous servira-t-elle ? Ne faut-il pas l'agrément du ministre ? Mais il a de l'estime et de l'amitié pour vous.

M. Hardouin. – Et vous lui confierez…

M. Poultier. – Il le faudra bien. Cela vous effarouche, je crois ?

M. Hardouin. – Un peu. Ce secret n'est pas le mien, c'est celui d'un autre, et cet autre, c'est une femme.

M. Poultier. – Dont le mari n'est plus. Vous êtes un enfant… Savez-vous comment votre affaire tournera ? Je dirai tout, on sourira. Je proposerai la diminution de la pension, à condition de la rendre réversible, on y consentira. Au lieu de la diminuer, nous la doublerons, le brevet sera signé sans avoir été lu ; et tout sera fini.

M. Hardouin. – Vous êtes charmant. Votre bienfaisance me touche aux larmes. Venez que je vous embrasse. Et notre brevet se fera-t-il longtemps attendre ?

M. Poultier. – Une heure, deux heures peut-être. Je vais travailler avec le ministre. Il y a beaucoup d'affaires, mais on n'expédie que celles que je veux. La vôtre passera la première, et dans un instant, je pourrais bien venir moi-même vous instruire du succès.

M. Hardouin. – Je ne saurais vous dire combien je vous suis obligé.

M. Poultier. – Ne me remerciez pas trop. Je n'ai jamais eu la conscience plus à l'aise. Voilà en effet une belle récompense pour un homme de lettres qui a consumé les trois quarts de sa vie d'une manière honorable et utile, à qui le ministère n'a pas encore donné le moindre signe d'attention, et qui sans la munificence d'une souveraine étrangère… [1]. Adieu. Je pourrais, je crois, vous rappeler votre promesse ; mais je ne veux pas que l'ombre d'intérêt obscurcisse ce que vous regardez comme un bienfait. Vous retrouverai-je ici ?

---

1. Diderot songe évidemment à l'aide que lui dispense Catherine II de Russie.

M. Hardouin. – Assurément, si j'ai le moindre espoir de vous y revoir. *(Rappelant M. Poultier qui s'en va.)* Mon ami ?...

M. Poultier. – Qu'est-ce qu'il y a ?

M. Hardouin. – Cette confidence au ministre...

M. Poultier. – Vous chiffonne, je le conçois, mais elle est indispensable.

M. Hardouin. – Vous croyez ? *(Il sourit.)*

Scène IV

M. Hardouin. – Et voilà comment il faut s'y prendre, quand on veut obtenir. Je n'avais qu'à dire à Poultier : « Cette femme ne m'est rien. Je ne la connais que d'hier ; je l'ai rencontrée, en courant le monde, chez des personnes qui s'y intéressent. On sait que je vous connais ; on a pensé que je pourrais quelque chose pour elle. J'ai promis de vous en parler, je vous en parle, voilà ma parole dégagée. Faites du reste ce qui vous conviendra, je ne veux ni vous compromettre, ni vous importuner » ; Poultier m'aurait répondu froidement : « Cela ne se peut » et nous aurions parlé d'autre chose... Mais Mme Bertrand approuvera-t-elle le moyen dont je me suis servi ? Si par hasard elle était un peu scrupuleuse ?... Je l'oblige, il est vrai ; mais à ma manière qui pourrait bien n'être pas la sienne... Au demeurant que ne s'en expliquait-elle ? Ne lui ai-je pas exposé mes principes ? ne lui ai-je pas demandé, ne m'a-t-elle pas permis de me rendre son affaire personnelle ? Qu'ai-je fait de plus ?... Si Poultier pouvait m'envoyer ou plutôt m'apporter le brevet avant le retour de la veuve... La bonne folie qui me vient... J'arrive ici pour y faire une pièce, car Mme de Chépy comptait me chambrer tout le jour et peut-être toute la nuit ; elle avait bien pris son moment... À propos il faut envoyer chez Surmont pour savoir où il en est ; je ne voudrais pourtant pas que la fête manquât.

Scène V

M. Hardouin, un laquais

LE LAQUAIS. – M. des Renardeaux est allé chez un premier magistrat, mais il en reviendra dans un moment, et vous l'aurez.

M. HARDOUIN. – Allez chez M. de Surmont, dites-lui que je l'attends ici dans la journée avec ce qu'il m'a promis, et que si le rôle de Mlle Beaulieu est prêt, il le lui envoie, parce qu'elle a peu de mémoire.

LE LAQUAIS, *à part*. – Chez M. de Surmont ! à une lieue ! il me prend pour un cheval de poste.

M. HARDOUIN. – Retiendrez-vous bien tout cela ?

LE LAQUAIS. – Parfaitement.

M. HARDOUIN. – Répétez-le-moi.

LE LAQUAIS. – Aller chez M. de Surmont, lui dire que vous l'attendez chez vous avec ce qu'il sait bien ; et que si le rôle de Mlle Beaulieu est prêt, de vous l'envoyer, de le lui envoyer tout de suite.

M. HARDOUIN. – De vous, de lui, lequel des deux ?

LE LAQUAIS. – De vous l'envoyer.

M. HARDOUIN. – Non, butor, non. C'est de le lui envoyer à elle ; et ce n'est pas chez moi, c'est ici que je l'attends, lui de Surmont.

LE LAQUAIS. – Sauf votre respect, monsieur, je crois que vous n'avez pas dit comme cela.

M. HARDOUIN. – Cela ferait sauter aux nues. Ils font une sottise, et pour la réparer, ils en disent une autre. C'est qu'il faudrait toujours écrire… Mais voilà ma veuve ; elle arrive un peu plus tôt que je ne la désirais.

Scène VI

M. Hardouin, Mme Bertrand

MME BERTRAND. – Vous allez dire, monsieur, que ceux qui n'ont qu'une affaire sont bien incommodes ;

mais si je vous importune, ne vous gênez point du tout ; je reviendrai dans un autre moment.

M. Hardouin. – Non, madame, les malheureux et les femmes aimables ne viennent jamais à contretemps chez celui qui est bienfaisant et qui a du goût.

Mme Bertrand. – Pour les femmes aimables, cela peut être vrai ; quant aux malheureux, il m'est impossible d'être de votre avis. Si vous saviez combien de fois j'ai lu sur les visages, malgré le masque officieux dont ils se couvraient : « Toujours cette veuve ! que vient-elle faire ici ? J'en suis excédé ; elle s'imagine qu'on n'a dans la tête qu'une chose, et que c'est la sienne. » À peine m'offrait-on une chaise. On s'élançait au-devant de moi, non par politesse, mais pour ne me pas laisser le temps d'avancer. On m'arrêtait à la porte, et là on me disait entre les deux battants : « J'ai pensé à votre affaire ; je ne la perds pas de vue ; comptez sur ce qui dépendra de moi… – Mais monsieur… – Madame, je suis désolé de ne pouvoir vous retenir plus longtemps. Je suis accablé. » Je faisais ma révérence ; on me la rendait ; et j'ai quelquefois entendu le maître dire à ses domestiques : « J'avais consigné cette femme, pourquoi l'a-t-on laissée passer ? Si elle reparaît, je n'y suis pas ; je n'y suis pas. »

M. Hardouin. – Vous me parlez là de gens sans âme et sans yeux.

Mme Bertrand. – Tout en est plein. Mais ce n'est rien que cela. J'ai trouvé des gens pires que ceux dont je viens de vous parler. On n'ose dire à quel prix ils mettent leurs services ; cela fait horreur.

M. Hardouin. – Malgré leur peu de délicatesse, je les conçois plus aisément.

Mme Bertrand. – En vérité, monsieur, vous êtes presque le seul bienfaiteur honnête que j'aie rencontré.

M. Hardouin. – Hélas, madame, peu s'en faut que je ne rougisse de votre éloge.

Mme Bertrand. – Non, monsieur, sans flatterie. Tel on vous avait peint à moi, tel je vous ai trouvé.

M. Hardouin. – Ce sont mes amis qui vous ont parlé, et l'amitié est sujette à s'aveugler et à surfaire. S'ils avaient été vrais, ou plutôt s'ils m'avaient connu comme je me connais, voici ce qu'ils vous auraient dit : « Hardouin a l'âme sensible ; lui présenter une occasion de faire le bien, c'est l'obliger ; et s'il avait eu le bonheur d'être utile à une femme pour laquelle il s'avouât du penchant, il craindrait tellement de flétrir un bienfait que cette considération suffirait pour le réduire à un très long silence. »

Mme Bertrand. – Oserais-je, monsieur, vous faire une question ? J'ai passé chez le premier commis du ministre, et j'ai appris qu'il était ici.

M. Hardouin. – Et vous voulez savoir si je l'ai vu. Oui, madame, je l'ai vu.

Mme Bertrand. – Hé bien ! monsieur ?

M. Hardouin. – Notre affaire souffre des difficultés ; mais elle n'est point, mais point du tout désespérée.

Mme Bertrand. – Et vous croyez…

M. Hardouin. – Madame, attendons ; ne nous flattons de rien ; au lieu de nous bercer d'une attente qui pourrait être vaine, ménageons-nous une surprise agréable.

Scène VII

M. Hardouin, Mme Bertrand, un laquais

Le laquais. – C'est de la part de M. Poultier qui vous salue. Il m'a chargé de vous remettre ce paquet en main propre, et de vous prévenir que dans un moment il serait ici.

Scène VIII

M. Hardouin, Mme Bertrand

M. HARDOUIN. – Notre sort est là-dedans.

MME BERTRAND. – Je tremble.

M. HARDOUIN. – Et moi aussi. Ouvrirai-je ?

MME BERTRAND. – Ouvrez, ouvrez vite.

M. HARDOUIN *ouvre et lit.* – C'est le brevet de votre pension, signé du ministre. Elle est de mille écus.

MME BERTRAND. – Le double de ce qu'on m'avait offert !

M. HARDOUIN. – Oui, j'ai bien lu ; et réversible sur la tête de votre fils.

MME BERTRAND. – La force me manque. Permettez que je m'asseye. Monsieur, un verre d'eau. Je me trouve mal.

M. HARDOUIN, *vers la coulisse.* – Vite un verre d'eau.

> *Cependant M. Hardouin écarte le mantelet de Mme Bertrand, et la met un peu en désordre.*

MME BERTRAND, *toujours assise.* – J'ai donc enfin de quoi subsister ! Mon enfant, mon pauvre enfant ne manquera ni d'éducation ni de pain, et c'est à vous, monsieur, que je le dois ; pardonnez, monsieur, je ne saurais parler, la violence de mon sentiment m'embarrasse la voix. Je me tais. Mais regardez, voyez et jugez.

> *Mme Bertrand ne s'aperçoit qu'alors de son désordre.*

M. HARDOUIN. – Vous n'avez jamais été de votre vie aussi touchante et aussi belle. Ah ! que celui qui vous voit dans ce moment est heureux, j'ai presque dit est à plaindre de vous avoir servie !

MME BERTRAND. – Me permettrez-vous d'attendre ici M. Poultier ?

M. HARDOUIN. – Il faut faire mieux. Cet enfant deviendra grand ; qui sait si quelque jour, il n'aura pas besoin de la faveur du ministre et des bons offices du premier commis ? Mon avis serait que vous allassiez le chercher et que vous le présentassiez à M. Poultier.

Mme Bertrand. – Vous avez raison, monsieur. À ce sens froid qui vous permet de penser à tout, il est aisé de voir que l'exercice de la bienfaisance vous est familier. Je cours prendre mon enfant. Comme je vais le baiser ! Si je ne vous apparais pas dans un quart d'heure, c'est que je serai morte de joie.

M. Hardouin, *lui offrant le bras.* – Permettez, madame.

Mme Bertrand. – Non, monsieur ; non. Je me sens beaucoup mieux.

M. Hardouin, *vers la coulisse.* – Donnez le bras à madame jusqu'à sa voiture.

Scène IX

M. Hardouin *seul.* – Moi, un bon homme, comme on le dit ! Je ne le suis point. Je suis né foncièrement dur, méchant, pervers. Je suis touché presque jusques aux larmes de la tendresse de cette mère pour son enfant, de sa sensibilité, de sa reconnaissance ; j'aurais même du goût pour elle ; et malgré moi, je persiste dans le projet peut-être de la désoler... Hardouin, tu t'amuses de tout ; il n'y a rien de sacré pour toi ; tu es un fieffé monstre... Cela est mal, très mal... Il faut absolument que tu te défasses de ce mauvais tour d'esprit... Et que je renonce à la malice que j'ai projetée ?... Oh non... Mais après celle-là, plus, plus. Ce sera la dernière de ma vie.

Scène X

M. Hardouin, Mme de Vertillac

M. Hardouin. – Seule !
Mme de Vertillac. – Seule.
M. Hardouin. – Qu'avez-vous fait de votre fille ?

MME DE VERTILLAC. – Ma fille, nous en parlerons tout à l'heure ; mais il faut d'abord que je vous entretienne d'une chose qui presse et qui pourrait m'échapper. Vous avez été lié avec le marquis de Tourvelle ?

M. HARDOUIN. – Oui, avant que le Grisel ne lui barbouillât la tête.

MME DE VERTILLAC. – L'êtes-vous encore ?

M. HARDOUIN. – Peu. J'ai quelque espoir de le voir aujourd'hui.

MME DE VERTILLAC. – Écoutez-moi bien. Il est devenu collateur d'un excellent bénéfice.

M. HARDOUIN. – Je le sais ; le prieuré de Préfontaine.

MME DE VERTILLAC. – Hé bien, le sot marquis ne veut-il pas conférer ce prieuré à un certain abbé Gaucher, Gauchat, sulpicien renforcé, à face blême, à cheveux plats, théologien sublime [1] ! Mais que m'importe toute sa théologie, s'il est triste, ennuyeux à périr et sans la moindre ressource dans la société ?

M. HARDOUIN. – Vous avez raison ; il ne faut pas souffrir cela.

MME DE VERTILLAC. – Vous emploierez donc tout ce que vous avez d'autorité sur l'esprit du marquis en faveur de l'abbé Dubuisson, garçon charmant, chez qui j'irai faire le reversis [2] qui sera suivi d'un excellent souper. Si la table de l'abbé est délicate, c'est que sa conversation est encore plus amusante. Personne ne sait mieux les aventures scandaleuses et ne les raconte avec plus de décence, et si je ne craignais d'être médisante, je vous dirais qu'il est excellent chansonnier et le bon, le tendre, l'intime ami de notre intendante qui se charge en échange des petits couplets de l'abbé.

M. HARDOUIN. – De Tourvelle connaît-il le Gauchat et votre Dubuisson ?

---

1. Gauchat (1710-1774), chanoine de la cathédrale de Langres, adversaire de Diderot et des philosophes.
2. Jeu de cartes.

Mme de Vertillac. – Non. L'un n'est jamais sorti de son séminaire, et l'autre est trop bonne compagnie pour lui.

M. Hardouin. – Il suffit ; à présent venons à votre fille.

Scène XI

M. Hardouin, Mme de Vertillac,
M. des Renardeaux,
qui passe sa tête entre les deux battants de la porte.

M. des Renardeaux. – Vous êtes en affaire ; je reviendrai.

M. Hardouin. – Non, non, restez. Je suis à vous dans le moment… *(À Mme de Vertillac.)* C'est un ami avec qui j'en use sans conséquence.

Scène XII

M. Hardouin, Mme de Vertillac

M. Hardouin. – Et votre fille ?

Mme de Vertillac. – J'ai pensé que ces petites oreilles-là seraient au moins superflues pour ce que nous avons à nous dire, et je viens de les déposer chez notre amie, Mme de Chépy.

M. Hardouin. – La pauvre enfant, que je la plains ! *(Il sonne. Au laquais.)* Faites dire à M. de Crancey de se rendre sur-le-champ chez Mme de Chépy où il trouvera bonne compagnie.

Mme de Vertillac. – C'est pour qu'on ne vienne pas nous interrompre ?

M. Hardouin. – Tout juste.

Mme de Vertillac. – Hé bien ! que dites-vous de ce Crancey ?

M. Hardouin. – Je dis qu'il a la tête tournée de votre fille, et que ce n'est pas un grand malheur.

Mme de Vertillac. – Une dissimulation de quatre jours ! Je ne pardonnerai jamais ce mystère à ma fille. Mais parlons d'abord de nous, ensuite nous parlerons d'elle. Je me doute bien que, depuis notre cruelle séparation, votre cœur ne vous est pas resté. Point de question de ma part, sur ce point, parce que vous me mentiriez peut-être. Aucune de la vôtre, s'il vous plaît, parce que je serais femme à vous dire la vérité. Mais votre temps, votre talent ?

M. Hardouin. – Ma foi, je les donne à tous ceux qui en font assez de cas pour les accepter.

Mme de Vertillac. – C'est ainsi que la vie se passe sans acquérir ni réputation ni fortune.

M. Hardouin. – Si la fortune vient à moi, je ne la repousserai pas ; mais on ne me verra jamais courir après elle. Quant à la réputation, c'est un murmure qui peut flatter un moment, mais qui ne vaut guère la peine qu'on s'en soucie, surtout quand on quitte *Tartuffe* et *Le Misanthrope* pour courir à *Jérôme Pointu* [1]. Le bon goût est perdu.

Mme de Vertillac. – Mais vous êtes devenu philosophe.

M. Hardouin. – Et triste.

Mme de Vertillac. – Triste, et pourquoi ? Ils disent tous que la sagesse est la source de la sérénité.

M. Hardouin. – La mienne s'afflige de la folie.

Mme de Vertillac. – Vous n'y pensez pas ? Les fous ont été créés pour l'amusement du sage ; il faut en rire.

M. Hardouin. – On passerait son temps à rire de ses amis.

Mme de Vertillac. – Hardouin, prenez-y garde ; vous couvez une maladie, vous changez de caractère.

M. Hardouin. – Quoi ! si vous vous trouviez, à votre insu, dans une de ces circonstances critiques qui portent la désolation au fond du cœur d'une mère,

---

1. Farce de Beaunoir (1781).

vous me conseilleriez de n'envisager la chose que du côté plaisant, et de faire le rôle de Démocrite [1] ?

Mme de Vertillac. – Non ; mais je n'en suis pas là ; et je ne vous permettrai jamais de prendre aux passants l'intérêt que vous me devez.

M. Hardouin. – J'ai vu de Crancey.

Mme de Vertillac. – Vous a-t-il parlé de moi ?

M. Hardouin. – C'est la plus belle âme, la plus ingénue ! J'ai sa confiance au point que s'il avait commis un crime, je crois qu'il me l'avouerait.

Mme de Vertillac. – Et de ma fille, que vous en a-t-il dit ? Tenez, mon cher Hardouin, j'aime de Crancey ; mais le reste de la famille, je l'ai en horreur, et je me résoudrai jamais à vivre avec ces gens-là.

M. Hardouin. – Tant pis ! tant pis !

Mme de Vertillac. – Ah ! ne voilà-t-il pas que votre héracliterie vous reprend. Allons, éclaircissez ce front chargé d'ennui. Livrez-vous au plaisir de revoir votre première amie qui vous a toujours regretté. Vous étiez bien jeune. Il y a déjà des années… Vous vous taisez ?… Savez-vous que ce silence et ce maintien commencent à me soucier ? Ne craignez rien, Hardouin. Je ne suis pas venue pour vous rappeler les plus beaux jours de ma vie et peut-être de la vôtre. Si vous avez un engagement, il faut y être fidèle ; j'ai des principes.

M. Hardouin. – De Crancey m'a écrit, et je lui ai répondu.

Mme de Vertillac. – Je ne connais pas encore son style ; cela doit être bien emporté, bien tendre. Est-ce que vous me refuseriez la lecture de ces lettres ?

M. Hardouin. – Non, si je pouvais attendre de votre part un peu de modération et d'impartialité. Là, mon amie, quand vous jetteriez les hauts cris, ce qui serait fait n'en serait pas moins fait ; et toutes vos fureurs ne répareraient rien.

---

1. Opposition canonique entre Démocrite qui rit et Héraclite qui pleure.

Mme de Vertillac. – Que voulez-vous dire ? Les lettres ; les lettres ; il faut que je les voie, sans délai.

M. Hardouin. – Je ne me suis proposé ni de vous offenser, ni d'excuser votre fille ; mais si j'osais vous rappeler au temps de votre mariage, vous concevriez qu'avec un esprit droit, une âme honnête, la meilleure éducation, l'opiniâtreté déplacée des parents, leurs persécutions, leurs délais peuvent amener un accident.

Mme de Vertillac. – Ciel, qu'ai-je entendu ! Les lettres ; pourdieu, mon cher ami, les lettres.

M. Hardouin. – Les voilà ; mais je ne vous les confierai que sur votre parole d'honneur de ne parler de rien à de Crancey, ni à votre fille, de vous conduire avec elle, comme une mère indulgente et bonne, comme la vôtre se conduisit avec vous ; de consulter avec moi sur le meilleur et le plus prompt expédient de tout réparer, et de n'éclater, s'il faut que vous éclatiez, que lorsque nous serons sortis d'embarras. Votre parole d'honneur.

Mme de Vertillac. – Je la donne : je me tairai ; et que lui dirais-je à elle ? J'ai perdu le droit de me plaindre. Ah ! ma pauvre mère, combien elle a dû souffrir, c'est à présent que je l'éprouve. *(Mme de Vertillac lit les lettres. Elles lui tombent des mains. Elle se renverse dans un fauteuil ; elle pleure ; elle se désole. Elle dit :)* Qui l'aurait imaginé d'une enfant aussi timide, aussi innocente ?

M. Hardouin. – Vous l'étiez autant qu'elle.

Mme de Vertillac. – D'un jeune homme aussi sage, aussi réservé ?

M. Hardouin. – Feu M. de Vertillac ne l'était pas moins.

Mme de Vertillac. – Je ne sais comment cela se fit.

M. Hardouin. – Votre fille le sait encore moins.

Mme de Vertillac. – Mères, pauvres mères, veillez bien sur vos enfants ! Mais il veut que je signe un dédit ? Est-il fou ? Ce n'est plus à lui à redouter mon refus. Il me tient pieds et poings liés, et c'est à moi à trembler du refroidissement qui suit presque toujours les passions satisfaites.

M. Hardouin. – Vous voyez mal, souffrez que je vous le dise. De Crancey connaît toute l'impétuosité de votre caractère et il craint de perdre celle qu'il aime, même après un événement qui doit lui en assurer la possession. Cela est tout à fait honnête et délicat.

Mme de Vertillac. – Où est ce dédit ? Vite, vite que je le signe, et qu'on me les mène à l'église… Il était donc écrit que je vivrais avec les Crancey !

M. Hardouin, *à un laquais.* – Faites entrer M. des Renardeaux.

Scène XIII

M. Hardouin, Mme de Vertillac,
M. des Renardeaux, *en perruque énorme,*
le bonnet carré à la main, et en robe de palais.

M. des Renardeaux. – L'affaire m'a paru si pressante que je suis venu droit ici ; la dame Servin…

M. Hardouin. – Mettez-vous là, et dressez-nous un dédit entre une mère qui veut bien accorder sa fille à un galant homme qui la demande en mariage ; mais la mère a des raisons, bonnes ou mauvaises, de se méfier de la légèreté du jeune homme.

M. des Renardeaux. – Cela est prudent, très prudent. Le nom de la mère ?

Mme de Vertillac. – Marie-Jeanne de Vertillac.

M. des Renardeaux, *se levant et la saluant profondément.* – C'est madame. Veuve ?

M. Hardouin. – Veuve.

M. des Renardeaux. – Le nom de la fille ?

Mme de Vertillac. – Henriette.

M. des Renardeaux. – D'un premier, d'un second lit ?

M. Hardouin. – D'un premier, sans plus.

M. des Renardeaux. – Majeure, mineure ?

M. Hardouin. – Mineure, je crois.

Mme de Vertillac. – Oui, mineure. Cela finira-t-il ?

M. des Renardeaux. – Et le jeune homme ?

M. Hardouin. – Majeur, très majeur.

M. des Renardeaux. – Tant mieux ; sans cela, une feuille de chêne et cet écrit seraient tout un. La somme du dédit ?

Mme de Vertillac. – La plus forte, la plus forte.

M. des Renardeaux. – Madame est-elle bien sûre de ne pas changer d'avis ?

Mme de Vertillac. – Eh ! malheureusement trop sûre.

M. des Renardeaux. – Dix mille écus ? Vingt mille écus ?

Mme de Vertillac. – Trente, quarante, cent, tout ce qu'il vous plaira.

M. des Renardeaux. – Allons, vingt mille écus. La somme est honnête, et en cas d'événement, il ne faut pas s'exposer à une réduction que la loi ne manquerait pas d'ordonner. À présent, il n'y a plus qu'à signer. *(Mme de Vertillac se lève et signe, et des Renardeaux dit à Hardouin.)* Vous voilà dans les grandes affaires. Je vous laisse. Permettez que je dépose mon uniforme ici ; et je vous reviens.

Scène XIV

M. Hardouin, Mme de Vertillac, Mlle de Vertillac, Mme de Chépy, M. de Crancey

Mme de Chépy. – Allons, mon amie ; il faut absolument terminer le supplice de ces deux charmants enfants-là. N'avez-vous point de remords de l'avoir fait durer si longtemps ?

Mme de Vertillac. – Le supplice ! J'en suis désolée.

Mme de Chépy. – Dieu soit loué, le bon sens vous est revenu. *(À M. Hardouin.)* Et vous, monsieur Hardouin, au lieu de vous promener en long et en large comme vous faites, approchez, et joignez votre joie à la nôtre.

> *M. de Crancey et Mlle de Vertillac se jetant aux genoux de Mme de Vertillac.*

M. DE CRANCEY. – Ah ! madame !

MLLE DE VERTILLAC. – Ah ! maman, ma très bonne maman ! *(Mme de Vertillac les regarde tous deux sérieusement, et sans mot dire.)*

MME DE CHÉPY, *à Mme de Vertillac.* – Est-ce qu'il faut corrompre un si beau moment par de l'humeur ?

MME DE VERTILLAC. – Je n'y tiens plus.

M. HARDOUIN, à *Mme de Vertillac.* – Vous m'avez donné votre parole d'honneur.

> *M. de Crancey embrasse M. Hardouin. Mme de Vertillac jette ses bras autour du cou de Mme de Chépy, et lui dit :*

MME DE VERTILLAC. – Ah ! mon amie, les enfants ! les enfants ! Je meurs de douleur.

MME DE CHÉPY. – Mais c'est un délire.

MME DE VERTILLAC. – À ma place, vous en étoufferiez de rage.

MME DE CHÉPY. – À votre place, je serais la plus heureuse des mères.

MLLE DE VERTILLAC. – Ma mère, j'aime tendrement M. de Crancey. Je l'obtiendrai pour époux, ou je jure devant Dieu et devant vous de n'en avoir point d'autre.

MME DE VERTILLAC. – Et vous ferez bien.

MLLE DE VERTILLAC. – Mais je préférerai toujours votre bonheur au mien. Si vous vous repentez de votre consentement, retirez-le, il n'y a rien de fait.

MME DE VERTILLAC. – Quelle impudence !

M. DE CRANCEY. – Oserai-je vous demander, madame, quel jour sera le plus heureux de ma vie ?

MME DE VERTILLAC. – Vous ne savez que trop, monsieur, que le plus voisin sera le mieux.

Scène XV

M. Hardouin, M. de Crancey

M. DE CRANCEY. – Mon ami, que je vous embrasse encore. Je vous dois plus que la vie qui n'est rien sans le bonheur ; et point de bonheur pour moi, sans mon Henriette. Mais dites-moi donc, tenez-vous les âmes des mortels dans votre main ? Êtes-vous un dieu ? êtes-vous un démon ?

M. HARDOUIN. – L'un plutôt que l'autre.

M. DE CRANCEY. – Comment avez-vous pu dans un moment persuader Mme de Vertillac auprès de laquelle des sollicitations de plusieurs années, sollicitations de toute sa famille, sollicitations de la mienne, sollicitations d'une multitude de personnes distinguées étaient restées sans effet ? Quelle nouvelle à leur apprendre ! Quelle joie pour mes parents, pour mes amis et pour les siens !

M. HARDOUIN. – Approchez de cette table et lisez.

M. DE CRANCEY. – Un dédit ! Quoi ! cette femme qui a rejeté ma main avec tant d'opiniâtreté, c'est elle à présent qui craint que je ne la retire ? Serait-ce une précaution que vous avez prise, qu'elle prend contre son caprice ? Après une épreuve de plusieurs années, douterait-elle de ma constance ? Plus j'y pense, plus je m'y perds. Permettez que je m'empare de ce précieux papier.

M. HARDOUIN. – Non. Il serait presque malhonnête qu'il passât entre vos mains, et j'en serai le dépositaire, s'il vous plaît.

M. DE CRANCEY. – C'est le garant de ma félicité, de la félicité d'Henriette, signé de la main de sa mère.

M. HARDOUIN. – Vous méfiez-vous de moi ?

M. DE CRANCEY. – Après l'intérêt que vous avez pris à mon sort, et le service que vous m'avez rendu, la moindre inquiétude serait d'un ingrat. Je vous le laisse. Gardez-le. Mais gardez-le bien, n'allez pas l'égarer. Si le feu prend à la maison, car qui sait ce qui peut arriver, je suis si malheureux, ne sauvez que le dédit. Mon ami, cette femme n'est pas la moins capricieuse des femmes ; elle a de l'humeur. Selon toute apparence, elle n'a pas été libre ; qui sait si elle ne sera pas tentée de revenir sur ses pas ?

M. Hardouin. – Cela ne sera pas.

M. de Crancey. – Quoi qu'il en arrive, mon dessein, vous le pensez bien, n'est pas de faire usage de ce papier ; mais elle l'ignore ; mais il suffirait…

M. Hardouin. – Mais il faut se délivrer, avec toute la célérité possible, des soins minutieux qui précèdent les mariages ; il faut écrire ; il faut se séparer sur-le-champ ; il faut…

M. de Crancey. – Vous avez raison ; mais il faut avant tout voir Henriette ; voir Mme de Vertillac. Je suis libre à présent ; et je puis disposer de moi sans attendre vos ordres ?

M. Hardouin. – Je le pense.

M. de Crancey. – Mon ami, je vous trouve un peu soucieux.

M. Hardouin. – On le serait à moins.

M. de Crancey. – Il y a dans votre conduite je ne sais quoi d'énigmatique qui s'éclaircira sans doute.

M. Hardouin. – Je le crains.

Scène XVI

M. Hardouin, le marquis de Tourvelle
avec son bréviaire sous le bras.

M. Hardouin. – Monsieur le marquis, je vous salue. Les beaux jours ne sont pas plus rares, on ne vous voit plus. Qu'êtes-vous devenu depuis notre dernier souper ? C'était, je crois, chez la petite débutante.

Le marquis de Tourvelle. – Les temps sont bien changés. Mon cher, j'ai été jeune comme vous, le tourbillon m'emportait comme vous, mais je m'en suis tiré ; j'ai connu la vanité de tous ces amusements ; vous la connaîtrez, et vous vous en tirerez comme moi. Mme de Malves y est-elle ?

M. HARDOUIN. – Je le crois.

LE MARQUIS DE TOURVELLE. – Je la vois, je lui fais mon compliment et je m'enfuis. C'est aujourd'hui le père Élysée [1].

M. HARDOUIN. – J'aurais pourtant quelque chose à vous dire.

LE MARQUIS DE TOURVELLE. – Pourvu que cela ne soit pas long. Le père Élysée ! mon ami, le père Élysée !

Scène XVII

M. HARDOUIN, *seul*. – Ils vont se trouver tous les trois ensemble. Je les vois : d'abord ils garderont un profond silence. Mais cette femme violente ne se contiendra pas longtemps, non, il n'y faut pas compter. D'abord ils n'entendront rien à ces lettres, ni à ce dédit. Ensuite ils s'expliqueront… Quelle sera la surprise de la fille ! quelles seront les fureurs de la mère ! De Crancey, lui, rira… et vous, monsieur Hardouin, que direz-vous ?… Nous verrons. Il faut attendre l'orage.

Scène XVIII

M. Hardouin, le marquis de Tourvelle

LE MARQUIS DE TOURVELLE. – Vous rêviez là bien profondément.

M. HARDOUIN. – Je rêvais, oui, je rêvais et si vous voulez que je vous le confesse, je rêvais à toutes ces fausses joies du monde… J'en suis las et très las.

LE MARQUIS DE TOURVELLE. – Vous l'avouerai-je à mon tour ? J'ai toujours bien espéré de vous, car je vous ai remarqué des sentiments de religion ; au milieu de vos égarements vous avez respecté la reli-

---

1. Le père Élisée (1726-1783), prédicateur apprécié de Diderot.

gion. Courage, mon cher Hardouin, point de mauvaise honte, ce qui m'est arrivé vous arrivera ; les brocards pleuvront sur vous, il faut s'attendre à cela ; mais il faut aller à Dieu quand il nous appelle, les moments de la grâce ne sont pas fréquents. Quand vous aurez pris intrépidement votre parti, venez me voir, je vous mettrai entre les mains d'un homme, ah ! quel homme !... Mais il faut que je vous quitte. Le père Élysée, et après le père Élysée, je nomme à ce prieuré de Préfontaine pour lequel on me sollicite de tous les côtés.

M. HARDOUIN. — Mais à propos, on dit de par le monde, on m'a dit que vous le destiniez à un abbé Gauchat, et j'en suis vraiment affligé. L'abbé Gauchat est un de mes compagnons d'étude. Il fait de jolis vers, il fréquente la bonne compagnie, il joue, il a d'excellent vin de Champagne dont il n'est pas économe, et il attend ce bénéfice pour faire usage de son revenu, mais entre nous un usage détestable.

LE MARQUIS DE TOURVELLE. — C'est l'abbé Dubuisson que vous voulez dire.

M. HARDOUIN. — Fi donc ! l'abbé Dubuisson est un homme doué de toutes les vertus et de toutes les connaissances de son état, et qui par ses mœurs fait l'édification de son séminaire où il a toujours vécu.

LE MARQUIS DE TOURVELLE. — Que m'apprenez-vous là !

M. HARDOUIN. — Je gagerais bien que c'est une petite dévote de vingt ans qui vous a recommandé le Gauchat.

LE MARQUIS DE TOURVELLE. — Il est vrai, et une dévote dont la chaleur m'a paru suspecte.

M. HARDOUIN. — Et avec laquelle... Mon témoignage ne vous le paraîtra pas quand vous saurez que le Gauchat est de ma province et peut-être un peu mon parent du côté de ma mère ; ainsi, si je ne consultais que les liaisons du sang, c'est pour lui que je vous parlerais, mais il s'agit bien de cela ! Il n'y a déjà que trop de mauvais dépositaires du patrimoine des pauvres, sans en augmenter le nombre. Le patrimoine des pauvres !

LE MARQUIS DE TOURVELLE. – Le patrimoine des pauvres !… Venez que je vous embrasse pour le service important que vous me rendez. Quelle balourdise j'allais commettre ! Je manquerai le père Élysée, mais l'abbé Dubuisson aura le prieuré, je vous en réponds. Adieu, mon ami. Si vous m'en croyez, vous écouterez le mouvement salutaire de votre conscience, et le plus tôt sera le mieux.

Scène XIX

M. HARDOUIN, *seul.* – Je sers le vice, je calomnie la vertu… Oui, mais le vice aimable, mais la vertu simulée. Entre nous ce Gauchat est un cafard, un fieffé cafard ; et de tous les reptiles malfaisants, le cafard m'est le plus odieux… Ma veuve ne vient point avec son enfant… Point de nouvelles ni de Poultier, ni de Surmont, ni de Mlle Beaulieu… Ce benêt de laquais aura fait sa commission tout de travers. Aussi pourquoi n'avoir pas écrit ?… Voyons à tout ce monde-là.

ACTE IV

Scène première

Mme de Vertillac, Mlle de Vertillac,
M. de Crancey,
Mme de Chépy, *entrant sur la fin de la scène.*

MLLE DE VERTILLAC. – Maman, de grâce, expliquez-vous. Vos reproches, quels qu'ils soient, me seront moins cruels que cette indignation muette qui vous oppresse et qui me désole.

Mme de Vertillac. – Retirez-vous.

M. de Crancey. – C'est une faute ; mais mademoi-selle en est tout à fait innocente.

Mme de Vertillac. – Elle dormait peut-être ? elle était léthargique ? elle veillait, et vous avez usé de violence ?

M. de Crancey. – Elle ignorait…

Mme de Vertillac. – Et voilà l'effet de cette funeste réserve de nos parents ! Et pourquoi ne pas nous dire de bonne heure…

M. de Crancey. – Et qu'eussiez-vous dit à votre fille qui l'eût sauvée de mon désespoir ? Vous me l'enleviez ! Je la perdais !

Mme de Vertillac. – Et c'est sur une grande route ! dans un lit d'auberge !…

Mlle de Vertillac. – Maman, me permettriez-vous de parler ?

Mme de Vertillac. – Non. Mourez de honte, et taisez-vous.

M. de Crancey. – Madame…

Mme de Vertillac. – Vous, monsieur ; parlez ; arrangez bien votre roman ; mentez ; mentez ; mentez encore. Mais songez que j'ai de quoi vous confondre. Approchez. Reconnaissez-vous cette écriture ?

M. de Crancey. – C'est celle d'Hardouin.

Mme de Vertillac. – Et cette lettre ?

M. de Crancey. – Je ne sais de qui elle est.

Mme de Vertillac. – Vous ne l'avez point écrite ?

M. de Crancey. – Non.

Mme de Vertillac. – Mais on y parle en votre nom. Mais elle est signée de vous.

M. de Crancey. – J'en conviens. *(À part.)* Il y a de l'Hardouin dans ceci.

Mme de Vertillac. – Ma fille, regardez-moi. Regardez-moi fixement… Malheureuse enfant. Avoue, avoue tout, et jette-toi à mes pieds, demande grâce. Hélas, je n'ai que trop bien appris à connaître la subtilité de ces serpents-là. L'excuse de ta faiblesse est au fond de mon cœur.

MLLE DE VERTILLAC. — Maman, que je sache du moins l'aveu que vous attendez. Interrogez votre fille ; elle est prête à vous répondre.

MME DE VERTILLAC. — Quoi, vous n'avez pas cédé... Tenez, lisez ; lisez tous deux... *(Tandis qu'ils lisent.)* Mais elle ne rougit point ; elle ne pâlit point. Ils ne se déconcertent pas.

MLLE DE VERTILLAC. — Rassurez-vous, maman. C'est une calomnie ; c'est une insigne calomnie.

MME DE VERTILLAC, — Vous ne m'en imposez point ?

MLLE DE VERTILLAC. — Non, maman.

MME DE VERTILLAC. — Et toute cette trame serait l'ouvrage d'Hardouin !

M. DE CRANCEY. — Je crois qu'il aurait pu mettre un peu plus de délicatesse dans les moyens de m'obliger. Mais il est mon ami ; mais il voyait ma peine...

MME DE VERTILLAC. — Où est le scélérat ? Où est-il ? Quelque part qu'il soit, il faut que je le trouve. Il a beau fuir ; je le suivrai partout. Rien ne me contiendra. En présence de toute la terre, je parlerai ; j'exposerai son indignité. Toutes les portes lui seront fermées ; je le déshonorerai... Et cela vous paraît plaisant, à vous monsieur de Crancey... Allez, ma fille, avec un peu de pudeur, vous rougiriez jusque dans le blanc des yeux.

MME DE CHÉPY *entre*. — Quel bruit ! Qu'est-ce qu'il y a ? Votre fille baisse la vue ; M. de Crancey ne demanderait pas mieux que d'éclater ; la fureur vous transporte. Que vous est-il donc arrivé, depuis un moment ?

MME DE VERTILLAC. — Où est Hardouin ?

MME DE CHÉPY. — Que sais-je ? Chez moi peut-être. J'ai une femme de chambre qui n'est pas mal.

M. DE CRANCEY. — Et à qui il fait quelque chose de pis ou de mieux que de supposer un enfant.

MME DE VERTILLAC. — Chez vous ? Retournons ; retournons. Ce témoin-là ne sera pas de trop.

MME DE CHÉPY. — Est-ce que la tête lui tourne ?

Scène II

Mme de Vertillac, Mlle de Vertillac,
M. de Crancey, Mme de Chépy, M. Poultier

MME DE VERTILLAC. – Monsieur, qui êtes-vous ?

M. POULTIER. – Madame, qu'est-ce qu'il y a pour votre service ?

MME DE VERTILLAC. – Connaîtriez-vous un certain M. Hardouin ?

M. POULTIER. – Beaucoup.

MME DE VERTILLAC. – Tant pis pour vous. Ce M. Hardouin ne pourriez-vous pas me le livrer vif, ou mort, ce qui me conviendrait davantage ?

M. POULTIER. – Je le cherche.

MME DE VERTILLAC. – Et moi aussi. Si vous le trouvez, je m'appelle Mme de Vertillac, envoyez-le-moi ici, chez Mme de Chépy, afin que je le tue, puisque vous ne voulez pas me le tuer.

Scène III

M. POULTIER, *seul et regardant aller Mme de Vertillac.* – C'est une folle. Mais où sera-t-il allé ?

Scène IV

M. Poultier, M. Hardouin

M. POULTIER. – Ah vous voilà ? D'où venez-vous ?

M. HARDOUIN. – De cent endroits.

M. POULTIER. – Auriez-vous, par hasard, passé chez une dame de Chépy qui demeure ici ?

M. HARDOUIN. – Non.

M. POULTIER. – On m'a chargé de vous y envoyer. Il y a là une autre femme qui vous attend avec impatience, pour vous tuer. Allez vite.

M. Hardouin. – Ce n'est rien… Mon ami, un autre que moi vous remercierait et j'en remercierais peut-être un autre que vous ; mais vous allez tout à l'heure recevoir la véritable récompense de l'homme bienfaisant. Vous allez jouir du plus beau des spectacles, celui d'une femme charmante transportée de son bonheur. Vous allez voir couler les larmes de la reconnaissance et de la joie. Elle tremblait comme la feuille à l'ouverture de votre paquet ; elle s'est trouvée mal à la lecture de son brevet. Elle voulait me remercier, elle ne trouvait point d'expression. La voici qui vient avec son enfant. Permettez que je me retire.

M. Poultier. – Pourquoi ?

M. Hardouin. – Ces secousses-là sont douces, mais trop violentes pour moi. J'en suis presque malade le reste de la journée.

M. Poultier. – Et de peur d'être malade, vous aimez mieux aller chez Mme de Chépy vous faire tuer.

Scène V

M. Poultier, Mme Bertrand, Binbin *son enfant,*
M. Hardouin, *caché entre les battants de la porte,*
moitié en dehors, moitié en dedans, et se prêtant
à tous les mouvements de cette plaisante scène.

Mme Bertrand, *s'inclinant et fléchissant le genou de son fils devant M. Poultier.* – Monsieur, permettez… Mon fils, embrassez les genoux de monsieur.

M. Poultier. – Madame, vous vous moquez de moi… Cela ne se fait point… Je ne le souffrirai pas.

Mme Bertrand. – Sans vous, que serais-je devenue ? et ce pauvre petit !

M. Poultier *s'assied dans un fauteuil, prend l'enfant sur ses genoux, le regarde fixement, et dit :* – C'est son père ! c'est à ne pouvoir s'y méprendre ; qui a vu l'un voit l'autre.

Mme Bertrand. – J'espère, monsieur, qu'il en aura la probité et le courage ; mais il ne lui ressemble point du tout.

M. Poultier. – Nous pourrions avoir raison tous deux. Ce sont ses yeux, même couleur, même forme, même vivacité.

Mme Bertrand. – Mais non, monsieur. M. Bertrand avait les yeux bleus, et mon fils les a noirs. M. Bertrand les avait petits et renfoncés ; mon fils les a grands, et presque à fleur de tête.

M. Poultier. – Et les cheveux ! et le front ! et la bouche ! et le teint ! et le nez !

Mme Bertrand. – Mon mari avait les cheveux châtains ; le front étroit et carré ; la bouche énormément grande ; les lèvres épaisses, et le teint enfumé. Mon fils n'a rien de cela. Regardez-le donc. Ses cheveux sont bruns clairs, son front haut et large ; sa bouche petite, ses lèvres fines ; pour le nez, M. Bertrand l'avait épaté, et celui de mon fils est presque aquilin.

M. Poultier. – C'est son regard vif et doux.

Mme Bertrand. – Son père l'avait sévère et dur.

M. Poultier. – Combien cela fera de folies !

Mme Bertrand. – Grâces à vos bontés, j'espère qu'il sera bien élevé ; et grâce à son heureux naturel, j'espère qu'il sera sage. N'est-il pas vrai, Binbin, que vous serez bien sage ?

Binbin. – Oui, maman.

M. Poultier. – Combien cela nous donnera de chagrin ! Que cela fera couler de larmes à sa mère !

Mme Bertrand. – Est-il vrai, mon fils ?

Binbin. – Non, maman. Monsieur, j'aime maman de tout mon cœur ; et je vous assure que je ne la ferai jamais pleurer.

M. Poultier. – Quelle nuée de jaloux, de calomniateurs, d'ennemis, j'entrevois là !

Mme Bertrand. – Des jaloux, je lui en souhaite, pourvu qu'il en mérite. Des calomniateurs et des ennemis, s'il en a, je m'en consolerai, pourvu qu'il ne les mérite pas.

M. Poultier. – Comme cela aura la fureur de dire tout ce qu'il est de la prudence de taire !

Mme Bertrand. – Pour ce défaut-là, j'en conviens, c'était bien un peu celui de son père.

M. Poultier. – Et puis gare la lettre de cachet, la Bastille ou Vincennes [1]. Je vous salue, madame. Je suis trop heureux de vous avoir été bon à quelque chose. Bonjour, petit. On vous rappellera peut-être un jour mes prédictions.

Scène VI

M. Poultier, Mme Bertrand,
qui arrange les cheveux et caresse son enfant,
M. Hardouin

M. Poultier *qui sort à M. Hardouin qui rentre sur la scène.* – Je suis bien aise de vous revoir. Je tremblais pour votre vie.

M. Hardouin. – Je n'ai pas été là. Est-ce que vous ne soupez pas avec nous ?

M. Poultier. – Je n'oserais m'engager.

M. Hardouin. – Restez. J'ai à démêler avec la furibonde en question, avec Mme de Chépy, et beaucoup d'autres, des querelles qui vous amuseront.

M. Poultier. – Je n'en doute pas ; vous êtes surtout excellent quand vous avez tort. Mais ces insurgents [2] nous tracassent, et il faut que j'aille…

M. Hardouin. – À Passy ?

M. Poultier *fait un signe de tête.*

M. Hardouin. – Quel homme est-ce ?

M. Poultier. – Comme on l'a dit ; un *acuto quakero* [3].

---

1. Diderot séjourna au donjon de Vincennes en 1749.
2. Les Américains des futurs États-Unis, révoltés contre l'Angleterre.
3. Ce surnom (« quaker avisé ») désigne Benjamin Franklin, venu négocier l'aide de la France.

Scène VII

Mme Bertrand, M. Hardouin

MME BERTRAND. – Je n'en reviens pas ; ou il n'a jamais vu mon mari ; ou il prend un autre pour lui... Monsieur, me pardonnerez-vous une question ?

M. HARDOUIN. – Quelle qu'elle soit.

MME BERTRAND. – Vous allez mal penser de moi. Votre ami, M. Poultier, a le cœur excellent ; mais a-t-il la tête bien saine ?

M. HARDOUIN. – Très saine. Et quelle raison auriez-vous d'en douter ?

MME BERTRAND. – Ce qui vient de se passer entre nous.

M. HARDOUIN. – Il aura été distrait ; c'est le défaut de sa place et non le sien. Vous aurez voulu déployer votre reconnaissance ; il ne vous aura pas écoutée, parce qu'il met peu d'importance aux services qu'il rend. Il est blasé sur ce plaisir.

MME BERTRAND. – C'est quelque chose de plus singulier. À peine suis-je entrée que, sans presque me regarder, sans s'apercevoir si je suis assise ou debout, toute son attention se tourne sur mon fils.

M. HARDOUIN. – C'est qu'il aime les enfants ; moi, je suis pour les mères.

MME BERTRAND. – Il se met ensuite à tirer son horoscope, et à lui prédire la vie la plus troublée et la plus malheureuse : des jaloux, des calomniateurs, des ennemis de toutes les couleurs ; des querelles avec l'Église, la cour, la ville, les magistrats, bref la Bastille ou Vincennes.

M. HARDOUIN. – Cela m'étonne moins que vous.

MME BERTRAND. – Est-ce qu'il serait astrologue ?

M. HARDOUIN. – Non, mais grand physionomiste.

MME BERTRAND. – Le bon, c'est qu'il me soutient que cet enfant ressemble, comme deux gouttes d'eau, à son père dont il n'a pas le moindre trait.

M. HARDOUIN. – Pardonnez-moi, madame. C'est une chose qui m'a frappé comme lui. Jugez vous-

même. Les formes de mon visage et celles de monsieur votre fils sont tout à fait rapprochées.

MME BERTRAND. – Qu'est-ce que cela prouve ?
Vous ne ressemblez point à M. Bertrand.

M. HARDOUIN. – Quoi, vous ne devinez rien ?

MME BERTRAND. – Est-ce que M. Poultier aurait
donné quelque interprétation bizarre au vif intérêt que
vous avez daigné prendre à mon sort, et à celui de
mon enfant ? Soupçonnerait-il…

M. HARDOUIN. – Il ne soupçonne pas. Il est
convaincu.

MME BERTRAND. – Tâchez, monsieur, de me
débrouiller cette énigme.

M. HARDOUIN. – Il n'y a point là d'énigme. Vous
rappelleriez-vous ce qui s'est dit entre nous, lorsque je
me suis chargé de votre affaire ? Ne vous ai-je pas prévenue qu'un des moyens, le seul moyen de réussir,
c'était de se rendre la chose personnelle ? N'en êtes-
vous pas convenue ? Ne m'avez-vous pas permis
expressément d'en user ? Et quel intérêt plus vif et
plus personnel que celui d'un père pour son enfant ?

MME BERTRAND. – Qu'entends-je ? Ainsi votre ami
me croit… vous croit…

M. HARDOUIN. – J'avoue que cela me fait un peu
trop d'honneur ; mais, madame, quel si grand inconvénient y a-t-il à cela ?

MME BERTRAND. – Vous êtes un indigne, un
infâme, un scélérat ! Et vous m'avez crue assez vile
pour accepter une pension à ce prix ? Vous vous êtes
trompé. Je saurai vivre de pain et d'eau ; je saurai
mourir de faim, s'il le faut ; j'irai chez le ministre ; je
foulerai aux pieds, devant lui, cet odieux brevet ; je lui
demanderai justice d'un insigne calomniateur, et je
l'obtiendrai.

M. HARDOUIN. – Il me semble que madame fait
bien du bruit pour peu de chose. Elle ne songe pas
qu'il n'y a que Poultier, le ministre et sa femme qui le
sachent ; et je vous réponds de la discrétion des deux
premiers.

Mme Bertrand. – J'en ai trouvé de bien méchants ; voilà le plus méchant de tous. Je suis perdue ! je suis déshonorée !

M. Hardouin. – Mettons la chose au pis. Le mal est fait, et il n'y a plus de remède. Plus vos cris seront aigus, plus cette histoire aura d'éclat. Ne serait-il pas mieux d'en recueillir paisiblement le fruit que d'apprêter à rire à toute la ville ? Songez, madame, que le ridicule ne sera pas également partagé.

Mme Bertrand. – Ce sens froid me met en fureur ; et si je m'en croyais, je lui arracherais les deux yeux.

M. Hardouin. – Ah, madame, avec ces jolies mains-là !

Il veut lui baiser les mains.

Scène VIII

M. Hardouin, Mme Bertrand,
désolée et renversée dans un fauteuil,
M. des Renardeaux

M. des Renardeaux. – Qu'est ceci ? D'un côté un homme interdit ; de l'autre, une femme qui se désole. L'ami, est-ce une délaissée ?

M. Hardouin. – Non.

M. des Renardeaux. – Elle est trop aimable et vous êtes trop jeune pour que ce soit une mécontente.

Mme Bertrand, *à M. des Renardeaux.* – Vous êtes un impertinent ; vous êtes un sot ; et cet homme-là est un scélérat avec lequel je ne vous conseille pas d'avoir quelque chose à démêler.

Puis elle se remet dans son fauteuil.

M. des Renardeaux. – Elle a de l'humeur. Et notre affaire ?

M. Hardouin. – Finie.

M. des Renardeaux. – Et vous avez mis la dame Servin à la raison ?

M. Hardouin. – Dix mille francs, et tous les frais de procédure payés.

M. des Renardeaux. – J'aurais pu porter mes demandes jusqu'où il m'aurait plu. La loi est formelle. Celui qui adire… [1]. Mais dix mille francs, cela est honnête. Et la chaise à porteurs ?

M. Hardouin. – Et la chaise à porteurs.

M. des Renardeaux. – Fort bien. Mais tandis que vous terminiez mon affaire, je m'occupais de la vôtre. Je persiste dans mon premier avis, je ne plaiderais pas. Mais si vous avez résolu le contraire, je crois qu'il y aurait un biais à prendre.

M. Hardouin. – Que voulez-vous dire avec votre biais ? Je ne vous entends pas.

M. des Renardeaux. – N'avez-vous pas perdu votre sœur ?

M. Hardouin. – Moi ! j'ai perdu ma sœur ! et qui est-ce qui vous a fait ce mauvais conte-là ?

M. des Renardeaux. – Pardieu, c'est vous.

M. Hardouin. – Ma sœur est pleine de vie.

M. des Renardeaux. – Quoi, vous ne m'avez pas dit que son amie…

M. Hardouin. – Chansons, chansons. Est-ce qu'on fait de ces chansons-là à un vieil avocat bas-normand, et qui est quelquefois délié ?

M. des Renardeaux. – Vous êtes un fripon ; un fieffé fripon. Je gagerais que, quand je vous ai donné ma procuration, vous aviez en poche la procuration de la dame.

M. Hardouin. – Et vous devinez cela ?

M. des Renardeaux. – Madame, joignez-vous à moi, et étranglons-le.

Mme Bertrand. – Et deux.

M. des Renardeaux. – Ah ! si j'avais su… J'y perds dix mille francs, oui dix mille francs… Vous avez été l'ami de la dame Servin ; mais non le mien.

M. Hardouin. – Je ne désespère pas qu'elle ne m'en dise autant.

---

1. Terme de droit. Adirer : manquer.

M. DES RENARDEAUX. – Mais nous verrons… nous verrons… Il y a lésion ; il y a lésion d'outre-moitié… Il y a la voie d'appel. Il y a la voie de rescision [1].

M. HARDOUIN. – En faveur des innocents.

> *M. des Renardeaux se jette dans un autre fauteuil.*

Scène IX

M. Hardouin, Mme Bertrand, M. des Renardeaux, Mme de Chépy

MME DE CHÉPY. – Puisque monsieur donne ses audiences chez moi, aurait-il la bonté de m'y admettre, et de m'apprendre s'il est bien satisfait de la manière dont il oblige ses amis ?

MME BERTRAND. – Et trois.

M. HARDOUIN. – Pas infiniment, madame ; et cela n'encourage pas à servir. Mais venons au fait ; de quoi Mme de Chépy se plaint-elle ?

MME DE CHÉPY. – Elle se plaint de ce que M. Hardouin lui permet de le compter au nombre de ses amis ; qu'elle arrive à Paris malade et pour six semaines ; de ce qu'on daigne à peine une fois s'informer de sa santé ; et qu'on choisit tout juste ce temps pour se renfermer dans une campagne, et s'exténuer l'âme et le corps, à quoi faire ? peut-être un mécontent.

M. HARDOUIN. – Peut-être deux. Un autre et moi.

MME DE CHÉPY. – Ce n'est pas M. Hardouin qui me cherche ; c'est Mme de Chépy qui court après lui. À force d'émissaires, enfin elle parvient à le déterrer. Elle est installée chez une femme charmante qui l'estime et qui l'aime ; elle désire lui témoigner sa sensibilité pour toutes ses attentions, par une petite fête : elle a recours à son ancien ami M. Hardouin, et ce qu'il a fait pour vingt autres qui ne lui sont rien, qu'il

---

1. Rescision : action qu'on intente pour faire casser un contrat ou un autre acte de justice.

connaît à peine, il le refuse à Mme de Chépy, pour l'offrir à sa femme de chambre. Monsieur, madame, qu'en pensez-vous ?

M. des Renardeaux. – Ce n'est que cela ? Et s'il vous en coûtait dix mille francs, comme à moi ?

Mme Bertrand. – Et s'il vous en coûtait l'honneur comme à moi ? Je les trouve plaisants tous deux, l'une avec sa pièce, l'autre avec ses dix mille francs.

M. Hardouin. – Mais, madame, si la pièce était faite ?

Mme de Chépy. – Oui, si ? mais elle ne l'est pas ; et quand elle le serait, si elle m'est inutile, à présent qu'il n'y a rien d'arrangé, et que tous mes acteurs sont en déroute ?

M. Hardouin. – Ce n'est pas de ma faute.

Mme de Chépy. – Et l'humeur enragée, et la migraine que cela m'a donnée, c'est peut-être de la mienne ?

M. Hardouin. – Je suis né, je crois, pour ne rien faire de ce qui me convient, pour faire tout ce que les autres exigent, et pour ne contenter personne, non personne, pas même moi.

Mme Bertrand. – C'est qu'il ne s'agit pas de servir ; mais de servir chacun à sa manière, sous peine de se tourmenter beaucoup pour n'engendrer que des ingrats.

M. des Renardeaux. – C'est bien dit. Rien n'est plus vrai.

Mme de Chépy. – Et vous attendez peut-être de la reconnaissance de Mme de Vertillac.

M. Hardouin. – Pourquoi pas ?

Mme de Chépy. – La voici, je vous en préviens. Elle va vous le dire.

Scène X

M. Hardouin, Mme Bertrand,
M. des Renardeaux,
Mme et Mlle de Vertillac, M. de Crancey,
Mme de Chépy

MME DE VERTILLAC *à M. Hardouin*. — Monsieur, qu'est-ce que ces lettres que vous m'avez montrées ? Qu'est-ce que ce dédit que monsieur a dressé et que vous m'avez fait signer ? Répondez, répondez.

M. HARDOUIN, *à Mme de Vertillac*. — Je n'ai pas trop mémoire de tout cela. Monsieur de Crancey, ne vous ai-je pas écrit ? Ne m'avez-vous pas répondu ?

MME DE VERTILLAC. — Vous avez eu avec moi un procédé auquel on ne sait quel nom donner. Celui d'abominable est trop doux. Jamais un homme honnête s'est-il permis de pareils expédients ?

M. HARDOUIN. — Les circonstances et le caractère des personnes n'en laissent pas toujours le choix.

M. DES RENARDEAUX. — Qu'a-t-il donc fait à celle-ci ?

MME BERTRAND. — Il ne lui aura pas fait pis qu'à moi. Je l'en défie.

MME DE VERTILLAC. — Il me traduit mon enfant comme une fille sans mœurs !

M. DES RENARDEAUX. – Diable !

MME DE VERTILLAC. – Il traduit monsieur que voilà pour un vil séducteur.

M. DES RENARDEAUX. – Diable !

MME DE VERTILLAC. – Il me met dans l'alternative ou de perdre une portion considérable de ma fortune ou de disposer de la main de ma fille à son gré.

M. DES RENARDEAUX. – Diable !

MME DE VERTILLAC. – Il fait pis ; il m'humilie ; après m'avoir plongé un poignard dans le cœur, il s'amuse gaiement à le tourner... Éloignez-vous, monsieur ; éloignez-vous au plus vite ; vous entendriez de moi des choses que je serais peut-être honteuse de vous avoir dites.

M. Hardouin. – Voilà l'histoire du moment. Mais c'est au temps que j'en appelle. J'ai causé une peine cruelle à madame, j'en conviens ; mais j'en ai fait cesser une longue et plus cruelle. J'en appelle à M. de Crancey et à mademoiselle. Voilà mes juges. J'ai ramené madame à l'équité et à sa bonté naturelle. Et sous quelque face que mon procédé soit considéré, s'il en résultait à l'avenir son propre bonheur, celui de mademoiselle sa fille, celui de M. de Crancey, celui des deux familles…

M. de Crancey. – Cela sera, mon ami ; madame, cela sera, n'en doutez pas.

M. Hardouin. – Alors, madame verrait les choses comme elles sont ; se ressouviendrait des reproches amers qu'elle m'adresse ; et j'ose me flatter qu'elle en rougirait.

Mme de Chépy. – En attendant, monsieur, vous vous êtes manqué à vous-même.

Mme de Vertillac. – Vous l'avez dit, mon amie, vous l'avez dit. Avec tout son esprit, l'imbécile a ignoré ce qu'il avait conservé d'empire sur mon cœur.

M. Hardouin. – J'aurai de la peine à me repentir d'une faute à laquelle je dois un aussi doux aveu.

Mme de Chépy. – Êtes-vous folle ? Vous venez pour l'accabler d'injures ; et vous lui dites des douceurs.

Mme de Vertillac. – Et voilà comme nous sommes toutes, avec ces monstres-là !

Scène XI

M. Hardouin, Mme Bertrand,
M. des Renardeaux, Mme de Chépy,
Mme et Mlle de Vertillac, M. de Crancey,
Mlle Beaulieu, *avec son rôle à la main.*

M. Hardouin. – À l'air de celle-ci, je gage que c'est encore une mécontente.

Mlle Beaulieu. – Pourriez-vous m'apprendre, monsieur, quel est l'insolent qui a écrit cela ?

Scène XII

M. Hardouin, Mme Bertrand,
M. des Renardeaux, Mme de Chépy,
Mme et Mlle de Vertillac, M. de Crancey,
Mlle Beaulieu, M. de Surmont,
sur les pas de Mlle Beaulieu.

M. HARDOUIN. – Le voilà.

M. DE SURMONT, *à M. Hardouin.* – C'est fait, je vous l'apporte. Cela est gai, cela est fou, et pour un amusement de société, j'espère que cela ne sera pas mal… Voilà nos acteurs apparemment. La troupe sera charmante. *(Il les compte.)* Une, deux, trois… C'est précisément le nombre qu'il me faut… Mais je les trouve tous diablement tristes… Mesdames, si je vous ai fait attendre, je vous en demande mille pardons.

M. HARDOUIN. – Voilà un incognito bien gardé !

M. DE SURMONT. – Ma foi, je n'y pensais plus… Messieurs, j'ai travaillé sans relâche. Il m'a été impossible d'aller plus vite ; encore cette bagatelle était-elle en ébauche dans mon portefeuille. On copiait les rôles à mesure que j'écrivais… Il me faut d'abord deux amants, et deux amants bien doux, bien tendres, bien tourmentés par des parents bizarres, et les voilà. *(À Crancey.)* Souvenez-vous, monsieur, que vous êtes d'une violence dont le Saint-Albin du *Père de famille* n'approche pas…

M. DE CRANCEY. – Cela ne me coûtera rien.

M. DE SURMONT. – Ensuite une veuve bien emportée, bien têtue, bien folle, bonne pourtant. *(à Mme de Vertillac.)* Ce rôle vous conviendrait-il ?

MME DE VERTILLAC. – Bonne ! Pour mon malheur, je ne le suis que trop.

M. DE SURMONT, *à la veuve.* – Hé ! vous voilà dans le costume que j'aurais désiré. Vous êtes, madame, une jeune et jolie veuve qui joue la douleur de la perte d'un mari bourru qu'elle n'aimait pas.

MME BERTRAND. – Et vous, monsieur, vous êtes… Laissez-moi en repos.

M. DE SURMONT, *à M. des Renardeaux.* – Vous, monsieur, vous serez, s'il vous plaît, un vieil avocat.

M. DES RENARDEAUX. – Bas-normand, ridicule et dupé.

M. DE SURMONT. – Tout juste, tout juste. Je n'avais pas pensé à le faire bas-normand ; mais l'idée est heureuse, et je m'en servirai.

M. DES RENARDEAUX. – Ne pourriez-vous pas, monsieur, me dispenser de faire en un jour, deux fois le même personnage ? Car je trouve que c'est trop d'une.

M. DE SURMONT. – Rond, gros, replet, bien épais ; non, non, je ne pourrais vous remplacer. *(À Mlle Beaulieu.)* Ah ! mademoiselle, je compte que votre rôle vous aura plu ; car je vous ai faite rusée, silencieuse, discrète surtout.

MLLE BEAULIEU. – Mais il ne fallait pas oublier que j'étais honnête et décente.

M. DE SURMONT. – C'est une licence de théâtre. Mon ami, j'y suis ; tu y es aussi, et voilà ton rôle. Il n'est pas court, je t'en préviens. Tu ne me réponds pas. Parle donc. Est-ce que je me serai tué à faire une pièce qu'on ne jouera pas ?

M. HARDOUIN. – J'en ai le soupçon.

M. DE SURMONT. – Cela est horrible, abominable.

M. HARDOUIN. – Elle est peut-être mauvaise.

M. DE SURMONT. – Bonne ou mauvaise, elle est faite ; il faut qu'on la joue ; ou je la fais imprimer sous ton nom.

M. HARDOUIN. – Le tour serait sanglant.

M. DES RENARDEAUX. – Bravo ! Combien sommes-nous ici ? dix, en le comptant, sans ceux qui sont absents et ceux qui surviendront, et pas un seul qu'il n'ait servi et avec lequel il ne soit brouillé.

Scène XIII

M. Hardouin, Mme Bertrand,
M. des Renardeaux, Mme de Chépy,
Mme et Mlle de Vertillac,
M. de Crancey, M. de Surmont,
Mlle Beaulieu, un laquais

*Le laquais présente un billet à M. Hardouin qui
le lit et le donne ensuite à M. des Renardeaux.*

MME DE CHÉPY, *à M. Hardouin.* – Parlez vrai. C'est
de Mme Servin, et ma prédiction s'est accomplie. J'en
suis enchantée.

M. DES RENARDEAUX. – Et ma chaise à porteurs ?

M. HARDOUIN. – Vous l'aurez, mais à une condition.

M. DES RENARDEAUX. – Quelle ?

M. HARDOUIN. – Vous voyez la récompense que
j'obtiens de mes services. Je suis attaqué de tous côtés
et je reste sans défense. Monsieur l'avocat de Gisors se
placera dans ce grand fauteuil à bras. Chacun des
plaignants portera devant lui ses griefs, et il nous
jugera.

M. DES RENARDEAUX. – J'y consens. J'ai fort à
propos déposé dans votre antichambre mon bonnet
carré et ma robe de palais.

Scène XIV

Les mêmes

M. DES RENARDEAUX, *s'affuble d'une énorme perruque,
d'un bonnet carré et d'une robe de palais, s'assied gravement
dans le fauteuil à bras et dit à Mlle Beaulieu.* – Je vous cons-
titue huissière audiencière. Appelez les parties.

MLLE BEAULIEU. – Il y a plainte de la veuve
Mme Bertrand, contre le sieur Hardouin.

M. des Renardeaux. – Qu'elle paraisse. Quels sont vos griefs ? De quoi vous plaignez-vous ?

Mme Bertrand. – De ce que le sieur Hardouin que voilà, se dit père de mon enfant.

M. des Renardeaux. – L'est-il ?

Mme Bertrand. – Non.

M. des Renardeaux. – Levez la main, et affirmez.

Mme Bertrand *lève la main.* – Et de ce que, sous ce titre usurpé, il sollicite une pension.

M. des Renardeaux. – L'obtient-il ?

Mme Bertrand. – Oui.

M. des Renardeaux. – Condamnons ladite dame Bertrand à restituer la façon.

Mlle Beaulieu. – Il y a plainte des dame et demoiselle de Vertillac, et sieur de Crancey, contre ledit sieur Hardouin.

M. des Renardeaux. – Que les dame et demoiselle de Vertillac paraissent. Quels sont vos griefs ? De quoi vous plaignez-vous ?

Mme de Vertillac. – C'est un homme horrible, abominable…

M. des Renardeaux. – Point d'injures. Au fond ; au fond.

Mme de Vertillac, *à Mme de Chépy.* – Bonne amie, parlez pour moi.

Mme de Chépy. – Pour consommer un mariage auquel une mère s'opposait, il a supposé la fille grosse, il a contrefait des lettres, et l'a liée par un dédit.

M. des Renardeaux. – Je sais. Que le dédit soit lacéré sur-le-champ ; que le sieur Hardouin, la demoiselle de Vertillac et le sieur de Crancey se jettent aux pieds de Mme de Vertillac ; et que la dame de Vertillac les relève et les embrasse.

> *Ils se jettent aux pieds de Mme de Vertillac qui hésite et qui dit à Mme de Chépy :*

Mme de Vertillac. – Que ferai-je ? bonne amie.

Mme de Chépy. – Ce que le juge ordonne, et ce que votre cœur vous dit.

Mme de Vertillac relève et embrasse sa fille et
M. de Crancey, et dit à M. Hardouin :

MME DE VERTILLAC. – Et toi, double traître, il faut
t'embrasser aussi.

Et l'embrasse.

MLLE BEAULIEU. – Il y a plainte de Mme de Chépy
contre ledit sieur Hardouin.

M. DES RENARDEAUX. – Je sais. Renvoyés dos à dos,
sauf à se retourner en temps et lieu.

MLLE BEAULIEU. – Il y a plainte du sieur des Renardeaux avocat, juge et partie, contre le sieur Hardouin.

M. DES RENARDEAUX. – Le sieur des Renardeaux
pardonnera au sieur Hardouin, à la condition que ledit
sieur Hardouin le mettra, sans délai ni prétexte
aucuns, en possession d'une certaine chaise à porteurs
et qu'il subira une retraite de deux mois au moins à
Gisors, pour n'y rien faire ou pour y faire ce que bon
lui semblera.

MLLE BEAULIEU. – Il y a plainte du sieur de Surmont, bon ou mauvais poète, contre le sieur Hardouin.

M. DES RENARDEAUX. – Qu'il paraisse. Quels sont
vos griefs ? De quoi vous plaignez-vous ?

M. DE SURMONT. – De ce que l'on me demande
une pièce ; qu'on se fait un mérite d'un service que je
rends ; que je m'enferme toute une journée, pour faire
la pièce ; et quand je l'apporte, qu'on me déclare
qu'elle ne se jouera pas.

M. DES RENARDEAUX. – Condamnons le sieur Hardouin qui a commandé la pièce qu'on ne jouera pas, à
une amende de six louis, applicable aux cabalistes du
parterre de la Comédie-Française, sans compter les
gages du chef de meute [1], à la première représentation
de la pièce que le bon ou le mauvais poète de Surmont
fera et qu'on jouera.

---

1. Allusion aux cabales organisées et stipendiées pour faire
tomber ou réussir des pièces à la Comédie-Française.

M<small>LLE</small> B<small>EAULIEU</small>. – Il y a plainte d'une demoiselle Beaulieu contre les sieurs de Surmont et Hardouin, conjointement.

M. <small>DES</small> R<small>ENARDEAUX</small>. – Qu'elle paraisse. Quels sont vos griefs ? De quoi vous plaignez-vous ?

M<small>LLE</small> B<small>EAULIEU</small>. – D'un vilain rôle, d'un rôle malhonnête ; à chaque ligne, à chaque mot, ma pudeur alarmée…

M. <small>DES</small> R<small>ENARDEAUX</small>. – Condamnons le sieur de Surmont, poète indécent, à s'observer à l'avenir ; et pour le moment, à prendre la main de mademoiselle, sans la serrer, et à la présenter à l'amie de sa maîtresse, pour en obtenir quelque grâce, si le cas y échoit.

T<small>OUS</small> <small>ENSEMBLE</small>, *excepté Mme Bertrand qui reste affligée dans son fauteuil.* – Bravo ! bravo !

M<small>LLE</small> B<small>EAULIEU</small>. – Paix-là, paix-là, paix-là.

Scène XV

Les mêmes et le marquis de Tourvelle

L<small>E</small> <small>MARQUIS</small> <small>DE</small> T<small>OURVELLE</small>. – Monsieur Hardouin, je n'ai qu'un mot à vous dire. Vous vous êtes fait un jeu cruel de m'en imposer. Je ne sais quels sont vos principes, mais vous ne tarderez pas à connaître ce que cette imposture a d'odieux, et vous en aurez un long repentir.

M. <small>DES</small> R<small>ENARDEAUX</small>. – Monsieur le marquis, présentez vos griefs à la cour, et il en sera fait justice sur-le-champ.

L<small>E</small> <small>MARQUIS</small> <small>DE</small> T<small>OURVELLE</small>. – Serviteur.

M. H<small>ARDOUIN</small>. – C'est Mme de Vertillac qui a causé mon erreur en brouillant les noms.

M<small>ME</small> <small>DE</small> V<small>ERTILLAC</small>. – Mais vous êtes-vous trompé de bonne foi ?

M. H<small>ARDOUIN</small>. – Je ne fais pas autre chose.

M<small>ME</small> <small>DE</small> V<small>ERTILLAC</small>. – Ah ! ah ! ah ! cela est aussi trop comique. J'en écrirai demain à mon intendante ; comme elle en rira !

Scène XVI

Les mêmes, *avec les petits enfants cachés
dans les coulisses* et Mme de Malves

M. DE SURMONT. – Allons, mademoiselle, le juge a
prononcé. Il faut obéir à justice.

MLLE BEAULIEU. – Non, monsieur ; non. Je ne me
fie point à vous. Il vous échappera quelques indé-
cences qui me feront rougir et qui blesseraient
Mme de Malves qui n'est pas faite à ce ton-là.

M. DE SURMONT. – Ne craignez rien. Vos enfants
sont-ils là ?

MLLE BEAULIEU. – Oui.

M. DE SURMONT, *à Mme de Malves.* – Madame, vous
êtes toujours indulgente, et nous avons pensé que
vous le seriez encore davantage aujourd'hui. Je me
suis chargé de vous apprendre une nouvelle et de vous
demander deux grâces. La nouvelle et la première des
grâces, c'est de faire pardonner à mademoiselle
d'avoir caché à sa maîtresse qu'elle n'était pas mariée.

MLLE BEAULIEU. – Mais, monsieur, je ne le suis pas
non plus.

M. DE SURMONT. – Vous direz qu'il faut qu'elle
épouse le père. S'il n'y en avait qu'un, cela se ferait.
Mais ces demoiselles se sont mises à la mode. Chacun
de nos enfants a son père.

MLLE BEAULIEU. – Monsieur, vous extravaguez.

M. DE SURMONT. – Autant de pères que d'enfants ;
ni plus ni moins. L'autre grâce, c'est de vous présenter
ces enfants. Il n'arrive pas souvent à une fille honnête
de mener à sa suite un petit troupeau d'enfants. Permettez aux nôtres d'entrer… Mademoiselle, avez-
vous assez rougi, sans savoir de quoi… Faites entrer
vos petits ; madame y consent.

Scène XVII

Les mêmes *et les petits enfants avec des bouquets.*

MLLE BEAULIEU. – Madame, permettez à l'innocence de vous offrir...

M. DE SURMONT. – L'hommage de la malice.

MLLE BEAULIEU. – Ne voilà-t-il pas que vous me brouillez et que je ne sais plus où j'en suis ?

M. HARDOUIN. – Je ne vous aurais pas soupçonnée de perdre si facilement la tête.

M. DE SURMONT. – Mais j'ai fait le compliment, et il faut qu'on le dise.

M. HARDOUIN. – L'année prochaine... Allons, petits, présentez vos bouquets à Madame.

Cependant, M. de Surmont dit tout bas à Mlle Beaulieu :

Parmi ces enfants-là, n'y en aurait-il pas un que vous aimeriez mieux que les autres ? Montrez-le-moi, afin que je le baise.

On commence à danser un ballet et à chanter des couplets à la louange de Mme de Malves.

Scène XVIII

Les mêmes, M. Poultier

MME BERTRAND, *interrompant les couplets.* – C'est M. Poultier ! c'est lui !... Monsieur, je suis une femme honnête. Sans ma triste aventure, jamais je n'aurais approché de votre perfide ami. Je ne le connais que d'aujourd'hui. Ne croyez rien de ce qu'il vous a dit.

M. DES RENARDEAUX, *à part.* – Tant pis pour elle.

M. POULTIER, *à M. Hardouin.* – Et cet enfant ? Parlez donc. Cet enfant ?

MME BERTRAND. – Le cruel homme, parlera-t-il ?

M. HARDOUIN. – Cet enfant ? il est charmant. Je ne vous ai pas dit qu'il fût de moi ; mais que je le supposais. En conscience, il faut que je le restitue au capitaine Bertrand.

M. POULTIER. – Le traître ! comme il m'a dupé !

MME BERTRAND. – Lorsque vous teniez Binbin sur vos genoux…

M. POULTIER. – J'étais bien ridicule. Mais qui est-ce qui n'y aurait pas donné ? Il en avait les larmes aux yeux.

M. HARDOUIN. – Monsieur l'avocat de Gisors, plaidez donc pour moi.

M. DES RENARDEAUX. – C'est sa mine hypocrite qu'il fallait voir ; c'est son ton pathétique qu'il fallait entendre, lorsqu'il s'affligeait de la mort de sa sœur !

MME DE VERTILLAC. – Plus, plus de confiance en celui qui peut feindre avec autant de vérité. Quand je pense à mon désespoir, à son sens froid, à ses consolations cruelles !

MME BERTRAND. – Me voilà réhabilitée dans votre esprit ; mais le ministre ? mais sa femme ?

M. HARDOUIN, *à Mme Bertrand.* – Et vous donnez dans cette confidence ?

M. POULTIER. – Pourquoi non ?

M. HARDOUIN. – C'est qu'elle ne s'est point faite.

M. POULTIER. – Le scélérat ! l'insigne scélérat ! Je croyais m'amuser de lui, et c'est lui qui me persiflait.

MME DE CHÉPY. – Est-il bon ? Est-il méchant ?

MLLE BEAULIEU. – L'un après l'autre.

MME DE VERTILLAC. – Comme vous, comme moi, comme tout le monde.

MME BERTRAND, *à M. Poultier.* – Et je n'ai point à rougir…

M. POULTIER. – Non, non, madame… Mais je venais partager votre joie et je crains de l'avoir troublée.

M. DE SURMONT. – Nous chantions quelques couplets à l'honneur de Mme de Malves et nous allons les reprendre.

> *On reprend les couplets et le ballet, et le*
> *quatrième acte finit.*

ANNEXES

DIDEROT ET LA TRAGÉDIE MODERNE

On a retrouvé dans les manuscrits de Diderot plusieurs projets dramatiques plus ou moins développés, en divers genres (comédie, opéra bouffe, drame, tragédie…). Signes, entre 1758 et 1760 notamment, de vives pulsions théâtrales, et du désir d'embrasser plume en main l'espace tout entier du champ dramatique. On donne ici un aperçu des essais tragiques, sous forme de trois canevas, *Le Shérif*, *L'Infortunée*, *Les Deux Amis* (d'après *Œuvres complètes*, t. IV, éd. Lewinter, Le Club Français du Livre, 1970).

LE SHÉRIF

(Tragédie)

PERSONNAGES : le shérif ; le juge ; la fille du juge ; un secrétaire du juge, des prêtres, des bourreaux, des soldats ; les habitants du hameau.

Jacques second fut très attaché au culte de l'Église romaine, et il employa toute son autorité à le rétablir dans son royaume d'Angleterre où il avait été aboli.

Pour cet effet, il fit choix d'hommes superstitieux, ambitieux et cruels qu'il envoya dans les différentes provinces où ils exerçaient contre les non-conformistes la persécution la plus violente. Ils ouvraient la bouche, et il en sortait des arrêts de mort.

On leur abandonnait une partie des biens de ceux qu'ils faisaient mourir. On les récompensait de leurs forfaits, en les élevant aux premières places de l'État. En un mot ils se conciliaient la faveur du prince, en satisfaisant leurs haines particulières sous prétexte de religion.

Or il arriva que celui de ces shérifs ou commissaires qu'on envoya dans un petit hameau de la province de Kent n'était pas seulement le plus méchant d'entre eux, mais peut-être le plus méchant des hommes.

Il était né dans ce hameau ; et il en avait été chassé autrefois pour ses mauvaises actions.

Il y revenait le cœur plein de fureur contre les habitants du hameau et revêtu de toute la puissance nécessaire pour faire le mal qu'il voudrait.

Celui qu'il menaçait entre tous dans sa pensée cruelle, c'était un vieillard qui lui avait refusé sa fille en mariage, lorsqu'il vivait dans le hameau, et qui avait été un de ses juges, lorsqu'il en avait été chassé.

Ce vieillard était un homme de bien. Le premier du hameau. Également chéri des catholiques et des non-conformistes, parce qu'il ne faisait aucune distinction de culte dans l'exercice de sa charge de juge, donnant tort à celui qui avait tort, et raison à celui qui avait raison, à quelque Église qu'il fût attaché. Il était riche ; mais de toutes ses richesses, la plus grande, c'était sa fille. Il l'avait promise à un jeune homme qui l'aimait et qu'elle était sur le point d'épouser, lorsque l'homme terrible de la cour vint les précipiter dans le malheur.

Tout le hameau est dans la consternation. Le shérif y est attendu ; et c'est à cet instant que la pièce commence.

ACTE I

Scène 1. La fille seule ; elle sort au point du jour de la maison de son père. Elle s'avance vers l'église. L'inquiétude l'a empêchée de reposer. Son inquiétude. Elle vient implorer le ciel. Elle se prosterne à la porte de l'église. Elle prie pour son père, pour son amant, pour elle, pour les habitants du bourg. Commencement d'exposition.

Scène 2. Son amant entre. Il est surpris de la voir si matin. Suite des inquiétudes de la fille. Sa vision. Il la rassure par lui, par elle, par son père ; par le culte commun.

Scène 3. La frayeur fait arriver des habitants et des habitantes du hameau. On attend le shérif. Ils pressentent leurs malheurs. Ils interrogent la fille de leur juge. Ils se plaignent. Que leur demande-t-on ? Que leur veut-on ? Le juge entre.

Scène 4. Le bonhomme les rassure et les console.

Scène 5. Celui qu'il avait envoyé pour savoir ce que c'était que ce shérif arrive. Il dit ce qu'il sait. Il jette la consternation dans le père, dans la fille, dans l'amant, dans les habitants. Ils sont perdus. Ils se lamentent. Le juge les rassure encore ; les résigne à la volonté de Dieu ; aux lois de l'État ; à l'obéissance due au souverain, etc. Il les renvoie, et il reste avec sa fille et l'amant de sa fille.

Scène 6. La fille et l'amant conseillent au juge de s'éloigner, lui, eux et quelques habitants qui les suivront ; ils lui représentent le danger qu'il court ; ils le conjurent. Il s'y refuse.

Scène 7. L'émissaire du juge rentre. Le shérif est arrivé. Tout le hameau est dans le tumulte et la consternation. La persécution est commencée. Quelques habitants sont déjà emprisonnés. Le hameau est investi. Les maisons pleines de prêtres et de soldats. La sienne n'a pas été respectée. Le shérif le demande. On le cherche. Le juge dit : « J'y vais. »

Scène 8. Sa fille, l'amant de sa fille le retiennent. Il s'arrache de leurs bras avec violence. Son devoir et le malheur de ses habitants l'appellent. Il va.

Scène 9. L'amant et la fille restent. Scène de tendresse forte et honnête. L'amant connaît le shérif. Ils ont été liés. Il l'a sauvé de plusieurs dangers. Mais ce shérif a aimé la fille du juge ; s'il reprenait de la tendresse ? Serment de ne se jamais désunir et fin du premier acte.

ACTE II

Scène 1. Le shérif entre avec ses satellites soldats, prêtres et autres. Il les encourage au désordre. Il les envoie à leurs cruelles fonctions. Ils y vont. Il reste seul.

Scène 2. Il parle. Il est plein de fureur. Il se rappelle les injures du père, les mépris de la fille. Il lance des regards terribles sur le hameau. Il n'en sortira point sans l'avoir inondé de sang, ruiné. Il nomme ceux qu'il a proscrits dans son cœur. Le juge et sa fille ne sont pas oubliés. Il a déjà donné des ordres sanglants. Ils sont exécutés. Il en va donner de nouveaux.

Scène 3. Le shérif et l'amant. Scène tranquille d'abord ; d'amis qui se reconnaissent ; puis violente.

Scène 4. Le shérif, l'amant et le père. Le père lui reproche la conduite de ses satellites, lui demande quelles sont ses qualités, ce qu'il vient faire, ce qu'il demande. Scène de tolérance.

Scène 5. Le peuple entre, avec les satellites, les prêtres ; le shérif se place. Son secrétaire lit les arrêts. Le juge et sa fille sont présents. Le juge est accusé, interrogé. Son apologie. Il est sommé de souscrire à la formule. Il s'y refuse. Il est saisi, lié, emmené. Cris des peuples ; cris de la fille ; cris de l'amant. Peuples dispersés par les soldats. L'amant chassé par le shérif. La fille veut suivre son père : le shérif la fait retenir.

Scène 6. Le shérif et la fille. Elle demeure seule avec lui, en silence d'abord. Elle lui plaît toujours. Il l'éloigne. Il la rappelle. Il ordonne qu'on la saisisse. On la saisit et on l'emmène.

Scène 7. Le shérif seul. Il se reproche sa faiblesse. Il s'endurcit. Il combine son projet de scélératesse contre le père, contre la fille, contre l'amant. Il l'expose et sort, et fin du second acte.

ACTE III

Scène 1. Le shérif et son secrétaire. Il lui donne ses ordres. Publier la mort du père, préparer l'appareil de son supplice ; observer le moment où il sera seul avec la fille ; venir presser la mort de son père et remplir son esprit de terreur.

Scène 2. Le shérif seul. Il attend l'amant qui lui a fait demander audience. Il attend la fille.

Scène 3. L'amant entre. Scène violente. Il met le poignard sur la gorge du juge. Il est arrêté.

Scène 4. La fille entre. Elle voit son amant arrêté. Elle pleure ; elle demande grâce. Ironies du juge sur le père, la fille et l'amant.

Scène 5. Les habitants entrent. Ils demandent la grâce de leur juge. Ils offrent leur vie, leur fortune. Ils ne sont point écoutés. On les chasse. On sépare l'amant de la fille. Leur séparation.

Scène 6. Le shérif et la fille. Il la traite assez doucement. Elle parle. Il l'écoute plus favorablement. Elle est liée ; il la délie. Elle prend quelque lueur d'espérance qui ne dure pas. Elle apprend à quel prix elle peut sauver son père. Elle le traite comme un scélérat.

Scène 7. Le secrétaire ou un satellite qui annonce que tout est prêt pour la mort du père. Les prêtres la demandent. On n'attend que son ordre.

Scène 8. Que devient cette malheureuse. Elle pleure. Elle se désespère… Elle sollicite. Le shérif revient à son indigne proposition. Elle demande à mourir avec son père.

Scène 9. Le secrétaire, le même satellite, ou un prêtre rentre. Il demande qu'on leur livre leur victime. Le shérif donne l'ordre de mort. La fille arrête le satellite, se prosterne aux pieds du juge, se roule à terre. Le prêtre insiste. La fille demande à voir son père. Le shérif y consent. La fille sort. Le shérif reste.

Scène 10. Le shérif et un prêtre qui vient de la part du père, demander à la voir.

Scène 11. Le shérif seul. Elle ne s'ouvrira point à son père. Cette vue ne peut que la toucher. Ce qu'il a projeté sur le père, sur elle et sur l'amant, et fin du troisième acte.

ACTE IV

Scène 1. L'amant seul. Il a assassiné ses gardes. Il s'est introduit dans la maison du shérif ; il avait résolu de l'assassiner ; mais il n'a pu y réussir. Les habitants qu'il avait rassemblés se sont dispersés. Il ne sait pourquoi l'exécution du père est suspendue ; pourquoi sa maîtresse est libre. Il est nuit. Il vient. Il cherche sa maîtresse. Où est-elle ? Il entend du bruit. Il se retire.

Scène 2. L'amant et le prêtre.

Scène 3. La fille et le prêtre.

Scène 4. La fille. Seule à la porte de la prison de son père. Elle y trouve quelques habitants et quelques habitantes. Elle les renvoie.

Scène 5. Elle s'assied là seule.

Scène 6. Son amant rentre.

Scène 7. On vient ouvrir les portes de la prison du père. L'amant se retire.

Scène 8. Les portes sont ouvertes. L'amant rentre. La fille et l'amant s'approchent de la porte de la prison. Ils entendent la plainte du père. Ils s'arrêtent. On entend cette plainte ; mais on ne voit point le père. L'amant entre. Le père le prend pour un satellite qui vient lui annoncer son supplice et lui parle. L'amant et le père sont dans la prison. La fille reste à la porte.

Scène 9. Le père et l'amant sortent. Le père, la fille, l'amant. Quelle scène !

[*Scène 10*. La scène du prêtre. Le père veut les marier. Le père le veut. L'amant presse. La fille refuse. Douleur du père. Désespoir de l'amant [1].]

Scène 11. On vient de la part du shérif les séparer. L'amant se retire.

Scène 12. L'amant rentre. Le père va mourir dans un moment. Sa prière, ses adieux, ses conseils.

Scène 13. La fille seule. On l'appelle plusieurs fois de la part du shérif. Elle ne peut se résoudre à aller. Ses transes. Ses douleurs. Son désespoir. Sa prière. Quelques mots de son père qu'elle se rappelle, lorsqu'il parlait dans la prison, lorsqu'il priait. On l'appelle encore. Elle va incertaine. Elle retrouve son amant sur le fond.

Scène 14. La scène du poignard.

1. Les passages entre crochets dans *Le Shérif* désignent des ajouts de Diderot en marge du manuscrit autographe qui se trouve à la BNF.

Scène 15. Elle sort la tête troublée ; et le jeune homme reste.

[*Scène 16*. L'émissaire entre et le jeune homme. Les habitants sont dispersés. Il va tâcher de les rassembler.

Le jeune homme a engagé sa parole. Il ne fait rien ; mais il n'empêche rien.] Quatrième acte finit.

ACTE V

Scène 1. Le secrétaire. Les projets du shérif sont accomplis. Le père est mort. Récit de sa mort. Conversion du secrétaire.

Scène 2. Des femmes du bourg qui accourent éplorées, qui appellent du secours et qui annoncent le malheur arrivé à la fille.

Scène 3. La fille ; elle entre conduite par une habitante et accompagnée de quelques autres. On lui a crevé les yeux. Le secrétaire tombe à ses pieds. Elle le renvoie et lui fait des souhaits. Elle se fait conduire sur le tombeau de sa mère. Elle renvoie celles qui la conduisaient. Elles s'éloignent.

Scène 4. La fille seule sur le tombeau de sa mère.

Scène 5. L'amant et la fille. Elle tient son amant. Elle demande son père. Elle apprend qu'il est mort. Elle dit ce qu'elle a souffert pour le sauver.

Scène 6. On entend du bruit ; c'est le shérif poursuivi par les habitants. L'amant l'assassine. Le peuple le charge d'imprécations. La fille s'évanouit. L'amant veut se tuer. On emporte la fille. On retient l'amant. On les entraîne l'un et l'autre, et le cinquième acte et la pièce finit.
[On l'arrête. Il l'appelle à son secours. Le peuple vient et l'assassine [1].]

1. Variante ébauchée par Diderot en marge du manuscrit.

OBSERVATIONS SUR LES CARACTÈRES
DE LA PIÈCE PRÉCÉDENTE

Le père est un vieillard, charitable, juste, ferme, équitable, tranquille, serein et tolérant. Il a servi avec honneur. Il est riche. Il s'est retiré dans le hameau. Il y fait depuis longtemps la fonction de juge. Il est pieux. Il est attaché à ses sentiments. Il est non-conformiste. Il est veuf. Sa femme était catholique. Sa fille est aussi catholique.

Le shérif est un homme atroce, sans mœurs, sans probité, sans honneur, sans religion ; ministre de l'intolérance. Né dans le hameau ; chassé de là pour ses forfaits ; amant autrefois méprisé de la fille du juge.

La fille est catholique ; d'un caractère tendre, honnête, timide, aimant passionnément son père, passionnément son amant, pieuse aussi, mais tolérante.

L'amant, jeune homme violent, plein de confiance dans l'innocence, autrefois lié avec le shérif à qui il a rendu de grands services ; aimant très tendrement, et très tendrement aimé de la fille du juge, qu'il était sur le point d'épouser, le temps que le père avait prescrit à l'épreuve de leur tendresse étant écoulé. Il est aussi catholique.

Le secrétaire est un homme attaché à sa fortune, subjugué par le shérif, faisant le mal malgré lui.

Les habitants sont les uns catholiques, les autres non-conformistes ; tous unis ; tous s'aimant ; et tous attachés au juge comme à leur père commun.

Circonstances particulières. Tout a été dévasté par la persécution dans les contrées circonvoisines. Le hameau, lieu de la scène, est le seul que la fureur du fanatisme ait épargné jusqu'à ce moment.

L'amour des jeunes gens n'aura rien de commun avec nos amours de théâtre. Ce sera le modèle de la confiance, de la tendresse, de l'intimité. Si dans des moments de douleur, elle pleure, son amant recueillera ses larmes avec sa bouche ; si elle est saisie de frayeur, il lui ouvrira ses bras, et elle s'y jettera sans contrainte.

Ces amants n'ont proprement rien à craindre pour eux ; ils sont l'un et l'autre de la religion du shérif. Seulement ce shérif avait eu autrefois de la passion pour la fille du juge.

La religion et l'autorité du souverain sont à proprement parler les prétextes de la fureur du shérif ; mais ses vrais motifs sont le ressentiment, la haine, et l'ambition.

Le père a soixante-douze à quinze ans.

Le shérif touche à la quarantaine.

La fille a vingt-deux à vingt-trois ans. L'amant en a vingt-sept.

Le secrétaire vingt-cinq à vingt-six.

Tous les vêtements du shérif, du juge, de sa fille, de l'amant, et des habitants seront dans la vérité.

Le théâtre représentera pendant toute la pièce :

À gauche l'église du hameau, son vestibule, lieu d'assemblée des habitants, une portion du cimetière et quelques tombeaux.

Au milieu et sur le fond, des maisons rustiques, unies en quelques endroits, séparées en d'autres, et entre ces maisons des arbres. Celle du juge se fera distinguer par un peu plus d'apparence.

À droite, attenant aux maisons, un édifice dont les fenêtres grillées sont sur le théâtre, et la porte s'ouvre non en face du spectateur, mais de côté, en sorte que l'édifice forme un angle sur la scène. C'est la prison du lieu.

Peut-être la pièce commencera-t-elle par le prêtre.

Il faut qu'il y ait [des] scènes entre le prêtre, la fille, le père et l'amant.

Gens dispersés dans les hameaux.

Ce sont ceux qui poursuivent le shérif sur la scène. Il faut que ni la fille, ni l'amant, ni le père n'aient part à cet événement.

L'INFORTUNÉE
OU LES SUITES D'UNE GRANDE PASSION

(Tragédie)

PERSONNAGES : L'infortunée ; son amant ; une jeune fille ; des voisins.

Une femme a tout sacrifié pour un homme, amis, connaissances, parents, état, fortune, considération, réputation.

Elle vit seule avec lui dans une situation très étroite et dans la solitude la plus obscure. Cet être est tout ce qui lui reste au monde et il lui suffit.

Elle n'a jamais pu l'épouser, cependant elle en a des enfants.

Elle n'a pour toute compagnie qu'une jeune fille qui vit avec elle, et que quelques voisins qui fréquentent chez elle, sans presque la connaître.

Cette jeune fille devient la cause innocente de son malheur.

Son amant s'en éprend ; et pour devenir tranquille possesseur de sa passion nouvelle, il cherche à se délivrer de l'objet malheureux de sa passion ancienne, en accumulant sur lui toutes les douleurs imaginables.

Pour cet effet, en gardant toutes les apparences de l'attachement le plus vrai, il appelle sur cette femme la haine des parents de la jeune fille qui vit avec elle ; il réveille en même temps la persécution de sa famille ; et il met en péril avec les restes de sa fortune, sa liberté.

Il espère l'amener par ces périls qu'il lui suscite et dont il l'avertit à une séparation qui les ferait cesser. Mais cela ne lui réussit pas. Perdre tout, s'il le faut ; mais le conserver ; voilà la ferme résolution de cette femme.

Alors le monstre se retourne. Il la fait informer qu'il est lui-même le moteur de tous ses troubles. De moment en moment le voile se déchire et lui montre l'homme affreux auquel elle s'est livrée. Son affliction en est grande ; mais son attachement n'en souffre pas. Elle n'a jamais mécontenté son amant. Les motifs d'une conduite aussi extraordinaire que la sienne lui sont inconnus. Elle espère son repentir et son retour. Elle attendra ; aussi bien que devenir ?

Son amant méprisé peut-être, mais toujours aimé en vient à la dernière corde qui lui reste. C'est la révélation de son amour pour la jeune fille. Il se sert de cette jeune fille même pour cela.

Notre infortunée ne résiste point à ce coup.

Elle en devient folle.

De la folie elle passe au désespoir, et se résout à tomber dans le gouffre qui lui est ouvert, en se faisant empoisonner de la main même de son amant qui commet ce forfait, l'ignorant ou le sachant comme il me conviendra.

Elle voit auparavant ses enfants. Ses voisins sont les machines du scélérat…

Ils feront un grand rôle dans cet ouvrage.

LES DEUX AMIS

Denys, tyran de Syracuse, avait à sa cour deux philosophes, Damon et Pythias.

Damon était d'un caractère aimable et doux, ami de la monarchie. Pythias était au contraire ferme, austère, violent, âme républicaine. Ces deux philosophes étaient amis.

Damon avait une mère et une sœur. Pythias aimait la sœur de Damon qui favorisait la passion de son ami ; mais cette passion était croisée par sa mère, femme de cour, ennemie de la philosophie et des philosophes, ambitieuse, sans cesse occupée à dégoûter son fils de sa liaison avec Pythias et de son attrait pour la philosophie, et à tourmenter sa fille sur sa passion.

Il y avait aussi à la cour de Denys une espèce de courtisan subalterne, bel esprit, homme sans principes et sans mœurs, esclave de la fortune et des grands, cherchant à s'avancer par toutes sortes de voies, introduit auprès des grands par ses vices et des intrigues de femmes, protégé du ministre également ennemi de la philosophie et des philosophes, parce qu'il croyait que les lumières rendaient les peuples difficiles à conduire. Ce courtisan bel esprit avait capté la bienveillance de la mère de Damon par son aversion pour les philosophes ; il était auprès de sa fille le rival de Pythias, et ses prétentions étaient appuyées de toute la protection du ministre.

On conçoit bien que Damon et Pythias ne pouvaient avoir que le plus profond mépris pour ce personnage, mais Damon plein de respect pour sa mère, en usait modérément avec le courtisan. Pour Pythias, il lui rompait ouvertement en visière. Il n'était pas mieux traité par la sœur de Damon. Cette jeune fille était d'un caractère honnête, haut, et d'une fierté ironique. La mère de ces deux enfants était malheureuse par le goût de sa fille pour Pythias, l'aversion de cette fille pour le courtisan bel esprit, et l'attachement de son fils à la philosophie et aux philosophes.

Tel était l'état des choses, à cela près que Denys, malgré son penchant à la tyrannie, ne haïssait ni la vertu ni la vérité, et ne dédaignait pas de voir et de converser avec les philosophes dont il écoutait les conseils, ce qui avait achevé d'indisposer les ministres contre eux ; ils craignaient que ces hommes ne prissent de l'ascendant sur le tyran, ne l'éclairassent et ne nuisissent à leur crédit, à leur intérêt et à leurs vues. Ils empoisonnaient sans cesse dans son esprit les principes, les discours, les ouvrages et la conduite de Pythias et des philosophes.

Le courtisan bel esprit était auprès d'eux bouffon, satellite, espion, délateur ; c'est de lui que le ministre se servait pour décrier les philosophes dans le public et auprès de Denys, qui avait aussi la fureur du bel esprit, qui était sans cesse flatté par son courtisan dans son penchant à la tyrannie, à la dissipation, aux plaisirs et aux beaux-arts.

Denys fit un acte de tyrannie, je ne sais pas encore quel ; cet acte souleva tous les habitants de Syracuse. Pythias fut chargé d'aller faire des remontrances au tyran. Il s'en acquitta avec la plus grande force ; il peignit l'injustice de l'acte, la douleur des peuples, la méchanceté des ministres. Mais Denys persista dans son entêtement.

Pythias se laissa entraîner dans une conspiration ; je ne sais si la conspiration sera réelle ou simulée, comme il me conviendra. Le courtisan bel esprit fut son accusateur ou son délateur. Pythias fut mis en prison. Tiré de la prison, il parut devant Denys comme un homme qui ne craint ni la tyrannie ni la mort, grand et ferme. Denys irrité, persécuté par ses ministres, alarmé sur le danger d'un homme aussi ferme, lui fait proposer l'exil ou la mort. Il préfère la mort, s'il est coupable.

Dans ces entrefaites, le père de Pythias, moribond dans une contrée d'un continent voisin de Syracuse, désire de voir son fils avant que de mourir. Pythias est désolé de ne pouvoir satisfaire la dernière volonté de son père. Je ne sais pas encore si cet envoyé du père de Pythias à son fils sera réel ou une scélératesse du courtisan, c'est comme il me conviendra. Pythias désolé entretient Damon de sa peine. Damon lui propose de se constituer prisonnier à sa place et d'obtenir du tyran la permission d'aller voir son père. Pythias accepte. Mais de qui se servir pour obtenir cette grâce du tyran ? On ne peut s'adresser ni à sa mère, ni au ministre, ni au tyran. Damon s'adresse au courtisan.

Le courtisan s'en charge ; il confère avec le ministre qu'il détermine à faire accorder la permission, et voici sa raison : on corrompra un batelier qui tuera Pythias, et le ministre sera libre d'un homme dangereux et lui d'un rival aimé. Mais Damon périra ?... Mais qu'importe qu'il périsse ? Les philosophes seront couverts d'ignominie aux yeux du tyran et des peuples, et tous leurs vœux seront remplis.

La permission est accordée : le batelier corrompu ; Pythias embarqué ; Damon constitué prisonnier. Le temps fixé au retour de Pythias s'écoule, et Pythias ne reparaît point. Denys, le ministre, le courtisan insultent à la philosophie et aux philosophes. La mère de Damon vomit des imprécations contre Pythias ; la fille est désespérée de la perte de son frère et de son amant. Damon et sa sœur restent fermes dans la juste opinion qu'ils ont conçue de Pythias, ils n'ont qu'un mot : ou il a péri, ou il reviendra. Cependant Pythias ne revient point, et l'on conduit Damon au supplice.

Comme on conduisait Damon au supplice, Pythias qui dans la traversée avait inspiré aux passagers le plus profond respect, est sauvé de la perfidie du batelier ; il s'acquitte envers son père des derniers devoirs et revient. Il se jette au cou de son ami, il s'écrie : « C'est moi qu'il faut conduire à la mort ; me voilà ! » Le bruit de cet événement amène Denys. Il admire le courage et la tendresse de ces deux amis. Il soupçonne la fausseté de la prétendue conspiration ; il est éclairci sur le complot de son ministre et de son courtisan ; il exile le ministre ; il envoie le bel esprit aux carrières ; il comble d'honneurs Pythias qu'il marie à la sœur de Damon. Il demande pour récompense à Damon et à Pythias d'être admis au nombre de leurs amis. Ils le refusent, parce qu'il ne peut y avoir d'amitié qu'entre des égaux et que Denys ne veut pas renoncer à la tyrannie ; et la pièce finit.

CHRONOLOGIE

1713 : 5 octobre. Naissance à Langres de Denis Diderot. Le père était maître coutelier.

1723-1728 : Études chez les jésuites. Il reçoit la tonsure en 1728, en vue de devenir ecclésiastique.

1728-1732 : Études dans trois « collèges » (lycées) parisiens.

1732-1735 : Études à la faculté de théologie de Paris (Sorbonne), sanctionnées par un diplôme de licencié en théologie, le 6 août. Renonce en décembre à une carrière dans l'Église. Il hésite entre la scène, les tribunaux et la peinture.

1736-1737 : Clerc de notaire. L'aide financière paternelle cesse en 1737.

1737-1740 : Diderot donne des leçons, grappille des secours, fréquente assidûment les théâtres, sert de nègre à des ecclésiastiques en mal de sermons.

1740 : Il commence sa collaboration à des périodiques.

1741 : Il rencontre Anne Antoinette Champion, lingère, qu'il épousera en novembre 1743 en dépit de l'opposition paternelle, sanctionnée par un enfermement au couvent, dont il s'échappe (janvier-février 1743).

1742 : Il rencontre J.-J. Rousseau au café de la Régence.

1743 : Il fait paraître *Histoire de la Grèce*, traduite de l'anglais.

1745 : *Essai sur le mérite et la vertu*, traduction d'un essai anglais de Shaftesbury (1699).

1746 : *Dictionnaire universel de médecine*, traduit de l'anglais. Diderot publie son premier livre personnel, *Pensées philosophiques*.

1747 : Diderot et d'Alembert signent un contrat pour une *Encyclopédie* (16 octobre).

1748 : *Les Bijoux indiscrets*, roman pseudo-oriental et libertin ; *Mémoires sur différents sujets de mathématiques*. Il atteint la notoriété, quand son ami intime J.-J. Rousseau est encore inconnu.

1749 : *Lettre sur les aveugles*, ouvrage non signé qui marque son orientation vers le matérialisme et lui vaut lettre de cachet, fouille de ses papiers, interrogatoire de police, enfermement à Vincennes (juillet-novembre). Il promet la sagesse et s'y tiendra, pour sauvegarder l'*Encyclopédie*, qui mobilise d'énormes capitaux.

1750 : Il rencontre, chez Rousseau, Grimm et d'Holbach, qui deviendront ses grands amis. Le *Prospectus* de l'*Encyclopédie* paraît en novembre.

1751 : *Lettre sur les sourds et muets*.

1752 : Première crise de l'*Encyclopédie*, dont les deux premiers volumes sont condamnés au pilon.

1753 : Naissance de Marie Angélique Diderot (Mme de Vandeul), qui survivra, contrairement à plusieurs enfants antérieurs. *Pensées sur l'interprétation de la nature*.

1754 : Un nouveau contrat avec les éditeurs de l'*Encyclopédie* augmente ses revenus.

1755 : *L'Histoire et le secret de la peinture en cire*.

1757 : *Le Fils naturel* est publié avec des *Entretiens sur Le Fils naturel* (« Dorval et Moi »). Début de la brouille avec J.-J. Rousseau. S'y mêlent affaires privées et l'article « Genève » (d'Alembert) du tome VII de l'*Encyclopédie*, dont les propos « philosophiques » sur le théâtre et la religion dans sa patrie exaspèrent Rousseau.

1758 : La *Lettre à d'Alembert sur les spectacles*, de Rousseau, rend publique la rupture avec Diderot, et combat ses thèses sur le théâtre (septembre). Elle croise *Le Père de famille*, publié avec *De la poésie dramatique* (novembre), textes composés en février-mai. D'Alembert se retire de la co-direction de l'*Encyclopédie*. D'autres collaborateurs avaient aussi quitté le navire en péril.

1759 : Une nouvelle et grave crise menace le projet encyclopédique, dont le privilège de publication est supprimé en mars, tandis que Diderot est menacé d'arrestation. Il ébauche de nombreux projets dramatiques. *Le Père de famille* remporte du succès en province. On joue *Le Fils naturel* à Baden. C'est du 10 mai que date sa première lettre (conservée) à Sophie Volland, qui ne s'appelait pas Sophie. *Salon de 1759*, le premier (conservé ?).

1760 : La Comédie-Française refuse une traduction par Diderot du *Gamester* (*Le Joueur*), tragédie domestique à l'anglaise de Moore. On joue *Le Fils naturel* à Hambourg, *Le Père de famille* à Marseille. Il rédige les faux Mémoires qui deviendront le roman *La Religieuse*.

1761 : *Le Père de famille* est joué à Hambourg, *Le Fils naturel* à Lyon, avant les fort honorables neuf représentations du *Père de famille* à la Comédie-Française. Un projet de recueil de pièces étrangères n'a pas de suite. Première esquisse du *Neveu de Rameau*, reprise en 1762. *Salon de 1761*. Il y aura les Salons de 1763, 1765, 1767, 1769, 1771, 1775, 1781.

1762 : *Éloge de Richardson*, romancier anglais décédé en 1761.

1763 : *Lettre sur le commerce de la librairie* (publiée en 1861). Diderot rencontre le philosophe écossais David Hume et le comédien londonien Garrick.

1764 : Diderot fait l'amère découverte que l'éditeur de l'*Encyclopédie*, Lebreton, a édulcoré dans son dos quarante et un articles dans les dix derniers volumes !

1765 : Diderot vend sa bibliothèque à Catherine II de Russie, contre un capital, une rente et le droit de jouissance jusqu'à sa mort. Son épuisante fonction à la tête de l'*Encyclopédie* se termine. Il commence un roman, *Jacques le Fataliste*. Rousseau refuse toute réconciliation. Début d'une correspondance avec une actrice, Mlle Jodin. Il admire la première représentation du *Philosophe sans le savoir*, drame bourgeois de Sedaine (2 décembre).

1766 : *Essais sur la peinture*. Il collabore anonymement, par des textes enflammés, à ce qui sera un des grands succès du siècle, l'*Histoire des Deux-Indes* (le continent américain), 1770, dirigée par l'abbé Raynal (deuxième édition en 1774).

1768 : Il achète des tableaux pour Catherine II.

1769 : Reprise du *Père de famille* au Théâtre-Français (neuf représentations). *Le Rêve de d'Alembert* (publié en 1830). *Garrick ou les Acteurs anglais*, compte rendu pour la *Correspondance littéraire* d'un livre de Sticotti inspiré d'un ouvrage anglais lui-même démarqué du *Comédien* de Rémond de Sainte-Albine (1747). C'est le noyau du *Paradoxe sur le comédien*, première publication en 1830.

Principes philosophiques sur la matière et le mouvement (publié en 1792).

1770 : Avec seize autres philosophes, il lance une souscription pour une statue de Voltaire, que Pigalle figurera en nu. *Apologie de l'abbé Galiani. Les Deux Amis de Bourbonne* (récit).

1771 : *Le Père de famille*, traduit par Lessing, remporte un vif succès à la cour de Vienne, ainsi que *Le Fils naturel*. Première ébauche de *Est-il bon ? Est-il méchant ?* (comédie). *Le Fils naturel* n'est joué qu'une fois à la Comédie-Française (26 septembre). La *Correspondance littéraire* publie *Entretien d'un père avec ses enfants. Leçons de clavecin et principes de l'harmonie.*

1772 : Il fait l'intermédiaire dans l'achat par Catherine II d'une prestigieuse collection de tableaux. Le dernier volume de planches de l'*Encyclopédie* paraît.

1773 : Parution de *Ceci n'est pas un conte*, de *Mme de La Carlière* (récits), du premier *Supplément au Voyage de Bougainville* (dialogue) dans la *Correspondance littéraire*. Succès du *Père de famille* à Naples. Avant de partir en Russie (août), il confie à Naigeon le soin posthume de ses manuscrits. Il travaille au *Neveu de Rameau*, à *Jacques le Fataliste*, au *Paradoxe*, à la *Réfutation de l'ouvrage d'Helvétius intitulé De l'homme*, etc. Il séjourne à Saint-Pétersbourg d'octobre 1773 à mars 1774, avec une ferveur et une faveur déclinantes. Après un séjour à La Haye, il rentre à Paris en octobre 1774.

1774 : Dernières lettres conservées à Sophie Volland.

1775 : Parution de l'*Entretien d'un philosophe avec Mme la maréchale de **** dans la *Correspondance littéraire*. Il envoie à Catherine II le *Plan d'une université*, ébauche un drame, *Les Deux Amis.*

1776-1777 : Il travaille à l'*Histoire des Deux-Indes*, à *Est-il bon ? Est-il méchant ?*

1778 : Aurait-il rencontré Voltaire, revenu mourir à Paris ? On en débat.

1778-1780 : Publication étalée de *Jacques le Fataliste* dans la *Correspondance littéraire*. Il soigne le *Paradoxe sur le comédien, Est-il bon ? Est-il méchant ?*, le *Supplément au Voyage de Bougainville*, et publie en 1778 l'*Essai sur la vie et les écrits de Sénèque.*

1780-1783 : Parution de *La Religieuse* dans la *Correspondance littéraire*. Troisième édition, encore enrichie, de l'*Histoire des Deux-Indes* en 1780. L'ouvrage est condamné en 1781 par le parlement de Paris.

1780-1784 : Il fait copier ses œuvres pour Catherine II. Parvenu à Saint-Pétersbourg en 1785, ce trésor de trente-deux volumes ne sera accessible aux chercheurs étrangers contemporains que tardivement, dans la deuxième moitié du XXᵉ siècle.

1781 : Corrections de *Est-il bon ? Est-il méchant ?* Son buste en bronze par Houdon est installé à la mairie de Langres.

1782 : Il remanie *La Religieuse,* publie une version enrichie de l'*Essai sur la vie et les écrits de Sénèque*, *Essai sur les règnes de Claude et de Néron*, saisi par la police. Diderot feint de se repentir devant des autorités complaisantes.

1783 : Gravement malade, il travaille encore au *Paradoxe* et aux *Deux Amis de Bourbonne*. Il laisse deux versions de son dernier grand livre, longuement médité, *Éléments de physiologie*.

1784 : Sophie Volland meurt le 22 février, Diderot le 31 juillet. On l'enterre à Saint-Roch le 1ᵉʳ août, sans les péripéties burlesques qu'avait connues la dépouille mortelle de Voltaire en 1778. Diderot n'avait jamais apprécié la hargne anticléricale du seigneur de Ferney.

BIBLIOGRAPHIE

TEXTES

DIDEROT, *Œuvres*, t. IV : *Esthétique. Théâtre*, éd. L. Versini, R. Laffont, « Bouquins », 1996 (il s'agit de la seule édition commodément accessible. Pour une annotation plus abondante, on peut se reporter aux éditions complètes, consultables en bibliothèque).

Théâtre du XVIIIe siècle, éd. J. Truchet, Gallimard, « Bibliothèque de la Pléiade », t. I et II, 1972-1974 (excellent panorama).

ÉTUDES CRITIQUES

Sur le théâtre de Diderot

A.-M. CHOUILLET, « Dossier du *Fils naturel* et du *Père de famille* », *Studies on Voltaire*, n° 208, 1982, p. 73-166 (tout ce qu'on peut savoir sur les éditions, représentations, réceptions).

J. CHOUILLET, *La Formation des idées esthétiques de Diderot, 1745-1763*, Armand Colin, 1973 (bel exemple de thèse française).

D.F. CONNON, *Innovation and Renewal : a Study of the Theatrical Works of Diderot*, The Voltaire Foundation, 1989 (thèse sobre et précise).

F. GAIFFE, *Étude sur le drame en France au XVIIIe siècle*, Armand Colin, 1910 (un classique).

A. Guedj, « Les drames de Diderot », *Diderot Studies*, n° 14, 1971, p. 15-95 (une des rares études réellement littéraires).

Deux recueils donnent l'image fidèle de la critique universitaire :

Diderot, l'invention du drame, sous la dir. de M. Buffat, Klincksieck, 2000.

Études sur Le Fils naturel et les Entretiens sur Le Fils naturel de Diderot, sous la dir. de N. Cronk, Voltaire Foundation, « Vif », Oxford, 2001 (avec un « Essai bibliographique », p. 181-209).

Sur le contexte

P. Frantz, *L'Esthétique du tableau dans le théâtre du XVIIIe siècle*, PUF, 1998.

Histoire de la vie privée, sous la dir. de P. Aries et G. Duby, Seuil, « Points Histoire », t. III, 1999.

M. Hobson, *The Object of Art : the Theory of Illusion in Eighteenth Century France*, Cambridge, 1982.

P. Larthomas, *Le Théâtre en France au XVIIIe siècle*, PUF, « Que sais-je ? », 1980.

M. Lioure, *Le Drame*, Armand Colin, 1963.

M. de Rougemont, *La Vie théâtrale en France au XVIIIe siècle*, Armand Colin, 1988.

TABLE

GF Flammarion

08/09/140033-IX-2008 – Impr. MAURY Imprimeur, 45330 Malesherbes.
N° d'édition L.01EHPNFG1177.C002. – Avril 2005. – Printed in France.